VANDELLA
RESILIENCIA

VANDELLA
RESILIENCIA

M.CH.LANDA

LANDA PUBLISHINGS

Vandella: Resiliencia
© 2023, M. Ch. Landa
Todos los derechos reservados. Impreso en los Estados Unidos de Norte América.
Ninguna parte de este libro puede usarse o reproducirse de ninguna manera sin permiso por escrito, excepto en el caso de breves citas incorporadas en artículos críticos y reseñas.
Para cualquier información contacte a Landa Publishings LLC.
www.landapublishings.com
ISBN 978-1-955601-07-8

Esta es una obra de ficción. Los nombres, personajes, lugares e incidentes son producto de la imaginación del autor o se usan de manera ficticia, y cualquier parecido con personas reales, vivas o muertas, negocios, empresas, eventos o lugares es pura coincidencia.

Editado por Kelly Schaub y Lara Kennedy
Edición de la traducción al español por Yara Patiño.

Estimado lector, gracias por comprar una copia de *Vandella: Resiliencia*. Como artista, tu apoyo económico, críticas honestas y recomendación sincera a tus allegados son lo que me permite continuar con esta aventura de escribir.

Por eso, como muestra de agradecimiento, quiero compartir contigo el cuento **"El Mensajero"**, destinado a ser leído antes de esta novela. Visita mi página web, **www.mchlanda.com**, y suscríbete a mi boletín para descargarlo **GRATIS**.

Gracias de nuevo, y espero que lo disfrutes.

Atentamente,
M. Ch. Landa

Frontera con Holanda
Trayecto
Nijmegen
Casa
Kleve
Río Rin
Groesbeek
Kranenburg
Wesel
Ree
Weeze
Río Mosa
Dinslaken
Gladbeck
Knikkerdorp
Oberhausen
Essen
Duisburg
Holanda   Alemania

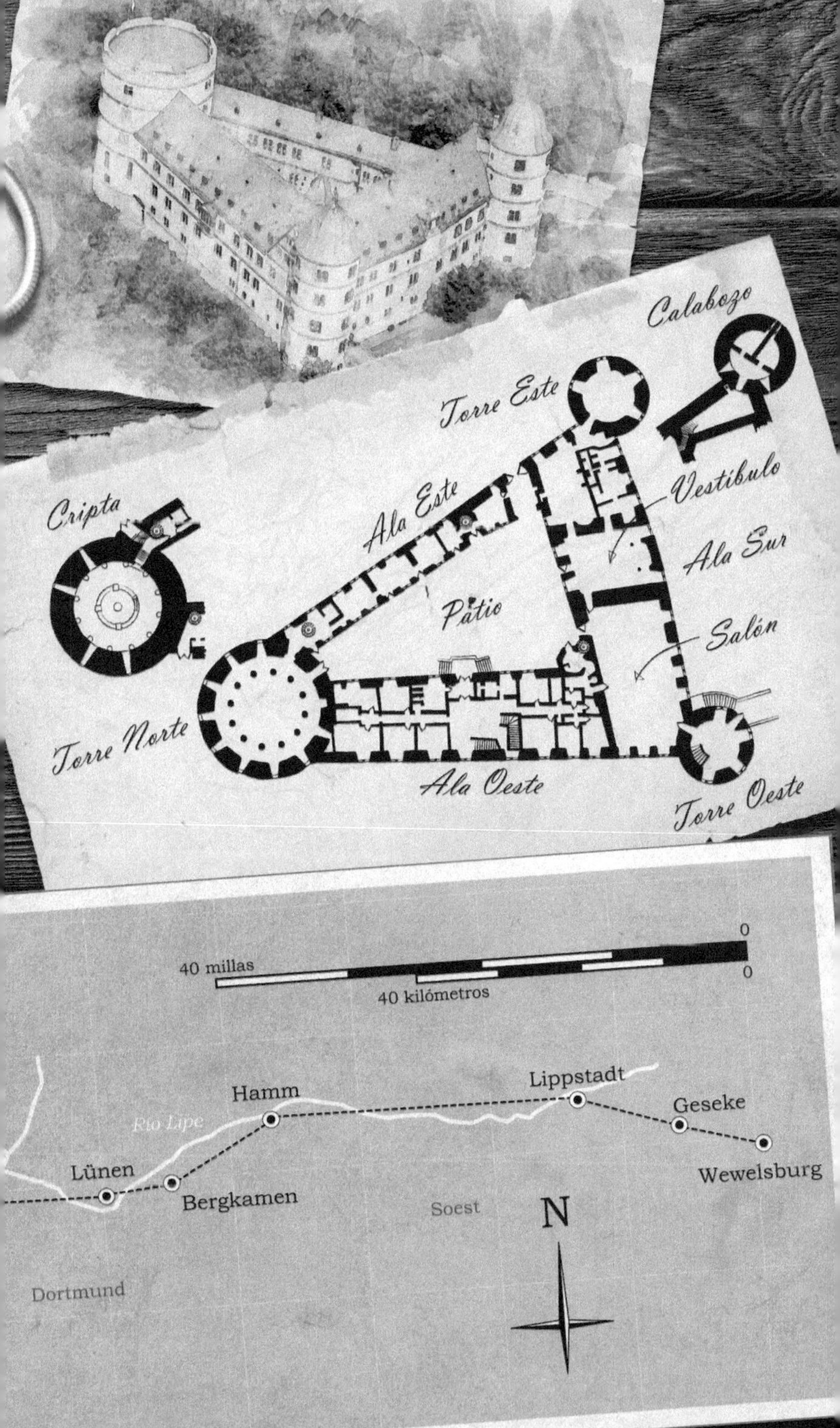

Calabozo
Torre Este
Vestíbulo
Cripta
Ala Este
Ala Sur
Patio
Salón
Torre Norte
Ala Oeste
Torre Oeste
40 millas
40 kilómetros
0
0
Lippstadt
Hamm
Geseke
Río Lipe
Lünen
Wewelsburg
Bergkamen
Soest
Dortmund
N

PRÓLOGO

A PESAR DE HABER ESTADO FUERA SOLO UNOS DÍAS, ya era una extraña en mi propia casa. Sin mi abuela, se sentía enorme, fría y sin vida.

—Maia, ¿estás segura de esto? —Shelly estaba de pie en el marco de la puerta. —Puedes quedarte en mi casa hasta que te sientas mejor… ¡Podemos tener una noche de chicas todos los días!

Sonreí brevemente, recordando todas las cosas tontas que habíamos hecho en pijama. —Gracias, Shelly, pero... quiero... necesito estar aquí. —Mi corazón se hundió al ver la silla vacía donde mi abuela solía sentarse todas las mañanas para tomar su café.

—Lo sé —Shelly me apretó el hombro. —Dejaré esto en tu habitación. —Levantó la mochila que contenía mi ropa y el sobre manila que Bill me había dado en el cementerio.

—Puedes dejarlos sobre la mesa.

—Pero, las escaleras...

—No te preocupes, Shelly. Yo me encargo. Las muletas son temporales —la abracé. —Gracias por todo lo que has hecho por mí.

—Para eso están las amigas.

Asentí y ambas sonreímos.

—Por favor, llámame si necesitas algo.

—Lo haré.

Shelly cerró la puerta.

Una vez sola, suspiré, mirando alrededor. —¿Qué se supone que debo hacer ahora?

De alguna manera todavía esperaba la respuesta siempre sabia de mi abuela, pero la casa vacía no respondió.

Cogí el sobre manila y me senté en el sillón. Vacié su contenido sobre la mesa de café, incluido el misterioso libro antiguo con cubierta de cuero. Pasé las yemas de mis dedos por el contorno de la palabra tallada en la cubierta: *Resiliencia.* La palabra transmitía la desesperación de la mano que la había grabado. Lo hojeé, pero le faltaba el primer tercio del libro, los restos de las páginas desprendidas aún estaban pegados a la encuadernación. La primera página disponible contenía una dedicatoria de mi abuela, así que supuse que las páginas descartadas no tenían importancia. Leí en voz alta.

—"Mi queridísima Maia…" —mi voz se quebró al pensar en escuchar su voz. —"Para cuando leas esto, estarás llena de preguntas, muchas de las cuales ni siquiera yo tengo una respuesta. Lo siento, debería haberte dicho esto antes, pero me faltó el coraje. Guardé silencio, esperando que mi pasado nunca te persiguiera, que no heredases mi maldición. Pero verte postrada en la cama del hospital, mi Pandita Rojo, es lo que me animó a escribir esto, con el corazón roto. Porque tienes derecho a saber la verdad. El secreto enterrado en mi pecho durante tanto tiempo. Maia, debes saber cómo conocí al Heraldo de la Muerte…"

CAPÍTULO 1

AQUELLA MAÑANA ME DESPERTÉ como un soldado entrenado, antes de que sonara mi despertador *Kienzle*. Apagué la vela de mi buró cuando el primer rayo de luz brilló a través de las ventanas empañadas por el rocío. Como alguien que teme dormir en la oscuridad, crecer en una época en la que mantener una luz encendida por la noche podía identificar el objetivo de un bombardero, era un desafío. Sin embargo, todas las noches me atrevía a encender una vela. Era un grito ahogado de protesta por la guerra, cuando la luz y la oscuridad no eran una metáfora perfecta del bien y el mal. Había demasiada maldad sucediendo a plena luz del día, pero también bondad floreciendo en la oscuridad.

Me puse un top blanco, lo metí dentro de mis shorts, até los cordones de mis zapatos y abroché mis rebeldes rizos con una diadema, siguiendo la vestimenta de la mujer representada en el cartel colgado en la pared de mi dormitorio. Una mujer hermosa, fuerte y heroica cruzando la línea de meta con la bandera nazi ondeando detrás de ella. Suspiré, visualizándome como ella, ganando el oro en los Juegos Olímpicos. Saludé, leyendo la frase escrita en la parte superior, —*Im Bund Deutscher Mädel* —deseando reunirme con mis amigas Gerda y Ania y todas las demás chicas *BDM*. Porque ¿de qué servía pertenecer a una Liga de Muchachas Alemanas si no podíamos estar juntas? Unión, amistad y pertenencia era todo lo que mis ojos podían ver en esa imagen. Como adolescente, tú no te atrevías a cuestionar tu lealtad. *Nuestra causa es justa,* nos dijeron. Enseñaron. Adoctrinaron. Entonces, nos enviaron a vagar por un mundo roto, con los ojos vendados por nuestra ingenuidad.

Agarré mi abrigo y salí a escondidas de mi habitación, bajando las escaleras de puntitas para evitar despertar a mi madre. En la cocina, Frau Weber ya estaba preparando el desayuno. Ella sonrió en complicidad, su dedo regordete presionado contra sus labios fruncidos. Rebanó una voluminosa hogaza de pan de trigo y la untó con mermelada, auténtica mermelada de fresa, cultivada y conservada por ella, no la mermelada coloreada químicamente que se distribuía en aquella época en Berlín. Era una de las pocas ventajas de vivir en el campo. —*Danke* —susurré y me dirigí afuera.

Los primeros rayos de sol tiñeron el dosel de nubes, y los abetos y pinos que coronaban las montañas irradiaban un halo de santidad. El viento frío de septiembre sopló mi cabello mientras devoraba mi pan y seguía estirándome. —Arriba, derecha, abajo, izquierda, arriba… —toqué mis pies y el suelo en cada flexión. Troté de un lado a otro a través del camino de tierra varias veces, mi corazón bombeó sangre caliente a mis extremidades hasta que mi abrigo se volvió innecesario.

Una figura apareció en el camino. Era Herr Huber tirando de su mula. —¡Te levantaste antes que el sol hoy, Melocotón! —dijo quitándose el sombrero.

—Nos vamos a Wewelsburg después de mi clase. Mi querida amiga Gerda se casa.

—*Ja,* tu madre me lo contó. Déjame llevar al viejo *Schwein* al granero —dijo, acariciando su mula. —Iré a buscar tu equipo antes de comenzar mi día —Herr Huber fue el primer labrador contratado por mi abuelo, y después de cincuenta años era el único que quedaba. —*Demasiado viejo para volver a casarme, demasiado viejo para luchar en la guerra* —solía decir, tras el fallecimiento de su esposa por neumonía y la pérdida de su hijo durante la Gran Guerra. —*Arar los campos es lo único que me queda.*

Herr Huber salió del granero con los marcos de madera que me había ayudado a armar cuando me mudé a la granja. Espaciamos las vallas proporcionalmente a lo largo de los ochenta metros de mi pista improvisada y troté hasta la línea de salida. Me arrodillé, las manos detrás de la línea de cal y los pies fuertemente afianzados a la tierra. Herr Huber levantó su pañuelo con el reloj de bolsillo en la mano. Cuando dio la señal, corrí.

Correr una carrera de obstáculos dependía tanto de la precisión como de la velocidad, para calcular el momento exacto del salto, teniendo cuerpo y mente perfectamente sincronizados. Después de interminables horas de entrenamiento, tu cuerpo actúa instintivamente, sintiéndose casi mágico. Cuando me acerqué a la meta, no vi ni a Herr Huber ni la granja. Mi mente se había transportado al *Olympiastadion* de Berlín, rodeada por una multitud de miles de asistentes que vitoreaban. Levanté los brazos al cruzar la línea de meta, imaginándome subiendo a la cima del podio, todos ovacionando mi triunfo.

—¡Menos de quince segundos, Melocotón! —Herr Huber dijo emocionado. —Rompiste tu récord anterior.

—¡Hurra! —Brinqué emocionada ante la idea de estar más cerca de materializar mi sueño. Pero mi alegría duró poco.

—¡Emma! —Mi madre apareció en la puerta, con las manos en la cintura. —¿Cuántas veces debo decirte que no juegues afuera mientras aún está oscuro?

Tragué saliva. —Estaba entrenando, no jugando —repliqué.

—¿Y crees que los bombarderos harán una distinción?

Suspiré.

—Emma, estamos en guerra.

—Lo sé —dije desanimada, recordando los ataques aéreos que irrumpieron la paz de Berlín a partir del verano del '40. Esas innumerables noches de pesadilla que tuvimos que dormir en el sótano se habían vuelto insoportables para mi madre en el otoño del año pasado, 1943. —Pero por eso nos mudamos a la tranquilidad del campo, ¿no? Para vivir en paz. Sin bombardeos —hice eco de sus propias palabras al justificarse ante mi padre.

Mi madre frunció el ceño y gruñó.

—Frau Niemeyer, por favor, lo siento, es mi culpa... —Herr Huber trató de interceder por mí.

—No se disculpe en su nombre, Herr Huber. Conozco a mi hija. Es una profesional en arrastrar a todos en un lío.

Pero para mí, ese "lío" era algo que los ojos escépticos de mi madre no podían ver. Sin escuela ni BDM y teniendo solo amigas de papel (las cartas de Ania no eran ni la mitad de divertidas que la Ania real), mi sueño de convertirme en una atleta como Trebisonda Valla era todo lo que me quedaba. Mi madre siempre se quejaba:

—*¿Por qué no como Anni Steuer?* —una de nuestros mejores atletas alemanes, pero Trebisonda era la italiana que le había robado el oro a Anni en una carrera de obstáculos en el '36. Y yo quería ser la mejor, ganar el oro, y como dijo el *Führer* —*Si ganas, no tienes que dar explicaciones.*

Desafortunadamente, mi madre nunca me imaginó como una atleta sino como un ama de casa como ella. —¿Qué hombre honorable se casará contigo si te ve retozando así, Emma? —pero a pesar de sus esfuerzos, yo no podía ver el matrimonio en mi línea de meta. —Espero que a tu padre le guste ver a su hija sucia y apestosa. —Mi madre empujó la puerta para abrirla —¡Ahora, métete!

—Me bañaré antes de mi clase con Herr Günther. —Quien era tutor que mi padre había contratado para continuar mis estudios.

—Malas noticias para ti, jovencita, hoy no habrá clase. Nuestro transporte nos recogerá temprano, ¡así que es mejor que termines tu desayuno y te laves, ahora!

—Pero primero necesito limpiar mi desorden, como me enseñaste, ¿verdad?

Mi madre se quedó boquiabierta con mi astucia, mientras Frau Weber luchaba por contener la risa bajo el escrutinio de mi madre.

¿Lo vio, señor Huber? —Pregunté, ayudándolo a llevar los marcos de madera de regreso al granero. —En cada salto, sentí que casi podía volar.

—Mis ojos no lo podían creer. Volaste con tanta gracia como un cisne.

Sonreí. —Pero mi rodilla rozó el sexto obstáculo.

—No te preocupes, estoy seguro de que lo harás perfectamente la próxima vez.

Amontonamos los marcos detrás de un pajar. Schwein nos recibió regurgitando su comida, gruñendo como un puerco, de ahí su apodo, "Cerdo".

—Antes de que te vayas —Herr Huber hurgó en su bolso y sacó una carta. —A pesar de estar dirigida a mí, parece que realmente está destinada para ti.

—¿No conoces a un tal Jacques DuBois de París? —Pregunté, leyendo el nombre del remitente.

Herr Huber negó con la cabeza. —Dale la vuelta.

Escrita en el reverso, la palabra *Para* se podía leer junto a un dibujo a lápiz de color de un melocotón con una cara sonriente. —"Para Melocotón" ... ¿Podría ser de... Anton?

Herr Huber sonrió con complicidad y mi corazón se aceleró al pensar que mi hermano podría estar detrás de la identidad del remitente. Luché por creerlo, considerando que Anton había fallecido hacía un año, lo que significa que esta podría ser la última carta que escribió antes de su muerte.

—¡Emma! —gritó mi madre en la distancia.

—Será mejor que te vayas —aconsejó Herr Huber.

—*Danke*, Herr Huber.

Sostuve la carta contra mi pecho como si fuera mi salvavidas y esprinté de regreso, imaginando que, si corría lo suficientemente rápido, podría encontrar a mi hermano esperándome en la casa. Para desafiarme a mí misma, usé los postes de la cerca paralela al camino como marcas para erigir obstáculos mentales que salté como si fueran obstáculos reales. Pero a mi llegada, alguien más me dio la bienvenida.

—¿De quién estás huyendo? —Preguntó un joven desde el camino de entrada. Su uniforme gris ostentaba insignias de hojas de roble en el cuello y hombreras trenzadas, pero lo que me llamó la atención fueron sus botas militares pulidas, impecables, como las de mi padre. Había llegado en un coche mientras yo estaba en el establo, un Horch negro reluciente con faros sobresalientes cromados.

Escondí el sobre detrás de mí, sobresaltada. —¿Perdón?

—Lo lamento —se quitó la gorra y la sostuvo bajo su axila izquierda. La parte superior de su cabello sedoso brillaba bajo el sol, contrastando con sus costados muy rapados. —Te vi corriendo todo el camino hasta aquí. Muy impresionante —sus ojos penetrantes de color gris esterlina me dejaron sin habla, y me sonrojé al darme cuenta de que me había visto saltando. —Tú debes ser Emma, ¿cierto?

—Emma, te dije... —mi madre salió reprendiéndome, pero guardó compostura al notar a nuestro visitante. —¡Oh! Lo siento.

—*Sieg Heil!* Frau Niemeyer.

—Sieg Heil —respondió mi madre. —Pensé que Hermann nos llevaría.

—Lo siento, Frau Niemeyer. Su esposo y Hermann tenían un asunto urgente que atender, por lo que el *Obergruppenführer* Von Schroeder nos ordenó a Otto y a mí que viniéramos por ustedes, y no retrasáramos su llegada a Wewelsburg.

Otto salió del asiento del conductor del auto portando el mismo uniforme. —Sieg Heil —saludó y se ajustó los anteojos gruesos y redondos, realzados por sus pobladas cejas, pero que al menos ayudaban a disimular su nariz aguileña.

—Lo siento… —Mi madre hizo señas, buscando su nombre.

—*Brigadeführer* Ghislain Fleischer.

—¡Oh! —La voz de mi madre se volvió melodiosa al escuchar su nombre y rango. —Mis disculpas, Brigadeführer Fleischer, pero como puede ver, mi hija rebelde aún no está lista. Así que me temo que tendremos que retrasar nuestra partida.

Ghislain se volvió hacia Otto, quien pescó un reloj dorado del bolsillo de su chaqueta. Otto lo sostuvo con cuidado y, con el nudillo de su dedo índice, golpeó la tapa tres veces, como si fuera una puerta, antes de abrirla. Observó el reloj por un momento y asintió a Ghislain.

—Esperaremos hasta que su hija esté lista, Frau Niemeyer —Ghislain sonrió agradablemente, con sus dientes perfectamente alineados. —El compromiso de su hija con los deportes es lo que más necesita el *Reich*.

—Emma, tu baño te espera —me instó mi madre con una media sonrisa. —Señores, ¿puedo ofrecerles una taza de té para aliviar la espera?

—Espléndido —respondió Otto, y ambos entraron detrás de mí.

Me apresuré escaleras arriba, no menos preocupada por lavarme. Una vez sola en mi habitación, abrí la carta. A primera vista, confirmé que era la letra de Anton. Luché por contener mis sollozos, para evitar que me escucharan abajo. Guardé la carta sin leer y me deslicé dentro de la bañera para lavarme las lágrimas, con la esperanza de que el agua también pudiera llevarse la imagen de Anton descansando dentro del ataúd. La palidez mortuoria de su piel rígida, la frialdad de sus dedos perfectamente entrelazados y el vacío de sus grandes ojos cerrados. Me restregué la piel como si los recuerdos de su funeral fueran suciedad que no pudiera quitar.

Una vez que el agua calmó mis nervios, salí de la bañera y me sequé.

Entonces, me atreví a leer la carta.

Querida Melocotón:

Si tienes esta carta en tus manos, significa dos cosas. Primero, la carta burló a las agencias de inteligencia desde París. Pero también significa que ya estoy muerto.

La gente dirá muchas cosas después de mi muerte. Algunos me recordarán como un héroe y otros como un traidor. La verdad es que ni los que me alabaron ni los que me condenaron realmente me conocían. Solo tú sabes el hombre que realmente fue tu hermano.

Melocotón, hice cosas terribles que me atormentan mientras duermo. Pero una vez que descubrí la verdad, no pude darle la espalda. Ojalá pudiera explicártelo, pero eso te pondría en peligro. Basta decir que muchos secretos se esconden tras los muros de Wewelsburg.

No divulgues el contenido de esta carta a nadie, ni siquiera a nuestros padres. Por favor, cuida de mamá por mí. Ella te necesitará más que nunca. Cuando la guerra toque a tu puerta, quédate cerca de Papá y todo saldrá bien.

Te mando por adelantado mis felicitaciones por todos tus cumpleaños que me perderé.

No me eches de menos, porque después de lo que he visto, te aseguro que nos volveremos a encontrar.

No te apresures por la vida, no importa lo lento que pase el tiempo. Las manecillas del reloj siempre dan vueltas.

No te desesperes, porque en el lugar a donde voy, no pasan los días.

Sé fiel a ti misma, porque solo te reconoceré si no olvidas quién eres en realidad.

¿Traidor?... ¿Cosas terribles?... ¿Secretos en el castillo de *Wewelsburg?* Suspiré, desanimada, preguntándome sobre las incógnitas que rodeaban la muerte de mi hermano. —Wewelsburg… —susurré, convenciéndome de que podía encontrar la verdad detrás de su asesinato en ese castillo.

Sé valiente, porque la valentía es lo que más necesitarás… fueron las últimas palabras de Anton antes de que el trazo de su pluma se interrumpiera.

—Es lo que más necesita el *Reich* —repetí las palabras de Ghislain que hacían eco de las de mi hermano. Impulsada por la determinación, me puse mi uniforme BDM: una falda larga azul, zapatos marrones con cordones y medias grises, una blusa blanca con un pañuelo oscuro y, encima, una chaqueta aterciopelada de cuatro bolsillos de color marrón dorado. Finalmente, me puse mi gorra, ladeada, con mis rizos brotando debajo.

—¡Emma! —Gritó mi madre desde abajo. —¡Apresúrate! ¡Nos vamos!

—¡Ya voy! —Pero antes de irme, escondí la carta detrás del

póster en mi pared y recogí mi collar con medallón esférico del buró. Contenía la foto de Anton como cadete por un lado y una foto de mis padres por el otro. Lo besé antes de cerrarlo y lo colgué alrededor de mi cuello, escondiéndolo cuidadosamente dentro de mi blusa, recordando que no se deben exhibir joyas con el uniforme.

Corrí escaleras abajo, con la maleta en la mano, pero me detuve a mitad de camino cuando encontré a Ghislain esperándome. Él subió los últimos escalones para encontrarse conmigo. —¿Estás bien? —Extendió una mano gentil. —Los ojos siempre traicionan el silencio de un corazón roto. Eres demasiado joven para llorar por un hombre —sus ojos se volvieron más brillantes, iluminados por los rayos de sol que se filtraban por la ventana a mi espalda.

—No todas las lágrimas de las mujeres se atribuyen a los hombres —le respondí, y le ofrecí mi maleta en su lugar, la cual amablemente agarró con una sonrisa y la llevó a la cajuela del auto.

—Tu madre te espera en el auto —me informó Frau Weber, apretándome con sus brazos regordetes.

—Estaremos de regreso pronto.

Antes de partir, saludé a Herr Huber, que estaba alimentando a los cerdos, pensando en las mejoras que podríamos hacer en las vallas de madera la próxima vez que lo viera.

CAPÍTULO 2

UNA VEZ QUE ABANDONAMOS LA SEGURIDAD de la granja del abuelo y el automóvil se dirigió al oeste, el paisaje devastado por la guerra volvió a ser palpable para mí después de un año de reclusión del mundo. Cruzamos puestos de control militares, sorteando convoyes de carga y tropas marchando que prolongaron la duración de nuestro viaje. Pero desafortunadamente para mí, mi madre se aseguraba de que nadie se aburriera con su charla interminable. Todavía estaba tratando de digerir el contenido de la carta de mi difunto hermano, pero el incómodo interrogatorio de mi madre lo impidió.

—Luce muy joven para ser un brigadeführer consumado —ella elogió a Ghislain.

—Ninguna edad es demasiado joven para servir a la patria.

—Cierto. No es una obligación sino un derecho de nacimiento, y así se debe enseñar a los hijos… Pero dígame, ¿está casado?

Ghislain se volvió a medias desde el asiento del pasajero, desconcertado por la pregunta. —No, me temo que no, aún —él sonrió. —Todavía sigo buscando a la mujer indicada.

—Entiendo —dijo mi madre con genuina empatía. —Es tan difícil encontrar a la persona adecuada hoy en día. Los jóvenes han perdido interés en las costumbres tradicionales. Las mujeres ya no se respetan a sí mismas. Todo esa, *relajación*, tiene un precio. Divorcios y matrimonios rotos. ¿No está de acuerdo, Brigadeführer Fleischer?

—Ciertamente… —Ghislain respondió abruptamente, tomado desprevenido. Hizo una pausa y sus ojos desorientados lo traicionaron mientras elaboraba su respuesta. —La… la fuerza del Reich surge de los valores de nuestras familias.

—Eso es lo que le digo a Emma todo el tiempo.

Oh no, puse los ojos en blanco al escuchar mi nombre.

—El matrimonio es el único camino a la felicidad —dijo. —Pero un caballero nunca se enamorará de una libertina.

El silencio en el auto se volvió incómodo. Ghislain y Otto intercambiaron miradas, pero eso no disuadió a mi madre de continuar con su monólogo.

—Me quedo despierta por la noche preocupándome de cómo Emma encontrará un hombre decente para casarse en medio de la guerra.

Quería objetar, pero la experiencia me había enseñado que el resultado sería peor. Así que me contuve y permanecí en silencio.

—No hay razón para preocuparse, Frau Niemeyer —dijo Ghislain con un tono conciliador. —Ella tiene el mejor ejemplo en su madre. Estoy seguro de que su hija se casará con un hombre decente, y tal vez un día, el Führer le conceda la Cruz de Honor de la Madre Alemana.

—Ojalá… —dijo mi madre con aire de resentimiento, ya que ella misma no pudo conseguir el reconocimiento. Para la cruz de bronce, eras elegible si tenías cuatro o cinco hijos, una cruz de plata para seis o siete y una cruz de oro para ocho o más. Pero mi madre había tenido tres abortos espontáneos antes que yo, y las reglas estipulaban solo niños sanos y genéticamente aptos. No abortos, muertes fetales o abortos espontáneos. Después de un embarazo de riesgo conmigo, tuvo que renunciar a la idea de tener una gran familia, por recomendación del médico. —Eso traería tanta alegría a esta familia —dijo, acariciando mi hombro.

Pero rechacé la idea de realizar sus sueños incumplidos. Como una adolescente, era incapaz de visualizarme como madre y, además, estaba interesada en una medalla diferente: el oro olímpico. —¿Tener ocho hijos solo para conseguir un asiento seguro en el autobús o el mejor corte de carne en la carnicería? —Repliqué, considerando poco atractivos los beneficios otorgados a las madres condecoradas. —Quiero hacer algo más —la vergüenza me impidió compartir mi sueño olímpico con extraños, así que respondí a rajatabla. —Quiero servir a mi país.

—No hay nada más servicial que la maternidad. —Otto me miró a través del espejo retrovisor. —Llevar a los soldados de esta nación en tu vientre no es más que heroico.

Las palabras de Otto detonaron algo dentro de mi madre. Sus ojos se perdieron en el paisaje enmarcado por la ventana, su mano apretando sus guantes. —¿Dónde estamos? —preguntó cuando había vuelto en sí misma.

—En Kassel —respondió Ghislain.

Mientras estábamos absortos en nuestra conversación, el paisaje rural se había vuelto urbano.

—¿Qué pasó? —Señalé las columnas de humo que serpenteaban sobre la ciudad. Antes de que alguien pudiera responder, un camión de bomberos pasó a toda velocidad a nuestro lado, haciendo sonar sus sirenas mientras se dirigía hacia los incendios. —Bombardeos... —respondí, hipnotizada por las deslumbrantes llamas que exhalaban nebulosos torrentes de humo.

—Parece que el blanco fue el complejo industrial de *Henschel* —explicó Otto, girando de par en par para evitar los escombros.

—No solo las fábricas... —dijo mi madre con tristeza, mientras el fuego brotaba de las ventanas de las casas suburbanas cercanas. Los sobrevivientes cubiertos de ceniza se arrastraban entre los escombros en busca de sus seres queridos.

—Bombardeo en alfombra —agregó Otto.

—¿Alfombra? —repetí, perpleja.

—Bombardeos indiscriminados —aclaró.

Una niña pequeña que vestía un camisón manchado de sangre lloraba desconsoladamente en lo alto de un montón de escombros, lo que presumiblemente había sido su hogar. Parecía imperceptible para todos los que corrían a su alrededor, instintivamente absortos en sobrevivir a su propio infierno. La colección de horrores que todavía acechaba mi sueño resurgió: las aterradoras sirenas antiaéreas, el ensordecedor retumbar de las explosiones, el crujido de las casas abrasadas, las chispas de fuego que enrojecían el cielo nublado, los inquietantes gritos de los heridos y el eco del llanto de los supervivientes. Cuando mi atención volvió a la niña, ya no estaba sola. Un hombre vestido de negro se paró detrás de la niña, apoyando una mano reconfortante en su hombro para poner fin a su llanto.

Ella levantó sus ojos preocupados para encontrarse con la mirada del hombre y recuperó la calma, como si hubiera encontrado a un pariente desaparecido. El hombre me miró; nuestros ojos se encontraron brevemente, hasta que el auto los dejó atrás.

—¿Por qué esta gente no ha evacuado la ciudad? Está destruida —dijo mi madre con la voz quebrada.

—Se niegan a hacerlo —explicó Ghislain. —Los alemanes somos gente resiliente.

—En octubre pasado, Kassel soportó una incursión de más de quinientos bombarderos —Otto relató los acontecimientos mientras navegaba por el laberinto de muros en ruinas sin techos. —En una sola noche, los británicos arrojaron miles de bombas, junto con barras incendiarias de magnesio, literalmente incendiando toda la ciudad.

—Los incendios duraron una semana —agregó Ghislain. —Regresaba de Frankfurt cuando me encontré en medio del caos… —Hizo una pausa como si estuviera buscando las palabras enterradas en algún lugar entre los escombros junto a la carretera. —Los tornados de fuego se alzaron en medio de las casas… Mis ojos no podían creer que tales cosas pudieran siquiera formarse. —Otto miró brevemente a Ghislain, como si también fueran comentarios nunca escuchados por él. —En medio de la destrucción, encontré a un anciano desenterrando comida enlatada de una casa derrumbada. Lo insté a escapar, pero con la misma calma con la que desenterró los comestibles, respondió: "Mi familia ha vivido en Kassel durante cuatro generaciones... y saludo desde aquí", como si sus ojos aún pudieran ver un hogar debajo de las cenizas y el polvo.

—Estas personas son los verdaderos héroes —concluí, observando a la gente en las calles tratando de llevar una vida "normal" a pesar de la tragedia.

—Brigadeführer Fleischer, ¿es verdad?… ¿Sobre Francia? —Dijo mi madre después de un silencio abrumador.

Los ojos de Ghislain se desviaron hacia Otto con nerviosismo. —Sí —aclaró su garganta. —Hemos… em… perdido Francia. Pero no se preocupe. Ya hay planes en marcha para repeler la invasión estadounidense.

Mi madre recibió la noticia con ojos inquietos. A ella no podía importarle menos la invasión de Francia, pero desde que mi hermano Anton había sido encontrado muerto en una habitación en París hace un año, sintió que Francia le había robado la felicidad, o más bien se la había llevado, como lo dijo mientras lloraba sobre su ataúd. —*París me dio a mi hijo, y París me lo quitó* —mis padres habían concebido a mi hermano durante su luna de miel en París.

La muerte de Anton pesaba como un yunque dentro del corazón de mi madre. ¿Cómo podría no ser así? Él era su favorito. No podía quejarme de que mi madre favoreciera a mi hermano por encima de mí, porque yo era *su* favorita. Siete años mayor que yo, Anton no era solo un hermano sino también, considerando las largas ausencias de nuestro padre de casa, una figura paterna para mí. La preocupación de Anton por mí, sus juegos divertidos y sus bromas tontas habían atenuado la ausencia de nuestro padre.

Mi madre decía que Anton había venido a este mundo golpeado por la suerte. La vida siempre parecía reacomodarse a su favor. Tras sobresalir en la escuela y en los deportes, inició una brillante carrera en la *Schutzstaffel* que ni siquiera la sombra de nuestro destacado padre pudo opacar. Anton llamó rápidamente la atención de todos los oficiales de alto rango de las SS, y se le ofreció un puesto en el *Sicherheitsdienst* (SD para abreviar). Su nuevo trabajo en el servicio de seguridad había vuelto hermético a Anton, pero lo que más resentía era que se distanciara de mí. En su última carta "oficial" enviada desde el estado eslovaco, Anton había culpado a la guerra por su cambio de comportamiento. ¿Tanto te ha cambiado la guerra, Anton? Lo cuestioné en mi respuesta, sintiendo como si su carta hubiera sido escrita por una persona diferente. Ahora, considerando la carta póstuma que acababa de recibir, mis sospechas sobre una falsificación se intensificaron. *Pero ¿quién podría beneficiarse de hacerse pasar por mi hermano solo por escribirle a su familia?* Anton fue encontrado muerto descansando en su cama, envenenado con su vino, según la autopsia realizada por la SD. Su asesinato fue atribuido a la Resistencia francesa.

Con la muerte de mi hermano, el Reich perdió un héroe, pero mi madre perdió su sol. Debajo del orgullo de una madre alemana cuyo hijo había muerto engrandeciendo la patria acechaba la inquietud de un intercambio injusto.

Cada vez que veía a mi madre sumergida en su agonía silenciosa, me preguntaba si preferiría que fuera mi cuerpo el que llenara el ataúd en lugar del de Anton.

Muchas veces había pensado que sí.

CAPÍTULO 3

CUANDO LLEGAMOS A LA VILLA WEWELSBURG, al noreste de Büren, el sol estaba a punto de ponerse. La silueta del castillo coronaba una colina envuelta en un manto de robles, pinos y abetos que recortaban el cielo anaranjado pastel con nubes surcadas. Una vista digna de una pintura renacentista.

El castillo era imponente, una inmensidad que las fotografías que mi padre había traído a casa no podían transmitir. —Mira, es como en los cuentos de hadas que te gusta leer —me había ilustrado mi padre cuando tenía seis años, sentada a su lado con total asombro. —Un castillo como en el que vivían el Rey Arturo y los Caballeros de la Mesa Redonda, ¿recuerdas?

—¿Eres un Caballero de la Mesa Redonda, papá? —había preguntado ingenuamente. —Entonces, ¿dónde están tu brillante armadura y tu espada?

Mi padre se rio. —No somos luchadores, sino investigadores.

—¿Qué buscan?

—Nosotros… —mi padre se puso serio. —Buscamos el Santo Grial, como hizo el Rey Arturo.

El castillo de Wewelsburg había sido una vez una fortaleza medieval, pero se usó contra los húngaros, en lugar de los sajones, como luchó el rey Arturo, y luego fue reconstruido para albergar señores feudales a principios del siglo XVII. Finalmente, en 1934, Heinrich Himmler lo arrendó para albergar no solo el cuartel general, sino también el corazón y el alma dije las SS.

Mientras el auto ascendía la cuesta por el lado sur de la colina, con las palabras de Anton dando vueltas en mi cabeza, me pregunté si la historia del *Reichsführer* Heinrich Himmler y sus Caballeros de Schutzstaffel sería un cuento de hadas, como mi padre había insinuado.

Una vez en la cumbre, pasamos el puesto de guardia. Otto condujo el Horch paralelo a un muro perimetral erigido alrededor del jardín del castillo y continuó hasta la celaduría, un edificio de tres pisos con paredes de piedra sin enjarrar y un techo a dos aguas de tejas azules, a juego con la arquitectura del castillo. Cuando el coche giró a la izquierda, el castillo se hizo visible en todo su esplendor. El castillo de Wewelsburg tenía tres edificios, dispuestos en un diseño triangular conectado por tres torres redondas que actuaban como vértices. El triángulo era isósceles, como una punta de flecha apuntando al norte, con una torre más ancha en la punta.

El automóvil se acercó al ala este, cruzó el foso a través de un puente de piedra y entró por la puerta que conducía al patio interior. —Bienvenidos a Wewelsburg —dijo Ghislain con alivio una vez que el Horch se detuvo.

—¡Finalmente! —Exclamó mi madre.

Bajé del coche y me di la vuelta, admirando el castillo con asombro. Las torres este y oeste tenían cúpulas puntiagudas, que contrastaban con la planitud de la torre norte, pero el diámetro de esta última era el doble del tamaño de las otras dos. Desde el patio interior, se podía acceder a las alas este, oeste y sur, y a la torre norte, pero solo se podía acceder a las torres este y oeste a través de los edificios. Para facilitar el acceso a los niveles superiores o inferiores de los edificios desde el patio, se colocó una escalera de caracol dentro de una torre más delgada incrustada en la intersección entre las alas oeste y sur.

—¡Emma! —Mi padre llamó detrás de mí.

—¡Papá! —Corrí a su encuentro y lo abracé con la efusividad de largos meses de separación, pero no encontré correspondencia a mi cariño.

—Me alegro de que estés aquí —dijo a medias, palmeando mi espalda con una leve sonrisa.

Había crecido acostumbrada a las esporádicas demostraciones

de afecto de mi padre, escondidas detrás de su fachada de formalidad y diligencia, pero a medida que avanzaba la guerra, su seriedad se había convertido en frialdad. Sus ojos distraídos transmitían una sensación de vacío. Y su vacío no era solo psicológico sino ahora también físico, como mis brazos corroboraron cuando apreté su holgado atuendo. Había perdido suficiente peso para que la gorra le quedara más profundamente de lo habitual. Sentí su incomodidad por mi inspección, y su mirada se desvió hacia mi madre.

—Frieda —mi padre extendió su mano para encontrar la de ella. Los dos brazos estirados formaron un largo puente que ninguno se atrevió a cruzar.

—Hans —mi madre y él se miraron con sonrisas nostálgicas durante el momento en que sus dedos permanecieron entrelazados, hasta que mi padre retomó su papel.

—Gracias, Ghislain y Otto, por cualquier inconveniente que esto pudiera haber generado.

—Es nuestro deber, Obergruppenführer Niemeyer —respondió Ghislain ceremoniosamente.

—Hermann, por favor muéstrales sus habitaciones —instruyó mi padre al hombre que estaba detrás de él. —Desafortunadamente, tengo otros asuntos que atender —Hermann era el asistente y chofer personal de mi padre. Lo había conocido antes cuando mi padre nos visitó. Era un hombre reservado, solo hablaba cuando mi padre se lo preguntaba, a tal punto que ni siquiera me atrevía a saludarlo. Me alegró saber que no nos llevaría a Wewelsburg.

—Entendido, Obergruppenführer —Hermann chasqueó los tacones.

—Pónganse cómodas y descansen del extenuante viaje —nos dijo mi padre. —Pero, por favor, estén listas para la cena.

Hermann trató de recoger mi maleta de manos de Ghislain, pero él se negó. —Yo me llevaré esta —un gesto no cuestionado por mis padres.

—Por favor síganme —Hermann nos condujo al ala oeste.

El ala oeste era un edificio de cinco pisos, incluyendo el nivel subterráneo (foso) y el ático, dedicado principalmente al alojamiento. A diferencia del crudo exterior, las paredes interiores estaban enjarradas y pintadas de blanco, con detalles en madera de roble. Pinturas al óleo de paisajes alemanes decoraban las paredes del vestíbulo. Las esvásticas y las runas, especialmente las SS dentadas, como dos rayos estilizados, eran los motivos principales.

Subimos las escaleras hasta el segundo piso. —Frau Niemeyer, en la habitación del Obergruppenführer Niemeyer —anunció Hermann, señalando las secciones opuestas del pasillo. —Y *Fräulein* Niemeyer se quedará en la habitación…

—Yo guiaré a Fräulein Niemeyer —Ghislain arrebató la llave de la mano de Hermann.

—Por favor, no llegues tarde a la cena, Emma —me recordó mi madre antes de separarnos.

El silencio se prolongó mientras caminábamos por el pasillo con muchas puertas. Ghislain se volvió brevemente de vez en cuando para mirarme por el rabillo del ojo. Una puerta entreabierta me llamó la atención. En el interior, un joven cadete de las SS hojeaba libros.

—Se suponía que el castillo de Wewelsburg albergaría la escuela de las SS, —explicó Ghislain, notando mi interés.

—¿Qué pasó?

—La guerra convierte a los alumnos en soldados.

—¿Pero estudian cuando no están combatiendo? Mi padre me dijo que hay salas de estudio e incluso una biblioteca científica en este castillo.

—Por supuesto —Ghislain se detuvo frente a la puerta al final del pasillo. —Siempre hay espacio dentro de estas paredes para el adoctrinamiento —abrió la puerta y me indicó que entrara.

Esperaba que los aposentos del castillo fueran lúgubres y húmedos, como una posada medieval, pero para mi sorpresa, la habitación era bastante acogedora, bañada por la luz del atardecer a través de un enorme ventanal con marco de roble, compuesto por cuatro ventanas abisagradas alineadas en dos por dos. Los muros del castillo eran asombrosamente gruesos, lo que permitía que el largo alféizar de la ventana funcionara como banca. El mobiliario constaba de dos literas de madera a cada lado de la habitación, un armario de caoba de dos puertas y una mesita.

—¿Compartiré la habitación con alguien más? ¿Mis amigas de BDM se quedarán conmigo?

—No… un hombre —dijo Ghislain casualmente, y no supe qué responder. —No te preocupes, es un caballero valiente y apuesto, de esos que adoran las mujeres.

Sin saber si era una broma, le seguí el juego. —¿Cómo sé que es valiente?

—Porta una de estas —señaló la Cruz de Hierro que colgaba de su cuello, un reconocimiento otorgado por el propio Führer como muestra de valentía en la batalla.

—¿Y guapo?

—Tiene una mirada penetrante y rasgos cos una voluntad de hierro —Ghislain sonrió, sus ojos grises teñidos de ocre por la puesta de sol. —¿Aceptarías una invitación para pasear por los jardines del castillo del brazo de tan fino caballero?

—Tal vez —me balanceé sobre mis talones. —Pero primero, me gustaría conocer a este misterioso pretendiente.

—En realidad, tengo una foto.

Me puse seria, desconcertada por haber creído todo el tiempo que se estaba refiriendo a sí mismo. Ghislain señaló un cartel pegado en la pared que mostraba al Führer, Adolf Hitler, con el puño derecho apoyado en la cadera, de pie ante una multitud, con la leyenda *Wir Folgen Dir.*

—"Te seguimos" —leí.

—Compartirás la habitación con él. El mismo Führer supervisará tu sueño.

Me reí, dándome cuenta de mi ingenuidad.

—Qué hermosa sonrisa tienes. Y pensar que nos privaste de tu sonrisa durante todo el trayecto. Sin duda habría aliviado el viaje —Ghislain se acercó a mí. —Por favor, no le digas a tu madre —susurró y guiñó un ojo.

Algo en Ghislain me recordaba a mi hermano, algo más allá de las facciones, el uniforme o su edad. Quizás la capacidad de divertirme convirtiendo una trivialidad en algo especial.

—¡Melocotón! —una voz familiar rompió el silencio y, sin saberlo, retrocedí, haciendo que la escena pareciera aún más incriminatoria.

Los ojos brillantes de Ania se asomaron por la puerta entreabierta. —Acabo de enterarme de tu llegada —mi mejor amiga entró en la habitación con una blusa oscura con las mangas arremangadas y una falda hasta la rodilla. Su cabello, arreglado en trenzas gemelas, caía sobre sus hombros.

—¡Ania! —la abracé con emoción y el cariño de una hermana.

—Melocotón, mírate, ¡has crecido tanto! —la sonrisa con dientes salientes de Ania parecía grabada de forma permanente en su rostro. Nunca la abandonaba, ni siquiera cuando lloraba. Siempre la había admirado por eso, y la envidiaba en igual grado.

—¿Tú crees? —estaba escéptica sobre la diferencia que podría hacer un año, pero para una adolescente, supuse que era mucho.

—Por favor, ven conmigo. Tenemos mucho de lo que ponernos al día desde tu última carta —Ania se volvió hacia Ghislain. —Oh, lo siento, Brigadeführer.

—Solo estaba escoltando a Fräulein Niemeyer a su habitación —dijo solemnemente.

—¿A dónde vamos? —pregunté mientras Ania me jalaba hacia afuera.

—Con Gerda.

—Fraulein Niemeyer —Ghislain detuvo nuestro escape y me entregó la llave de la habitación. —Por favor, prepárate para la cena.

—Claro, lo haré —dije mientras Ania me empujaba por el pasillo.

—Él es apuesto —declaró Ania, pero la hice callar, temiendo que Ghislain, que caminaba diez pasos detrás, pudiera escucharnos.

—¿Dónde te estás quedando?

—Allá —Ania señaló una habitación al lado de la escalera.

—¿Gerda se está quedando contigo?

—Ella recibió una suite especial como futura novia. Comparto con Olga y Mitzi de BDM, ¿las recuerdas? No soy hija de un renombrado oficial de las SS, para tener el privilegio de ser escoltada por un jefe de brigada a mi habitación exclusiva.

—¡Ania! —La reprendí apretando su brazo mientras descendíamos la escalera. —No estoy sola. El Führer me está mirando.

—El Führer nos vigila a todos —bromeó Ania en un tono críptico, y nos reímos. —Ven, quiero mostrarte algo.

La seguí hasta el patio, donde un grupo de jóvenes vestidos con camisetas de tirantes descargaban suministros de un camión y los llevaban a la cocina. Nos escabullimos más allá de sus miradas indiscretas y entramos en el ala sur a través de una puerta junto a la torre de la escalera. El salón del castillo constituía la mitad entera del primer piso del ala sur. Los acabados seguían la línea de mi habitación, paredes blancas con enormes ventanas de roble que enmarcaban las vistas de los jardines del castillo, pero la decoración era extensa: brillantes armaduras medievales se alzaban alrededor de la periferia, banderines colgados en las paredes que mostraban las runas de las SS y la esvástica, y un enorme retrato de Hitler colgado en el centro, con uno más pequeño del líder de las SS, Heinrich Himmler, el superior de mi padre, a su lado. Candelabros en forma de anillo colgaban encadenados del alto techo con vigas de roble, y antorchas de hierro atornilladas a las paredes iluminaban el lugar. Tres mujeres trapeaban enérgicamente el piso de piedra de diseño cuadrado, con todos los muebles apilados al final de la habitación.

—Están preparando todo para la boda. ¿No es hermoso? —Ania contuvo la respiración. —Este salón albergará la recepción.

—Sí, hermoso —repetí, pero yo en cambio estaba alabando la vista del jardín.

—¡Casarse en un castillo, un verdadero castillo! —Ania suspiró, romantizando la idea de la boda de cuento de hadas. —Vamos afuera.

Seguí a Ania a través de una puerta que conducía al vestíbulo de la torre oeste y continuamos nuestro camino hacia la salida, pasando a los guardias de la puerta. Afuera, un estrecho puente de piedra continuaba sobre el foso, que era, de hecho, una depresión natural del terreno, con un sendero para caminar alrededor del castillo, pasando por debajo de los puentes arqueados.

—¡Melocotón, mira, es Gerda! —Ania señaló hacia el jardín. Gerda deambulaba galantemente, ataviada con un vestido azul oscuro con estampado de azaleas, del brazo del Brigadeführer Bruno Unger, tal y como Ghislain había descrito en su propuesta. —¡Ven! Vamos —bajamos las escaleras, paralelas a la pared exterior del castillo.

—¡Gerda! Gerda! ¡Mira quien está aquí! —Ania agitó la mano cuando nos acercamos.

—¡Emma! —Gerda me abrazó. —Estoy tan contenta de que estés aquí para acompañarnos. ¿Ya conocías a mi futuro esposo?

Asentí. Mi padre era su superior y, según sus palabras, Bruno era un hombre digno de confianza.

—Pequeña Niemeyer. —Bruno me estrechó la mano. —Ha sido un largo tiempo.

—Un año. —Mi sonrisa se desvaneció al recordar que la última vez había sido durante el funeral de Anton.

—Ciertamente —reconoció Bruno con visible remordimiento al traer de vuelta el doloroso recuerdo. —Damas, las dejaré. Supongo que tienen mucho de lo que ponerse al día —Bruno tomó la mano de Gerda y la besó. —Querida —hizo una reverencia y se puso la gorra. —Te veré en la cena.

—Ahí va el amor de tu vida —dijo idílicamente Ania, más emocionada que la propia Gerda.

—Gerda, me alegro de que te cases con Bruno. Es un hombre digno de confianza —repetí las palabras de mi padre, a falta de mejor cumplido.

—Desde que lo conocí, Bruno no ha sido más que amable —Gerda se volvió hacia mí. —Durante las dificultades, no hay nada como estar con alguien que te haga sentir que vale la pena despertarse al día siguiente.

Gerda tenía un rostro encantador pero melancólico, lo que le otorgaba un aire maternal. Sus ojos dolientes habían sido testigos de tanto dolor. Después de que abandonó BDM a los dieciocho años, el ejército había reclutado a Gerda como operadora de reflectores para identificar bombarderos en medio del cielo nocturno. Siendo testigo de primera mano del bombardeo de Berlín. Un día, Gerda se quedó dormida. En su prisa por llegar a tiempo a su turno, cruzó la calle imprudentemente y un automóvil casi la atropella. El conductor era Bruno.

—Una verdadera historia de amor —Ania suspiró, pero no estaba segura si el brillo en los ojos de Gerda era amor verdadero o solo admiración.

—"Cásate sólo por amor" dice el octavo mandamiento para la mujer alemana —declaró Gerda, como si espiara mis pensamientos. —Lo aprendí en la *Reichsbräuteschulen* —un par de meses después de anunciar el compromiso, Gerda abandonó el servicio y se unió a la Reichsbräuteschulen, o escuela para novias del Reich, para prepararse para ser la novia perfecta.

—¿Cómo te fue? —preguntó Ania, genuinamente interesada.

—No es muy diferente del BDM, pero hicimos más cocina, planchado y jardinería y menos ejercicio.

—Eso suena terrible —dije, considerando que los eventos de atletismo eran mi actividad favorita.

—Las clases de cría de animales y cuidado de niños son los sustitutos de los deportes.

—Perfecto, porque quiero tener ocho hijos, recibir una Cruz de Oro de Honor de la Madre Alemana y no tener que hacer fila para subir al tranvía —dije con sarcasmo.

Gerda y Ania se rieron.

—"Deberías querer tener tantos hijos como sea posible". Es el décimo mandamiento, así que será mejor que te hagas a la idea —nos informó Gerda.

Puse mis ojos en blanco. —¿Nada sobre ganar una medalla de

oro olímpica?

—*Kinder, Küche, und Kirche* —dijo Gerda. —"Niños, cocina e iglesia" es el lema, nada sobre los Juegos Olímpicos, lo siento.

—Asistir no estaba entre mis planes de todos modos —dije aliviada.

—No creo que tengas otra opción —dijo Gerda en su tono terriblemente honesto, bordeando lo funesto. —Como tu padre es un destacado líder de las SS, asumo que querrá que asistas a una escuela para novias para casarte con un distinguido oficial de las SS.

—Y Melocotón ya tiene un apuesto pretendiente brigadeführer —Ania me dio un codazo y me sonrojé. —Tal vez en unos años seremos nosotras asistiendo a su *SS-Eheweihen* —una SS-Eheweihen era una consagración matrimonial de las SS, no católica. La de Gerda era la primera a la que asistía.

—N-no lo sé —dije a medias, pensando en mi futuro no tan prometedor.

—Quítate esa cara sombría, Emma —instruyó Gerda. —No es tan malo como parece. Realmente disfruté el curso de seis semanas. Jugamos, aprendimos canciones e incluso leímos leyendas y cuentos de hadas.

—No es eso. Es solo... la idea de casarme... Me gustaría hacer otra cosa. Algo grande… para mi país.

—¿Estás planeando unirte al servicio, Melocotón? —Ania cuestionó mi juicio.

Me quedé muda.

—No hay necesidad de probarte a ti misma ante nadie, Emma, ni siquiera ante tus padres —dijo Gerda tomando mi mano. —Tú no eres tu hermano. No puedes competir por llenar el vacío que dejó. No es justo.

Las palabras de Gerda me cayeron como un balde de agua helada. ¿Estoy inconscientemente tratando de reemplazar a mi hermano? ¿O en el fondo es eso lo que realmente quiero, y simplemente *transpira al mundo exterior?* Tal vez era mi guerra personal por ser notada, ser cuidada y ser amada.

—Y-yo… —me quedé sin palabras, tratando de explicarme.

—No tienes que unirte al servicio, Emma, ni presionarte para competir en los Juegos Olímpicos. —Ella apretó mi mano. —Como mujeres, tenemos una obligación mayor con nuestro país. Necesitamos mantener nuestros cuerpos puros. Mente y espíritu. La patria espera que seamos esposas y madres solidarias que defiendan los valores raciales en nuestra familia —Gerda dijo esto como si estuviera leyendo un texto de las enseñanzas de la escuela para novias. —Solo sigue los mandamientos y te casarás con un hombre guapo, Emma. Estoy segura de eso.

—¡Ay dios mío! Es demasiado tarde —Ania rompió el inquietante silencio. —Necesito prepararme para la cena.

—Tonterías, te ves encantadora —dijo Gerda.

— No hay tal cosa como demasiado arreglada. ¿Quién sabe? Tal vez me encuentre con el amor de mi vida en los pasillos del castillo —Ania guiñó un ojo antes de irse.

—Ojalá tuviera la mitad de su entusiasmo —dije mientras observábamos a Ania subir las escaleras a toda prisa. —Ella sueña despierta con asistir a la escuela para novias y tener su propia SS-Eheweihen.

Gerda se puso seria. —Desafortunadamente, ella nunca lo hará.

—¿Por qué?

—La Oficina de Asentamiento y Raza de las SS nunca lo permitirá.

—Ella es alemana.

—Su padre murió de tuberculosis.

—Pero ella está perfectamente sana y hermosa —repliqué con frustración.

—No importa lo hermosa que sea, Ania lleva los genes de su padre y la salud es una precondición para la belleza.

El comentario de Gerda me hizo sentir pequeña, impotente, como si todo en la vida hubiera estado precondicionado desde el nacimiento, grabado en las estrellas, y no pudiera hacer nada para cambiarlo.

Cuando regresábamos al castillo, volví mi rostro hacia el cielo. Vi a un hombre parado en el balcón del último piso del ala sur. No pude reconocer sus rasgos faciales a esa distancia.

Pero no albergaba ninguna duda de que nos estaba mirando.

CAPÍTULO 4

CUANDO LLEGUÉ AL COMEDOR, la mirada despectiva de mi madre me hizo saber que llegaba tarde. —Buenas noches —murmuré disculpándome mientras me sentaba en una silla vacía entre Ania y mi madre.

—Mi hija, Emma —anunció mi padre, atrayendo la atención de todos los comensales hacia mí. —¿La recuerdas, Eric? —le preguntó a su compañero obergruppenführer. Su rostro me resultaba familiar, pero se me había hecho difícil identificar por nombre los cientos de rostros de uniformados registrados en mi memoria.

—Sí, hace dos años, si no recuerdo mal, durante la celebración del cumpleaños del Führer —dijo Eric. —Puede parecer mucho tiempo, pero para los viejos como nosotros, Hans, es como si fue ayer, ¿eh?

Mi padre concordó. —En el pasado, la humanidad medía los años con las cosechas. Ahora, el tiempo se ha vuelto relativista.

—¿Dónde estabas? —Ania murmuró.

—Desempacando —dije, incapaz de admitir que mi siesta de cinco minutos se había salido de control.

—¿Algo de beber? —se ofreció una sirvienta.

—Solo agua —respondí, y la criada sirvió un vaso de una jarra de porcelana.

Ghislain, que estaba sentado frente a mí, dijo: —Espero que hayan disfrutado de su paseo por los terrenos del castillo.

—Ciertamente lo hicimos —respondió Ania. —¿Verdad, Melocotón?

Estaba a punto de responder cuando dos hombres más entraron al salón. Cuando aparecieron, Ghislain y Otto se pusieron de pie y chasquearon sus talones con la formalidad habitual.

—En descanso. Por favor permanezcan sentados —dijo el mayor de los dos, quitándose su gorra militar y colocándola sobre la mesa, ostentando la insignia *Totenkopf*: la calavera y las tibias cruzadas. —Esta noche, podemos ahorrarnos las formalidades —sonrió, y no pude evitar notar dos pequeños agujeros sobre sus cejas a un par de centímetros de distancia del centro de su rostro, demasiado extrañamente simétricos para ser causados por un accidente. Se sentó en la cabecera de la mesa, flanqueado por sus colegas, mi padre y Eric, y su acompañante más joven se sentó entre Ghislain y Eric, frente a mi madre.

—Esto es una celebración —continuó. —Si pudieran servirnos —hizo un gesto a la fila de sirvientas paradas detrás de nosotros. —No puedo recordar cuánto tiempo ha pasado desde la última vez que Wewelsburg estuvo así de vivo. Tanta sangre joven —enfatizó esto como si fuera un anciano. Sus facciones afiladas y las líneas de expresión acentuadas alrededor de sus pómulos prominentes le hacían parecer mayor que mi padre, pero su rostro recién afeitado transmitía una sensación más joven en comparación con el barbudo Herr Huber; muy recién afeitado de hecho, ya que aún se le veían múltiples heridas en carne viva por toda la cara. Me pregunté si su piel era sensible, ya que tenía la edad suficiente para sentirse cómodo con una navaja.

—Deberías agradecer a nuestras visitantes —Eric se volvió hacia nosotras.

—Permíteme hacer las presentaciones —dijo mi padre. —Mi hija, Emma, su amiga Ania Klein y, por supuesto, la futura novia, Gerda Lange. Las tres amigas cercanas de la BDM.

—Un placer —respondimos las tres al unísono.

—El placer es todo mío, señoritas. Soy el Obergruppenführer Wolfrick Von Schroeder, y este es mi *Gruppenführer*, Reinhard Schmid. —Von Schroeder hizo un gesto con la mano a su compañero más joven, un hombre probablemente de treinta y tantos años. —Supongo que ya conocen a los dos brigadeführers, Ghislain y Otto, que sirven bajo su mando —Von Schroeder había aclarado la cadena de mando; el equivalente en el ejército sería desde teniente general a mayor general y finalmente general de brigada, lo que significaba que Reinhard era superior a Ghislain.

—Los rumores eran ciertos —dijo Reinhard, con la vista baja, los dedos jugando con los cubiertos, su pulgar derecho recorriendo el lado aserrado del cuchillo. Luego se volvió hacia Gerda, entrecerrando los ojos a través de un mechón de cabello que le caía sobre la cara. Él sonrió ampliamente, con coquetería. —La prometida de Bruno es realmente hermosa.

—Una verdadera belleza alemana, de hecho —dijo Von Schroeder. —Felicidades, Bruno.

Bruno les dio las gracias, un poco avergonzado. —No podría estar más feliz de casarme con una mujer tan hermosa e inteligente como Gerda —sostuvo la mano de Gerda. —Mi margarita.

—Yo tampoco podría —respondió Gerda con modestia.

—*Hochzeitssuppe* —dijo una sirvienta, llenando mi cuenco de sopa decorado con runas. —Sopa de bodas.

Me volví brevemente hacia Ghislain, que no había quitado los ojos de mí mientras cortaba mis albóndigas.

—¿No es lindo? —preguntó mi madre. —El verdadero amor es siempre infantil.

—Por eso creo que es mejor dejar el romance en el dominio de las mujeres —Eric guiñó un ojo, levantando su copa de vino.

—Eso es porque nadie entiende a los niños mejor que las mujeres —respondió mi madre.

—Tiene razón, Frau Niemeyer —reconoció Von Schroeder. —Hay un niño escondido en cada hombre —se volvió hacia Gerda. —Ve ahora, mujer, ve a descubrir al niño en el hombre.

—Qué palabras tan inspiradoras, Obergruppenführer…

—*Así habló Zaratustra* —dijo Reinhard con voz gutural, interrumpiendo a mi madre.

—¿Qué? —Dije, demasiado tarde para contener mi pregunta en el reino de mis pensamientos.

Los ojos ávidos de Reinhard se posaron en mí. —*Así habló Zaratustra* —repitió, esta vez más suavemente.

—Es una cita de un libro —explicó Otto.

—*Así habló Zaratustra* es una novela filosófica del filósofo alemán Friedrich Nietzsche —explicó mi padre.

—¿Nadie en el BDM te enseñó sobre Nietzsche? —inquirió

Von Schroeder, entrelazando sus manos enguantadas y apoyando los codos sobre la mesa.

—N-no lo sé... —me giré perpleja hacia Ania y Gerda. —No que yo pueda recordar.

—Te lo dije. No podemos delegar el adoctrinamiento a los mediocres —dijo Reinhard con disgusto, diseccionando meticulosamente su comida.

—¿Pueden oírlo? —Von Schroeder dijo con calma. Todos intercambiamos miradas, sin oír nada, aislados dentro de los muros de Wewelsburg. —¿No escuchan el martilleo de los cañones? ¿El golpeteo de las bombas o las ráfagas de viento provocadas por las balas?

—Afortunadamente estamos demasiado lejos para eso, Wolfrick —dijo Eric a la ligera, tratando de aliviar el estado de ánimo.

—Precisamente, Eric; estamos en guerra, pero no todos los alemanes conocen la razón. Solo unos pocos pueden identificar a nuestro enemigo —Von Schroeder se volvió hacia mí. —Fräulein Niemeyer, ¿podría decirnos quién es nuestro enemigo?

Todos los ojos se posaron en mí. Mis labios se fruncieron, mis palmas sudaban y el talón de mi pie derecho picoteaba el suelo. *¿Los británicos? ¿americanos? ¿rusos? ¿judíos?* Mi mente divagó, tratando de encontrar la respuesta correcta.

—¿Qué crees que verías al otro lado del campo de batalla? —agregó Von Schroeder.

Figuras uniformadas eran la única imagen en mente. —¿Hombres? —Dije, sintiéndome estúpida.

—De hecho —respondió Von Schroeder, para mi sorpresa. —Pero no cualquier hombre. Hombres inferiores.

—Los he visto en batalla. Son solo una dolorosa vergüenza —intervino Reinhard. —Chimpancés librando la guerra.

—Combatimos al hombre ignorante que no puede soñar —continuó Von Schroeder, haciendo caso omiso de los comentarios de Reinhard. —El que pasó de gusano a humano simplemente para ganarse el sustento y trabajar todo el día solo para mantenerse cálido. El que niega lo supremo por lo mediocre, el infrahumano. El mundo está plagado de infrahumanos, desinteresados en la salvación de la humanidad. Pero la humanidad debe prosperar y mejorar, incluso si los medios para alcanzar el fin pueden parecer malvados. Sólo el inmenso sufrimiento es el último liberador del espíritu.

—¿Pero el dolor soportado por el pueblo alemán no es

suficiente? —Me atreví a preguntar, ante la mirada atónita de todos, especialmente de mi madre, pero el panorama que habíamos presenciado en Kassel aún estaba fresco en mi mente.

—El diezmado de los hombres es precisamente la fuerza motriz que engendra una raza más fuerte, una raza maestra. Esta guerra es solo un puente, no el objetivo; un puente entre el infrahumano y el Übermensch, el Superhombre. Un ser superior consciente de su propia fuerza, no humilde sino complacido con sus propias capacidades.

Ghislain escuchó solemnemente las palabras de Von Schroeder, como si escuchara la homilía de un sacerdote.

—¿Pueden imaginarlo? —Von Schroeder preguntó retóricamente. —Un ser con fuerza y reflejos superiores, con habilidades psíquicas sobresalientes, capaz de doblar la trayectoria de una bala en la batalla o manipular los signos vitales de su enemigo y obligarlo a rendirse. Solo imaginen las posibilidades de tener la capacidad de controlar los elementos o simplemente poseer la mente de un enemigo para ejercer control sobre su cuerpo. Ya no habría más guerras. Tal podría ser el poder del Superhombre.

—¿Poseer el cuerpo de otra persona? Eso suena como una posesión demoníaca —me susurró Ania, pero aparentemente lo suficientemente alto como para que se escuchara al otro lado de la mesa.

—¿Qué dijo, Fräulein Klein? —Von Schroeder se inclinó sobre la mesa para mirarla mejor.

—Eh, nada —Ania se encogió en su silla.

—Las posesiones demoníacas pueden parecer historias para asustar a los niños por la noche —continuó Von Schroeder. —Pero este castillo ha sido testigo de tales eventos. En 1631, la Santa Inquisición llevó a cabo dos juicios en el calabozo del sótano de la torre oeste. El primero para juzgar a la infame Bruja de Fedelm, o la Huesuda Duana, como se la conoce en los cuentos populares, por sus extremidades flacas, más largas que la altura de un hombre, y por no tener carne, su piel adherida al hueso y desgarrada en las articulaciones. Los cuentos decían que fingía ser una anciana jorobada, pero ocultadas debajo de su túnica, sus extremidades torcidas podían elevarla por encima de un hombre montado a caballo.

—La Bruja de Fedelm vagaba por los caminos cercanos al bosque al anochecer, aullando como un gato, y si escuchaba el llanto de un recién nacido, lo arrebataba de su cuna, y se lo llevaba consigo en un vientre hecho de telarañas para no ser visto jamás. A lo largo de los siglos, la gente emprendió interminables cacerías de brujas después de la desaparición de los recién nacidos para llevar a la Huesuda Duana ante la santa justicia, pero todas fracasaron. Las leyendas aseveraban que su capucha escondía un cráneo deformado con tres pares de ojos: un par para ver el presente, un par para el pasado y uno más para ver el futuro. Lo que la hacía omnisciente y no podía ser engañada por los hombres.

La historia me dio escalofríos, pero me atreví a preguntar: —Si no se le podía engañar, ¿cómo la capturaron?

—La bruja de Fedelm fue llevada ante la justicia por los suyos, otra bruja, o más bien un brujo, el famoso secuestrador galo llamado *Ravissour*. Pero el precio a pagar fue alto, ya que él también era buscado por la Inquisición. El excéntrico brujo fue sentenciado a muerte por cargos de ritos satánicos y brujería, enlistando entre sus vicios "darse un festín desnudo cubierto con la sangre de vírgenes". Los mitos de la época afirmaban que Ravisseur podía controlar la mente de las mujeres, pero versiones más desmitificadoras señalaban que era simplemente un hombre atractivo y un hábil seductor. También se decía que Ravisseur se jactaba de poseer la espada mágica de Carlomagno, que tenía una hoja que podía volverse invisible; sin embargo, al momento de su detención no portaba ningún arma.

—Al final, ambos murieron, Ravisseur asesinado por su verdugo dentro de la sala de torturas, y la Bruja de Fedelm, quemada viva en un horno en las afueras de la villa de Wewelsburg. La razón por la que Ravisseur se enfrentó a la Bruja de Fedelm, arriesgando su propia vida, permanece incierta. Algunos alegan que la Huesuda Duana poseía el conocimiento para obtener la vida eterna, pero su muerte a manos de la Inquisición refuta tal argumento. Vale la pena mencionar que los informes indican que su quema pública duró tres días completos, ya que los aldeanos afirmaron que sus gritos aún se podían escuchar desde el interior del horno al tercer día. También informaron haber escuchado a los gatos maullar durante las tres noches, algo bastante inusual, considerando que todos los gatos de la ciudad habían sido asesinados con anterioridad.

El comedor estaba en completo silencio. Incluso el tintineo de los cubiertos había cesado después de la escalofriante historia. Trozos de carne colgaban de tenedores, esperando ser devorados por bocas abiertas, o permanecían a medio masticar detrás de labios fruncidos. Nadie se atrevió a romper el hechizo que había convertido a todos los comensales en estatuas vivientes.

—Justo como dijiste, Wolfrick —dijo mi padre finalmente. —
Cuentos para asustar a los niños —su tono era conciliador, pero
fijó sus ojos severos en Von Schroeder.

Von Schroeder intercambió miradas irritadas con mi padre,
pero después de un momento de creciente tensión, una sonrisa
finalmente apareció en su rostro. —Oh, sí... Nada más que las cadenas y los grilletes quedan de esos tiempos terribles, atornillados
a las piedras de la mazmorra de este castillo, antiguos como los
cuentos populares —dos gotas de sangre brotaron de los diminutos agujeros sobre sus cejas, corriendo por sus ojos como lágrimas de sangre. Agarró su pañuelo y se limpió el rostro. —Perdón.
Heredé la enfermedad de los reyes —se rio. —Hemofilia —una
condición que afectaba la capacidad del cuerpo para crear coágulos
sanguíneos.

Von Schroeder pescó un reloj de su bolsillo y, al igual que Otto,
golpeó tres veces la tapa antes de abrirla. Lo contempló por un
momento y frunció el ceño antes de cerrarlo. —Tendrán que dis-
culparme. Asuntos urgentes demandan mi atención —se levantó y
se puso la gorra. —Por favor, disfruten de la cena.

Von Schroeder se alejó y Reinhard lo siguió. —Damas —hizo
una reverencia sin apartar los ojos de mí y se peinó hacia atrás el
mechón de pelo con su mano.

CAPÍTULO 5

DESPERTÉ POR LA NOCHE con el golpeteo de la lluvia contra la ventana. La vela que había encendido para evitar la oscuridad estaba apagada, pero una franja de luz que cruzaba el suelo desde la puerta entreabierta me hizo saltar de la cama. *La cerré antes de acostarme.* Estaba segura. No había nadie dentro de mi habitación, pero cuando miré afuera, un niño pasó corriendo hacia una puerta abierta a unas pocas habitaciones de la mía.

—¿Hola? —Me acerqué al lúgubre dormitorio en el que había entrado, pero nadie respondió. No podía recordar haber visto a un niño en Wewelsburg antes, así que me aventuré adentro. Mis dedos de los pies se encogieron, sintiendo el suelo frío. Las ventanas que daban al patio del castillo estaban abiertas, y aparentemente habían estado así por un tiempo. Un charco de agua de lluvia se había formado en el suelo. Sopló una ráfaga de viento frío, así que me abracé para mantener mi camisón caliente. No había pertenencias sobre el escritorio y las camas estaban hechas. La habitación estaba vacía.

Una figura se paró en la puerta, proyectando una sombra alargada, y me giré para enfrentar a la persona. Allí estaba el niño, probablemente de seis o siete años. Era difícil saberlo con la luz de fondo.

—Oye… —dije.

Él interrumpió: —¿Eres nuestra madre?

—No —fruncí el ceño, desconcertada.

—Sí, lo eres.

—¿Quién te dijo eso?

—Mi hermana.

—¿Esa es la razón por la que entraste en mi habitación?

El asintió.

—¿Dónde está tu hermana?

—Está encerrada.

—¿Encerrada? ¿Encerrada dónde... y por quién? —encontré la idea de una niña encerrada nada más que cruel.

—El... el Hombre que Llora.

—¿El hombre que llora? —negué con la cabeza, confundida, pero él no respondió. —¿Cómo te llamas?

—Sesenta y Seis —dijo, pero no tenía ningún sentido.

—Escucha, necesito que vengas conmigo, y juntos podemos buscar a tu... —di un paso adelante, extendiendo mi mano, pero él retrocedió. —¡Espera, no corras!

Sacudió la cabeza. —No hay tiempo... Están llamando a la bruja.

Un estruendo en el patio llamó mi atención. Los guardias abrieron la puerta principal, permitiendo que un carruaje no tripulado tirado por cuatro caballos de ébano entrara al medio galope hasta que se detuvo en el centro. Me volví hacia el niño, pero se había desvanecido, así que concentré mi atención en lo que sucedía afuera. Se abrió la puerta del salón principal del ala sur y salió una fila de hombres que vestían largos impermeables de cuero. Doce figuras se acercaron al carruaje. Reconocí a Von Schroeder al frente, y entre los demás, a Eric y a mi padre. Me coloqué al lado de la ventana para evitar ser vista.

El carruaje de madera era más largo de lo habitual. Tenía seis ruedas, dos en la parte delantera y cuatro en la parte trasera. Las ventanas estaban obstruidas con tablones de madera y aseguradas con cadenas y candados. Una lámpara de gas colgaba de cada una de las cuatro esquinas, ardiendo más roja que de costumbre.

Un relámpago destelló y la puerta en el centro del carruaje se abrió. Un trueno retumbó en el cielo cuando una mujer vestida con un largo vestido negro, con los rasgos borrosos detrás de un velo como una novia negra, salió y bajó los escalones sujetando la mano de Von Schroeder. No pude escuchar de qué hablaron mientras se dirigían a la torre norte, pero la puerta permaneció ligeramente abierta después de que entraron. *Esta es mi oportunidad de descubrir los secretos escondidos detrás de los muros de Wewelsburg que Anton mencionó, y no la desperdiciaré*, me animé.

Corrí a mi habitación y me vestí lo más rápido que pude. No estaba segura de sí había acceso directo a la torre norte desde el ala oeste, pero incluso si existiera, no quería perderme, así que atravesaría el patio. Para mi fortuna, ningún alma deambulaba por los pasillos, así que bajé rápidamente las escaleras hasta llegar al vestíbulo, donde caminé de puntitas, temiendo que un guardia estuviera patrullando. Mi intuición era correcta. Me agaché hasta que el guardia que patrullaba bajó las escaleras hacia el sótano. Abrí la puerta principal solo lo suficiente para cruzar, haciendo el menor ruido posible. Afuera, los guardias de la puerta principal estaban matando el tiempo, compartiendo un cigarrillo. Atravesé el patio agachada, camuflada por las sombras de la noche, el sonido de mis pasos amortiguado por la lluvia.

Dentro de la torre norte había una sala circular con una cúpula construida en el interior, que descansaba sobre doce columnas circulares con caminos arqueados que conducían a altas ventanas. De la cúpula colgaba un candelabro circular. En el centro del piso de mármol azul grisáceo, se destacaba un emblema. Era un círculo oscuro, con doce líneas en zigzag que salían para interceptarse con un círculo exterior. Las líneas torcidas se parecían a las runas de las SS. Parecía un sol radiante. *Un sol negro*. Cada línea apuntaba a una ventana diferente a excepción de tres. Uno apuntaba a la entrada y los otros dos a las puertas que conectaban las alas este y oeste.

El grupo había dejado un rastro de huellas de agua hacia la puerta que se dirigía al ala este, que seguí hasta una escalera de caracol. Sus voces resonaron desde el sótano, así que bajé y continué por otro tramo de escaleras hasta una bifurcación. El camino de la izquierda continuaba hasta la entrada de la cripta, sellada por una puerta enrejada de hierro. Me escondí detrás de la pared en la intersección y me arrodillé para tener una mejor vista de lo que estaba pasando.

—¿A quién se debe llamar durante la invocación? —Escuché la voz gutural de la mujer preguntando, pero no pude verla entre la multitud reunida junto a la puerta.

—¡El Sol Negro! —Von Schroeder respondió.

La mujer se rio. —No hay necesidad de una sesión de espiritismo para convocar a El que Camina entre Serpientes. El que escucha lo no dicho, contempla lo secreto, toca lo inexistente, huele lo subconsciente y saborea lo mundano y lo divino. Todo lo que se ha dicho o se dirá, él ya lo sabe, porque él es el que todo lo sabe.

—Insisto —dijo Von Schroeder con firmeza, presentando un cáliz dorado.

—Muy bien, entonces —la mujer se aclaró la garganta. —Vamos a empezar.

—¡Pónganse en posición! —Los doce hombres se pararon formando un círculo alrededor de un subnivel concéntrico, mirando hacia adentro, donde una hoguera anidaba en el centro. —¡Caballeros, presentes espadas! —ordenó alguien, y los doce estiraron los brazos y los inclinaron hacia adelante con las manos abiertas, con la palma hacia abajo, en el típico saludo nazi.

¿Caballeros? Recordé la fábula de los Caballeros de la Mesa Redonda contada por mi padre.

La mujer se quitó el velo y mezcló polvos dentro del cáliz. La mezcla produjo un humo ceniciento que rápidamente saturó la bóveda con un olor a carne quemada. Ella tarareó una canción mientras sostenía el cáliz en alto.

—A vos invoco, el oculto, a quien ningún hombre ha visto en ningún momento —dijo. —Vos que creasteis la oscuridad y la noche. Vos que disteis el fruto a probar. Vos que habéis traído el conocimiento a los ignorantes. Vos convencisteis a la humanidad de amarse y odiarse unos a otros. —A cada frase que declamaba, los doce agitaban los brazos como si fueran espadas, dibujando pentagramas en el aire.

—Invoco a Vos, el Terrible e invisible, que habitáis en el Lugar Vacío del Espíritu —la mujer siguió recitando mientras caminaba alrededor de la cripta, cáliz en una mano y esparciendo un polvo blanco con la otra, formando un gran círculo alrededor de los doce. Cuando la mujer pasó junto a la puerta, la observé más de cerca. Probablemente tendría más de cuarenta años, pero su cabello era completamente blanco, incluidas las cejas y las pestañas, como si fuera albina, aunque su tono de piel era marrón. ¿Podría ser ella la bruja a la que se refería el niño?

—Oculto: ¡Escuchadme! —ella gritó. —Este es el Señor de las Sombras. Este es el Señor de los Olvidados. Este es Aquel a Quien Temen los Vientos. Este es el que Camina entre Serpientes. El que Danza sobre Espadas —la mujer descendió al subnivel y roció el polvo, formando un triángulo circunscrito en la depresión, con la hoguera en el centro. Luego entró en el triángulo, cerca del fuego, y dejó caer su velo sobre su rostro nuevamente.

—¡Preparen la Mesa Redonda! —ordenó uno de los doce, y todos extendieron sus brazos hacia la derecha, descansándolo sobre el hombro del hombre a su lado, conectando a todos los miembros a través de la habitación. Las sombras proyectadas por el fuego en las paredes asemejaban una mesa redonda.

—¡Alzad, fuego inmortal! —ordenó la mujer, levantando los brazos. —Escuchadme: ¡Yo soy Él, el Oculto! ¡La Serpiente que se Traga los Mundos es Mi nombre! ¡Venid y seguidme! —ella exhaló, bajando los brazos.

Se hizo el silencio. Algunos de los doce intercambiaron miradas de preocupación, sudorosos y visiblemente cansados tras el constante movimiento de brazos. Pero luego el fuego en el pozo se hizo más grande, como si quisiera engullir a la mujer. El fuego se volvió azul, brillando como una estrella, lo que obligó a todos a cubrirse los ojos, incluyéndome a mí. Cuando el fuego azul se apaciguó, los rasgos de la mujer, algo visibles a través del velo opaco, se desdibujaron en un continuo cambio de forma, oscilando entre hombre y mujer, con rasgos afilados.

—¿Quién eres? —preguntó uno de los doce.

—Buscas entre las estrellas, pero no me encuentras —dijo una voz dual, tanto masculina como femenina. —Cuando me miran, se miran a ustedes mismos. Soy la serpiente oscura que devora el universo. Todo el que viene a Mí experimentará un nuevo comienzo.

—Sol Negro —Von Schroeder se acercó a la mujer. —Los trece te dan la bienvenida —realizó el saludo nazi.

—Doce, Obergruppenführer —corrigió la voz. —Falta uno.

—Mis disculpas. *El Reichsführer* Heinrich Himmler está en Berlín con el Fü...

—Nada está oculto para mí —interrumpió.

—Quiero informarle... —continuó Von Schroeder. —...que hemos avanzado en la recuperación de los artefactos sagrados; el Libro de Metatrón y el Espejo de Azazel están ahora en nuestro poder. Pero lo más importante, los niños que identificó ahora están bajo nuestro control, aquí en Wewelsburg... todos menos uno, aún desaparecido.

¿Niños en el castillo? ¿Podría ser ese el niño que vi antes?

—Desafortunadamente, la guerra en el frente oriental ha hecho que continuar la búsqueda sea inaccesible para nosotros.

—No te preocupes, todo se desarrolla de acuerdo con el plan —la cara dual mostró una extraña sonrisa de oreja a oreja.

—Nuestros enemigos han recuperado París y se acercan cada día más a Alemania —intervino un obergruppenführer.

—Esta guerra es solo una pequeña pieza en el gran esquema de las cosas. Una batalla perdida podría hacerles ganar la guerra mayor... con tiempo y la ayuda adecuada, por supuesto —dijo la voz seductoramente.

—Pero el Führer...

—¡Silencio! —dijo la voz, alterada, mientras el cuerpo de la mujer se retorcía, los brazos contorsionándose como si estuvieran rotos, la cabeza temblando y la espalda inclinada hacia adelante. —¿No he salvado a tu Führer de la muerte dos veces ya?

—Sí, sí —concedió el aterrorizado obergruppenführer con mirada cabizbaja.

—Cumpliré mi promesa: ningún enemigo le quitará la vida.

—Sol Negro, por favor —intervino Von Schroeder para calmar las tensiones. —Obedeceremos.

—Síiiiiiiiiiiiiiiiiiiiiiiii... —la mujer se acercó a Von Schroeder y, usando el dedo índice de su mano izquierda contorsionada, le untó la cara con la sangre que salía de los diminutos agujeros sobre su frente. —Sé que lo harás... Tú sabes mejor que nadie cómo se siente ahogarse en el pozo de arena... ¿eh, chico? —la voz retumbante se rio, dirigiéndose al fuego. —¡Los niños! ¡Tráiganme a los niños y les prometo que el Übermensch se alzará!

—¡Larga vida al Superhombre! —los doce gritaron al unísono.

¿Por qué son tan importantes esos niños? Me pregunté. ¿Podría ser este el secreto al que Anton se refería en su carta?

La hoguera se vigorizó una vez más y las llamas volvieron a su color habitual. Los rostros que se mostraban en el velo de la mujer se disolvieron y sus extremidades y espalda se relajaron, volviendo a la normalidad. Respiró agitadamente, como si hubiera estado a punto de ahogarse. Se quitó el velo, dejando al descubierto su rostro exhausto. —La sesión de espiritismo se acabó.

Al escuchar esas palabras, regresé por donde vine para evitar ser descubierta. Afuera, la lluvia había cedido, pero prevalecía la oscuridad. Las frías sombras me concedieron un paso seguro. Pero en lugar de ir directamente a mi dormitorio, me desvié a la habitación donde había encontrado al chico. No había rastro de él, pero me asomé por la ventana y observé la procesión de los doce que abandonaba la torre norte con la mujer. Ella subió los escalones de su carruaje y se volvió para despedirse. Entonces sus ojos profundos me miraron directamente.

Me alejé de la ventana y corrí a mi dormitorio, con el corazón acelerado y un miedo helado trepando por mi espalda. Corrí el cerrojo de la puerta y me metí entre mis sábanas sin quitarme la ropa. Me cubrí la cabeza con la colcha, dejando solo una pequeña grieta para que entrara aire fresco.

Mis manos temblorosas se negaron a volver a encender mi vela. Ya no tenía sentido evitar la oscuridad.

Me había sumergido en ella.

CAPÍTULO 6

—UN DÍA NO MUY LEJANO, espero que seas tú quien porte el vestido de novia —dijo mi madre, cepillándome el cabello y ayudándome a domar mis rizos. —Te casarás con un hombre digno de ti y tendrás hijos hermosos.

Mis labios permanecieron cerrados, no para evitar su conversación marital recurrente, pero con un silencio inducido por el miedo de los espantosos sucesos de la noche anterior que aún atormentaban mi mente.

—Sé lo que estás pensando —dijo, mirándome a través del espejo. —Pero una mujer no se realiza sin hijos. No podría imaginarme sin tenerte a ti o a… —Se detuvo antes de pronunciar el nombre de Anton. Después de una pausa, una sonrisa fugaz apareció y se desvaneció. —Ahora eres todo lo que tengo.

—¿Por qué? —pregunté, impasible.

Dejó el cepillo para el cabello. —Sin tu hermano y con mi única hermana sobreviviente casada con el enemigo, la única felicidad que puedo saborear ahora… es a través de ti. Todo lo demás es amargo. El tiempo consume la fascinación por la vida, dejándola sin sentido. Cuando llegues a mi edad, comprenderás que ver crecer a tus hijos es el único bocado de esperanza que alimenta tus ganas de vivir un día más. No podemos tener un futuro sin niños.

—En medio de esta guerra sin fin, ¿los niños tienen futuro? —pregunté. —¿Acaso tengo un futuro?

—Emma —mi madre me tomó de los hombros y me giró hacia ella. —Sobreviviremos a esta guerra, así como sobrevivimos a la anterior.

—¿Pero a qué costo?

—A cualquier precio —dijo mi padre, entrando en la habitación. —El Reich debe prosperar.

Después de verlo formando parte del ritual, la supuesta sesión de espiritismo, ya no estaba segura de quién era mi padre. Dudé de las intenciones que se escondían detrás de su semblante severo, endurecido por la guerra. El recuerdo de mi padre sin su uniforme ahora parecía de otro mundo. Alimentada por esa extrañeza paternal, no pude evitar preguntar: —¿Es eso lo que le dijiste a Anton?

Mi madre me abofeteó. —¡No le hables así a tu padre!

Mi mejilla palpitaba y mi respiración se volvió ruidosa.

—La grandeza de esta nación se erigió sobre el sufrimiento de todos los que nos precedieron —dijo mi padre. —Algún día entenderás lo que realmente significa el sacrificio... como lo hizo tu hermano, ¡como todos lo hacemos! Todos tenemos un deber que cumplir. Y pagamos el precio con alegría, porque cuando miras el mundo, te das cuenta de que no hay futuro fuera del nacionalsocialismo. Ni para ti ni para tus hijos. ¿Entendido?

—T-terminaré de vestirme en mi habitación —recogí mi vestido y salí corriendo.

El brazo de mi padre se extendió para detenerme, pero sus dedos se cerraron en un puño y se retrajeron cuando mi madre lo llamó por su nombre. La puerta contuvo los gritos de la disputa, silenciándolos, sus palabras perforando como cuchillos afilados a través de la madera. Corrí a mi dormitorio, apretando mi vestido contra mi pecho.

—¡Melocotón! —Ania gritó cuando pasé frente a su habitación, pero la ignoré, con miedo de que mis lágrimas se derramaran antes de que pudiera llegar a mi habitación.

—¡Melocotón! —Ania llamó a la puerta cerrada. —¿Está todo bien?

—S-sí, sí, solo necesito algo de tiempo a solas —dije, con las palabras quemando mi garganta.

—Está bien —respondió dudosa. —Pero por favor avísame si necesitas algo. Pasaré más tarde, cuando estés lista —los pasos de

Ania se desvanecieron.

Sujeté mi medallón que contenía la foto de Anton mientras apoyaba mi frente en la puerta, preguntándome si las cosas terribles que mi hermano lamentaba haber hecho que mencionaba en su carta, habían sido por órdenes de mi padre. Tal vez había algo de verdad oculta en las palabras de mi padre. Tal vez tenía que ser fuerte y estar dispuesta a sacrificarme, aunque no fuera por mi padre o el Reich. Se lo debía a Gerda, no podía faltar a su boda. Pero también se lo debía a mi hermano. Todavía tenía que desentrañar los misterios que se escondían tras los muros de Wewelsburg... ¿y qué mejor momento que durante la boda? Cuando todo el mundo estaría ocupado bebiendo y celebrando. Desprevenidos.

Terminé de vestirme con ese objetivo claro en la mente. Me puse mi vestido azul hasta la rodilla, lo abotoné hasta el cuello en forma de V y me abroché un cinturón de cuero alrededor de la cintura. A continuación, me puse mis guantes de cuero color marfil hasta la muñeca, pero opté por no usar el sombrero a juego. Me puse perfume alrededor del cuello, *Soir de Paris*, un regalo de Navidad de mi padre, preguntándome cómo había pasado Anton su última noche en París.

—Por favor, Anton, concédeme la fuerza para descubrir toda la verdad.

La ceremonia nupcial tuvo lugar en el vestíbulo contiguo al salón principal del ala sur. Era una habitación pequeña en comparación con el salón, pero tenía una enorme chimenea de piedra decorada con símbolos germánicos, siendo el más destacado el Sol Negro. Alrededor de la chimenea, las velas que ardían en los altos portavelas de piso transmitían una sensación litúrgica. Las paredes estaban revestidas con madera de roble hasta la mitad de la altura, con estandartes rúnicos de "SS" colgando por encima. Una escalera cilíndrica en la esquina derecha ascendía al segundo piso. El vestíbulo tenía acceso directo al salón principal a la derecha, baños y oficinas a la izquierda, así como acceso al patio.

—¿Llegamos tarde? —preguntó Ania al llegar al atestado vestíbulo. Me puse de puntitas, mirando por encima de los hombros de los asistentes, quienes permanecían todos de pie, ya que los pocos bancos estaban alineados en las paredes.

En la primera fila, junto a la chimenea, estaban mis padres, Von Schroeder y Eric, hablando con el obergruppenführer que dirigiría la ceremonia. Fue él quien anoche se atrevió a cuestionar al Oculto sobre perder de la guerra, pero hoy no era más que sonrisas, como si la sesión de espiritismo no hubiera ocurrido en absoluto. Aparte de los cuatro, no había ningún otro obergruppenführer a la vista.

En la segunda fila estaban los padres de Gerda y Bruno, y detrás de ellos, un destacamento de las SS. Vi a Otto y al chofer de mi padre, Hermann, entre el personal uniformado, pero no había ni rastro de Reinhard ni de Ghislain.

Las puertas que conducían al patio se abrieron. El destacamento de las SS giró y saludó sincronizados, levantando los brazos más alto que el habitual saludo nazi, creando un túnel a través del cual el novio y la novia desfilaron hacia la chimenea.

Bruno vestía su uniforme de las SS, gorra y guantes de cuero negro, ostentando un brazalete rojo alrededor de su brazo izquierdo con la esvástica dentro de un círculo blanco. Gerda caminaba enganchada del brazo de Bruno, llevando un ramo compuesto por rosas blancas y amarillas, tulipanes y lirios. Su atuendo nupcial era un vestido sencillo con mangas ajustadas hasta la muñeca y un discreto escote en forma de V rodeado de bordados de perlas. La sencillez de su vestido contrastaba con el ornamentado tocado: una corona de novia con dos líneas de narcisos entrelazados en su cabello en la parte posterior de su cabeza, y un exquisito velo bordado con motivos florales extendido sobre sus hombros que caía hasta el suelo.

—¡Gerda se ve hermosa! —Ania susurró cuando la pareja llegó a la chimenea y comenzó la ceremonia.

—Hermosa, pero triste —respondí. Ania me miró extrañada, como si yo no compartiera su felicidad. Pero cuanto más la observaba, más me convencía de que Gerda había fallado al octavo mandamiento para la mujer alemana: casarse sólo por amor.

—Tal vez es solo porque estos son tiempos desafortunados —susurró una voz.

Giré a mi derecha, sorprendida de encontrar a Ghislain parado a mi lado.

—Si su boda no es el día más feliz en la vida de una mujer, entonces, ¿cuándo? —Pregunté en voz baja, para no perturbar la ceremonia.

—¿Al dar a luz? —la ceja de Ghislain se arqueó. —Oh, se me olvidaba que aborreces la maternidad —dijo, recordando nuestra discusión en el auto.

—No aborrezco la maternidad. Simplemente detesto la incapacidad de elegir —observé a Gerda.

—Tal vez esa es realmente su elección. Tal vez por las circunstancias que enfrentó. El llamado del deber. Sus convicciones.

No estaba convencida de que tales cosas deberían justificar casarse con un hombre no amado.

—¿Te casarías sin amor? —preguntó.

—Nunca —respondí sin pensarlo dos veces.

—¿Pero si el hombre que amas no te ama igualmente a ti?

—Entonces moriré sola, supongo —dije con ligereza.

—¿Te asusta la soledad?

—No tanto como una compañía no deseada.

—Entonces debería moderar mis palabras para evitar caer de tu gracia —él hizo una reverencia, casi disculpándose.

—¿Por qué deberías preocuparte por perder mi consideración? ¿Te asusta la soledad?

—¿Qué te hace creer que eres la única mujer en mi vida?

—Que vives en un castillo lleno de hombres.

Ghislain se rio entre dientes. —Tal vez somos monjes practicando el celibato.

—Entonces tendrías razón, y estos son tiempos realmente desafortunados.

—¿Por qué? —Ghislain se volvió, perplejo.

—Si todos los hombres se volvieran célibes, no habría nadie que amara a las mujeres, y todos moriríamos solos.

—Pensé que la muerte era mejor que una compañía no deseada.

—Depende… —sonreí.

Ghislain me miró con sus profundos ojos de acero. —Oh, mira, Bruno declamará su *epitalamio*.

—¿Qué?

—Epitalamio. Es un poema escrito por el novio.

—Qué… qué hermosa eres, mi niña querida —declamó Bruno, con su voz temblando de nerviosismo.

Oscuros los tiempos que el cielo logran enturbiar,
Pero tu sonrisa, la luna menguante, mi vida consigue guiar.

¡Sube! ¡Sube! Sube como olas al encuentro crepuscular,
Tus ojos resplandecientes susurran como estrellas,

A un marinero perdido navegando por olas de arena,
Remando sin saber que su destino, en el cielo, espera.

¡Arriba! ¡Arriba! Aúllo a las olas hechas de tierra,
Porque tu corazón se esconde arriba de las estrellas.
Y como el sol persigue la luna alrededor de la pecera,
Yo persigo tu corazón a lo largo de la noche eterna.

Y antes de que los rayos del sol me conviertan en tierra,
De mi corazón palpitante, tu mano no quiero soltar,
Sabiendo querida, que tu amor me hace imaginar,
Que no estoy hecho de arena, sino de polvo estelar.

¡Eleva! ¡Eleva! Eleva tus ojos a la altura de las estrellas.
Y con nuestros dedos entrelazados sin desatar,
por un momento déjame soñar, con la vida eterna.

Bruno concluyó, y todos los asistentes aplaudieron enérgicamente. Gerda se sonrojó, sin saber qué responder.

—¿Te gustó el epitalamio? —preguntó Ghislain.

—Sí. Fue muy romántico.

—¿Y qué piensas ahora?

—¿Acerca de qué?

—¿Crees que ella aprenderá a amarlo?

La pareja nupcial se estaba abrazando y besando. Sentí que Gerda todavía estaba contenida emocionalmente, pero después de la demostración de devoción de Bruno hacia ella... —Dentro de un tiempo —dije, queriendo creer.

—¿Segura?

—Durante estos tiempos desafortunados, tener a alguien a tu lado que te recuerde que significas todo para él, a veces es la única forma de sobrevivir el día —dije, parafraseando las palabras de Gerda del día anterior. Nuestras miradas se entrelazaron por un momento, pero no pude sostenerla al final. —Ahora, si nos disculpas, el banquete nos espera —tiré de Ania y nos unimos a los asistentes, dirigiéndonos hacia el salón para continuar con la celebración.

—¿Por qué lo rechazaste? —Ania me fastidió. —Sus ojos no vieron nada más que a ti.

—Tal vez... Lo averiguaremos más tarde.

En el salón, los camareros que llevaban bandejas con copas de vino se balanceaban entre los asistentes, siguiendo el ritmo de la música que sonaba en el gramófono de cuerda.

—Busquemos un lugar para sentarnos —dijo Ania guiándome. —Mira, tus padres están sentados allá.

—¡No!

—¿Por qué no quieres sentarte con ellos?

No podía confesarle a mi mejor amiga que tenía cosas más importantes que hacer, así que le mentí. —No, quiero decir, por favor, adelante. Necesito usar el baño primero. —Regresé por donde habíamos venido, ya que los baños estaban al otro lado del vestíbulo, pero alguien detuvo mi escape.

—¿Te vas tan temprano? —Ghislain extendió su mano. —¿Sin bailar conmigo?

Dudé. Una parte de mí quería sujetar su mano y bailar en el centro de la pista hasta que me dolieran los pies y me olvidara de todas las cosas malas que estaban pasando. Pero necesitaba sacrificarme... —Y-yo realmente necesito irme.

—Pero si te permito irte, ¿prometes bailar conmigo después?

—Sí… más tarde —finalmente concedí.

—Hasta más tarde —dijo Ghislain con una sonrisa ladeada.

Dejé atrás la música y la algarabía del salón por la tranquilidad del vestíbulo vacío. Caminé hacia la chimenea, atraída por las hipnóticas llamas. Mi dedo trazó el Sol Negro grabado en la piedra, preguntándome por dónde debería empezar a investigar. El castillo era enorme. ¿La cripta, tal vez? Estaba decidiéndome a visitar el lugar donde había tenido lugar la sesión de espiritismo cuando me invadió la espeluznante sensación de ser observada. Me giré y encontré al chico de anoche espiándome a través de la puerta de entrada entrecerrada.

—¡Ey! —dije, pero él se retiró rápidamente. —¡Espera! —pero para cuando salí al patio, se había esfumado.

El crujido de la puerta de madera que conducía a la escalera de caracol en la intersección de las alas sur y oeste reveló el camino seguido por el escurridizo niño. Una corazonada me dijo que tendría que descender, ya que los secretos son mejor mantenidos en la oscuridad.

La atmósfera del sótano era más densa y húmeda. Sus gruesos muros de piedra aislaban todos los sonidos provenientes de la superficie. Un silbido casi inaudible, como el que producen las corrientes de aire que se filtran en el interior de una cueva, transmitía un aura mística reforzada por el decorado arcaico. Con cada paso, era como si viajara un siglo al pasado. No había guardias charlando, ni sirvientas trapeando. No había nadie. Asumí todos estaban disfrutando del banquete o haciendo deberes militares.

Unos pasos apresurados resonaron por el pasillo, los cuales seguí. Mi sentido de la orientación me advirtió que me acercaba a la mazmorra, de acuerdo con Von Schroeder. Me pregunté si era la misma mencionada en su historia sobre brujas.

Finalmente, llegué a unas escaleras empinadas que conducían a un subnivel, donde se encontraba la mazmorra. Las palabras de Von Schroeder eran ciertas. Mis pies temblorosos descendieron los escalones de piedra, mi mano sudorosa se aferró con fuerza a la barandilla de metal. La sala de torturas tenía una bóveda arqueada. En la pared derecha colgaba un palco de madera, parecido al púlpito de las iglesias. Me imaginé al Santo Inquisidor dictando sentencia desde las alturas al acusado, encadenado a un bloque de hormigón en el suelo antes de ser ahorcado con la cuerda colgando de la polea anclada al techo. Escalofríos recorrieron mi columna vertebral.

Junto a la pared derecha había una mesa de madera que exhibía una colección de utensilios de tortura: cuchillos, navajas, sierras y pinzas. La madera y el cuero que cubrían las empuñaduras estaban descarapelados y desgastados. El metal parecía envejecido. Quería creer que su propósito era solo histórico y decorativo, como las armaduras que se encontraban en los pasillos.

Un pasaje sellado con una reja de hierro conducía a una lúgubre cámara de piedra con grilletes y cadenas atornillados a las paredes, y en la parte de atrás encontré dos celdas. Distinguí las figuras de un grupo de niños entre las sombras, reunidos contra la reja, sus ojos brillando con la escasa luz que se filtraba hacia el interior.

—Dios mío —horrorizada, conté seis niños en una celda y uno solo dentro de la otra. ¿Son estos los niños en los que el Sol Negro está tan interesado? —¿Por qué están…? —sacudí la reja, tratando de abrirla, pero sin éxito. —¿Quién los encerró aquí? ¿Hay una llave? —pero los niños permanecieron indiferentes a mis preguntas. —¡Maldición! —tenía que sacarlos y llevarlos al salón para que los vieran todos los asistentes a la boda. Los perpetradores no se atreverían a intentar nada contra los niños una vez que se hubieran hecho públicos, conjeturé, incluso si eso significaba también desenmascarar a mi padre.

El niño aislado asomó un diminuto brazo a través de los barrotes y me señaló. —Deberías irte... Ya viene El Hombre que Llora. —los niños en la otra celda se estremecieron, desvaneciéndose en la oscuridad dentro de su celda.

CAPÍTULO 7

—NECESITO SACARLOS —esta era mi única oportunidad de liberar a los niños. Si me atrapaban, mi padre podría prohibirme regresar a la mazmorra. Tenía que encontrar una manera. Revisé las herramientas de tortura sobre la mesa, buscando las llaves en vano. —¿Dónde están? —susurré. Las pisadas acercándose golpeaban la piedra como el tic tac de un reloj, haciéndose más fuertes a medida que mi tiempo se agotaba, hasta que el andar se detuvo en la puerta. Abandoné mi búsqueda y me agaché en un rincón angular formado por la escalera que convergía con la pared para evitar ser vista desde arriba.

El visitante descendió pausadamente, sus dedos enguantados acariciando la barandilla.

Contuve la respiración y me asomé por encima de los escalones para descubrir la identidad del visitante. El hombre de uniforme echó un vistazo a la mesa desordenada, exponiendo un rostro de rasgos afilados. Era Reinhard.

—Así que tenemos un visitante entrometido —Reinhard olfateó. —Violeta… rosa… albaricoque… —alzó la cabeza con los ojos cerrados, persiguiendo las esencias de mi perfume en el aire. —Vainilla… jazmín y melocotón, delicioso —recuperó la compostura. —Esta pocilga nunca había olido tan bien.

Permanecí en silencio, esperando ingenuamente a que se fuera.

—Basta de jugar a las escondidas, Fräulein Niemeyer. Ya puede salir.

Tragué saliva. Tratar de permanecer escondida era inútil, así que me mostré.

—¿Se desvió del camino de regreso al salón principal para venir a este lugar? Espero que haya encontrado entretenida su visita a la mazmorra del castillo —dijo Reinhard imponente.

—Yo diría que bastante esclarecedora —hice una mueca para repeler su intimidación.

—Claro. Después de las historias espeluznantes contadas durante la cena, no podía perder la oportunidad de visitar la principal atracción de Wewelsburg y ver por sí misma si todavía había brujas encadenas.

—Sorprendentemente, encontré algo aún más aterrador: niños presos.

Reinhard sonrió. —No entiendes…

—Sí entiendo —interrumpí. —Ninguna excusa podría justificar tal horror.

Me observó pacientemente.

—Así que, por favor, libérelos de inmediato —ordené, intentando aprovechar la superioridad de rango de mi padre, con la esperanza de que obedeciera.

Reinhard chasqueó la lengua varias veces, sacudiendo la cabeza. —Como decía —continuó con voz eufónica, ignorando lo que había dicho, —creo que no entiende la situación en la que se encuentra.

—No, *usted* no la entiende. Ahora, si me disculpa, debo regresar al banquete y hablar con mi padre sobre esto —dije molesta, sin saber realmente lo que mi padre pensaría sobre mi intercesión en este asunto, pero en ese momento, parecía la única opción viable para escapar de mi situación.

Pero cuando estaba a punto de subir las escaleras, la mano de Reinhard agarró el pasamanos, bloqueándome el paso con su brazo.

—Señorita Niemeyer, ¿se va tan abruptamente en medio de nuestra conversación? ¡Qué grosera! Esos no son los modales de una dama —dijo, fingiendo angustia.

—Déjame ir, o le diré a mi padre. Lo juro.

—¿Decirle qué, exactamente? —Reinhard se acercó, obligándome a dar un paso atrás. —¿Cree que su padre no lo sabe? ¿Que ignora la existencia de estos niños, encerrados en una celda tan injustamente?

La confirmación de que mi padre estaba al tanto no solo de la existencia de los niños sino de su condición de prisioneros fue difícil de digerir, así que regurgité la verdad. —¡Todo! Sé que los niños son el precio exigido por el Oculto, el Sol Negro, o como se llame. Se sobre los artefactos recuperados y todos los planes de su superior y sus secuaces. Así que será mejor que me deje ir —fanfarroneé, tratando de intimidarlo. Después de todo, Reinhard no había estado presente durante la invocación.

Reinhard se rio como un maníaco, cubriendo su rostro, y una vez que recuperó la calma, se peinó hacia atrás el mechón con los dedos.

—Sabe, Fräulein Niemeyer… la forma más efectiva de matar una cucaracha es no pisoteando por toda la habitación hasta aplastarla. Por el contrario, debes sentarte cómodamente y levantar ligeramente las puntas de los pies, apoyándote en los talones. Requiere paciencia, pero, eventualmente, la cucaracha se arrastrará justo debajo de tu pie —meneó sus dedos. —Y eso no es por casualidad, sino por su naturaleza —Reinhard se presionó la sien con la yema del dedo índice. —A las cucarachas les encantan los espacios oscuros, cálidos y estrechos. Aunque transmiten la sensación de seguridad, es solo una ilusión jugada por sus cerebros primitivos, incapaces de conceptualizar la maldad encarnada en forma de una trampa.

Reinhard se acercó a mí. —No entiendes la situación en la que estás —repitió con voz suave. —De lo contrario, anoche, tu cerebro límbico se habría inquietado por tener un camino despejado a la cripta, considerando que este castillo está literalmente repleto de soldados. Y hoy, habrías tenido cuidado de caminar aquí sola —Reinhard suspiró, satisfecho. —Pero acabas de arrastrarte voluntariamente debajo de mi bota... ¡y no dudaré en aplastarte! —pisoteó entre mis pies, haciéndome saltar hacia atrás.

Quería reaccionar, pero mis músculos se tensaron. Mis miembros rígidos solo pudieron retroceder hasta que mi espalda baja chocó con la mesa. Mi mano temblorosa alcanzó los utensilios de tortura detrás de mí, buscando un cuchillo. Traté de diferenciar los instrumentos, mirando por el rabillo del ojo.

—Síiiiiiiiiiiiiiiiiiiiiiiiiiiiiiiiiiiiiiiiiiiiiii —Reinhard dijo, consciente de mis intenciones. —Toma ese cuchillo y empújalo dentro de mí. Sé que lo quieres. Lo necesitas. Mátame y conviértete en una traidora, como tu hermano.

Apunté el cuchillo a su pecho con manos temblorosas. La punta de la hoja descansaba sobre la Cruz de Hierro que colgaba de su cuello. —No se atreva a hablar de mi hermano, o…

—¿O me cortarás el cuello? —Reinhard se acercó, empujando el cuchillo hacia atrás, doblando mis codos. —¿Alguna vez has matado a un hombre? —alcanzó mi brazo.

—¡No me toque!

—No —sonrió. —Nunca has estado cerca de un hombre.

—No me presione —le advertí.

—¿Sabes lo difícil que es lavar la sangre de tus manos? —Reinhard pasó la yema enguantada de su dedo por el filo del cuchillo, y una vez que llegó a la empuñadura, continuó sobre mi mano, pasando por mi guante hasta la piel de mi antebrazo. Me estremecí de repugnancia, y Reinhard aprovechó la oportunidad para arrebatarme el cuchillo.

—¡No! —grité, pero antes de que pudiera hacer algo, me agarró del brazo. —¡Déjeme ir!

Reinhard levantó el cuchillo a la altura de mis ojos y lo agitó para disuadirme, pero luché por soltarme de todas formas. —¡Déjeme ir!

—Shhhhhhhhhh —Reinhard me atrajo hacia su pecho. —No te cortaré. No entres en pánico. Jamás mancharía mi uniforme con sangre traicionera. —Arrojó el cuchillo sobre la mesa y supe que ese momento era mi única oportunidad de liberarme y escapar. Reuniendo todas mis fuerzas, le di un rodillazo en sus partes íntimas. Reinhard se inclinó por el dolor y tiré de mi brazo para liberarme, pero él me embistió. Caí hacia atrás, incapaz de interponer mis manos. Mi cabeza rebotó en el suelo de piedra.

—¡*Scheisse!* —Reinhard se tambaleó, ambas manos protegiéndose la ingle, tratando de recuperar el aliento. —¡Cómo te atreves! ¡*Kakerlake!* —*Cucaracha*, me llamó.

Mis manos peinaron a través de mi cabello rizado, tratando de contener la punzada penetrante en mi nuca que impedía ponerme de pie rápidamente. —¡Ayuda! ¡Por favor ayuda! —grité con la esperanza de que alguien me escuchara y viniera en mi ayuda.

Reinhard se echó a reír. —¿De verdad crees que alguien te escuchará fuera de esta mazmorra? —continuó riéndose mientras se acercaba a mí. —Ni siquiera los gritos de las brujas torturadas abandonaron estas paredes —sujetó mi muñeca derecha contra el suelo usando un grillete atornillado al bloque de concreto.

Golpeé el flanco de Reinhard con mi mano libre para evitar que asegurara el grillete, pero rápidamente me di cuenta de que no le estaba causando daño. Con mis latidos acelerándose, busqué algo que pudiera usar. Mi mano alcanzó una barra de metal con grilletes en cada extremo, soldada al suelo a través de una cadena, presumiblemente para encadenar las muñecas del acusado que comparecería en el juicio. Ataqué con todas mis fuerzas; la barra produjo un sonido hueco cuando golpeó su cráneo y Reinhard cayó sobre mí, inconsciente.

Mi respiración agitada se calmó un poco, pero era demasiado pronto para celebrar. Primero tenía que liberarme. Tiré la barra y traté de desatornillar el grillete que sujetaba mi brazo derecho, pero estaba fuera del alcance de mis dedos. Tenía que quitarme de encima el cuerpo de Reinhard, pero pesaba por lo menos noventa kilos y con sus brazos extendidos sobre mí, me era imposible hacerlo rodar hacia un lado. Entonces, lo empujé hacia abajo, usando mis piernas hasta por debajo de mi torso. Con la movilidad de la parte superior de mi cuerpo recuperada, alcancé el cerrojo. Entonces escuché a alguien sollozar. ¡Los niños! Pero en las celdas, los niños me observaban atentamente sin derramar lágrimas. Con un miedo paralizante, lentamente me volví hacia mi agresor.

Reinhard levantó la cabeza de mi vientre; los rasgos suaves habían reemplazado su mirada severa, y estaba llorando. —¿Por qué... me golpeas tan fuerte? Me dolió —dijo con una voz entrecortada e infantil. —Se suponía que me cuidarías.

Scheisse! Localicé la barra de metal con el rabillo del ojo, pero estaba fuera de mi alcance sin evidenciar mis intenciones.

—¿No me amas? ¿No me amas? —Reinhard enterró su cabeza en mi vientre. Su extraño comportamiento me hizo recordar la advertencia de los niños sobre el Hombre que Llora. En como este niño vulnerable, parecía una persona completamente diferente del engreído gruppenführer. Era impensable que ambas personalidades coexistieran.

Inhalé profundamente. —S-sí —tragué saliva, —te amo. —Extendí mi mano y acaricié su cabello. —Déjame consolarte —fingí, para tranquilizarlo y ganar tiempo para acercarme más a la barra.

—Entonces, ¿por qué eres tan mala? —dijo Reinhard con una voz entrecortada que escaló a un atronador timbre masculino. —¿Por qué me has encadenado? —agarró mi brazo y lo azotó contra la piedra.

—¡Noooooooooooooo! —grité cuando tiró de mi muñeca para acercarla al grillete. —¡Déjame ir! ¡Por favor! —supliqué, apelando a su última pizca de humanidad, pero estaba fuera de sí mismo.

—¡Pero ya no más! No me pegarás más —dijo Reinhard, delirando, hablando con otra persona. —Nunca más —con mi brazo izquierdo asegurado, Reinhard se sentó sobre mis muslos, restringiendo el movimiento de mis piernas, y extendió sus brazos hacia arriba. —¡Esta noche es luna llena, y el Übermensch vivirá! —dijo grandilocuentemente mientras pasaba sus manos por mis muslos, levantando mi vestido.

—¿Qué estás haciendo? ¡No! ¡Por favor detente!

Reinhard se inclinó sobre mí, cubriendo mi boca con su mano cubierta de cuero, y giró mi cabeza hacia un lado, exponiendo mi oreja. —Shhhhhhhhhhhh, sé que esto te parece terrible... pero estoy siendo amable —susurró.

Los niños se alejaron, desvaneciéndose en la oscuridad de sus celdas.

Cerré los párpados, exprimiendo el sufrimiento de mi ser a través de las lágrimas durante la agonía silenciosa que mis gritos ahogados no podían expresar.

CAPÍTULO 8

ME ARRODILLÉ CON LAS MANOS detrás de la línea de salida y los pies firmemente agarrados al suelo. Los obstáculos se extendían por la pista como una serie de ventanas, haciéndose más pequeños en la distancia. Resonaron los cánticos del público que abarrotaba el Olympiastadion de Berlín. Todos los ojos estaban puestos en mí, incluidos los de mi familia y amigos, que vitoreaban desde el costado de la pista.

No puedo decepcionarlos. Necesito ganar el oro. La derrota era algo que no podía soportar. Sería incapaz de mirarlos a los ojos sabiendo que no era lo suficientemente buena.

Pero esa no era mi manera de pensar. Me habían educado de esa manera, adoctrinado. —*O te esfuerzas por ser la mejor o ni siquiera lo intentes. El podio no tiene lugar para los intentos* —nos había sermoneado mi padre cuando éramos niños. Era estricto, incluso severo, especialmente con mi hermano. —*Exijo de ustedes lo mejor porque sé que tienen el potencial* —nos exhortaba constantemente con su amabilidad "rigurosa", ratificada por el silencio de nuestra severa madre.

En casa se celebraban las victorias, pero solo cuando conseguíamos el máximo reconocimiento. —*No ganas el segundo lugar, pierdes primero* —solía decir mi padre, y tristemente para mí, llegué a este mundo después de que mi hermano lo que automáticamente me ponía en segundo lugar. Anton era más grande, más sabio, más fuerte e inteligente que yo. ¿Cómo podría competir contra mi hermano por el cariño de mis padres?

Un disparo retumbó, señalando el comienzo de la carrera, y corrí tan rápido como pude. Cuando me acerqué al primer obstáculo, el alboroto de la multitud se acalló, pero mi mente se inundó de voces.

—*¿Qué hombre honorable se casará contigo?* —mi madre dijo. —*Las mujeres ya no se respetan a sí mismas.*

A medida que continuaba la carrera, cada obstáculo parecía más alto y que mis zapatos estaban hechos de piedra.

—*El matrimonio es el único camino a la felicidad. Pero un caballero nunca se enamorará de una libertina* —resonó su voz.

—*Estoy seguro de que su hija se casará con un hombre decente…* —surgió la voz de Ghislain, —*…y tal vez algún día, el Führer le otorgue la Cruz de Honor de la Madre Alemana.*

—*Eso traería tanta alegría a esta familia* —concluyó mi madre.

Las palabras se adhirieron a mí como un peso sobre mis hombros, más y más pesado a cada paso, y en mi siguiente salto, mi rodilla derribó un obstáculo.

—*Como mujeres… necesitamos mantener nuestros cuerpos puros. Mente y espíritu* —Gerda recitó los mandamientos para las mujeres alemanas mientras los obstáculos caían uno tras otro.

—*¿Cree que su padre no lo sabe?* —La voz de Reinhard resonó dentro de mi cabeza.

—*A cualquier precio* —intervino la voz estridente de mi padre. —*El Reich debe prosperar.*

Tropecé con el penúltimo obstáculo y caí de espaldas, de cara al cielo nublado. Mis competidoras pasaron a mi lado mientras luchaba contra la gravedad inquebrantable para volver a ponerme de pie, pero mi cuerpo estaba hecho de plomo. El roce de mi piel contra la pista de gravilla me hizo sentir sucia. Me volví en busca del apoyo vital de mi familia, pero en cambio lo encontré a él.

Reinhard se elevaba a mi lado como un gigante, mirándome de reojo sin pestañear. —*Si dices una palabra de lo que pasó, ¿crees que a tu padre le importará? Nadie te va a creer. Recuerda, que tú empezaste todo esto. Fuiste tú quien vino a mí. Así que deja de fingir. No eres nadie. No vales nada. Eres solo una cucaracha que puedo aplastar con mi bota. Si te atreves a decir una palabra… te mataré y destruiré todo lo que alguna vez amaste.*

Mis lágrimas brotaron, y de alguna manera la presión en mi

pecho se desvaneció. Me sentí ligera, como una semilla de diente de león arrastrada por el viento hacia el cielo. Desde arriba, las casas del pueblo se veían diminutas, como si estuvieran hechas de pan de jengibre, con árboles de caramelo y un ferrocarril de chocolate.

Pero tres golpes me anclaron de vuelta a la realidad. —Melocotón, ¿estás bien? —Ania golpeó la puerta. —¡Melocotón, abre, por favor!

No me encontraba volando. Estaba mirando el valle de Alme y el pueblo de Wewelsburg desde mi dormitorio, de pie en el alféizar de mi ventana, con los dedos de los pies sobresaliendo por encima del precipicio del foso, una caída de al menos veinte metros. La brisa helada hizo arder mis ojos hinchados. Me quedé sin aliento, sin saber si era vértigo o la ilusión de libertad. Un deseo implacable de desprenderse de todo.

—Por favor, Ania, déjame en paz —respondí con voz áspera, después de interminables horas de llanto.

Ania insistió, pero no accedí. Me había negado a ver a mis padres y tampoco abriría a mi mejor amiga. No podía mirarlos a los ojos después de lo que pasó, porque tampoco yo podía verme en el espejo. Dondequiera que miraba, la cara lasciva de Reinhard era lo único que veía. Mi mente repetía sus palabras como un vinilo rayado, las horribles sensaciones impresas en mi piel, la incomodidad, la repugnancia, la impotencia... la vergüenza, empañando por siempre mi imagen hasta el punto de ya no poder reconocerme nunca más.

Me parecía imposible seguir con mi vida, sufriendo así.

—*Pensé que la muerte era mejor que una compañía no deseada* —había bromeado Ghislain en la boda.

Pero tenía razón. Si la vida había sido tan desagradable para mí, tal vez la muerte sería más amable. Podría renunciar a mi vida voluntariamente siempre y cuando se detuvieran las voces en mi cabeza y ya no sintiera nada en absoluto. La herida era profunda, imposible de curar. Nunca podría volver a ser quien era.

Reinhard también tenía razón. Yo no era nada. No tenía valor. Solo era una cucaracha que cualquiera podía pisotear.

Lo mejor que podía hacer era acabar con todo...

Inhalé, y estaba a punto de dar un paso hacia el abismo cuando alguien llamó detrás de mí.

—No lo hagas —dijo una voz infantil.

Giré sobresaltada, abrazándome al marco de madera, lista para saltar. Mis visitantes eran el niño travieso de la otra noche de la mano de otro niño.

¿Cómo... cómo llegaron aquí? —cuestioné mi cordura al confirmar que el escritorio seguía bloqueando la puerta. —¡Están cautivos en la mazmorra!

—Vinimos a ayudar —dijo el niño, dando un paso adelante.

—No te acerques. No necesito tu ayuda —lágrimas corrieron por mis mejillas. —No quiero la ayuda de nadie —durante mi tribulación, nadie vino en mi ayuda. Tal vez estaba juzgando a los niños injustamente; había poco que pudieran haber hecho encerrados en sus celdas.

—Sé cómo te sientes —dijo el otro con una voz claramente femenina. Tras una inspección más cercana, a pesar del cabello corto y un rostro demacrado, pude ver que la forma y los rasgos también eran femeninos.

—¿Eres su hermana? —pregunté, recordándola como la niña que me había advertido sobre el Hombre que Llora. Probablemente tenía seis o siete años. La camisa y los pantalones de talla mayor que cubrían sus manos y pies la hacían parecer aún más joven.

Ella asintió. —Se cómo te sientes. —Se subió la camisa, revelando marcas y moretones en su torso flaco. Esto explicaba la razón de su aislamiento en la otra celda.

—Dios… —me senté en el alféizar de la ventana, con las piernas estiradas, las palmas de mis manos sobre mis sienes, tratando de digerir la revelación. Mis muñecas estaban enrojecidas y adoloridas, con una marca de piel pelada dejada por los grilletes durante mis impotentes intentos de liberarme. Mis entrañas se estremecieron al imaginar a esta pequeña niña pasando por el mismo tormento, una y otra vez. —Ba-bastardo… —me atraganté con la palabra, incapaz de controlar la repulsión. Mi estómago hervía de odio hacia Reinhard, pero también hacia mí misma. Estaba tratando egoístamente de poner fin a mi miseria, abandonando a los niños a su suerte. ¿Pero qué puedo hacer? ¿Ir con mi padre, después de lo que presencié? ¿Me escucharía si le cuento lo que nos hizo Reinhard?

Lo dudaba. Mi padre ya sabía de los niños, y no contradiría una orden del Oculto, que los solicitaba para quién sabe qué maldad.

¿Mi madre? Ante sus ojos, yo sería la única culpable de lo que me había pasado.

¿*Ghislain, tal vez?* No tendría el coraje de decirle lo que pasó. Incluso si lo hiciera, y él me creyera, tampoco estaba segura de que él tuviera las agallas para confrontar a su superior por mí.

¿Ania y Gerda? No importaba cuánto me amaban; en esta situación, eran igual de impotentes que yo.

Incluso si quisiera, no podría involucrar a ninguno de ellos. Reinhard estaba loco y era capaz de cumplir su amenaza. *Necesitamos ayuda de alguien más,* resolví. Bajé de la ventana y me arrodillé frente a ellos. —¿Dónde están sus padres? —pregunté, creyendo que podía escapar y buscarlos. Pero ellos sacudieron su cabeza. —¿No tienen a alguien que los cuide? —intercambiaron miradas desanimadas.

—Nos secuestraron… —dijo el niño, y mientras hablaba más allá de las respuestas monosilábicas, noté un acento en su alemán. Eran extranjeros.

—Solo nuestra hermana escapó —dijo la niña.

—Pero ¿dónde está ella ahora? Ella debe haber informado a sus padres sobre lo que pasó… quiero decir.

Ambos se encogieron de hombros sin soltar sus manos. —Fue hace años —dijo el chico con tristeza.

—¿Has estado encarcelados en esa mazmorra durante años?

—No —dijo la niña. —Hemos estado en muchos lugares.

—Principalmente hospitales y laboratorios —agregó el niño.

Dios mío. —Pero ¿dónde viven sus padres?

—Cerca de Arkhangelsk.

El nombre no sonaba familiar. —¿Dónde es eso?

—La Unión Soviética.

Los miré, estupefacta. Estábamos en guerra con el Ejército Rojo. —¿Quién les enseñó a hablar alemán?

—Los Doctores.

¿Por qué estos niños son tan importantes al punto de hacer todo lo posible para enseñarles alemán? *¿Podría ser algo político?* Independientemente del motivo, necesitaban a alguien que pudiera ayudarlos a regresar con sus padres.

—No tenemos a nadie —dijo la niña, como si leyera mis pensamientos grabados en mi frente. —Sólo a ti.

—¿Por qué yo? —suspiré. —Quiero decir... ni siquiera puedo ayudarme a mí misma.

—Porque solo tú puedes vernos. —La niña soltó la mano de su hermano y desapareció como si fuera un fantasma.

Caí hacia atrás y me arrastré lejos.

—No tengas miedo —dijo el niño. —Está bien, ¿ves? —agarró algo fuera de este plano y su hermana reapareció, había sujetado su mano nuevamente.

—¿C-cómo? —no pude articular las palabras.

—No lo sé, simplemente puedo —el chico sonrió.

Me arrastré hacia ellos y extendí mi mano. Mis dedos llegaron a la barriga del niño y la atravesaron, provocando ondas, ondulando su imagen, transmitiéndome la sensación sutil, casi imperceptible, de mi mano moviéndose en el agua.

El chico retrocedió, sonriendo —me haces cosquillas.

Era una especie de proyección, como las películas que había visto en Berlín, pero era tridimensional y sorprendentemente real. Esto explicaba cómo habían logrado entrar en la habitación y cómo lo había visto antes, incluso cuando su cuerpo físico habitaba la celda. ¿Podría ser esta la razón por la que están tan interesados en ellos? Este... ¿poder? —mencionaste que soy la única persona que puede verte así.

El asintió.

—¿Puedes... teletransportarte o algo así? —estaba pensando en el transmisor de materia utilizado por la señorita Zumeena para teletransportar a Thomas Plummer en la novela de ciencia ficción *A Venus en cinco segundos*.

—No, caminé hasta aquí.

—¿Deambulas, pasando por todas las puertas del castillo?
Asintió de nuevo.

—¿Sabes dónde se encuentran las llaves para abrir sus celdas?
—Sí.

—Entonces, ¿por qué no te has liberado?

—No puedo —dijo, decepcionado. —Solo puedo mover cosas diminutas. Si trato de mover algo más grande, me duele la cabeza.

Suspiré, tirando de mi cabeza hacia atrás, colgando sobre mis hombros.

—¿Nos liberarás? —preguntó el chico.

—¿Afuera? ¿A dónde?

—Cualquier lugar es mejor que aquí.

Ella tenía razón. Pero incluso si este chico pudiera guiarme a las llaves y los liberara y escapáramos de este castillo, no pasaríamos más allá de la celaduría antes de que los soldados nos mataran a tiros. *A menos que...*

Me puse de pie y miré por la ventana. —Un ferrocarril... — susurré observando la villa de Wewelsburg. —Si pudiera sacarlos de esa jaula y llevarlos al foso, podríamos descender por la ladera del castillo... —mis ojos siguieron un camino poblado por densos árboles para camuflar nuestro escape. —Tendríamos que pasar un camino patrullado esporádicamente por soldados y cruzar el arroyo usando el puente que va hacia el pueblo… y finalmente llegar a la estación de tren, y de ahí… hasta Berlín —no era una experta en ferrocarriles, pero al menos nos alejaría de este lugar. *O no … y todos podríamos terminar de nuevo en la mazmorra o muertos…* Temía más lo primero que lo segundo. Después de todo, había estado a punto de saltar por la ventana. Pero la posibilidad de salvar a estos niños antes de reanudar mi camino hacia la muerte…

—¿Puedes guiarme con seguridad a las llaves y dentro y fuera de la mazmorra? —le pregunté al chico. —Tenemos que pasar desapercibidos hasta el foso.

El asintió. —Una puerta en el sótano del ala este conduce al foso.

—Entonces… te veré aquí después de la medianoche.

—No te preocupes, abandonaremos este castillo —dijo la niña tranquilizadoramente, antes de soltar la mano de su hermano y desaparecer.

El chico se alejó, mirando hacia atrás antes de desvanecerse mientras atravesaba la pared.

—Espero… —dije, antes de colapsar en mi cama, deseando que todo esto fuera solo un mal sueño.

CAPÍTULO 9

CUANDO EL RELOJ MARCÓ LA 1:00 AM, el niño reapareció en mi habitación. Para ese momento, ya me había preparado. Me había puesto mi uniforme BDM y recogí mi escaso dinero y objetos de valor que podrían ayudarme en el viaje. Preparé mi reemplazo, almohadas vestidas con mi camisón, que metí debajo de las sábanas para simular que estaba profundamente dormida. Traté de escribir una nota de despedida para mis padres, pero eran lágrimas las que fluían en lugar de la tinta, así que me rendí.

—¿Estás lista? —preguntó el chico.

Sostuve el collar con medallón esférico que colgaba de mi cuello, el recuerdo de Anton, y asentí. —¿Hay alguien en el pasillo?

El niño asomó la cabeza por la puerta y dijo que no. Salimos de mi dormitorio hacia un pasillo desierto, pero esto no era necesariamente un buen augurio para mí. No tenía la certeza de que no me dirigía a una trampa nuevamente.

—Iré adelante —dijo, observando mi vacilación.

Lo seguí por los pasillos de Wewelsburg, hasta que de pronto el chico agitó las manos en señal de alarma. Me pegué contra la puerta más cercana con la esperanza de que la abertura de la puerta fuera lo suficientemente ancha como para ocultarme de los cadetes que bajaban las escaleras. Lo fue. Reanudamos nuestro merodeo hasta que llegamos a un pasillo en el que todas las puertas mostraban nombres medievales: Rey Arturo, Rey Enrique, Enrique el León, Orden Teutónica, Westfalia, etc. El niño finalmente se detuvo ante una puerta con la etiqueta "Grial".

—¿Aquí?

El asintió.

Giré la manija sin éxito. —Está cerrada. ¿Ahora qué?

El chico cruzó la puerta. Segundos después, escuché un *clic*: había removido el seguro. Empujé la puerta suavemente para evitar cualquier crujido y la cerré con la misma delicadeza una vez dentro, asegurándome de que nadie me había seguido. La habitación era un estudio amueblado con un escritorio, una silla, estanterías y una banca, todo tallado en madera siguiendo el mismo patrón de decoración rúnica. Las fotografías colgadas en las paredes mostraban a Von Schroeder, junto con Himmler y el Führer.

—La oficina de Von Schroeder —dije. —¿Dónde están las llaves?

—En el escritorio.

Me senté en la silla alta que parecía un trono, coronada con el emblema del Sol Negro. Abrí cajones llenos de papeles.

—El del medio —instruyó el chico.

—Está cerrado. ¿Puedes abrirlo?

Me miró perplejo. —No puedo ver el mecanismo.

—Déjame intentarlo. Vi a mi hermano abrir el cajón de mi papá dos veces —cogí un abrecartas. Era como una pequeña espada, con un águila y una esvástica decorando el extremo del pomo, y lo inserté en la cerradura. Luego cogí un clip del escritorio, lo desdoblé y doblé la punta en forma de gancho. Inserté el gancho en la parte superior del abrecartas y lo revolví adentro, girando el abrecartas hasta que la cerradura cedió. —¡Sí!

Un montón de cosas se mezclaron cuando abrí el cajón, entre ellas un aro de metal con un manojo de llaves. Pero lo que me llamó la atención fueron un par de libros que parecían tener cientos de años. Le di la vuelta a la portada de la primera. Escrita con caligrafía antigua en la primera página estaba la palabra *Ravisseur*.

Ruidos en el pasillo me congelaron. Escaneé la habitación en busca de escondites, pero ya era demasiado tarde. Los pasos se acercaron. Dos hombres charlaban con voces indistintas. Presioné mi dedo contra mis labios. No quería averiguar si yo era la única persona capaz de escuchar al chico. Esperamos hasta que los hombres se fueron.

—Tenemos que darnos prisa —susurró el niño.

Lo sabía, pero había una razón para que el contenido de este cajón estuviera bajo llave. Cogí un maletín de cuero que descansaba sobre el banco, solté las hebillas de la solapa y vacié todo el contenido del cajón. —Vámonos —colgué la correa del maletín de mi hombro y a través mi pecho, empujándola hacia mi espalda para evitar restringir mi movilidad en caso de que tuviera que correr.

—Ahora es seguro —dijo el chico, mirando afuera. —Necesitamos liberar a mis hermanos.

Mis palmas comenzaron a sudar y mi respiración se aceleró ante la idea de regresar a la mazmorra. El rostro de Reinhard todavía se mostraba cada vez que cerraba los ojos, su olor se metía dentro de mi nariz...

¡Suficiente! Sacudí lejos mis pensamientos espeluznantes. Apreté el abrecartas contra mi pecho. No cometería el mismo error dos veces. —Primero, vamos a la despensa.

—¿Por qué?

—Necesitamos víveres. No los rescataré de las garras de la muerte solo para matarlos de hambre después. Nos queda un largo camino por delante —dije dudosa, tratando de convencerme de que no era una excusa inventada por mi mente para demorar confrontar mis miedos. —Pero necesitaré tu ayuda para engañar a los guardias de la puerta.

En el patio, dos centinelas custodiaban la puerta, como era de esperarse. Tendría que cruzar el patio hacia el ala este sin ser detectada, pero esta vez no había lluvia ni carruajes de brujas para usar como camuflaje. —¿Puedes crear una distracción al otro lado de la puerta? —necesitaba llamar su atención, ¿y qué mejor manera que atraerlos fuera de la puerta?

—Lo... lo intentaré —el chico caminó hacia la puerta, pasando desapercibido por los centinelas que charlaban despreocupados. Se paró en el otro extremo del puente y comenzó a temblar, con las manos apretadas y el ceño fruncido, como si estuviera esforzándose por levantar un objeto pesado. Su imagen parpadeó como lo hacen las películas cuando experimentan problemas con el proyector. Los globos oculares del niño se volvieron blancos y brillaron en la oscuridad, llamando la atención de un centinela.

—Que demo...

—¡Abre la puerta! —su compañero enderezó su rifle, apuntando al chico.

Antes de que el centinela pudiera obedecer, el niño huyó al bosque.

Ahora es mi oportunidad. Me escabullí hasta la entrada del ala este y bajé unos pocos escalones, ya que la puerta estaba en un nivel más bajo que el patio.

La cocina estaba sumergida en la oscuridad. Solo los débiles rayos de luna penetraban las ventanas, delineando mi camino hacia la despensa. Abrí las alacenas y obligué a mis ojos a adaptarse a la poca luz y encontrar la comida menos perecedera. Elegí un par de ruedas de queso, panes y un tarro de mermelada. Tomé una cantimplora llena de agua y guardé todos los artículos dentro de mi maletín de cuero preocupada por el peso, pero calculé que había espacio para un último artículo, una lata de caramelos de menta, considerando que no había empacado mi cepillo de dientes.

Una chispa brilló en la oscuridad, tomándome por sorpresa. La escasa luz reveló una mano que sostenía una cerilla encendida. Se reveló un rostro cuando se acercó a la llama, pero la luz se atenuó cuando la punta de un cigarrillo absorbió el fuego, brillando como brasas. El humo salió en cascada de la boca del hombre, se bifurcó en su prominente nariz y empañó las gafas que enmarcaban sus cejas pobladas. Era Otto. Sus ojos se posaron en mí, y me tensé.

Otto apagó la cerilla, desapareciendo en la oscuridad, pero sus pasos resonaron cuando su sombra, delineada por la luz de la luna, marchó hacia mí. Rebusqué con mi mano temblorosa dentro de la bolsa de cuero en busca del abrecartas, enterrado debajo de los comestibles, pero antes de que pudiera agarrarlo, el físico de Otto se alzó sobre mí, eclipsando la luz de la ventana.

Contuve la respiración, inmóvil.

Otto encendió otro fósforo. La cálida llama amarilla iluminó su rostro inexpresivo. Otto me miró fijamente y chasqueó la lengua al ritmo del tictac de un reloj. Pero a pesar de entender la analogía de que mi tiempo se agotaba, estaba petrificada. —Márchate —finalmente ordenó.

Sin pensarlo dos veces, lo esquivé y abandoné la despensa, sujetando el abrecartas dentro del maletín. Miré hacia atrás mientras huía, para asegurarme de que no me estaba siguiendo. Pero Otto observaba el palo de madera encogiéndose mientras la llama lo devoraba, hipnotizado, como si fuera un espectáculo digno de contemplar.

De vuelta en el patio, me detuve, sin saber cuánto tiempo el chico podría actuar como señuelo para los centinelas. Me arrastré por los escalones para tener un mejor ángulo de la puerta. El patio parecía desierto y, inusualmente silencioso, como si fuera a propósito y alguien estuviera esperando... *¡Emma, detente!* Controlé mis pensamientos paranoicos. *No hay vuelta atrás,* me convencí. Me escabullí hacia la entrada, pegada a la pared. La puerta estaba cerrada, pero los centinelas estaban fuera de la vista, así que bajé las escaleras y me aventuré bajo tierra.

Mi corazón latía como un metrónomo mientras me acercaba a la mazmorra. Mis pulmones fallaron al inhalar el aire húmedo y mis piernas temblaron cuando mi desfloración se reavivó dentro de mi mente. —Reinhard... —mi boca se volvió amarga al pronunciar su nombre. Mi cuerpo se estremeció cuando mi piel evocó la sensación de sus asquerosas manos sobre mí. Tuve que parar y me encorvé, con las manos en las rodillas, tratando de recuperar el aliento, como si acabara de correr una carrera de obstáculos. *No puedo hacerlo.* Quería escapar. Volver con mis padres y amigos. Quería... retroceder en el tiempo y cambiar lo que pasó... Pero no podía. Reinhard había grabado su abuso en mi memoria, tallado sus manoseos sobre mi piel como cicatrices que me perseguirían por el resto de mi vida.

Necesito terminarlo, me recordé mi propósito. Cerré los ojos y recordé la vista desde mi dormitorio en lo alto del castillo. Extrañamente, recordar mis pensamientos suicidas me ayudó a sentirme más ligera, relajada. Tener la sensación de libertad inminente al alcance de mis dedos me ayudó a sobrellevar mi aterradora realidad.

—Solo un paso, Emma... Un paso más... Hazlo por los niños —saqué el abrecartas y lo agarré con el brazo extendido, como si fuera una espada. La punta de la hoja tembló como la flecha de una brújula, señalándome el camino hacia abajo mientras me sumergía en el terror absoluto paso a paso. Incluso la tenue luz de la luna que se filtraba a través de las ventanas se negaba a descender al reino infernal de la mazmorra, que estaba iluminada solo por una antorcha parpadeante. Me abrí paso a través de la sala de torturas como una veleta en un huracán, girando rápidamente hacia todos los rincones. Estaba vacía, pero la soledad no ofrecía ningún consuelo. Juraría que las paredes se encogían y el techo caía sobre mí. Me abalancé hacia los instrumentos de tortura y agarré el cuchillo más grande que había sobre la mesa. *Emma, rápido, no hay tiempo que perder*, me animé y me dirigí directamente a las celdas, evitando mirar las cadenas y grilletes tirados en el suelo que Reinhard había usado para sujetarme.

—¡Lo hiciste! —dijo el chico con entusiasmo, ahora en su forma corpórea.

—Shhhhhhhh —lo hice callar y apoyé el cuchillo contra la pared. —Los sacaré de aquí. —Probé las llaves una tras otra, hasta que encontré la correcta. Liberé a la niña primero, pero cuando abrí la segunda celda, los niños salieron corriendo y me apretaron todos a la vez, dejándome sin aliento. Estaba en estado de shock, no por el abrazo efusivo, que era comprensible, sino porque no podía creer lo que estaba viendo. Bajo la luz de las antorchas, su piel era anormalmente blanca, como si estuviera cubierta de harina. Me quedé allí, con los brazos en alto, como los niños. Pálida como un fantasma.

CAPÍTULO 10

—PERO LOS VI… —murmuré, recordando el contacto anterior que había tenido con la proyección de los hermanos. Su piel había sido pigmentada. Luché por recordar mi visita anterior a la mazmorra. ¿Podría la oscuridad haber disfrazado su tono de piel? No podría decirlo con seguridad. Una parte de mí estaba obligando a mi mente a bloquear esos recuerdos.

—No siempre fuimos así —la chica se subió la manga larga, revelando un *68* tatuado en el dorso de su mano.

Retrocedí, liberándome de su abrazo, y leí los números escritos en sus manos con consternación: 13, 27, 44, 49, 66 y 88. Mi mente volvió a mi primera conversación con el niño: *"Sesenta y Seis"*, había respondido cuando le pregunté por su nombre. Pero mi asombro estaba lejos de calmarse. Levanté sus barbillas y la luz de las antorchas reveló rasgos de diversas etnias enmascarados bajo la piel calcárea. —Dios mío… ¿eres hindú?

—Nací en Madrás —dijo el número 13, refiriéndose a la ciudad de Chennai.

—¿Cuántos años tienes?

Se encogió de hombros, frunciendo las cejas pobladas. Probablemente tenía ocho años.

—¿Cuánto tiempo llevas aquí? —le pregunté al número 27,

pero apartó la cabeza, bajó los ojos y me miró de forma intermitente. —¿De dónde eres? —tenía rasgos caucásicos. —¿No quieres hablar conmigo? —pero permaneció en silencio, abrazándose a sí mismo. Probablemente tenía seis años, siete como máximo.

—No puede —contestó la niña, la número 68. —Es mudo. Él es, *era*, judío —se corrigió a sí misma, y todos los niños estuvieron de acuerdo. Aparentemente, ella era la líder del grupo.

—Pero ¿cómo lo sabes? Quiero decir… ya que él no puede… —tuve problemas para explicarme.

—Tu gente lo llama así.

Mi gente, por supuesto. Yo portaba mi uniforme BDM, un uniforme nazi, lo que explicaba su incomodidad. Me arrodillé ante él. —No te preocupes.

Un chico se acercó a mi lado y me arrebató la gorra, dejando mi cabello encrespado rebotando libre.

—No la molestes, Cuarenta y Cuatro —reprendió 66, el chico con habilidades de proyección, pero 44 lo ignoró y se puso la gorra demasiado grande, que le caía sobre la nariz.

—Está bien —respondí y lo ayudé a ajustar la gorra, revelando sus ojos rasgados.

Se rio tontamente, con una enorme lengua sobresaliendo entre los dientes. Teniendo en cuenta su nariz corta y sus orejas y dientes diminutos, me di cuenta de que 44 padecía síndrome de Down, de ahí su comportamiento más infantil.

—Puedes quedártela. Se ve mejor en ti.

Cuarenta y Cuatro saltó como si hubiera recibido un regalo de Navidad. Era inútil adivinar su edad, considerando que los niños con síndrome de Down también tenían problemas de crecimiento.

—Gracias por liberarnos —dijo 49 en alemán entrecortado e hizo una reverencia.

—¿Eres japonés? —reconocí rasgos asiáticos.

— *Hai* —afirmó el bien educado niño de seis, tal vez siete años.

Y por último el número 88, que parecía el mayor del grupo, probablemente por su complexión más robusta y rasgos africanos, aunque tenía el brazo izquierdo malformado.

—¿Y tú? —pregunté.

—Marrakech —había oído hablar de esta ciudad en Marruecos.

—Debes tener frío —froté sus brazos. —El sol no es amable aquí.

—¡Tenemos que irnos, ahora! —68 exclamó, con la cabeza

temblando, los miembros rígidos y los ojos parcialmente cerrados, como si estuviera sufriendo un ataque. Su hermano, el número 66, la sujetó por detrás para evitar que cayera.

—¡Oh cielos! —me apresuré a ayudarla.

—Ella está bien, no te preocupes —dijo 66 con confianza.

—Se revelará un camino… Las llamas del infierno nos protegerán… —murmuró 68, sus ojos moviéndose como si estuviera leyendo. Su cuerpo se contrajo abruptamente y luego se desinfló. Y con los ojos muy abiertos y sin pestañear, me miró fijamente. —Dolerá por fuera, pero se romperá por dentro —su diminuta mano acarició mi mejilla y la dejó caer sobre mi pecho.

¿Qué?

—¡No hay tiempo que perder! —66 tiró de mi mano. —¡Tenemos que correr!

Desconcertada, confié en los niños.

Sesenta y Seis nos condujo a través del sótano. Nos cogimos de la mano en fila para no dejar a nadie atrás. Los pasadizos parecían interminables, alargados por mi ansiedad, el temor de que nuestros pasos resonantes expusieran nuestra huida. Pero la última puerta se abrió y el foso del castillo nos recibió con una brisa fresca. No pude evitar recordar mi paseo con Gerda y Ania a mi llegada. Parecía tan extraño ahora. De pasear un día a correr por mi vida al día siguiente. La salida se abrió a unos metros del puente, pero afortunadamente para nosotros, no había ningún centinela visible arriba.

La luna se asomaba entre las nubes, brindando suficiente luz para guiar nuestro camino, pero demasiada para camuflarnos en las sombras. —Miren dónde pisan —susurré. El suelo estaba fangoso después del reciente aguacero.

El repiqueteo de las botas sobre la piedra se intensificó hasta convertirse en un tamborileo continuo mientras lo que parecía ser todo un escuadrón de soldados de la celaduría marchaba hacia el interior del castillo. Preocupada, insté a los niños a esconderse bajo el pasadizo arqueado. Las manecillas de mi reloj de pulsera no estaban ni cerca de las 3:00 am. Era demasiado temprano para llevar un pelotón a ejercicios militares. ¿Fuimos descubiertos?

—Tenemos que ir por el otro lado —dijo 66, señalando al norte. Tenía sentido. La vigilancia del acceso sur del castillo era mayor en comparación con el norte, solo por su proximidad a la celaduría. Pero tendríamos que rodear el castillo en sentido contrario a las manecillas del reloj, alrededor de la torre norte y luego cuesta abajo, en dirección oeste.

—Está bien, manténgase agachados y en silencio —instruí, guiando el camino.

Nos escabullimos en una sola línea. Los gritos haciendo eco en la distancia, presumiblemente provenientes del interior de los muros. ¿Han descubierto *la fuga?* La distancia restante hasta la arboleda que rodeaba la torre norte era la misma que una carrera de obstáculos. *Podría lograrlo en diez*, pensé, pero ya no estaba sola. —¡Vamos! —Apresuré a los niños, mirando constantemente hacia atrás para confirmar que siete diminutas figuras seguían mis pasos. Una vez protegidos bajo el follaje de los árboles, nos detuvimos para recuperar el aliento. —¿Están bien todos?

—¡Sí, mamá! —Todos respondieron al unísono.

¿Mamá? Se sintió raro. Estuve a punto de quejarme, pero sus ojos esperanzados que me miraban fijamente me impidieron hacerlo. —Pueden llamarme Melocotón... y... tenemos que seguir adelante.

Reanudamos nuestro merodeo, manteniendo la torre norte como referencia visual. Para cuando estábamos en el lado oeste, el alboroto dentro del castillo se había vuelto bullicioso. Pero continuamos constantes hasta que sonaron las sirenas. —¡Corran! ¡Corran! ¡Corran! —Exclamé, tirando de la mano de 66. Corrimos cuesta abajo, sorteando los árboles.

—¡Esperen! ¡Esperen! —Gritaron los niños al final de la fila.

Me detuve, pero mis pies resbalaron en el barro hasta que anclé mi mano libre al suelo. Cuarenta y Cuatro había caído en el camino. *Debía haber previsto esto*. Me reprendí por no considerar su condición antes de planear la fuga.

—¿Estás bien? —Le pregunté, ayudándolo a ponerse de pie, pero no respondió. —¡No hay tiempo que perder! —Tiré de su mano, pero 44 se resistió, tirando cuesta arriba. Miré hacia atrás y encontré la razón de su comportamiento: el gorro que le di se le había caído. —¡Déjalo! ¿No oyes las sirenas? —sacudí su brazo para hacerle entrar en razón, pero se resistió. Sin otra opción, solté su mano y esperé a que recuperara la gorra. Cuarenta y Cuatro volvió a mí eufórico, como si hubiera encontrado un tesoro digno de poner en riesgo su libertad recién recuperada.

Guie a los niños por el último tramo de bosque hasta que llegamos a la carretera. —Ahora escúchenme —me arrodillé y los niños me rodearon. —Necesito que corran lo más rápido que puedan.

Tenemos que llegar a ese puente de piedra y cruzar el río. Es nuestra única oportunidad. ¿Entendido?

—Sí, Melocotón.

—Esperen aquí. —Me escondí detrás del último tronco de árbol en el borde del bosque y observé el camino para detectar alguna patrulla. Pero hasta donde mi vista me lo permitía, no se podía ver ninguna. Hice señas a los niños para que me siguieran. Cruzamos la carretera de dos carriles y seguimos una delgada línea de árboles en el arcén, en dirección al puente.

—¡Fuego! —Gritó uno de los niños.

A lo lejos, una alta columna de humo rojizo se elevaba desde el patio del castillo.

Desconcertada, detuve el paso. —Otto —su nombre escapó de mis labios, mientras lo recordaba jugando con fósforos. —¡La despensa se está quemando!

Combatir el fuego era la razón por la que los soldados marcharon dentro del castillo. ¿Otto podría estar ayudándome a escapar? Las palabras mencionadas por 68 durante su convulsión resonaron en mi mente: —*Las llamas del infierno nos protegerán.* —Pero no todo eran buenas noticias. En lo alto de la sinuosa carretera, los faros de un coche se encendieron.

—¡Nos encontraron! —Corrimos para cruzar el puente. Detrás de nosotros, el automóvil giró violentamente, las llantas chirriaron sobre el asfalto, abriéndose paso a través de parches de vegetación como un atajo para interceptarnos. —¡Más rápido! —Animé a los niños, pero ya estaban exhalando ruidosamente.

El auto aceleró sobre el puente, los faros se hicieron más brillantes a medida que se acercaba. Consideré saltar del puente, pero era una caída de tres metros y el arroyo parecía poco profundo y rocoso. Incluso si llegábamos a salvo al fondo, el arroyo tampoco ofrecía una ruta de escape. El auto pasó a nuestro lado y el conductor presionó los frenos y viró, coleando hasta que se detuvo frente a nosotros, bloqueándonos el camino.

Scheisse! Protegí mis ojos de las luces cegadoras. Los niños se agruparon detrás de mí aterrorizados.

La puerta del auto se abrió y el conductor descendió, iluminándonos con una linterna, haciendo más difícil discernir su identidad. Divisé las siluetas de dos ocupantes más dentro del vehículo. ¿Podrían ser Reinhard y *Von Schroeder?* Pensé, temiendo lo peor.

—¡Manos arriba y aléjate de los niños! —Ordenó el hombre

con una voz áspera.

Los niños se aferraron a mí, sus diminutas manos rodeando mi cintura.

—¡Por favor! ¡No nos abandones, mamá! —Repitieron asustados.

—¡No lo repetiré! —El hombre nos apuntó con su arma y amartilló el percutor.

—¡Alto! —Sostuve mis brazos en alto. —¡Estamos desarmados! ¡Por favor!

El hombre se acercó sin bajar su arma, revelando lentamente su identidad a cada paso.

—¿Hermann? —Dije, reconociendo al chofer de mi padre.

Hermann agarró mi pañuelo y me jaloneó, haciéndome perder el equilibrio. El botón del cuello de mi blusa se rompió. Me apartó de los niños y me presentó hacia el vehículo.

Ya no cegada por las luces, reconocí al hombre que viajaba en el asiento del pasajero.

Mi padre.

Me observó fijamente a través del parabrisas, con una mirada fría. Estaba a punto de alegrarme que él fuera la persona que me encontró cuando bajó la cabeza con decepción antes de salir del auto.

Mi padre sacó algo de su abrigo y extendió su brazo. Un fuerte estruendo y un destello me sobresaltaron cuando la cabeza de Hermann explotó, salpicando sangre sobre mi rostro. La mano de Hermann soltó mi pañuelo y su cuerpo sin vida se derrumbó a mis pies. Los niños lloraron al ver el cadáver. Mi padre caminó hacia mí con una pistola Luger en la mano, el cañón aún humeaba.

—T-tú lo ma-matas… —luché por articular mi horror.

Mi padre me abofeteó. —¿En qué estabas pensando? —gritó rabiosamente. —¿Sabes lo que has hecho? ¿eh?

Cubrí mi mejilla ardiente, los dedos resbalando en la sangre de Hermann, pero lo que más quería era proteger mis oídos de sus palabras hirientes.

—Padre, lo siento, p-pero por favor… —quería explicarle todo lo que había sucedido.

—¡Cállate! ¡Cállate! —Mi padre levantó la mano hacia mí y sus dedos temblorosos se cerraron en un puño mientras luchaba por controlar su ira. Su cuerpo se arqueó como si sufriera dolor, y cayó de rodillas. —¿Por qué, Emma? —sollozó, presionando la Luger contra su frente.

—¡Padre, por favor! —Traté de ayudarlo a ponerse de pie en medio de mi llanto. —¡Tienes que ponerte de pie! ¡Solo tú puedes ayudarme! ¡Por favor!

—¿Ayudar? —Dijo sarcásticamente. —Todo está perdido —se levantó y me miró con ojos vacíos. —Ahora te he perdido... al igual que perdí a tu hermano.

—Aún estoy aquí —*¡Todavía estoy viva!* Quería gritar.

—No deberías —mi padre se secó las lágrimas y volvió a ser el mismo de antes, el hombre metódico e ingenioso que siempre había sido. —No puedes quedarte. ¡Tienes que irte de una vez! —Me remolcó, llevándome al asiento del conductor. —¿Recuerdas las lecciones de manejo que te dio tu hermano?

—Pero, padre, si regresamos contigo...

—No, Emma. No puedo protegerte de esto.

—Pero, ¿por qué?

Mi padre miró a los niños, quienes nos observaron atentamente, excepto 44, que jugaba con la linterna que había recogido de Hermann. —Está más allá de tu comprensión —dijo secamente.

El Sol Negro, pensé.

Mi padre me apretó contra su pecho. —Mi Melocotón —susurró. —Ahora sube y llévatelos contigo —abrió la puerta trasera e hizo una seña a los niños.

Podría jurar que había alguien más *sentado en la parte de atrás*, pensé. Los hermanos, 66 y 68, se sentaron al frente conmigo.

—Te veré en casa del abuelo —dije, arrancando el motor.

—No. Conduce hacia el oeste, atraviesa Geseke y luego Hamm.

—¿Oeste? ¿A dónde?

—Tan lejos como puedas del Reich.

—Pero, ¿cómo voy a encontrarte? —pregunté, desconcertada.

—Trataré de resolver las cosas aquí y enviaré a alguien tras de ti.

—¿Qué planeas hacer?

—Voy a conseguirte algo de tiempo —mi padre sonrió a medias y apuntó su Luger a su brazo izquierdo. —Ahora, ¡vete! —Ordenó antes de apretar el gatillo.

Cerré los ojos mientras ponía la transmisión en reversa y pisaba el acelerador a fondo.

La imagen de mi padre cayendo de rodillas con el brazo cubierto de sangre se desvaneció en la oscuridad cuando los conos de luz de los faros se retiraron de la escena.

CAPÍTULO 11

TODO ESTABA OSCURO MÁS ALLÁ DEL HALO DE LUZ y, para empeorar las cosas, mis ojos no tenían limpiaparabrisas como el parabrisas de un automóvil. Mis lágrimas distorsionaron el camino como si hubiera sufrido astigmatismo. Sentí que el automóvil se conducía solo, sin saber si se dirigía a Geseke. Tal vez era la inercia ejerciendo su tirón después de la secuencia de eventos de los últimos dos días, sin saber cómo podría detenerla.

—*Siéntelo* —me había instruido Anton durante mi primera lección de manejo. —*Sé consciente de lo que el coche quiere decirte* —mis manos sintieron la débil vibración del motor resoplando, transferida a mí a través de los mecanismos. —*Reconoce cada vibración, cada patrón y aprende a identificar su ritmo. El automóvil le indicará el momento adecuado para cambiar de marcha. Cuando pisar los pedales fuerte o suavemente. Te avisará cuánta fuerza debes aplicar en el volante cuando realices un giro a alta velocidad, para permanecer en el camino. Solo escúchalo.*

—*¿Cómo sabe el auto?* —había preguntado, intrigada.

—*Siente el conflicto de fuerzas* —explicó Anton. —*Una empujando hacia afuera y la otra tirando hacia adentro.*

—*¿Y cuál gana?*

—*Eso dependerá de ti* —Anton miró el camino delante de nosotros, meditativo. —*La inercia puede llevarte en una dirección no deseada, pero también puede evitar que abandones un lugar no deseado…*

—¡Miren al cielo! —66 rompió mi trance. —¡Aviones!

Me incliné sobre el tablero. Un enjambre de diminutas sombras en forma de cruz surcaba el cielo nocturno. —¡Bombarderos! —Respondí con agitación. —¡Tírense al suelo! —Los niños se acurrucaron. Apagué los faros, sin saber si los aviones eran hostiles, pero seguí acelerando, sabiendo que todos los soldados de Wewelsburg nos perseguirían.

El volante se puso rígido, empujándome hacia la derecha cuando el auto sintió la pendiente de un camino lateral que se dirigía hacia el bosque. *El escondite perfecto.* Me metí en el bosque sin soltar el acelerador y la maleza arañó el suelo del coche. Una vez aislado por el follaje, volví a encender los faros. Los troncos de los árboles y los arbustos brillaban, brotando de la oscuridad. Una silueta pequeña y oscura apareció adelante en el camino. A medida que nos acercábamos, la figura se volvió y reveló un rostro.

—¡Un niño! —Grité del terror de atropellar al niño. Volanteé y luego pisé el freno, estrellando el auto contra el grueso tronco de un árbol. La parada repentina comprimió mi pecho contra el volante y mi frente chocó con el parabrisas, dejándome inconsciente.

Cuando me desperté, estaba sentada en un sillón de cuero en el interior de lo que parecía ser un tren. El Pullman estaba revestido con cálidos acabados de caoba, iluminado con lámparas de gas colgadas con soportes de latón. Mi cabeza latía dolorosamente y zumbaba como si estuviera llena de insectos y a punto de explotar.

—¿Qué pasó? —le pregunté a la mujer sentada a mi lado, pero ella no respondió, a pesar de abrir y cerrar la boca como si estuviera hablando. —¿Está bien? —pregunté, preocupada por su bienestar, a juzgar por su melena gris y su rostro cartografiado, probablemente tendría más de setenta años. —¿Señora?

Se volvió hacia mí con los ojos nublados como si estuviera ciega y abrió la boca. Su dentadura postiza se cayó de sus encías.

Me aparté de mi asiento, pero mi horror aumentó al encontrar a todos los pasajeros en las mismas condiciones. Ojos nublados, bocas abiertas y extremidades moviéndose como peces sacados del agua.

¿Dónde estoy?

El tren no se movía. La ventana enmarcaba la más oscura de las noches, perforada por estrellas titilantes. Pero no vi ninguna señal de tierra en el horizonte. La luz de la ventana se reflejaba en una superficie debajo. ¿Es agua? Era como un lago extremadamente tranquilo, pero sin límites, como un océano.

Mi cabeza zumbaba dolorosamente, acortando mi respiración como si algo estuviera obstruyendo mis pulmones. *Necesito aire.* Abrí la ventana, pero en lugar de aire, entró un torrente de agua que inundó rápidamente el Pullman. Vadeé hasta la puerta con la esperanza de escapar, pero me estaba ahogando a pesar de que el agua me llegaba hasta las rodillas. Cuando mi nivel de oxígeno bajó, me desmayé. Mi cara golpeó la pared de agua.

Cuando me desperté de nuevo, me senté muy erguida, jadeando, luchando contra una opresión en mi pecho y empapada en sudor. Mis manos alcanzaron mi cabeza para controlar mi terrible dolor de cabeza y encontré mi frente manchada con una sustancia viscosa, un brebaje de hierbas que apestaba a alcohol. Mi mente pasó rápidamente por mis últimos recuerdos antes de desmayarme... Un accidente automovilístico... Mi cabeza golpeándose contra el parabrisas.

¿Dónde estoy? Mi mente se aclaró sin ningún recuerdo de cómo había llegado a este lugar. Estaba sentada en una litera dentro de una habitación diminuta. Afortunadamente, no en el castillo de Wewelsburg; las paredes eran de madera en lugar de piedra. Sin embargo, todavía estaba usando mi uniforme BDM. Parecía una cabina dentro de un tren... —Un tren... —susurré, recordando mi pesadilla. —...con lámparas de gas colgadas con soportes de latón... —Observé la llama temblorosa de la lámpara de gas que iluminaba la habitación.

Me invadió una sensación abrumadora de abandonar ese lugar.

Me puse de pie y empujé la puerta plegable a un lado, revelando una habitación iluminada con velas, las ventanas cubiertas con tablones de madera. Los estantes contenían libros de cuero polvorientos, frascos, pirámides, velas, cráneos de animales y estatuas de deidades. En el centro había un banco de trabajo con un mortero donde había sido molido el brebaje untado en mi frente. Mi cabeza chocó con racimos de bulbos de ajo. Una multitud de plantas colgaba del techo como un jardín de cabeza.

Un murmullo proveniente del exterior llamó mi atención. —¡Los niños! —Me recordé angustiada y seguí sus voces a través de la salida.

En la penumbra del bosque encontré a los niños sentados junto a la fogata en compañía de una mujer de negro. Un escalofrío recorrió mi piel; ella era la bruja que había practicado la sesión de espiritismo en la cripta del castillo de Wewelsburg, y encarnado al mismísimo Sol Negro.

CAPÍTULO 12

ME PARÉ EN LAS ESCALERAS DEL CARRUAJE de madera, nerviosa.

—¡Melocotón! —Los niños se regocijaron y corrieron a mi encuentro. —¡Estás bien!

Los recibí con los brazos abiertos. La mujer de ojos hundidos estudió cada movimiento que hice.

—Estábamos preocupados por ti —dijo 66 infantilmente. —No podías despertar.

—Pero ahora estoy bien… supongo que, gracias a usted —dije, dirigiéndome a la mujer.

—¿Gracias a mí? —la mujer rio entre dientes, avivando el fuego con un palo largo y nudoso, que sostenía con elegancia, como si estuviera removiendo una taza de té. Pero su comportamiento elegante no terminaba ahí. Estaba sentada con la espalda recta, los hombros ligeramente echados hacia atrás, las piernas cruzadas y la mano apoyada delicadamente sobre su regazo, como si estuviera sentada en un lujoso sillón en lugar de en un viejo tronco. —Deberías agradecer a Nailah —ella ladeó la cabeza y me miró de reojo.

Me di cuenta de que había alguien a mi lado. Una niña pequeña, probablemente de cinco años, a la cual casi atropello con el coche. Llevaba una túnica negra de dos piezas, como la de una monja, pero el velo era de una sola pieza de tela sin cofia, ceñido alrededor de su rostro, y su cuero cabelludo expuesto estaba afeitado, transmitiendo la extraña sensación de una máscara.

Nailah me ofreció un cuenco de barro con sopa. —Para ti —su voz tenía un acento que no pude identificar.

—¡La sopa esta deli-li-li-li-li-liciosa! —44 dijo efusivamente, lamiendo sus labios con su larga lengua.

Recordando las acciones de la mujer en la sesión, miré el cuenco con inquietud.

—Puedes comerlo —dijo la mujer con indiferencia, absorta en su tarea en la fogata. —¿Por qué atendería tus heridas solo para envenenarte más tarde?

Era un punto válido. Si su intención era entregarme a las SS, podría haberme dejado en ese auto hasta que las tropas me encontraran.

—Gracias —acepté el tazón y los labios de Nailah se arquearon en una sonrisa impasible que, junto con sus ojos sin pestañear, transmitía la extraña impresión de una muñeca.

—Vengan y terminen su comida junto al fuego —instruyó la mujer, y los niños regresaron a sus asientos.

Encontré un lugar en una pirámide de troncos. La hoguera me recibió con un cálido abrazo, repeliendo el frío de la noche.

Sesenta y Ocho se unió a mí, sentándose a mi lado. —Está rico —mostró una dentadura dispareja con dientes faltantes, lo que me hizo recordarme a mí misma a su edad.

Acaricié su cabeza. El tazón contenía una mezcla de vegetales: coliflor, brócoli, rodajas de zanahoria y granos de maíz hervidos con la carne, que presumiblemente era cerdo, o al menos eso quería creer, ya que las especies otorgaban un sabor fuerte. Estaba lejos de ser el mejor estofado que había probado, pero me hizo preguntarme qué tipo de comida habían recibido los niños mientras estaban encerrados en esa mazmorra.

—¿Quién... quién es usted? —Finalmente me atreví a preguntar.

—Soy como tú —respondió la mujer desde el otro lado de la hoguera, sus pupilas negras brillando como canicas. —Una desertora.

—Pero te he visto con...

—Sé lo que viste, chica —interrumpió. —Sé dónde has estado. Y como tú, estoy huyendo de mi gente. Pero tu gente no es mi gente. No soy alemana, pero para los nazis, alguien con mis habilidades se considera necesaria.

—¿Sus habilidades? —Pregunté, recapitulando la sesión. —¿Qué hace?

La mujer se inclinó hacia delante, apoyando el codo en el muslo y la mandíbula en la mano ahuecada. —Puedo ser muchas cosas… Renenet la sabia, la mística —entrecerró los ojos —o la bruja… ¿Quién seré para ti?

No supe que responder.

—Que nuestros caminos se cruzaran no fue un accidente, chica; las coincidencias no existen.

—Si me vio la otra noche, ¿por qué no lo reveló? —recordé sus ojos penetrantes mirándome desde el patio del castillo.

—Porque soy como tú, o, mejor dicho, te volverás como yo, una nómada. Pronto aprenderás que bajo la lluvia de sangre que azota esta tierra, los nómadas necesitan un paso seguro. He prestado mis servicios a tu Führer, pero no soy nazi. No tengo intereses en este conflicto. Solo soy una espectadora presenciando el final de los tiempos.

—¿Esta guerra nunca terminará?

— Tu guerra podría terminar —Renenet se puso de pie. —Vengan niños, es hora de que sueñen —recogió la loza. —Nailah, muéstrales dónde pueden descansar y después de eso, continúa tus estudios.

¿Estudios? ¿*A altas horas de la noche?*

—Sí madre —Nailah actuó como un adulto, instruyendo a los niños para que formaran una fila y la siguieran dentro del carruaje.

—¡Buenas noches, Melocotón! —Los niños me saludaron mientras se iban.

—Su hija se parece mucho a usted —dije, con la intención de que fuera un cumplido.

—Mi hija soy yo… algo que entenderás una vez que seas madre —Renenet miró a los niños que marchaban. —O tal vez antes… Has ganado una familia bastante numerosa antes de que el gallo cante al amanecer.

—No podía… —suspiré. —No podía hacerme de la vista gorda ante su sufrimiento… No tuve otra opción.

—¿Eso es lo que crees?

—¿Qué quieres decir?

Renenet se sentó a mi lado y me estremecí inconscientemente ante su imponente presencia. Me miró con el rostro dividido: un lado iluminado por las llamas, el otro con sus rasgos cadavéricos enfatizados por la oscuridad.

—Mírate, tan joven y hermosa, como una princesa de un cuento de hadas —los dedos de Renenet acariciaron mi mejilla, y descansé mi plato de sopa sobre los leños, inquieta por cómo responder. —Cualquier hombre se enamoraría de ti. Podrías casarte, tener un hogar... hijos, tal vez. ¿Por qué estás tan dispuesta a arruinar tu vida por esos niños, que no han nacido de tu propia carne y sangre, cuyo destino ya ha sido decidido?

¿Estropear mi vida? Reinhard ya la había arruinado. Tenía poco más que perder. —¿Qué quiere decir con decidido?

—Nada de lo que hagas podría cambiar su suerte.

—Es por el Sol Ne…

El dedo de Renenet selló mis labios. —Nunca te atrevas a llamar al Oculto —sus ojos buscaron el área con angustia, como si el Sol Negro realmente se escondiese detrás de un árbol o una roca.

—¿Por qué no se puede alterar su destino?

—Han sido maldecidos.

—¿Maldecidos por quién?

Ella permaneció en silencio.

—¿No puede alguien de su talento —traté de que sonara lo más cortés posible —levantar la maldición?

—Todavía no lo entiendes, chica —Renenet sostuvo mi barbilla. —Lavé sangre de tu cara que no te pertenecía —la sangre de Hermann. —¿Cuánta sangre más se necesita derramar para que te des cuenta de que estos niños van a morir sin importar lo que hagas?

—Todos vamos a morir —respondí frustrada, apartando su mano. —¡Y si tengo que enfrentarme a la muerte, al menos preferiría hacerlo fuera de esa horrible mazmorra!

—Precisamente —dijo Renenet con exceso de confianza. —No importa si estás dentro de una mazmorra o en medio de un campo de batalla. Serás testigo de cómo el Heraldo de la Muerte atraviesa los campos, sortea todas las paredes, sube interminables escaleras y traspasa cualquier puerta para llegar a tiempo a la última cita. Incluso si no es bienvenido, nunca deja de ser invitado, ya que todos han sido advertidos —ella se puso de pie, elevándose sobre mí. —Lo verás con tus propios ojos, chica; de eso estoy segura. Porque eres como yo, una dotada.

—¿Qué? —no sabía de qué estaba hablando.

—Y mientras te dirijáis hacia la puesta del sol —profesó Renenet, y la hoguera se reavivó —no os preocupéis si el Heraldo de la Muerte camina delante de vos; aunque sigáis las huellas de la Muerte, aún no es vuestra hora. No os preocupéis si el Heraldo de la Muerte camina detrás de vos; aunque la Muerte siga vuestros pasos, todavía estáis a un paso adelante. Pero si no veis la Muerte por delante ni por detrás, preparáis, porque el Heraldo de la Muerte tiene muchos rostros y podría estar ya a vuestro lado.

Toda mi piel se puso de gallina al escuchar sus palabras. Teniendo en cuenta quién era ella, no podía ignorar su advertencia. —¿Qué puedo hacer? ¡Por favor, ayúdeme!

Renenet señaló un camino cubierto de maleza. —Vete y nunca mires atrás. Todavía podrías salvar lo que queda de ti.

A pesar de estar sumergido en las sombras, el camino no tenía nada fuera de lo común. Sin embargo, no podía deshacerme de la sensación de hormigueo en mi columna que decía que alguien allí nos estaba mirando. —Pero ¿qué pasará con los niños? ¿Se los llevaría consigo? —Ella ya tenía una hija y no parecía interesada en lastimar a los niños.

Renenet negó con la cabeza. —Se despertarían dentro del auto chocado sin recordar lo que pasó. Y a partir de ahí, enfrentarían su destino lo mejor que pudieran.

Rechacé la idea.

—No caigas presa de la culpa. Muchos padres abandonan a sus hijos para sobrevivir. Estás en medio de una guerra.

—Eso es un crimen.

—Las guerras desdibujan las líneas que definen los crímenes. Cuando termine, nadie te juzgará por lo que hiciste por el bien de la supervivencia.

—Yo me juzgaré —lágrimas se acumularon en mis ojos. —Y eso es suficiente.

—¿Incluso si continuar significa sacrificarlo todo? —ella entrecerró los ojos.

Mi mandíbula se tensó.

—¿Tan pesados son los pecados que buscas expiar?

Mi boca se volvió amarga, tratando de traducir mis pensamientos suicidas en palabras. Me aclaré la garganta. —¿Sacrificaría todo por Nailah?

—Ella lo sacrificó todo por mí —dijo la voz de una niña detrás de mí. Era Nailah, jugando con una baraja de cartas sobre una manta.

—Lo lamento. No me di cuenta… —pensé que Nailah se había quedado dentro del carruaje… ¿carruaje? La casa rodante me hizo reflexionar sobre el hecho de que Renenet ciertamente había sacrificado todo por su hija. Los motivos de su persecución me eran desconocidos, pero abandonar su casa, su país, para vivir como nómadas, era indicativo de sacrificio.

—No necesitas disculparte —Renenet se sentó en el viejo tronco.

—Tal vez tenga razón, y el destino de los niños está escrito. Pero tal vez el mío también lo está, junto a sus nombres.

Renenet se volvió hacia mí, perpleja —¿Acaso sabes sus nombres, chica?

—No me llame "chica". Mi nombre es Emma —estaba más molesta conmigo misma que con ella. Casi no conocía nada de ellos.

—Ya lo sabía —dijo Renenet, confiada de su clarividencia. — Pero si mueres ahí fuera, Emma, debes saber que nadie lleva flores a una tumba sin nombre. Te convertirás solo en otra chica muerta.

Por mucho que odiara reconocerlo, no podía refutar su argumento. Probablemente podría morir, *no,* ciertamente moriría.

Cité: —"Sé fiel a ti misma, porque solo te reconoceré si no olvidas quién eres en realidad". Esas fueron las últimas palabras de mi hermano. Siempre me recordaba que tenía que ser amable —una sonrisa nostálgica apareció en mi rostro. —Tal vez si muero haciendo algo bueno por los niños, mi hermano me reconocerá en el más allá.

Renenet esbozó una media sonrisa y elevó la mirada a un trozo de cielo contorneado por las copas de los árboles, la Vía Láctea dividiendo el firmamento como un camino de estrellas. Algunos creían que nuestro destino estaba escrito en las estrellas. Tal vez todo lo que tenía que hacer era dejar que el cielo guiara mi camino, incluso si me alejaba de mi pasado. Elevé mis oraciones por la pronta recuperación de mi padre, con la esperanza de que su herida de bala hubiera sido atendida. Que el cielo le conceda a mi madre la fortaleza necesaria para hacer las paces con la idea de una hija traidora. Por el bienestar de Ania y Gerda. Y para Ghislain, dondequiera que estuviera. No podía emprender mi viaje con la pesada carga del pasado. Tendría que aprender a renunciar a mi vida pasada, a mis padres, a mis amigos, a mi país, tal vez incluso a mi idioma, tal como lo había hecho Renenet.

—¿Renenet? ¿Cómo es que, siendo extranjera, habla alemán con tanta fluidez como una nativa? —a diferencia de su hija Nailah.

—He canalizado tantas almas a través de mí como un medio espiritual, que básicamente poseo el don de hablar en lenguas. Sin embargo, también he entonado tantas voces que he olvidado la mía.

Al escucharla hablar sobre la mediumnidad, mi mente giró en torno a una cosa. —¿Podría ser posible para mí hablar con mi hermano muerto a través de usted? —incluso si aceptaba, no estaba segura de poder pagar su precio.

—Tal vez —dijo Renenet con ojos lejanos. —Tal vez ya lo hiciste. —Se levantó y caminó hacia el carruaje, seguida de cerca por Nailah como una sombra. —Entra. Está a punto de amanecer y necesitas descansar.

—No estoy cansada —dije, sintiendo que mi descanso cuando caí inconsciente representaba una noche completa de sueño.

—Será mejor que no lo estés —Renenet se volvió hacia mí. — Mañana, corres contra la Muerte.

CAPÍTULO 13

RENENET ME SACUDIÓ PARA DESPERTARME con su mano tapándome la boca. —Shhhhhhhh, la Schutzstaffel está aquí —el rugido de los motores de los vehículos de las SS perturbó la quietud matutina del bosque. —Guarda silencio y no te muevas.

Asentí, tratando de no entrar en pánico.

—Vengan aquí —instruyó Renenet a los niños que descansaban en la cama superior de la litera. Los siete niños y yo nos apretujamos unos a otros, apiñados en la cama de abajo. Renenet desplegó un velo oscuro y lo colgó de la cubierta superior, cubriéndonos. —Jugaremos al escondite —se dirigió a 44, que estaba al borde de la cama. —¿Puedes esconderte?

Cuarenta y Cuatro asintió.

—Bien.

Alguien llamó a la puerta del carruaje.

—Todo estará bien —susurré, obligándome a creerlo.

Renenet atendió la puerta, dejando la puerta corrediza del dormitorio entreabierta.

—*Guten morgen,* Frau Bahiti —saludó una voz masculina cuando la puerta se abrió.

—Caballeros —respondió Renenet secamente. —¿Qué los trae a mi humilde morada? Espero que no sea una lectura de tarot. Mi hija todavía mora en sus sueños.

¿Naila? Me preguntaba dónde podría estar, ya que nosotros ocupábamos la cama.

Sus botas hicieron crujir el piso de madera cuando entraron. —Estábamos patrullando los alrededores y decidimos hacerle una visita. Rutina, ¿sabe? Espero que no le moleste.

—Claro que no.

—¡Ay dios mío! ¿Son de verdad? —preguntó efusivamente el hombre, pero no hubo respuesta de Renenet. —Oye, Pete, mira esto: el cráneo de un babuino —el hombre se rio entre dientes, pero Pete gruñó.

—¿Qué están buscando exactamente? —preguntó Renenet.

—El Obergruppenführer Von Schroeder ha perdido algo. Y es posible que usted sepa su paradero.

—No lo sé —respondió Renenet solemnemente.

—Esa es una declaración poco confiable viniendo de una… bruja. Tal vez deberías tirar los huesos o conjurar a los muertos para adivinar su ubicación.

Renenet no titubeó ante su burlona provocación.

—Esos son demasiados tazones sucios para alimentar dos bocas, Frau Bahiti. ¿Mmm? —su tono estaba teñido de ironía cuando señaló la loza que habíamos usado para la cena.

—Le sorprendería cuánto pueden comer cuatro caballos hambrientos.

—¿Lo suficientemente hambrientos como para usar cubiertos? —preguntó el soldado irónicamente. —¡Pete!

Pisadas se dirigieron en nuestra dirección, y la punta de un rifle se asomó, empujando la puerta para abrirla. Pete entró en la habitación con el rifle por delante. Llevaba un abrigo largo con doble botonadura, ceñido a la cintura por un cinturón utilitario. Su casco y cuello ostentaban las runas de las SS. Contuve la respiración y apreté los ojos, creyendo que estábamos a punto de ser descubiertos. Me pregunté sobre la ubicación de mi maletín; el abrecartas sería útil en esta situación.

Los ojos inquisitivos de Pete escanearon la habitación, pero nos pasaron por alto. Como si la cama hubiera estado completamente vacía.

¡Es el velo! Recordé el velo que Renenet usó durante la sesión. La tela se había vuelto opaca cuando mostró la cara del Sol Negro. Eso explicaba por qué podíamos ver a través, pero no al revés.

—Mis caballos son mi familia… —dijo Renenet enojada. —…y los alimentaré con cuchara si lo considero necesario.

Pete se arrodilló y recogió una linterna del suelo. Era de Hermann; 44 la había traído consigo. Los brazos regordetes de Cuarenta y Cuatro se extendieron para evitarlo, pero le tapé la boca con la mano antes de que pudiera decir algo. Los otros niños me ayudaron a mantenerlo a raya. Temía que nuestros movimientos hicieran crujir la cama.

—Es obvio que no ha encontrado lo que buscaba, así que les aconsejo que continúen su búsqueda en otro lugar.

—Los de su especie no son bienvenidos aquí —dijo el soldado con voz acerada. —Será mejor que se vaya. Los favores se olvidan rápidamente.

—Cuida tus palabras, jovenzuelo. Los de mi especie alimentan a los caballos con las lenguas de los habladores.

—Los círculos de sal y los racimos de ajo no te protegerán de las balas, bruja.

—Qué astuto —dijo Renenet con sarcasmo. —El ajo y la sal no repelen las balas, pero impiden que las brujas entren en las casas y se roben las crías. Dime, *soldado*, ¿esparciste sal en tu puerta antes de dejar a tu familia para unirte a la guerra? —el soldado no pronunció ni una palabra. —Pobrecita Ada, tan sola, mirando a través de la ventana por la noche sin saber que alguien la está mirando desde la oscuridad.

—¡No te atrevas a hacerle daño a mi hija, bruja! —el soldado tiró del cerrojo de su rifle, cargando una bala en la recámara.

—¡Dispara! —Renenet lo enfrentó valientemente. —Yo puedo andar por el Camino de la Muerte en ambos sentidos, pero estoy segura de que tu hija no.

Pete dejó caer la linterna y corrió al taller en medio del alboroto. —Baja el arma. ¡Jesús! Karl, no están aquí. Vámonos —el par de pisadas se desvanecieron hasta que los motores rugieron y los autos se fueron, permitiendo que el silencio se asentara una vez más.

—Esperen aquí —instruí a los niños antes de salir del dormitorio. En el taller, Renenet estaba sentada en la mesa con Nailah, como si durante todo este tiempo nunca hubiera abandonado el lado de su madre.

—¿Ahora entiendes por qué no puedo llevar a los niños conmigo? —Renenet dijo desanimada, y asentí. —Los ayudaré a cruzar el puesto de control, pero tendré que dejarlos en las afueras de Lippstadt.

—Gracias —dije, feliz y decepcionada al mismo tiempo. Lippstadt estaba a medio camino de Hamm. Una vez allí, aún tendría que averiguar cómo completar la otra mitad sin el automóvil.

—Una cosa más —Renenet rebuscó en su gabinete y sacó una bolsa negra. —Necesitarás esto.

—¿Es para un hechizo? —pregunté dubitativa, examinando el polvo beige en el interior.

—El hechizo más poderoso que poseen las mujeres: maquillaje —dijo Renenet, y yo fruncí el ceño. —¿Cuánto tiempo crees que sobrevivirás con siete niños que lucen como esqueletos andantes?

Pasé nuestro viaje a Lippstadt maquillando la piel expuesta de los niños. Desafortunadamente, incluso después de disfrazar la tonalidad marfil de su piel, nunca pasarían desapercibidos. Su pelo tan corto para evitar los piojos, junto con su delgadez por desnutrición y los viejos harapos que vestían, los harían destacar entre la multitud. Tendríamos que evitar el contacto humano tanto como fuera posible.

En el puesto de control militar de Geseke, Renenet presentó la carta de salvoconducto de Von Schroeder, y su velo mágico nos ayudó a engañar a los soldados una vez más. Este hecho me hizo considerar que, aunque no hubiera chocado el auto, no habría podido cruzar el puesto de control por mi cuenta. Quizás Renenet tenía razón; no existían las coincidencias, y nuestros caminos estaban destinados a cruzarse.

El carruaje se detuvo. —Hemos llegado —dijo Renenet casualmente, sumergida en su trabajo en el banco. No pude evitar preguntarme cómo cuatro caballos sin conductor podían llegar a Lippstadt, pero después de lo que había visto, pensé que era mejor no preguntar.

—Vamos —hice una seña y los siete niños salieron bajo la mirada cautelosa de Renenet. —Antes de irnos, agradezcan a Frau Bahiti por su hospitalidad —dije torpemente, imitando a mi madre.

—*¡Danke, Frau Bahiti!* —todos los niños menos 27 dijeron al unísono. Veintisiete se llevó la mano abierta a la boca y la agitó como si lanzara un beso. Supuse que era el equivalente de "gracias" en lenguaje de señas.

—¿Qué estás planeando? —preguntó Renenet.

—Intentaremos tomar un tren a Hamm… o a Dortmund… —suspiré. Nunca había estado en Hamm, a diferencia de Dortmund, que había visitado algunos años antes. Pero quería creer que había una razón detrás de las instrucciones que me dio mi padre. —Mientras permanezcamos lo más lejos posible de Wewelsburg, estaremos bien —intenté evocar una sonrisa. —Gracias de nuevo.

—Ofrecer un plato de sopa y un lugar junto a la fogata es lo mínimo que los nómadas podemos hacer.

Bajé las escaleras del carruaje y volví a mirar a Renenet. —Espero que algún día pueda devolverle el favor.

Renenet sonrió levemente. —Si nuestros caminos están destinados a entrelazarse de nuevo, así será…

—¡Espera! —Nailah salió de detrás de su madre y bajó los escalones de un salto. —Esto es para ti —presentó una carta con su diminuta mano.

Me puse en cuclillas y recibí la carta. —Gracias… pero ¿qué significa?

—Es el ocho de espadas —la carta mostraba dos juegos de cuatro espadas estilizadas uno frente al otro, con hojas entrelazadas como si estuvieran tejidas. El número romano ocho aparecía en ambos extremos. —Estás siendo puesta a prueba —dijo con una voz ronca que parecía cómica, considerando que era una niña. —Una marginada que se ha convertido en rehén de tus propios pensamientos. Estás con los ojos vendados por tu propio escrutinio, caminando sin rumbo fijo por un campo sembrado de espadas. Tu brújula para eludir obstáculos son solo tus heridas autoinfligidas. Pero una vez que tomes el camino de los desamparados, ni siquiera la sangre derramada guiará tus pasos de regreso a casa.

—Oh, bueno… —dije, escuchando mi sombrío destino. —Me la llevaré. Gracias —guardé la carta en el bolsillo.

—No importa lo exhausta que estés —agregó Nailah. —No vaciles. La muerte no ofrecerá ninguna reivindicación.

—No lo haré —dije con entusiasmo, aferrándome a la esperanza.

Nailah corrió hacia su madre, y los caballos trotaron tirando del carruaje negro, dejándonos a un lado del camino bajo el sol brillante.

¿Qué haría Antón en esta situación? Inhalé profundamente, y

un recuerdo de cuando tenía cinco o seis años vino a mi mente. Anton y yo habíamos ido a los campos de la granja del abuelo para volar nuestras cometas recién construidas. Sopló un vendaval que me arrebató la cometa de las diminutas manos incapaces de sujetar la cuerda. Me había echado a llorar, y ni siquiera la oferta de Anton de que tomara su cometa pudo apaciguarme. Quería volar una cometa junto a mi hermano, no por turnos, y no sola, ya que habíamos dibujado nuestros rostros en ellos. —*¡Iremos de excursión!* —Anton declaró en aquel entonces y corrió a la cocina. Empacó golosinas cocinadas por Frau Weber y, tomándome de la mano, me condujo al bosque. Después de una larga caminata, nos acomodamos debajo de un árbol para comer nuestras golosinas, pero ni siquiera los dulces pudieron eclipsar la tristeza de perder mi cometa. —*Te mostraré un truco de magia* —dijo Anton, cubriendo sus brazos con el mantel que usamos para nuestro picnic. —*Cierra los ojos, y no los abras hasta que yo te lo diga* —instruyó, y después de un minuto, cuando los abrí, develó mi cometa en sus manos. La verdad era que Anton se había subido al árbol para recuperarlo, pero para mí, a tan temprana edad, no fue más que un verdadero acto de magia.

—¡Hoy es un hermoso día para una excursión! —declaré, con los brazos en la cintura, bajo las miradas escépticas de los niños. —¿Qué? ¿Nunca han ido en una excursión antes?

Ellos negaron con la cabeza.

—Pero si saben lo que es una excursión, ¿verdad?

Intercambiaron miradas.

Sintiéndome arrepentida, les expliqué mientras atravesábamos la vegetación. Una excursión fue la forma más reconfortante que pude idear para sacarlos del camino, lejos de las personas que querían hacerles daño.

Mi gente.

Los rayos del sol que calentaban mi piel, el aire fresco que llenaba mis pulmones y la brisa del campo que agitaba mi cabello eran realmente revitalizantes. La naturaleza alivió los sentimientos de persecución, especialmente de los niños, que habían estado encerrados durante mucho tiempo.

—¿A dónde vamos? —66 preguntó, sosteniendo la mano de

su hermana.

—La ciudad de Lippstadt. Deberíamos estar cerca ahora… —dije, insegura, preguntándome si había sido una mala idea alejarse de la carretera principal ya que aún no se veían casas.

—¿Estamos perdidos? —68 preguntó.

—¡No! Solo estamos… encontrando nuestro camino —dije confiada.

—¿Cómo?

—Hay muchas maneras, como usando una brújula, que lamentablemente no tengo en este momento, pero… podemos usar el sol —señalé el cielo, pero el sol estaba en su cenit. —Una vez que comience a inclinarse hacia el oeste, por supuesto.

—¿Y cuando el sol se haya puesto?

—Llegaremos antes del crepúsculo, no se preocupen —me reí, pero los niños me miraron dudosos. —Pero incluso si cae la noche, aún podemos usar las estrellas —traté de recuperar su confianza con mis habilidades de explorador BDM.

—¿Puedes leer las estrellas, Melocotón? —preguntaron los niños asombrados.

—No es tan difícil. Solo necesitas encontrar la constelación de la Osa Mayor, la gran Osa… —¿O era la Osa Menor? —…y apuntará directamente a Polaris, la Estrella del Norte. —traté de sonar segura. —Sí… ¡así de fácil!

—¡Encontré una estrella! —44 gritó. —¡Estrella del Norte! ¡Estrella del Norte! —bailó.

—¿Una estrella?

Los niños se reunieron rápidamente alrededor del descubrimiento de 44, así que tuve que pasar entre ellos. Ciertamente no era una estrella, pero encontrarla en ese lugar era igualmente raro.

—Es una flor llamada Edelweiss —acaricié los puntiagudos pétalos blancos que parecían una estrella estilizada. En el centro, las vainas amarillas sobresalían como un diminuto girasol. Edelweiss generalmente crecía a gran altura, por lo que a menudo se consideraba una flor alpina.

—¿Puede guiar nuestro camino? —44 preguntó, emocionado por su hallazgo.

—¿Conoces los girasoles? Tienen la habilidad de perseguir el sol, por lo que ciertamente pueden guiarnos en nuestro camino —expliqué.

—Pero eso no es un girasol, Melocotón —intervino 88.

—No, pero el Edelweiss es… primo, sí, primo del girasol —mentí, sin saber que el Edelweiss en efecto pertenecía a la familia de los girasoles. —¿Pero saben qué es lo mejor del Edelweiss?

Ellos negaron con la cabeza.

—¡Tienen una canción! —era una marcha militar que aprendí de mi hermano, llamada *Es war ein Edelweiss* —Era un Edelweiss.

—¡Cántala para nosotros! —dijeron los niños, con los ojos encendidos de emoción.

—Y-yo… —dudé. La verdad era que no podía recordar la letra con precisión. Pero para no desinflar su entusiasmo, se la canté a los niños, con un ritmo más melódico e improvisando mis propios versos para llenar los huecos.

Lo encontré abandonado
en un acantilado en el pico más alto,
una estrella caída del cielo,
Escogí la flor más bonita...

Recogí el Edelweiss y puse el tallo en las manos regordetas de 44.

…y se lo di al más bello
niño querido por mi corazón,

Edelweiss! ¡Tú eres mi estrella!
¡Mi brillante Edelweiss!
¡Guíanos de vuelta al cielo!
Holla-hidi hollala,
Hola diho.

Los niños cantaron el coro conmigo mientras 44 corría con la flor en el aire, haciendo sonidos de aviones. Seguimos el camino donde habíamos encontrado la flor, con la esperanza de que nos llevaría a Polaris. No mucho después, llegamos a una granja.

Rollos de heno estaban esparcidos por los campos, hojas blanqueadas como la barba de un anciano, como si estuvieran abandonados. Habían pasado meses desde que se cosecharon los campos de trigo y se empacaron los rollos: conocimientos agrícolas enseñados por el buen Herr Huber durante mi estadía en la granja del abuelo. Llegar a esta finca traía la sensación de volver a casa. Soñé despierta con entrar a la cocina para descubrir lo que Frau Weber estaba preparando para el almuerzo, con la esperanza de que una sopa sabrosa y un baño caliente pudieran limpiar mi mente de mis tribulaciones. Pero en lugar de la casa, me aventuré primero al granero.

El granero era de dos pisos con entramado de madera y techo a dos aguas. La puerta tenía un pestillo oxidado. Tiré del candado y descubrí que estaba roto, solo superpuesto para disuadir a los visitantes no deseados. Nos colamos adentro, y el interior contó una historia similar: fardos secos de heno en montones, herramientas agrícolas desordenadas, sin caballos ni carruajes a la vista.

—Parece abandonado —deliberé. —Quédense aquí.

—¿Adónde vas? —66 preguntó.

—A la casa. Necesito confirmar que está realmente abandonada —no quería correr ningún riesgo.

Caminé hacia la puerta principal, ensayando mi excusa en caso de que alguien la abriera. —¿Quiere comprar una rueda de queso para apoyar al Bund Deutscher Mädel? —mi uniforme proporcionaba veracidad a mi historia, y llamar a las puertas de extraños para recaudar fondos era una tarea habitual del BDM. No era necesario actuar.

Llamé tres veces, pero no hubo respuesta.

Miré a través de las ventanas polvorientas. El interior parecía bastante desordenado; tal vez no se consideraría abandonada, pero ciertamente no habitada recientemente. *Tal vez se mudaron a otro lugar debido a la guerra*. Nosotros habíamos abandonado nuestra casa en Berlín. Giré la perilla, pero estaba cerrada. Mi brújula moral me impidió romper una ventana para entrar. Odiaba la idea de que alguien asaltara nuestra casa abandonada. Además, tomar prestado el granero como escondite era todo lo que necesitábamos por ahora. De cualquier manera, no esperaba que pasásemos mucho tiempo en esta ciudad.

—Está vacía —les informé después de mi misión de reconocimiento. —Tienen que esperarme aquí. Iré al centro para localizar la estación de tren —*y descubrir la ruta menos concurrida hacia allí*. —Compraré los boletos de tren a Hamm y, si me sobran algunos marcos imperiales, también compraré comida extra —saqué la comida de mi maletín, dándome cuenta de que, para ocho bocas, las provisiones que había recolectado de la despensa de Wewelsburg solo serían suficientes para una comida, dos como máximo.

—¿Vas a volver? —44 preguntó, al borde de las lágrimas.

—Por supuesto que lo haré —me agaché. —¿Crees que los abandonaría? —pero permanecieron en silencio, haciéndome creer que alguien ya los había abandonado en el pasado. —No los abandonaré, ¿de acuerdo? Compraré los boletos y nos iremos juntos a Hamm.

—Pero ¿y si viene alguien cuando no estés aquí? —preguntó 13.

—Escóndanse —señalé un rincón formado detrás de dos pilas altas de pacas —y no salgan hasta mi regreso. ¿Está claro?

—Sí —los niños se agruparon a mi alrededor, abrazándome por sorpresa.

Mis tímidos brazos se extendieron para abrazarlos también. —Volveré pronto. Lo prometo.

CAPÍTULO 14

LA GUERRA AÚN NO HABÍA PASADO FACTURA a Lippstadt. Los techos de tejas de terracota no mostraban señales de bombardeos. Los peatones deambulaban por las aceras y los ciclistas rodaban por la calle adoquinada, esquivando los esporádicos autos que pasaban. Era como viajar en el tiempo a antes de la guerra. Militares patrullaban las calles, pero no había fuerzas de las SS, lo que me tranquilizó. Al menos ellos no me estaban buscando activamente. Podía mezclarme con la multitud. Las niñas que vestían uniformes BDM eran comunes.

—Discúlpeme, señora —interrumpí a una mujer que soñaba con usar el vestido exhibido en un escaparate. —¿Sabe dónde está la estación de tren?

—¡Oh! Sí, sí, estás en el camino correcto. Solo sigue esta calle hacia abajo.

—Gracias, ¿podría indicarme también la dirección del mercado?

—Después de cruzar las vías del tren, dirígete hacia el norte y, antes de llegar al río Lipe, lo encontrarás junto a la iglesia de Santa María. Es imposible no dar con ella, el campanario parece el castillo de Frankenstein —frunció el ceño con disgusto.

Al llegar a la estación de tren comprobé que al menos la arquitectura de la estación era menos lúgubre que la imagen mental que me había hecho de la mencionada iglesia. Era un edificio escalonado, más alto en el centro, con una estructura de entramado de madera y techos de tejas. Pero a pesar de la fachada acogedora, una fuerte presencia militar me hizo desear mejor caminar hacia la guarida de Frankenstein. Varios camiones de transporte de personal militar estaban estacionados en el costado derecho del edificio. Al menos cien soldados podrían estar dentro. Desafortunadamente para mí, la única forma de verificarlo era entrando.

Así lo hice, sin levantar sospechas de los soldados que custodiaban la entrada. Una vez en el salón principal, me dirigí directamente a un mapa colgado en la pared. Mis ojos siguieron los rieles desde Lippstadt, haciendo una parada en Soest antes de continuar hacia Hamm. —¡Ese es! —me dije a mí misma, uniéndome a la línea de la taquilla, pero sintiéndome un poco preocupada, ya que en el tablero de salidas no aparecía ningún tren que partiera a Hamm.

Cuando llegué al frente de la fila, pregunté: —Disculpe, ¿a qué hora es la próxima salida hacia Hamm?

—No hay trenes a Hamm por ahora —dijo el hombre de cabello gris.

Mi corazón se hundió. —¿Sabe cuándo se restablecerá el servicio?

El hombre se encogió de hombros mientras contaba monedas de cinco marcos, apilándolas en montones. —Solo a Soest por ahora.

Me hice a un lado, sopesando mis opciones. Viajar hasta Soest sonaba como una idea razonable con tal de poner tierra entre nosotros y Wewelsburg. Pero incluso después de comprar los boletos, ¿cómo pasarían los niños desapercibidos hasta el andén? *¿Podríamos acceder por atrás?*

Una campana repicó cuando llegó un tren. Un grupo de soldados marchó hacia el andén y me mezclé con el contingente, caminando ligeramente detrás para no levantar sospechas. El tren solo tenía vagones de carga. Los soldados abrieron los pestillos y deslizaron las puertas a un lado. Colocaron tablones de madera con escalones para usar como rampa. Cientos de mujeres emergieron de los sombríos interiores, desaliñadas, portando mascadas para domar su cabello despeinado y algunas para disimular sus rostros flacuchos. Descendieron con esfuerzo, llevando en su mayoría artículos personales y bolsas diminutas.

—¿Hacia dónde vas? —me preguntó un joven que vestía uniforme, muy probablemente un nuevo recluta de las *Hitlerjugend*, las Juventudes Hitlerianas.

—Hamm —dije, distraída, con mi mirada en las mujeres.

El joven soldado mencionó algo sobre Hamm, pero mi consternación por lo que estaba presenciando hizo que sus palabras fueran inaudibles. Un grupo de tres oficiales coordinó los esfuerzos para alinear a las mujeres para el registro.

—…No pude evitar fijarme en ti —dijo el chico soldado, ajustándose las gafas. —Eres hermosa.

—Oh… —levanté mis cejas. —Gracias, supongo —dije, casi para mí misma.

Pero él sonrió, complacido con sus habilidades para coquetear. —¿Cómo te llamas?

—Um… Mildred —respondí, usando el nombre de mi muñeca favorita.

—Soy Johannes.

Ahora que éramos conocidos —¿por qué traen a estas mujeres? —me atreví a preguntar.

—Oh, vienen de Auschwitz —dijo sin inmutarse.

—Son ellas…

—Judías —dijo, completando mi oración. —Sí, judías húngaras.

Algunas llevaban brazaletes o la insignia de la Estrella Amarilla cosida en la ropa, la estrella de seis puntas que contenía la palabra *Jude* en el interior, mofándose de la tipografía hebraica. Después de su registro, los soldados conducían a las mujeres a los camiones de transporte al costado de la estación para evitar el vestíbulo principal.

—¿A dónde las están llevando?

—A trabajar en la fábrica.

Después de que descendiera la última mujer, un joven saltó del vagón antes de que las tropas cerraran las puertas. Estaba vestido todo de negro y me resultó familiar, pero en ese momento no pude recordar de dónde. El hombre de negro caminaba con indiferencia y los oficiales no le prestaban atención. Los uniformes de los oficiales ostentaban runas de las SS. ¡Tropas de las SS! ¡Están en *Lippstadt buscándome!* Conjeturas construidas con la velocidad de mi corazón acelerado.

—¿Qué harás en Hamm? —preguntó Johannes.

—¿Qué?

—Quiero decir, ¿por qué necesitas viajar? —aclaró.

—¡Oh! —me aclaré la garganta, gotas frías de sudor se condensaron en mi frente. —M-mi tía... para visitar a mi tía... —corregí, tratando de sonar lo más tranquila posible. Pero mi lengua traicionera volvió a tropezar en el momento en que miré un tablero colgado en la pared detrás de Johannes, donde un cartel de "Se busca" mostraba una foto mía, ofreciendo una recompensa de dos mil marcos imperiales. —Ella... ella está enferma.

—¿Estás bien? De repente te pusiste pálida —Johannes sujetó mi hombro, genuinamente preocupado por mi bienestar.

—Lo estoy —aparté su brazo de mí, pero fruncí el ceño, desconcertada por una línea carmín que descendía desde debajo de su gorra a través de la parte posterior de su cuello. —¿Tú lo estás? —parecía sangre.

—¡Deténgala! —gritaron los oficiales de las SS.

—Tengo que irme —dije mientras el tren avanzaba, preparándose para partir.

—¿Estás segura de que estás bien? —preguntó Johannes, pero era demasiado tarde para responder. Un oficial me apuntó con su arma. Empujé a Johannes a un lado y salí corriendo.

Esquivé a los pasajeros en mi camino hasta el final del andén. Imaginé que el desnivel era un obstáculo en la pista, y salté con mayor entusiasmo. Esta vez, mi vida dependía de ello. La grava suelta amortiguó mi aterrizaje y reanudé mi escape, paralela a los rieles. Miré hacia atrás, midiendo mi ventaja frente a mis perseguidores. El equipo de los soldados los estaba ralentizando.

El tren ganó impulso, acelerando justo detrás de mí. No podía poner en riesgo a los niños regresando a la granja mientras me perseguían, y recordé las instrucciones de la mujer sobre la ubicación del mercado y el río cruzando las vías del tren, que sonaba como el mejor plan para eludirlos.

—¡Detengan el tren! ¡Detenga el tren! —Gritaron los soldados al maquinista, pero ya era demasiado tarde.

Salté sobre los rieles y aterricé a salvo en el otro lado justo antes de que pasara la locomotora, bloqueando el camino de mis perseguidores. El maquinista tiró de los frenos, pero los segundos que tardó en detenerse el pesado tren me dieron tiempo suficiente para asegurar mi escape. Zigzagueé por callejones sin parar hasta encontrar el peculiar campanario de la Iglesia de Santa María. El edificio tenía cúpulas abultadas como las del castillo de un sultán, con una torre más pequeña y puntiaguda erigida en la parte superior que sostenía una cruz. La iglesia ciertamente transmitía un sentimiento funesto. Un escondite perfecto para que el Doctor Frankenstein realizara sus experimentos.

Medité sobre mi siguiente movimiento mientras recuperaba el aliento. El mercado sería el lugar perfecto para mezclarme con la multitud, y tenía provisiones para comprar. Pero las fuerzas de las SS no se quedarían con los brazos cruzados; podrían hacer una redada en las áreas circundantes, y una bolsa llena de comestibles dificultaría mi escape. Además, el camino de regreso a la granja era largo y los niños me esperaban. Opté por volver, siguiendo el río Lipe como vía de escape.

Afortunadamente, la vegetación rodeaba la orilla del río. Me acosté debajo de un bosquecillo de arbustos durante unos minutos, permitiendo que la sangre fluyera de regreso a mis piernas palpitantes. Permanecí vigilante, asegurándome de que nadie me siguiera. Después de descansar, me escabullí entre la maleza, en dirección oeste hasta que llegué a las afueras de la ciudad. Luego me dirigí al sur, en busca de la granja.

El sol se estaba poniendo cuando llegué a los campos. Mi garganta estaba seca. Me dolían las plantas de los pies. Los zapatos de mi uniforme BDM estaban lejos de ser óptimos para soportar un sprint de alta velocidad por la ciudad, además de las horas extra de caminata en la naturaleza.

El granero estaba a la vista, pero incluso muerta de cansancio, una parte de mí se negaba a caminar el último tramo. ¿Qué les diré a los niños sobre mi *fiasco?* ¿Cómo les explicaré que no vamos a ninguna parte? Ya era una fugitiva buscada, y era solo cuestión de tiempo antes de que las fuerzas de las SS asaltaran el granero y esclavizaran a los niños dentro de esa horrible celda nuevamente. Y yo... tragué saliva... lo más probable es que terminaría ahorcada por traición. —*Conviértete en una traidora, como tu hermano* —las palabras de Reinhard me atormentaron, y acaricié mi cuello ansiosamente, como si una cuerda rasposa estuviera atada a mi cuello.

Traidora.

Nunca me gustó el sonido de la palabra. Era aún menos agradable escrita en una tabla sobre el pecho de tu cadáver balanceándose en la horca. ¿Podría volver con papá y pedirle perdón? La duda penetró lo que pensé era mi voluntad inquebrantable. ¿Podría simplemente desaparecer, como aconsejó *Renenet?* Mi débil sombra proyectada sobre la puerta del granero permaneció hasta que los últimos rayos de sol se enrojecieron y desvanecieron.

—Quiero irme a casa… —susurré mientras mi voz se convirtió en sollozos. Me puse en cuclillas sobre la tierra, abrazando mis piernas contra mi pecho. Mis lágrimas cayeron hasta mis rodillas sucias. Limpié la suciedad con la manga de mi chaqueta, recordando cómo mi madre me limpiaba las rodillas después de mis andanzas cuando era niña. —*Rodillas de niña poco afeminada* —solía decir. El recuerdo me hizo sonreír.

—Al menos tuve la dicha de tener una madre —me dije, recordando a los menos afortunados que yo… y ese pensamiento me dio fuerzas para quitar el candado roto y abrir el cerrojo. —¡Estoy en casa! —trompetee y los niños se emergieron de detrás de los fardos de heno.

—¡Melocotón! ¡Has regresado! —los niños se apresuraron a abrazarme, sus rostros sonrojados de felicidad. —¡Estábamos preocupados por ti! —su abrazo electrizante recargó las baterías de mi exhausto cuerpo.

—¿Cuándo nos vamos? —88 preguntó.

Hice una pausa. —Hoy no —dije sombríamente. —Hubo… —elaboré mi mentira piadosa. —Hubo un problema con los trenes a Hamm, pero el amable hombre de la taquilla me pidió que volviera mañana.

—¿Pasaremos la noche aquí? —13 preguntó, preocupado.

Acaricié su rostro. —Me temo que sí —pero el rostro preocupado de 13 se convirtió en una alegre sonrisa.

—¡Ven! Melocotón, ¡ven! —los niños me condujeron alrededor del fuerte que habían construido con pacas de heno.

—Esta es tu cama —Cuarenta y Cuatro señaló una serie de camas improvisadas hechas de heno cubiertas con trozos de tela que habían encontrado en el granero.

—Gracias —dije, al borde de las lágrimas, mientras los niños saltaban alegremente sobre los lechos de heno.

—¿Has estado llorando? —68 me preguntó, apretando mi mano.

—No, no. Demasiada luz solar, creo —mentí flagrantemente, pero no pude engañarla. Tenía un don para saber las cosas que sucederían, como me había demostrado durante nuestra huida del castillo.

—Está bien llorar —dijo con una voz madura más allá de su

edad. —A veces lloro por la noche. El corazón necesita respirar.

CAPÍTULO 15

ESA NOCHE NOS REUNIMOS ALREDEDOR de una lámpara de aceite que encontramos colgada de una de las vigas de madera. La llama, aunque diminuta, funcionó como nuestra fogata. Después de que no pude obtener más provisiones, tuvimos que ajustar nuestra comida a solo lo que había recolectado de la despensa en Wewelsburg. Para nuestro plato principal, usé el abrecartas para cortar las hogazas de pan y coloqué rebanadas de queso encima. De postre, unté mermelada de fresa en el pan. Repartí las rebanadas entre los niños, y las pasamos, junto con la cantimplora. Mordí el postre insípido, añorando la mermelada de fresa natural de Frau Weber, pero atestiguar la euforia en los rostros de los niños ante la mermelada coloreada químicamente me hizo sentir mimada. O más bien, sentí pena al escuchar sobre su maltrato, aumentando mi culpa. Después de todo, los culpables de su desgracia eran mi gente.

—Jugaremos un juego —dije con entusiasmo. —Ojalá hubiéramos tenido tiempo antes para conocernos, pero ya saben... las circunstancias han sido... poco ideales —me reí nerviosamente. —Entonces, voy a presentarme y decir algo sobre mí. Luego será el turno de la persona a mi derecha, y así sucesivamente.

Sesenta y Ocho me miró, preocupada, siendo la siguiente en la fila.

—Como recompensa, les daré una menta —hice alarde de la lata de mentas, que los niños observaron como si fuera oro. —¿Entendido?

Ellos asintieron tímidamente.

—Mi nombre es Emma Niemeyer, pero todos me llaman Melocotón. Mi hermano me dio este apodo, burlándose de mis mejillas redondas y rosadas cuando era pequeña. Su nombre era Anton... Él... falleció recientemente... asesinado en combate. Me gusta correr y practico carreras de obstáculos —sonreí. —Me encanta sentir el aire frío golpeando mi rostro, la sensación de desdibujar todo lo que dejo atrás y enfocarme solo en la meta que tengo por delante. Sueño con participar en los Juegos Olímpicos y ganar una medalla... si es que la guerra termina algún día.

Abrí la tapa de la lata y me lancé una menta a la boca.

—Tu turno —le di un codazo a 68.

—Soy sesenta y ocho...

—No el número. Tu verdadero nombre —señalé.

Se volvió hacia su hermano, quien asintió levemente.

—Soy Valeska Volkova —comenzó tímidamente. —Jov es mi gemelo.

No pude evitar arquear mi ceja, ya que no eran tan idénticos como esperaría de gemelos.

—Nacimos en un pueblo helado al norte de San Petersburgo, junto al Mar Blanco. Tenemos una hermana llamada Lara. Me gusta ir a la escuela y jugar al escondite en el bosque.

—Siempre me hace trampa. Ya sabe dónde me escondo —su hermano, número 66, Jov, se quejó y todos se rieron.

—Porque eres malo escondiéndote —aclaró Valeska. —Por eso te encontró el Hombre que Llora. —Se quedó en silencio y los rostros de ambos se volvieron sombríos.

—¿Tu hermana estaba con ustedes ese día, pero permaneció escondida y escapó? —reconstruí la historia basándome en lo que habían dicho en Wewelsburg.

—Sí.

Les entregué sus mentas mientras acariciaba la espalda de Valeska tranquilizadoramente. —Ahora eres libre. Y pronto volverás a casa para jugar con tu hermana —traté de evitar ahondar en recuerdos dolorosos. Hablar del Hombre que Llora era igualmente doloroso para mí.

—No, no regresaremos —los ojos vacíos de Valeska reflejaron

la llama temblorosa.

Tiré de su barbilla para mirarme. —Valeska, necesito que tengas confianza. Esta es la única forma en que podemos sobrevivir, ¿de acuerdo?

Ella asintió.

—Bien. Ahora es el turno del chico guapo con el sombrero.

Cuarenta y Cuatro todavía estaba dándose un festín con el pan con una mano y sosteniendo la flor de Edelweiss que le había dado con la otra.

—¿Cómo te llaman tus padres?

—*Du* —lamió la mermelada manchada alrededor de su boca.

—¿Du? ¿Como *Drud?* —que era un nombre alemán que significaba "fuerte".

—Nooo, como *"¡Hallo, du! ¡Bringen wasser!"* Ella gritaba esto cuando necesitaba agua para las vacas o quería que yo las alimentara.

—¿Ella?

—Mi madre. Ella es hermosa —Cuarenta y Cuatro sonrió.

—¿Pero seguramente tus padres te dieron un nombre real además de "tú"?

Sacudió la cabeza.

—¿Estabas atendiendo al ganado? —pregunté, preocupada.

Cuarenta y Cuatro asintió y mordió su rebanada de pan. —Yo vivía en el granero.

¡Dios mío! No estaba segura de poder continuar con mi cuestionamiento. —Pero pasabas las noches en la casa, ¿cierto?

—Solo me dejaban entrar los domingos. Mamá siempre me bañaba antes de ir a la iglesia.

No podía concebir el trato que este niño sin nombre había recibido en su propia casa, no muy diferente al de la celda en Wewelsburg. —Pero ¿cómo terminaste con... ellos? —pregunté, temerosa de escuchar la respuesta.

—Un domingo después de la iglesia, mi mamá me dijo que tenía que ser un buen chico e ir con los uniformados.

—¿Y ella se alejó… sin remordimientos? —pregunté, incrédula.

—¡Noooooo! —44 gritó enojado. —Mamá me lo prometió. Ella volverá por mí. Confío en ella… como dijiste.

—Entiendo… —no pude evitar el tono lúgubre de mis palabras. —Estás esperando a que ella venga por ti —le entregué a 44 la lata con mentas, gesto que celebró como si hubiera ganado la lotería.

Después de 44, el siguiente en la fila era el 27, quien era mudo.

Por el amor de Dios, Emma, ¿qué estás haciendo? ¿Qué le vas a preguntar? ¿Su nombre judío? Apreté mi cabeza con las palmas de mis manos. *Emma, eres una tonta.* Me di cuenta de mi error, advertido por Renenet. ¿Cómo se supone que debo llamarlos? *¿Sabio, Gruñón, Bonachón, Dormilón, Tímido, Estornudo y Tontín?* Me imaginé bautizando a 44 como "Bonachón", pero me sentí aún más despiadada que los nazis que los habían numerado. ¿Qué esperabas, Emma? Eres una *nazi.* —Lo siento, niños, no puedo… —me puse de pie y me di la vuelta para evitar que vieran mis lágrimas.

Un par de diminutos brazos me rodearon la cintura y un niño apoyó la cabeza en mi espalda. —Está bien, Melocotón —dijo Jov tranquilizadoramente. —Puedes llamarme Sesenta y Seis.

Otro par de manos se unieron a las de Jov. —Soy Manu, pero puedes llamarme Trece.

Uno por uno, todos se pusieron de pie y se unieron al abrazo.

—Hoshi es mi nombre, pero Cuarenta y Nueve también está bien.

—El mío es Jayvyn, pero puedes llamarme simplemente Jay u Ochenta y Ocho.

Me sequé las lágrimas y me di la vuelta, conmocionado por el gesto.

—Su nombre es Lemuel —dijo Valeska, acariciando la cabeza de 27. —Pero dice que puedes llamarlo Veintisiete. A él no le importa. Estamos acostumbrados a que nos llamen de esa manera.

—No, no está bien —le dije con la quijada temblorosa, enojada conmigo mismo por sentirme tan impotente.

—Tal vez no, pero eres la única persona que ha hecho algo por nosotros —dijo Jov.

—Perdónenme por no poder hacer más.

Los niños sonrieron.

—Ahora, vamos a la cama. Es tarde y mañana tenemos un largo viaje a Hamm.

Los niños se acostaron, mostrando sus personalidades en la forma en que dormían. Los gemelos se abrazaron. Cuarenta y Cuatro, que me dolía el corazón al saber que no tenía otro nombre para llamarlo, estaba desparramado con mi gorra sobre el pecho y la flor a su lado. Hoshi mantuvo su cuerpo recto, las manos entrelazadas sobre su pecho, como la momia de Tutankamón. Lemuel yacía en posición fetal, chupándose el pulgar. Me ponía ansiosa que aún no me había ganado su confianza; aunque no lo culpaba. Haber contemplado las mujeres en la estación el día de hoy demostraba que los judíos tenían muchas razones para temernos. Y finalmente, Manu apoyando la cabeza en el hombro de Jay, siempre los dos más callados del grupo. Supuse que se sentían más solos, siendo mayores que los demás.

Giré la perilla de la lámpara de aceite para bajar la mecha del quemador, atenuando la llama, ahora más asustada que nunca de dormir en la oscuridad. Sin embargo, el sueño me eludió. La ansiedad de no saber cómo viajar a Hamm ahuyentó mis sueños. Leer siempre había calmado mis nervios, así que cogí el contenido de mi maletín de cuero que había recogido del cajón de Von Schroeder.

Hojeé un libro con cubierta de cuero tan viejo que parecía desenterrado, pero todas sus páginas estaban en blanco, lo que me hizo preguntarme si había valido la pena tomarlo. Luego examiné unas carpetas que contenían informes médicos con diagramas de las pruebas a las que habían sometido a los niños. La mayor parte era jerga médica que no podía entender, pero mi mano voló a mi boca ante las imágenes de sus cuerpos frágiles, desnudos, mostrando la progresión de su procedimiento de blanqueamiento de la piel. Mis uñas se clavaron en mis palmas, arrugando los espeluznantes documentos mientras mi respiración se volvía ruidosa. *Tenías razón, Antón.* Mi mano descendió a mi cuello en busca de mi collar que contenía las fotos de mi familia, pero me alarmé al no encontrarlo. Busqué dentro de mi sostén y blusa en vano. Mi mente repasó todas las situaciones en las que podría haberla perdido.

—¡Hermann! —entré en pánico, esperando no haber despertado a los niños con mi arrebato. Hermann me había sujetado por el cuello y tiró de mí con fuerza, probablemente rompiendo la cadena. Imaginé mi collar dentro de la mano muerta de Hermann y me estremecí.

Pero no podía hacer nada al respecto ahora. Había perdido el medallón. *Para siempre.*

Cerré los párpados, obligándome a descender al sueño profundo y revitalizante que tanto necesitaba.

En lugar de eso, bajé la escalera hasta la mazmorra de Wewelsburg. Me dirigí a las celdas, siguiendo los ecos del llanto para liberar a los niños del encarcelamiento, temerosa de que llegara Reinhard. Afortunadamente, esta vez tenía la llave conmigo, pero cuando abrí la puerta, los niños no estaban allí. El llanto procedía de un bebé envuelto en una manta, tirado sobre el frío suelo de piedra de la celda. Levanté al bebé, pero mientras desenvolvía la manta, buscando su cara, no encontré nada en el trapo manchado de sangre. Gotas de sangre en el suelo formaban un camino hasta la sala de torturas, y cuando sentí que un líquido goteaba por mis muslos, me di cuenta con horror de que la sangre era mía. Pero eso no fue lo peor. Mi vientre se había abultado. Me quité la chaqueta y me desabotoné la blusa con desesperación para descubrir mi barriga hinchada: estaba al final del embarazo. Manos y pies diminutos sobresalieron en mi barriga cuando el bebé se dio la vuelta, y luego una forma cruzó mi piel de lo que parecía ser la cola escamosa de un cocodrilo...

Grité aterrorizada y... Me desperté, agradecida de que solo hubiera sido una pesadilla. Mi piel se erizó con la caricia de la brisa nocturna que se filtraba a través de las paredes de madera del viejo granero. Miré mi reloj, sin saber cuánto tiempo había estado dormida. *La una y media.* Me cobijé hasta el cuello con mi chaqueta y, una vez cómoda, miré a los niños.

Y ahí fue cuando lo vi.

Un hombre vestido de negro arrodillado junto a 44, su mano derecha flotando como una araña sobre el rostro dormido de 44.

CAPÍTULO 16

EL HOMBRE OBSERVABA A 44 con una expresión solemne. Los párpados de Cuarenta y Cuatro estaban ligeramente abiertos, mostrando sus ojos rebotando de un lado a otro, como si estuviera teniendo un sueño inquietante. Sin apartar los ojos del hombre, deslicé mi mano dentro de mi maletín y saqué el abrecartas. Con sutiles movimientos me levanté sin llamar su atención y me acerqué a él.

—¿Quién eres? —apunté la cuchilla a la parte posterior de su cuello.

El hombre volvió la cabeza lentamente. Sus rasgos eran los de un hombre joven, probablemente de la edad de mi hermano.

—Puedes verme… —dijo con una voz eufónica.

—¿Qué quieres decir con eso? Por supuesto que puedo verte.

Intentó ponerse de pie.

—No te muevas —miré hacia la puerta; un tablón aún descansaba sobre los soportes de metal. —¿Cómo entraste?

Levantó la vista y mi mirada la siguió hasta la ventana del techo a dos aguas. Pero durante la fracción de segundo que me tomó, se movió detrás de mí a una velocidad tan alta que su imagen se volvió borrosa.

Giré, con mi abrecartas al frente de la búsqueda, y lo encontré cómodamente sentado encima de un alto montón de pacas, con las piernas cruzadas y los dedos entrelazados alrededor de su rodilla, como si hubiera estado allí todo este tiempo. Había al menos nueve metros de distancia entre los dos lugares, y ningún ser humano podría haber cubierto tal distancia en menos de un segundo. El hombre me miró con sus brillantes ojos verde oliva, que parecían producir luz por sí mismos, ya que mi silueta bloqueaba la lámpara de aceite, manteniendo al extraño bajo el dominio de las sombras.

—Te recuerdo… —mi mente regurgitó recuerdos del hombre ahora que finalmente estaba cara a cara con él. —Te vi encima de una montaña de escombros después del bombardeo en Kassel, sosteniendo a una niña por el hombro —desconcertada, bajé mi cuchillo. —Y te vi descender de ese tren junto con las judías húngaras en la estación de tren…

—Entonces es un hecho que puedes verme. Deberías sentirte orgullosa de eso —ladeó la cabeza. —O tal vez... asustada; siempre depende.

—¿Por qué sigues diciendo eso?

—Simplemente estoy afirmando lo que debería ser obvio a estas alturas. No todos pueden verme. La mayoría de la gente no puede.

Puedo ver la proyección de Jov. ¿Era eso prueba de lo que dijo?

—Se llama visión secundaria —continuó. —Fuiste agraciada con esa habilidad...

Renenet me había llamado dotada, como ella.

—O maldecida. Dependerá de ti.

—Visión secundaria… —repetí. —Pero ¿qué hace? ¿Qué me permite ver?

—Te permite echar un vistazo a otros reinos fuera del dominio de los hombres. Reinos en diferentes planos de existencia que coexisten, todos entrelazados dentro de un delicado equilibrio. Serás testigo de todas las historias contadas a lo largo de los siglos por los de tu especie.

¿Mi *especie*? *¿Se refiere a otros dotados?* Historias sobre... —¿Te refieres como a monstruos, demonios y fantasmas?

—Todo lo que te has negado a creer que existe —dijo el hombre con tono sepulcral.

—Pero nunca he visto un fantasma en mi vida —estaba bastante decepcionada por no haber experimentado nunca lo sobrenatural.

—¿Estás segura? —levantó una ceja. —¿O es que los muertos

están tan incrustados en esta realidad que no puedes distinguirlos?

Tragué saliva.

—Mira a tus pies —ordenó. —¿Lo ves a él?

—¿Qué? —no podía ver nada más que forraje esparcido por el suelo.

—Un hombre flacucho se arrastra hacia ti. Vivió aquí hace siglos y contrajo la peste. ¿Puedes ver sus bubones abultados del tamaño de manzanas y su piel enrojecida, con sus entrañas sangrando por debajo?

—No puedo verlo —pero cuando examiné el forraje de cerca, identifiqué tallos que se movían ligeramente, lo que podría atribuir a una corriente de viento en otras circunstancias.

—Está rogando por agua, tirando de tu falda.

Una sensación subió por mi pierna, pero no pude confirmar ni negar si sus palabras estaban jugando una mala pasada en mi mente.

—Tal vez es sólo una cuestión de tiempo —dijo finalmente. —Eres joven aún para descubrir tus habilidades. Lo que ahora es esporádico, pronto tendrás que soportarlo en tu vida cotidiana.

—¿Por qué yo? —mi corazón se hundió, como si me hubieran diagnosticado una enfermedad terminal.

—¿Por qué no?

Negué con la cabeza y levanté mi abrecartas, junto con mi inquietud sobre este extraño. —¿Quién eres?

—Tengo mil nombres.

—Solo necesito uno.

Hizo una pausa de unos segundos. —Entonces puedes llamarme Sidney.

—¿Qué haces aquí, Sidney? ¿Cuál es tu interés en el niño? Te vi observándolo mientras dormía.

—Ya sabes por qué estoy aquí. Tú misma lo dijiste; me viste haciendo mi trabajo. Esa niña parada sobre el montón de escombros había muerto durante la noche, aplastada por el techo que se derrumbó. Las dos últimas mujeres que descendieron de ese tren perecieron días antes en Auschwitz, pero negando su fallecimiento, ambas abordaron ese tren junto con sus amigas, creyendo que todavía pertenecían a este reino.

—¿Eres... la Muerte?

—No. Soy el Heraldo de la Muerte.

Las palabras hicieron gárgaras dentro de mi garganta. —Tú... tú no te lo llevarás —di un paso adelante.

—Esa nunca fue mi intención —dijo tranquilizadoramente. —Solo vine por él... para llevarlo a dar un paseo.

—Un paseo… ¿hacia dónde? —el granero había permanecido cerrado.

—No existe tal cosa como una muerte súbita. Todos los condenados a muerte están advertidos. Cuando un juez dicta sentencia después de leer el veredicto, el acusado no sabe cuándo se ejecutará. Ese es el propósito de la primera visita. Vengo una noche durante su sueño y llevo a los acusados a dar un paseo hasta el mismo lugar donde suspirarán su último aliento. De pie ante su cadáver, les notifico que la sentencia se llevará a cabo... eventualmente.

—El acusado despierta con una nueva oportunidad de cambiar el resultado que le he presentado. Desafortunadamente, las personas olvidan sus sueños y, con incredulidad, creen que no tienen ninguna influencia sobre el mundo de la vigilia. Luego, con el tiempo, recorren los pasos desafortunados hacia la última reunión.

Sus escalofriantes palabras me hicieron recordar la advertencia de Renenet en la hoguera. —*No importa si estás dentro de una mazmorra o en medio de un campo de batalla. Serás testigo de cómo el Heraldo de la Muerte atraviesa los campos, sortea todas las paredes, sube interminables escaleras y traspasa cualquier puerta para llegar a tiempo a la última cita. Incluso si no es bienvenido, nunca deja de ser invitado, ya que todos han sido advertidos.*

—¿Por qué? —empuñé mis manos. —¿Por qué quieres quitarle la vida a un inocente? —me enfrenté a Sidney, sintiéndome impotente.

—¿Por qué no? —Sidney repitió.

—¡Porque eso es... malvado! —las lágrimas brotaron de mis ojos al recordar la triste historia de 44. —Después... de todo lo que ha sufrido.

Sidney me miró fijamente, sin emociones, como si mis palabras no tuvieran significado para él.

—¿Hay algo que pueda decir para hacerte cambiar de opinión?

—No me corresponde a mí emitir un juicio —Sidney descendió de los fardos de heno. —Solo soy el mensajero —él se marchó.

—¡Espera! —lo perseguí por el granero, pero se mezcló con las sombras y desapareció.

Llevé la lámpara de aceite sobre su camino, pero no encontré huellas. Ni un solo rastro de la presencia de Sidney, como si hubiera atravesado la pared. Fugaz como el viento.

CAPÍTULO 17

CUANDO ABRÍ LOS OJOS A LA MAÑANA SIGUIENTE, me senté erguida y miré a los niños, que aún dormían. Todos menos 44, que estaba desaparecido. La tabla estaba fuera de los soportes y la puerta estaba entreabierta.

—*Scheisse!* Me puse los zapatos y la chaqueta y fui tras él.

La brisa soplaba fría. El sol aún se escondía detrás de las colinas, con débiles rayos anaranjados que se asomaban tímidamente por el horizonte. Pero los pájaros ya se habían despertado, cantando mientras giraban alrededor del cielo. Escaneé los campos hasta que encontré a 44 charlando con una mujer sentada en una paca de heno. Cuarenta y Cuatro estaba saltando alegremente alrededor de la mujer, así que asumí que no tenía nada de qué preocuparme.

—¡Melocotón! —44 gritó cuando me vio y corrió hacia mí.

—Me alegra ver que estás a salvo.

—Estoy con María. Dijo que podemos quedarnos en casa con ella en lugar del granero.

—Ya veo…

María me miró de pies a cabeza y sonrió suavemente.

—¿Por qué no vas y despiertas a tus hermanos? Es casi hora del desayuno, ¿de acuerdo?

Cuarenta y Cuatro asintió. —Nos vemos, María —nos lanzó un

beso antes de salir disparado hacia el granero. —*¡I-del-wiz! ¡I-del-wiz!*

María despidió a 44, sosteniendo la flor Edelweiss, que supuse él le había dado. Ella parecía cuarentona, pero su rostro estaba cubierto de arrugas, y con el cabello despeinado, probablemente era más joven. Llevaba una blusa blanca, pantalones y botas hasta la rodilla cubiertas de tierra y estiércol, lo que me hizo suponer que ella era la persona que cuidaba la granja.

—Entonces, esta es tu granja… —dije. —Lo siento por…

—No —interrumpió María. —El chico ya me contó —hizo señas, golpeando el heno seco. —Siéntate.

Mi mente divagó, tratando de imaginar lo que 44 podría haberle dicho, pero en realidad no importaba. María contempló el amanecer en silencio durante un minuto entero, lo que me hizo sentir incómoda sentada a su lado.

—A medida que envejeces, cada vez menos cosas te traen alegría. Para mí, el amanecer es uno de esos placeres. Despertarme aún confundida, antes de que la carga diaria de estar vivo caiga sobre mí, es el único momento en el que realmente puedo detenerme y simplemente… sentir —bajó la mirada a la flor Edelweiss.

—¿Te gusta?

Ella sonrió con nostalgia. —Ha pasado un tiempo desde la última vez que vi una.

—La encontramos cerca de aquí.

—Mi hijo solía traerme flores de sus viajes de campamento. Le encanta el senderismo.

—¿Está en las Juventudes Hitlerianas? —pregunté sin pensar.

—Todo lo contrario. Odia a los nazis —María se rio. —Lo heredó de su madre, supongo. Eludió a las Juventudes Hitlerianas y al servicio militar obligatorio. Mi hijo, junto con muchos chicos, formaron un grupo para protestar contra el régimen totalitario de Hitler… *Piratas de Edelweiss* se hacían llamar —María acarició los pétalos ahora marchitos de la flor como si fuera el rostro de su hijo. —Más tarde, fueron declarados enemigos del Reich.

—Lo siento —dije, sin palabras, alarmada de que tales cosas estuvieran sucediendo. —Espero que esté bien.

—Está preso en un campo de concentración en Colonia, haciendo trabajos forzados con los judíos. No lo he visto en años…

La imagen de las judías húngaras descendiendo del tren se volvió vívida en mi mente. —Lo siento mucho, realmente… Sé lo que debes pensar de mí… —dije, recordando la forma en que había observado mi uniforme.

—Solo eres una buena chica usando ropa estúpida, sin darse cuenta de lo que simboliza.

Mis labios permanecieron cerrados, digiriendo sus palabras.

Ella agitó un dedo hacia mí en negación. —Ningún nazi cruzaría el país para salvar la vida de esos niños.

—Bueno… No lo sé, yo…

María levantó la mano. —No hay necesidad de explicar. Puedes quedarte en el granero todo el tiempo que quieras… o mudarte dentro de la casa, si no te importa compartirla conmigo, tres gallinas, dos cerdos y los fantasmas que me persiguen.

No pude evitar reírme.

—Estos son tiempos difíciles. Tuve que vender el ganado. No quedan semillas para sembrar los campos. No hay mucho que ofrecer, aparte de un vaso de leche y un par de huevos.

—Gracias, María. Eres muy amable. Pero no planeamos quedarnos…

—El niño me dijo. Hamm, ¿cierto?

—Abordaremos el tren a Hamm hoy.

—¿Un tren? —se volvió, perpleja. —¿No escuchaste la radio? Negué con la cabeza.

—Hamm fue bombardeado. Los británicos impactaron fuertemente al ferrocarril esta vez. Por lo tanto, no hay trenes a Hamm durante al menos unos días.

—No puede ser… —maldije por dentro. A este ritmo, las SS nos detendrían antes de que pudiéramos salir de Lippstadt.

—Quita esa cara larga. Yo misma los llevaré a Hamm.

—¿Harías eso por nosotros? —un rayo de luz brilló en medio de mi desesperanza.

—¡Sí! Pero espero que no les importe que mi carruaje no tenga asientos acolchados. Lo único que transporte son cerdos y pacas de heno.

—El heno es lo suficientemente cómodo —sonreí, pero mi entusiasmo se desvaneció tan rápido como llegó, recordando la situación en la que estábamos. —Pero… pensándolo bien, no quiero exponerte a que te atrapen ayudándonos a cruzar los controles militares —suspiré. —Las SS nos persiguen… así que… no puedo aceptar tu oferta, María. Encontraremos otro camino a Hamm.

—Aprecio tu preocupación, pero no tengo nada más que perder.

—Pero, tu hijo…

—Quizás sería lo mejor. Capturada por los nazis, enviada a Colonia para realizar trabajos forzados… pero poder ver a mi hijo.

Permanecí en silencio, perpleja por sus palabras.

—Algún día lo entenderás. No hay nada más aterrador que la idea de morir sola.

Sus palabras me hicieron comprender que la granja y el granero desatendidos no eran producto de su pereza, sino un reflejo de la falta de propósito en su vida. Mi mente divagó, imaginando cómo se vería esta granja cuando María tenía a su familia. Espigas doradas de trigo inclinándose, arrastradas por el viento; su hijo y esposo alimentando al ganado con forraje; María preparando sopa caliente en la cocina para la cena. María se sentaba todas las mañanas sobre un fardo de heno para encontrar un propósito para seguir viviendo, privada de lo que más amaba.

—Además —agregó María. —Me gustaría contribuir con mi parte para reunir a ese hermoso jovencito con su madre.

Sonreí con tristeza, sabiendo que 44 nunca se reuniría con su madre; en casa, nadie esperaba su regreso.

—Ven —dijo María, estirando la espalda. —Vamos a desayunar. Tenemos un largo viaje por delante.

Viajamos en un carruaje de cuatro ruedas tirado por caballos diseñado para transportar carga dentro de su estructura de madera. María tuvo la brillante idea de apilar pacas alrededor del perímetro para que los niños pudieran viajar seguros escondidos en el medio. Me uní a María en el asiento del conductor, pero acordamos que, a la primera señal de peligro, saltaría hacia atrás con los niños.

—No te preocupes —María tiró de las riendas apartando los caballos del camino principal, siguiendo un estrecho sendero delimitado por densos arbustos. —He viajado por estos caminos desde que tengo memoria. Sé cómo evitar a los nazis. Hace apenas unos días fui a Dortmund, pasando al lado de Hamm, así que sé dónde se esconden los hijos de puta.

—Espero —miré hacia atrás de vez en cuando, preocupada de que las SS pudiera seguir nuestro rastro.

—¿Cuáles son tus planes una vez que estén en Hamm?

—Mmmm... tomar un tren, creo.

—¿Hacia dónde?

—Al oeste... los Países Bajos, supongo.

María soltó una carcajada. —¿Alguna vez has estado en el frente de batalla?

—No —respondí, sintiéndome avergonzada. —¿Y tú?

—No, pero mi esposo combatió en la Gran Guerra —dijo, poniéndose seria. —Décadas más tarde, mientras yacía en su lecho de muerte, todavía se despertaba en la noche con pesadillas sobre los horrores que había soportado en las trincheras... Así que, créeme, chica, cuando te digo que es una mierda que no quieres llevar contigo por el resto de tu vida. Pero asumo que no me escucharás de todos modos.

—Realmente aprecio tu consejo... Es solo que... —luché por ensamblar las palabras. —Teniendo en cuenta los horrores de los que estamos huyendo, los relatos de muerte en el campo de batalla no parecen tan extraños... incluso suenan liberadores, en cierto modo. —mis pensamientos suicidas afloraron bajo la mirada preocupada de María. —Voy a ver cómo están los niños —dije, para evitar más preguntas.

—¡Melocotón! —los niños me dieron la bienvenida al fuerte de heno.

—¡Oh, Dios mío! —jadeé. Las gotas de sudor producidas por viajar bajo el sol les habían removido el maquillaje, dejando al descubierto la piel descolorida de los niños. —Necesito retocar su piel —saqué la bolsa de maquillaje de mi maletín e improvisé un cepillo con mi pañuelo. —¿Quién quiere ser el primero?

— *¡I-del-wiz!* ¡Yo! ¡Yo! ¡Quiero primero! —Cuarenta y Cuatro levantó sus manos regordetas. —¡Quiero estar listo! —dijo, sobreexcitado.

—¿Listo para qué? —le limpié la cara con el polvo.

—Ver a mi madre.

Mi mano se congeló y una sensación de hormigueo migró desde la parte posterior de mi cuello hasta mi cuero cabelludo. —¿Qué... qué soñaste anoche? ¿Recuerdas? —pregunté, aterrorizada de escuchar su respuesta.

—Mi madre vino a visitarme mientras dormían.

—¿Qué te dijo?

—Que me extraña, pero que pronto estaremos juntos —Cuarenta y Cuatro sonrió ampliamente.

—Cuarenta y Cuatro, por favor. Necesito que te concentres. —Lo jalé hacia mí. —¿Tu madre te llevó a algún lugar? —recordé las palabras de Sidney acerca de llevar a los acusados a dar un paseo hasta el lugar donde darían su último suspiro.

—Ella tomó mi mano, y caminamos y caminamos y caminamos…

—¿Caminaron hacia dónde? —apreté sus brazos, sintiéndome molesta. —¡Por favor, recuerda!

—¡No sé! No podía ver bien, había niebla a nuestro alrededor… pero… —los ojos de Cuarenta y Cuatro dieron vueltas alrededor de sus cuencas para conectarse con sus recuerdos. —¡Un estanque! Había un estanque… con hermosos cisnes blancos nadando alrededor… ¡Conté siete!

—¡Fantástico! ¿Ahí es donde vive tu madre? ¡Quiero visitar ese lugar! —todos los niños respondieron con entusiasmo, pero Valeska, que me miraba fijamente, permaneció inexpresiva.

¿Ahora qué? ¿Debemos evitar los estanques? Me froté la cara.

El sol se estaba poniendo cuando llegamos a la ciudad de Hamm. Viajar fuera de la carretera para eludir los puestos de control militares había ralentizado nuestro ritmo. La devastación nos dio la bienvenida. Hamm había sido bombardeada recientemente y, al igual que Kassel, fue severamente impactada. Quedé boquiabierta ante el horizonte zigzagueante de la ciudad. Cerca de la mitad de los edificios estaban en ruinas.

—¿Todavía estás pensando en intentar viajar en tren? —preguntó María, preocupada.

—Supongo.

María detuvo los caballos. —Esto es lo más cerca que puedo dejarte. Sigue este camino. Encontrará la estación de tren principal más adelante.

Salté del carruaje y caminé hacia la parte de atrás. Quité un fardo de heno y abrí un camino hacia el fuerte. —Hemos llegado, niños —ofrecí mis manos para ayudarlos a bajar.

—Gracias, María. Realmente no sé cómo habríamos llegado tan lejos sin su ayuda. No sé cómo pagar tu amabilidad.

—No es nada, chica.

Mis mejillas se calentaron. —Lo siento, nunca te dije mi nombre —dije, avergonzada por mi rudeza.

—Guárdalo —dijo María. —Mi padre solía decir: "Todos somos extraños caminando en un mundo ajeno" —sonrió. —Tal vez algún día, sea yo la extraña que irrumpa en tu granero.

Sonreí —eso me agradaría.

—Hasta entonces —María azotó a los caballos con las riendas y se alejó a medio galope. —¡Adiós!

—¡Adiós, María! —los niños saludaron.

—Vamos, niños —dije, tomándolos de la mano. —Tenemos que encontrar un nuevo hogar.

CAPÍTULO 18

UNA VEZ EN HAMM, usé la misma estrategia que había seguido en Lippstadt: encontrar un escondite para los niños, luego explorar la ciudad para idear una salida. Sin embargo, a diferencia de Lippstadt, Hamm estaba demasiado urbanizado para encontrar un granero cómodo en las afueras de la ciudad a una distancia caminable. Nuestra mejor apuesta en medio del caos era encontrar una casa abandonada lo suficientemente habitable como para albergarnos por un día. Los niños se escondieron detrás del follaje de un matorral tupido mientras yo deambulaba por el vecindario hasta encontrar el lugar perfecto.

La fachada hueca de un edificio permanecía de pie como si fuera la tapa de mi casa de muñecas, con algunas ventanas que aún sostenían los marcos de madera, quemados y con los vidrios rotos. Se podría reconstruir una historia completa de su bombardeo estudiando los pisos y paredes mezclados, como un castillo de naipes derrumbado. En la parte trasera de la zona cero, un conjunto de habitaciones parecían casi intactas, salvadas de la destrucción por un par de columnas que habían evitado que una pared ladeada colapsara. Giré la perilla, pero incluso sin cerrojo, la puerta estaba atascada contra el marco. Con esfuerzo, abrí la puerta de una patada.

Los últimos rayos de sol guiaron mi entrada. A juzgar por su contenido, la habitación era una lavandería, lo que me hizo preguntarme si el edificio solía ser un hotel. Encontré un par de carritos de servicio repletos de sábanas, perfectos para improvisar camas. En el centro de la pared había una caldera tan alta como una cabina telefónica y al menos el doble de ancha. Tenía cuatro puertas de hierro forjado dispuestas de dos en dos. Quité el pestillo y abrí una en la parte inferior, revelando el horno. Examiné el carbón del interior; todavía era utilizable. Busqué formas de encenderlo, hasta que encontré una caja de fósforos, que usé para encender una llama a un trapo.

—Esto nos mantendrá calientes durante la noche —me dije, regocijándome al ver el carbón ardiendo. *Debería haber más carbón por ahí.* Eché un vistazo a la habitación contigua, pero al no tener ventanas, estaba completamente a oscuras. Fallé a favor de traer a los niños a nuestro nuevo hogar.

Cuando regresé con los niños, el carbón había producido una llama brillante y cálida. Se maravillaron con nuestra chimenea.

—¿A dónde sale la chimenea? —preguntó Jay.

—Mira esa tubería —señalé un tubo ancho de metal que subía hasta el techo.

—¿Podemos verlo desde afuera? —se preguntó Manú.

—Hoy no —respondí. —Ahora es tarde y tenemos que prepararnos para ir a la cama. Tomen, ayúdenme a rellenar esto —les entregué fundas de almohadas, el toque final para nuestras camas improvisadas.

Antes de acostarnos, preparé nuestra cena. Rebané la última hogaza de pan y la rueda de queso y unté la mermelada restante. La cantidad era tan pequeña que tuve que dividir la comida entre ellos. La mitad de los niños recibieron queso, la otra mitad mermelada.

—¿Qué vas a cenar, Melocotón? —Jov preguntó con ojos preocupados, dándose cuenta de que no había guardado una porción para mí.

—¿Oh? Estoy bien, no te preocupes —le aseguré, pero no parecían convencidos, así que confié en mis habilidades de actuación. —Cuando estaba buscando este lugar, me encontré con una amable anciana que compartió una salchicha conmigo… Estaba tan deliciosa… —acaricié mi barriga en círculos. —…que cuando me di cuenta, *¡pum!* Me la había comido toda. Siento no haber podido guardar un trozo para ustedes.

—Entonces puedes comer postre —dijo 44, entregándome la lata de mentas.

Una sonrisa apareció en mi rostro. —¡Oh! ¡Gracias! —me tragué un puñado de mentas y me acosté antes de que los rugidos de mi estómago hambriento pudieran disuadir mi sueño. Afortunadamente para mí, las llamas temblorosas del horno eran hipnóticas y disipaban mi insomnio. Caí en un sueño profundo y sin emociones.

Mis ojos se abrieron en medio de la noche y lo encontré en cuclillas a mi lado. Los ojos brillantes de Sidney estaban posados sobre mí, como si hubiera estado vigilando mi sueño toda la noche.

—Me preguntaba si despertarías —dijo con voz tranquilizadora.

¿Por qué? Reflexioné, aún en transición de mi estado de ensueño a la vigilia. ¡Cuarenta y cuatro! mis células cerebrales gritaron al unísono, como una serie de bombillas conectadas a la corriente. *Esta es su segunda visita; ¡ha vuelto para llevarse 44 con él!* Alcancé el cuchillo en mi maletín.

—No te preocupes —dijo, como si pudiera leer mis pensamientos. —No estoy aquí para llevarlo conmigo.

—¿Entonces, porque estás aquí? —me senté erguida.

Sidney permaneció en silencio, sus ojos verdes teñidos de ámbar con la luz de las llamas, como piedras iridiscentes.

—O... ¿estás aquí para notificarme sobre mi inminente muerte?

—¿La idea de morir es tan aterradora? —su evasión de mi pregunta me hizo sospechar de sus verdaderas intenciones.

¿Podría estar aquí para *notificar a otro de mis niños?* Entré en pánico ante la idea. —Ya no —¿Como *podría?* Había estado a un paso de saltar por mi ventana en el castillo de Wewelsburg. —Qué pasa... —mi mente divagante concatenó las palabras. —...si trato de suicidarme sin recibir tu visita primero? —imaginé mi caída desde las alturas. —¿Moriría? —¿O simplemente *me rompería todos los huesos y agonizaría durante semanas?*

—Las puertas de la muerte no se abrirán sin una invitación. Si lo hacen, es porque recibiste la invitación, aunque no lo recuerdes. Como un niño que recibe una pistola como regalo que lo matará en su vejez.

—Eso es injusto. La gente tiene derecho a saber, a elegir… —Dije, mi mente maquinando. —¿Qué pasa si quiero morir en lugar de él?

—¿Estarías dispuesta a sacrificarte en su lugar? —sus ojos se entrecerraron.

—¿Puedes garantizar que estarán a salvo?

Sidney meditó por un momento. —Hay una manera. Se llama medallón de Lázaro —explicó. —Está hecho del oro más puro y tú, como alma sustituta, debes llevarlo a lo largo de la Peregrinación de la Muerte al Monte Touriel.

Nunca había oído hablar de esa montaña, pero el senderismo era una de mis actividades favoritas. —¿Y eso es todo?

—Y sacrificarte saltando al río magmático en el interior.

¡Oh! ¡Es un volcán! La idea de quemarme viva en la lava hizo que la idea de saltar desde una ventana fuera más atractiva. —Pero ¿cómo es que al hacerlo se le perdona la vida a la otra persona?

—Los paganos creían que la posesión más preciada, mucho más allá del oro, las joyas y las riquezas de este mundo, es el corazón bondadoso de una persona que se sacrifica por otra. En el momento en que un alma sustituta salta a los fuegos de Touriel, el magma derrite el oro del medallón y, como una garra de metal ardiente, se hunde dentro del pecho y se solidifica nuevamente, envolviendo el corazón en oro. Esa es la ofrenda que los paganos hacen a los dioses. Si el sustituto es en verdad bondadoso y el sacrificio es aceptado, el corazón quedará encerrado en oro, puro, perdurando por una eternidad como recordatorio de aquellos que hicieron lo correcto. Sin embargo, si el corazón sustituto fue consumido por el egoísmo y el sacrificio es rechazado, el oro se derretirá junto con el corazón, erradicando de la existencia las malas acciones… O al menos, esa es la historia contada por Lázaro después de resucitar de entre los muertos.

Escuché la historia, preguntándome sobre su veracidad y si podría salvar la vida de los niños, incluso si eso significaba sacrificar la mía. —¿Cómo consigo ese medallón?

—Conseguir un medallón de Lázaro no es la parte problemática —Sidney buscó en el bolsillo de su chaqueta. —Es el completar la Peregrinación de la Muerte —tiró de una cadena de oro, y un disco de oro reluciente se columpió, con un pentagrama grabado y cinco pequeños orbes incrustados en cada vértice: azul, rojo, verde, amarillo y negro en la parte superior. —Todo lo que tienes que hacer es grabar tu nombre en la parte posterior y decir en voz alta: "Yo, Emma, tomo vuestros pecados como míos, y ante vos como mi testigo, renuncio voluntariamente a mi vida para que puedas continuar con la vuestra", y agregas el nombre de la persona por la que quieres sacrificarte.

—¿Como conoces mi nombre?

—Para entregar una carta, el mensajero necesita saber el nombre del destinatario.

Aunque críptico, no podía alegar con su lógica. Además, estaba realmente preocupada por otra cosa. —¿Qué pasa si no sé su nombre? Si no tiene, si nunca fue bautizado. ¿Cómo hago para que el intercambio funcione?

—Pero él tiene un nombre —aclaró Sidney, buscando en su bolsillo una vez más. Un diminuto libro de cuero se abrió sobre su palma, y las páginas giraron por sí solas como una ruleta hasta que su dedo índice cayó como una flecha apuntando al ganador del premio. —Su nombre ha sido llamado —confirmó, y cerró el libro de golpe.

—¡Ey! ¡Eso no es justo! ¡No pude leerlo!

—No hay necesidad de eso. Conoces el nombre. Tú se lo diste.

¿*Bonachón?* Me pregunté, recordando mi fallido intento de nombrarlos a todos como los siete enanitos.

Pero no te preocupes. Sidney se puso de pie, mirando a los niños durmiendo profundamente. —Si realmente quieres sacrificarte ayudando a su causa, puedes elegir a otro niño.

—¿Qué quieres decir?

—Todos han sido llamados —dijo impasible.

Se me formó un nudo en la garganta al recordar las palabras de Renenet, la maldición de los niños y que su muerte era inevitable. —¿Puedo... puedo caminar la Peregrinación de la Muerte como un sustituto de los siete?

—Una vida por otra; así es como funcionan las cosas —explicó Sidney. —Lázaro salió del sepulcro después del cuarto día, plenamente consciente del sacrificio perpetrado por el sustituto para absolver su vida. El corazón de Lázaro estaba tan abrumado por la deuda con su salvador que siguió los pasos de su salvador como si fueran los suyos. Desde ese día, el nombre de Lázaro no existió más —Sidney se guardó el medallón. —El sacrificio genuino radica en la abnegación y las responsabilidades que conlleva —Sidney me miró fijamente. —¿Podrías, como su madre, elegir uno para salvar y soportar la culpa de abandonar a los demás?

Mi mente regurgitó pensamientos locos, tratando de digerir el dilema moral. —Pero yo no soy su madre —dije finalmente.

—Lo eres ahora —Sidney me miró a los ojos. —Pero ten cuidado, no importa cuán pura sea tu alma. Ninguna alma podría sobre pesar más que siete.

¿Pur*a*? Pensé, considerando que mi alma manchada no podía pesar más que lo más pecaminoso. El Hombre que Llora me había robado mi pureza. Después de mi pesadilla de anoche, el miedo a que un ser pudiera crecer dentro de mí me carcomía por dentro. Yo había fallado en preservar los mandamientos para la mujer alemana.

Sidney caminó hacia la habitación contigua.

—¡Espera! —Dije, y él se detuvo en el marco de la puerta. —¿Esa fue la verdadera razón por la que viniste aquí? ¿Para notificar al resto de mis hijos sobre su muerte inminente?

—No —Sidney miró hacia atrás. —Disfruté hablar contigo anoche. No tengo la oportunidad de hablar con la gente muy a menudo... La mayoría no puede verme por quien realmente soy. Y el miedo impide les pronunciar una palabra a los pocos que pueden —la forma en que se refería a su existencia sonaba bastante solitaria, lo que me hizo sentir lástima por él. —Adiós —entró en la oscuridad insoluble que prevalecía dentro de la habitación, como si fuera el rey del mundo de las sombras.

CAPÍTULO 19

A LA MAÑANA SIGUIENTE, me desperté con la extraña sensación de que algo había cambiado. Como si me hubiera acostado en un lugar y despertado en otro. Tal vez era injusto pedir una sensación de familiaridad estando en un lugar abandonado. Pero podría jurar que algo flotando en el aire penetró dentro de mí, produciendo un vacío que no se atribuía a mi ayuno involuntario.

—Me iré más temprano hoy, niños —les dije, hurgando en los carritos de servicio, buscando ropa que pudiera usar. —Necesitamos comida y una forma de salir de esta ciudad.

—¿Tardarás mucho? —preguntó Jov, preocupado.

—Volveré tan pronto como pueda —superpuse un suéter de talla más grande sobre mi figura. —Este puede funcionar —me lo puse en vez de mi chaqueta BDM, pero lo arremangué. —Y ahora, el toque final —envolví una bufanda vieja alrededor de mi cabeza para cubrir no solo mi cabello encrespado, sino también mis facciones. No podía correr ningún riesgo, sabiendo que podría haber carteles colgando que mostraran mi imagen. Ya era una fugitiva buscada.

—Durante mi ausencia, busquen dentro de estos carritos ropa que pueda usar. Puede que tengamos que dormir a la intemperie y las noches se turnan cada vez más frías. No siempre seremos tan afortunados de tener una caldera para calentarnos. ¿Entendido?

—Sí, Melocotón.

Valeska se acercó a mí. —Melocotón, cuando estés en peligro, no temas, ¡salta!

No pude encontrarles sentido a sus palabras, incapaz de imaginar cómo saltar podría ser de utilidad contra un escuadrón nazi.

—Gracias por el consejo. Lo tendré en cuenta —apreté su mejilla.

—Cuida de todos, ¿de acuerdo? Tú estás a cargo ahora.

Ella asintió.

Afuera de nuestro escondite, los escombros de lo que una vez fue un edificio imponente resonaban como la cueva detrás de una cascada. La precipitación goteaba por todo el lugar. Era solo una llovizna. No me preocupaba mojarme, pero si para cuando quisiera sacar a los niños la lluvia no había bajado, su maquillaje no duraría más que unas pocas cuadras. No lo suficiente para llegar a la estación de tren.

Esta vez, cambié la prioridad de mis actividades, deambulando por las calles de Hamm hasta que me encontré con una tienda de comestibles. Elegí un par de hogazas de pan, un litro de leche, una rueda de queso, unas salchichas Frankfurt (tenía una promesa que cumplir a los niños), y un tarro de mermelada de moras.

—*Guten Morgen* —saludé a la tendera, con la cabeza agachada, colocando todo sobre el mostrador.

—Guten Morgen —ella respondió. —Son cuarenta centavos por cada barra, veintitrés centavos por litro de leche… —continuó anotando la cuenta.

Metí la mano en mi maletín, pero para mi sorpresa, estaba vacío. El contenido había sido extraído excepto mi dinero. Al despertarme tan distraídamente, no había prestado atención al cambio de peso del maletín. *Entonces, los niños me jugaron una broma. Un día son ángeles inocentes y al siguiente se convierten en sinvergüenzas.*

—Son cinco marcos imperiales y cincuenta centavos.

Pagué, pensando en cómo la recompensa de dos mil marcos ofrecida por mi cabeza podría ser útil en estos momentos para cubrir los gastos. *Tal vez debería entregarme.*

El lado positivo de tener mi maletín vacío era que tenía más espacio para llevar las compras. Sin embargo, no tener mi abrecartas conmigo me hizo sentir insegura, desprotegida. Consideré regresar al escondite para dejar las compras, pero la estación de tren estaba a la vista y tenía que averiguar si había servicio de tren.

Los innumerables rieles del patio de clasificación ferroviaria parecían las raíces de un árbol, con las ramas enviando trenes por toda Europa. Desafortunadamente, las bombas habían impactado las vías y la estación del tren, dañándola al menos parcialmente. Unos cientos de trabajadores laboraban bajo la lluvia, haciendo las reparaciones. Algunos trenes todavía estaban sobre rieles, pero no podía juzgar por la distancia si estaban operativos, lo que me obligó a ir a la estación para investigar. Pero esta vez, en lugar de cruzar la puerta principal, seguí las vías del tren, con la esperanza de poder mezclarme con los trabajadores para evitar a los soldados que custodiaban la estación.

Pasé desapercibida hasta que llegué al andén. —¡Mildred! Mildred! —alguien llamó detrás de mí. Era Johannes, el joven soldado que había conocido en la estación de Lippstadt.

Scheisse. Me paré en seco. ¿Qué hago ahora? Me pregunté, incapaz de deducir las intenciones de Johannes. *¿Intenta entregarme?* Parecía ignorar mi identidad, pero no podía correr ningún riesgo.

—Lo lamento. Necesito regresar —dije, volviendo lo más rápido posible.

—¡Espera! —dijo Johannes. —¿Qué pasó con tu tía?

Detuve mi escape al ver a Sidney caminando sobre los rieles, dirigiéndose hacia mí. Pero no fue sólo él. Entre los trabajadores, reconocí personas ensangrentadas, con ropa raída, severamente mutiladas. La lluvia caía sobre ellos, pero no mojaba sus ropas ni les lavaba la sangre; las gotas pasaban a través de ellos. Los charcos de agua permanecieron imperturbables bajo sus pasos. Miré hacia atrás para encontrar el andén repleto de muertos vivientes entre los vivos, todavía esperando para tomar un tren, como lo habían hecho antes de morir durante los bombardeos. Era como mirar al infierno, pero como si se hubiera superpuesto con este mundo, tal como Sidney lo había descrito.

—Visión... secundaria —mis labios temblaron, pronunciando las palabras.

Pero estas personas eran más que una visión fantasmal. Sus ojos me miraron directamente sin parpadear, conscientes de mi existencia. Sus bocas ensangrentadas se abrieron, y voces asincrónicas inundaron mi cabeza con súplicas para aliviar su tormento. Cerré los ojos y me tapé los oídos con las manos para evitar que me volvieran loca, pero fue en vano. La cacofonía de voces me derribó.

—¡Váyanse! ¡Por favor! ¡Déjenme en paz! —supliqué, meciéndome en mis rodillas.

Las voces se silenciaron súbitamente, y solo mi respiración agitada resonaba en la quietud. Abrí los ojos, aún temerosa, y me levanté lentamente hasta que mi nuca golpeó una punta de metal.

—No te muevas —un soldado me advirtió apuntándome con una ametralladora. Otro soldado retiró la bufanda, exponiendo mi identidad. —Vendrás con nosotros.

Esta vez, me encontré rodeada no por muertos vivientes sino por un grupo de soldados nazis. Resistirse a la detención era inútil, estando desarmada y superada en número. Así que tragué saliva y me puse de pie con las manos en alto. Un soldado me arrebató el maletín.

—¡Ey! —me quejé.

El soldado detrás me empujó hacia adelante. —¡Muévete!

—¡Espero que tu tía se mejore pronto! —gritó ingenuamente Johannes, poniéndose de puntitas para estirar el cuello por encima de mi escolta, lo que significaba que no obtendría ni un solo marco de la recompensa. *Que desperdicio.*

Los soldados de las SS me condujeron a través de la estación en medio de los murmullos de la gente, una adolescente escoltada como si fuera Jack el Destripador. Afuera, me obligaron a entrar en la parte trasera de un automóvil con un soldado de cada lado, disuadiendo cualquier intento de escape.

—¡Melocotón! —alguien llamó.

Entre la multitud afuera de la estación, identifiqué a Jov, su rostro afectado por la desesperación mientras miraba cómo me llevaban. Pero por mucho que quisiera decirle que no se preocupara por mí, no lo hice. Ese día aprendí que, como portadora de la visión secundaria, ya no podía confiar en mis ojos. No podía decir con certeza si lo que estaba viendo de Jov era su proyección o su yo real y al advertirle, solo lo pondría en peligro.

Cuando el auto partió, esperaba que mis ojos pudieran transmitirle mi mensaje. *No te preocupes por mí; mantente a salvo, siempre.*

El viaje fue breve. El automóvil condujo en paralelo al río Lipe durante unos cinco minutos antes de estacionarse frente a un hotel. El edificio estaba medio destruido, como si hubiera sido cortado en un eje diagonal y se hubiera derrumbado sobre sí mismo, pero la mitad restante estaba en pie e incluso parecía habitada. Me pregunté qué tipo de persona se alojaría en un lugar como este. A menos que fueras como yo, por supuesto, una fugitiva que se escondía de los nazis.

Dos soldados me escoltaron hasta el tercer piso. Al final del corredor, donde el techo colapsado había bloqueado el paso, mi escolta llamó a la habitación número 313 y esperó pacientemente.

La puerta se abrió y mi corazón se encogió al verlo.

Era Reinhard, el Hombre que Llora.

CAPÍTULO 20

LOS SOLDADOS QUE ME ESCOLTABAN chasquearon los talones y estiraron el brazo derecho. —Sieg Heil.

Reinhard no respondió, solo me miró con desdén. Estaba desaliñado, como si hubiera ignorado su arreglo personal durante días: cabello despeinado, barba crecida, la antes impecable camisa blanca de su uniforme manchada y con las mangas arremangadas hasta los codos, con un par de tirantes haciendo todo lo posible para mantener la camisa dentro de sus pantalones. Reinhard finalmente dijo algo, pero no pude escuchar sus palabras. Los latidos de mi corazón destrozaban mis tímpanos y mi mente se negaba a procesar la instrucción más simple: respirar. Solo mi habilidad para mantener el equilibrio sobre mis huesos me mantuvo en pie.

—¡Entra! —los soldados me empujaron adentro.

Reinhard sacó una silla de madera de la mesa de comedor cuadrada. —Siéntate —me ordenó, y los soldados me obligaron a sentarme en la silla.

Teniendo en cuenta el estado del edificio, el interior parecía casi intacto, excepto por algunas grietas en las paredes. El mobiliario de la habitación estaba compuesto por dos sillones de terciopelo frente a una diminuta mesa de madera, en la que destacaba una silueta rectangular de polvo en la pared, muy probablemente delineando el lugar donde alguna vez estuvo el televisor. Las moscas volaban en círculos alrededor de una torre de platos sucios que sobresalían del fregadero de la cocina. Tres grandes maceteros decoraban los rincones de la habitación, pero las plantas se habían marchitado hacía mucho tiempo. Los únicos vestigios de vegetación eran las cortinas con dibujos de helechos, que permanecían cerradas. Una bombilla incandescente parpadeante mantenía la habitación iluminada la mayor parte del tiempo. La puerta que conducía al dormitorio estaba cerrada y tenía rayas diagonales formando una X.

—Ella llevaba esto —el soldado le entregó mi maletín a Reinhard y se acercó a su oído para susurrarle algo inaudible. En lugar de estar interesado en el contenido, Reinhard observó la insignia del broche.

—*Reichsadler* —dijo, acariciando el águila imperial que descansaba sobre la esvástica. —¿Sabes lo que significa?

Mis labios permanecieron cerrados; aún estaba emocionalmente comatosa.

—Es romano. Era la insignia del poder imperial, *"Translatio imperii"* —Reinhard se volvió hacia mí. —Es latín. Significa "transferencia del reinado" y describe la tradición de cómo el imperium ha sido transferido de emperador a emperador y a reyes a través de los siglos… llegando hasta nosotros.

Pero a pesar de dirigirse a mí, no le devolví la mirada. Me enfoqué en el espacio vacío de la televisión, mientras luchaba por controlar mi respiración superficial y desenterrar las uñas de la parte posterior de mis muslos.

—Pueden irse ahora —instruyó Reinhard a sus hombres, dejando mi maletín sobre la mesa. —Por favor, informen a Ghislain y Otto que la hemos encontrado —los soldados chaquearon sus talones y saludaron antes de partir.

¿Ghislain se encuentra aquí buscándome?

Reinhard caminó descalzo hacia la alacena de la cocina, sus botas no estaban a la vista. Las voces en mi cabeza debatían si esta era mi oportunidad de escapar. La puerta estaba abierta sin cerrojo y Reinhard distraído. No estaba segura de sí los soldados habían regresado al vehículo o estaban vigilando la puerta. Pero Reinhard llevaba su pistola enfundada en su cinturón. A juzgar por mi distancia a la puerta, tendría suficiente tiempo para dispararme antes de que pudiera abrirla. Mi oportunidad se esfumó cuando Reinhard regresó con una botella de coñac *Courvoisier* y dos copas.

—Toma —dijo, sirviendo un vaso para mí.

Reinhard se sentó en la silla frente a mí, relajado, levantando su copa. Me llamaron la atención las cicatrices de agujas en la parte interna de su codo izquierdo. Mi reacción debió ser notoria, ya que desdobló su manga para cubrir las marcas. Reinhard sacó un paquete de cigarrillos del bolsillo de su pecho y me ofreció uno, pero mi apatía despreció su gesto. Así que sacó uno con los labios y lo encendió. —Puede que no me creas… —Reinhard sopló una nube de humo. —…pero me alegro de verte de nuevo —hizo alarde con una sonrisa maliciosa. —Tenía la esperanza de encontrarte de nuevo, pero te fuiste de Wewelsburg tan abruptamente, tomando a todos por sorpresa. Nadie estaba más asombrado que tu madre —reflexionó, meneando su copa de Courvoisier. —Pobre Frieda Niemeyer —tomó un sorbo.

Tragué saliva al escuchar su nombre.

—Ella estaba destrozada. ¿Quién no lo estaría? Dos tragedias en su familia —dijo Reinhard con una voz rasposa por el alcohol. —Primero, perder a ese traidor, a quien ella cariñosamente llamaba hijo —dijo, refiriéndose a mi hermano Anton. —Y ahora, su amada hija siguiendo sus traicioneros pasos —sus palabras taladraron dentro de mi cabeza, generando imágenes de mi madre en llanto. Me sentí patética por decepcionarla con mis acciones.

Reinhard vació su vaso y lo volvió a llenar. —Tanto sufrimiento, ¿y para qué? —el cigarrillo colgaba del borde de sus labios. —¿Todo para qué? —inclinó la silla hacia atrás sobre las patas traseras.

Pero no respondí.

—¿Todo para qué? ¡Maldita sea! —Reinhard escupió el cigarrillo. Dio un pisotón con las patas delanteras de su silla y golpeó la mesa con la palma de la mano. —¡Respóndeme! —bufó, con un mechón de cabello salvaje cayendo sobre sus ojos, las arterias sobresaltando en su sien y cuello.

Cerré los ojos, exprimiendo mis lágrimas.

Reinhard se peinó el cabello hacia atrás con la mano mientras respiraba profundamente y una sonrisa falsa volvió a su rostro.

—Todo por llevarte a los niños contigo —dijo con calma, abriendo mi maletín. —Por llevarlos a lo incierto. Vagando sin un propósito o destino. Soportando el frío y el hambre —Reinhard extrajo una salchicha y la devoró. —Pero como no quieres que sufran, y quieres devolverle la sonrisa a mamá, me vas a decir dónde diablos están —terminó lamiéndose los dedos mientras dejaba caer la bolsa al suelo.

Mi ira aumentó, y pensamientos sobre tener mi abrecartas conmigo y empujárselo en la garganta se cristalizaron dentro de mi mente.

A pesar de mi fatiga y anhelo de volver a mi familia y mi vida anterior, no había vuelta atrás, especialmente para los niños. Vivir huyendo, incluso desnutridos y sufriendo en la pobreza, era un futuro más brillante para ellos que el sombrío encarcelamiento y la tortura dentro de esa mazmorra. Me aseguraría de que se mantuviera así, incluso si tuviera que pagar con mi vida.

—Sé que no tener a los niños te parece terrible… —dije, parafraseando las palabras que había usado antes de violarme. —… pero estoy siendo amable —extendí mi dedo medio.

Reinhard se echó a reír y caminó hacia mí. Se inclinó hasta que su nariz tocó mi oído y susurró: —Sé por qué estás aquí, *Kakerlake* —cucaracha, me volvió a llamar. —Será mejor que te tragues el coñac. Te facilitará las cosas. Confía en mí —su aliento alcohólico me provocó náuseas.

Reinhard se dirigió al dormitorio y abrió la puerta. Una luz cegadora inundó la habitación. El dormitorio se había ido, derrumbado junto con una parte del edificio, dejando en su lugar una ventana, enmarcando el horizonte nublado de la ciudad.

—Mis disculpas —Reinhard se desabrochó los pantalones. —Pero el hotel está en medio de renovaciones y todavía falta el baño. —El arco formado por su orina salpicó y goteó por el tobogán de hormigón de tres pisos formado por la pared derrumbada que se inclinaba contra el marco de la puerta. —Espero que seas buena manteniendo el equilibrio mientras orinas —dijo sacudiendo su pene.

No podía sentir nada más que repugnancia, recordando lo que me había hecho.

Reinhard volvió a la mesa del comedor, dejando abierta la puerta del precipicio. Al menos refrescó el aire contaminado y me ayudó a sobrellevar mi claustrofobia.

Reinhard desenfundó su pistola y la colocó en el centro de la mesa. —Ahora tú y yo tendremos una conversación más íntima.

CAPÍTULO 21

REINHARD SE SIRVIÓ OTRA COPA DE COÑAC. —Wolfrick… —dijo, refiriéndose a Von Schroeder. —…me ordenó sitiar todo el Reich para encontrarte —entrecerró los ojos, agitando su dedo hacia mí. —Pero te conozco demasiado bien. Todo lo que tenía que hacer era sentarme cómodamente y esperar a que te metieras debajo de mi bota… y así lo hiciste, demostrando una vez más que a las cucarachas les encantan los lugares estrechos, oscuros y cálidos —agitó los brazos con grandilocuencia.

Le fruncí el ceño. —Te sientas aquí como un cobarde mientras un chico hace tu trabajo sucio.

La ceja de Reinhard se arqueó.

—No finjas ignorancia.

—¿Por qué habría? Te tengo. Nada más importa.

—Usaste a Johannes, el Hitlerjugend, para vigilar las estaciones de tren de Lippstadt y Hamm.

Reinhard reflexionó por un momento. —¿Por qué desplegaría un Hitlerjugend de Lippstadt a Hamm cuando puedo ordenar a mis soldados leales que formen una línea desde aquí hasta el Rin y se apegarán a mis órdenes? —se rio entre dientes. —¿Acaso olvidaste tu aprensión? El *SS-Schütze*, quien te capturó, me dijo que llamaste la atención de todos con tus gritos, rogando que te dejaran en paz, a pesar de encontrarte sola.

¿Podría ser esa la verdad? Pero vi a Johannes *tan claro como…* Entonces recordé la sangre que goteaba de su nuca. *Una herida, una herida mortal en la cabeza. Johannes también está muerto.* Eso explicaba por qué los soldados lo habían ignorado. Solo lo vi debido a mi visión secundaria.

—Estás jodida aquí arriba, ¿sabes? —Reinhard señaló su sien. —Fräulein Niemeyer, necesita ayuda. Ayuda profesional —su mano alcanzó la mía a través de la mesa. —El Reich puede brindarte la ayuda que necesitas. Tenemos médicos y las instalaciones para…

—¿Convertirme en un monstruo, como hicieron con esos pobres niños? —aparté su mano de un golpe.

La apariencia de Reinhard se volvió seria. En una fracción de segundo, agarró su pistola y, apuntando en mi dirección, apretó el gatillo. La bala pasó junto a mi oído derecho e impactó la pared detrás de mí, ensordeciéndome terriblemente. Reinhard se inclinó sobre la mesa y me atrajo hacia él. —No te atrevas a tocarme nunca más —habló rabiosamente a través de sus dientes rechinantes y apretados. —¿En-tien-des? —empujó la boca abrasadora del arma en mi cuello.

Gruñí, conteniendo mis gritos.

—El alcohol alivia el sufrimiento… —Reinhard presionó mi cabeza contra la mesa y, destapando mi cuello, vertió mi copa de coñac sobre la quemadura. —¡Hubieras hecho las cosas más fáciles si te lo hubieras tomado!

Mis uñas mordieron la madera mientras la sensación de ardor irradiaba por mi cabeza y espalda.

—¡Ahora, arriba! —Reinhard me soltó.

No puedo mostrar fragilidad a este monstruo. Me enderecé en mi silla, todavía mareada, con mi oído zumbando.

—Esta es tu última oportunidad —Reinhard apoyó la pistola de costado en el centro de la mesa. El cañón era más largo que el de la Luger de mi padre, y un número nueve rojo estaba grabado en los paneles de madera de la empuñadura. —¿Dónde están los niños?

—No te lo diré… pero si me matas, nunca los encontrarás —apreté la mandíbula.

—¿Quieres desafiar tus probabilidades, chica? —Reinhard dijo con calma. —Juguemos un juego, entonces —una sonrisa maquiavélica apareció en su rostro. —¿Alguna vez has jugado Diez a la Medianoche?

—¿Era el juego que jugabas con tu padre? —dije sarcásticamente, incapaz de imaginar los juegos sádicos que a Reinhard le gustaba jugar.

—Mi madre, de hecho —fue más difícil para mí creer que Reinhard tenía una madre. —En este momento, mis soldados están en marcha, derribando cada maldita puerta de este agujero de mierda, y es solo cuestión de tiempo para encontrar a tus preciados mocosos. Así que, tu reloj está en marcha… el Reloj de la Muerte está en marcha —giró la pistola sobre la mesa, simulando el movimiento escalonado de la manecilla de un reloj de la una a las doce. —Y cuando la manecilla del reloj llega a la medianoche… mueres.

Por un momento, me pregunté si tendría las agallas para matarme, considerando que aún tenía que explicarle mi muerte a mi padre, quien era su superior. —¿Qué pensarán tus superiores si regresas a Wewelsburg con las manos vacías? —Traté de recuperar el control de mi respiración. —Me necesitas con vida —mi única oportunidad era convencerlo de que lastimarme le traería problemas con mi padre.

Reinhard sonrió y ladeó la cabeza. —No me crees, ¿verdad? Solo mira hacia atrás y descubre qué le sucedió a la última persona que se sentó en esa silla.

Me atreví a dar la vuelta con el corazón acelerado, y al igual que con el televisor faltante, una docena de agujeros de bala delinearon la silueta de la persona sentada en mi lugar, salpicada de sangre seca. Abrumada por estar frente a Reinhard, no presté atención al muro de tiro cuando los soldados me trajeron.

—Diez balas —Reinhard golpeteó el cargador con un dedo. —Y diez minutos alrededor de la medianoche que serían fatales para ti —con dos dedos, señaló el cono formado entre las 11:00 pm y la 1:00 am de su reloj imaginario relativo a la posición del arma sobre la mesa y a mi distancia de ella. —Ahora, averigüemos si tu momento de conocer al ángel de la muerte ha llegado.

Las palabras de Reinhard me hicieron recordar las visitas nocturnas de Sidney. Pero después de mis visiones en la estación de tren y el incidente con Johannes, cuestioné no solo la existencia de Sidney sino también mi cordura. Tal vez Reinhard tenía razón, había algo mal en mi cabeza, y todas las cosas retorcidas que había visto hasta ahora pertenecían solo al reino de mi imaginación.

—Ninguna ruleta es más entretenida que Diez a la Medianoche. Créeme, la ruleta rusa es demasiado rápida para ser divertida —dijo

Reinhard con simpatía. —¡A rodar! —con un giro de su muñeca, Reinhard puso el arma en movimiento, el cañón dando vueltas hasta que finalmente se detuvo, apuntando a las nueve y treinta. Reinhard apretó el gatillo. Cerré los ojos y me estremecí cuando la bala pasó, impactando la pared. —¿Dónde están los niños? —volvió a poner la pistola en movimiento, pero no pronuncié una palabra. Esta vez el cañón apuntó a las seis, su dirección, pero antes de que se detuviera por completo, la hizo girar nuevamente. —Puedo hacer esto todo el día.

Mientras la pistola giraba sobre la mesa como la perinola de un niño, sopesé la idea de apoderarme del arma antes de que él pudiera hacerlo. Desafortunadamente, aunque lo hiciera, estaba sentada demasiado cerca de él. No había forma de que pudiera alejarme de su alcance a tiempo para apuntarle.

—Confías demasiado en tu suerte, como para mantener tu hocico cerrado —Reinhard apretó el gatillo y la bala expulsada destrozó la maceta a mi izquierda, electrizando mis nervios.

—No.

—¿Qué? —Reinhard le dio un descanso a la pistola y caminó alrededor de la mesa. Se paró detrás de mí y me estremecí ante su proximidad. Me apretó los hombros mientras me susurraba al oído: —¿"No" es todo lo que sabes decir?

Mis entrañas lucharon para contener el maremoto de emociones negativas.

—Pensé que nos entendíamos. Esa fue la impresión que me diste el día que me sedujiste. Debo confesar que sabes cómo excitar a un hombre.

Me hervía la sangre al escucharlo hablar como si violarme hubiera sido culpa mía.

—Ahora regresas a mí, actuando de forma cruel —continuó. —Y tu actitud… hiere mis sentimientos. Pero debes entender que para lo que quiero hacerte… no te necesito con vida.

Mi estómago se revolvió al pensar en sus repugnantes planes.

—Tic-tac, tic-tac… En cualquier momento, mis hombres encontrarán tu escondite. Solo estás haciendo las cosas más difíciles… te necesito dócil. —Reinhard recogió mi mano inerte y la dejó caer sobre la mesa. —Así.

Enfoqué mis ojos en la pistola que yacía a centímetros de mi mano.

—¿Qué? ¿Quieres el arma? —Reinhard preguntó, deduciendo

mis intenciones. —Adelante... tómala... —Su mano manipuló la mía para agarrar la pistola. Dobló mis dedos alrededor de la empuñadura y metió mi dedo índice dentro del guardamonte, luego obligó a mi mano temblorosa a apuntar mi sien derecha. Reinhard colocó su cabeza en el otro lado, su barba desaliñada raspando mi mejilla. —¡Dispara! Eso es lo que quieres, ¿cierto? Poner fin a mi vida... Esta es tu oportunidad. Esta es una Mouser "Red 9" C96 —lo que explicaba el número nueve de color rojo en la empuñadura. —Su largo cañón y cartucho de alta velocidad brindan un nivel de penetración inigualable. Una bala de nueve milímetros puede atravesar tu cráneo y el mío. En un segundo, estaremos tirados en el suelo, muertos uno al lado del otro, tomados de la mano como amantes desventurados. Como *Romeo y Julieta* —usando el cañón de la Red 9, empujó mi barbilla temblorosa para mirarlo. —¿No quieres ser mi Julieta?

Quería a Reinhard muerto, pero me faltó el coraje para apretar el gatillo. Incluso si hubiera querido, no podía contraer ni un músculo. Me quedé paralizada, viendo aterrorizada cómo sus ojos se volvían acuosos y las lágrimas caían.

El Hombre que Llora había vuelto a emerger.

—Una tragedia... —dijo Reinhard con la voz entrecortada. —¡En qué hermosa tragedia podríamos habernos convertido! — me arrebató el Red 9 de la mano y me dio un cachazo.

—¡Patética! —Reinhard sirvió Courvoisier hasta que se derramó sobre la mesa. —¡Reanudemos el juego!

Me derrumbé sobre la mesa, con un dolor punzante extendiéndose a través de mi mandíbula. Una parte de mí reconoció que este podría ser mi final. *En la próxima ronda, Reinhard apretará el gatillo y compartiré el destino de la persona sentada en esta silla antes de mí.* Asesinada, mi cuerpo desechado, arrojado a los escombros a través de esa puerta. *Debería haber apretado ese gatillo*, me regañé. *Debería haber pagado el precio con mi propia vida.* Quizás si Reinhard estuviera muerto, mis niños tendrían más posibilidades de sobrevivir. Incluso si no estuviera con ellos, un buen samaritano eventualmente se cruzaría en su camino.

—¡Levántate! —ordenó Reinhard.

Abrí los ojos, desorientada, y noté la cabeza de un niño emergiendo por la puerta cerrada. La proyección de Jov se asomó a través de la puerta como un rayo de sol atravesando el cielo nublado. —¡Te encontré! —dijo con alivio.

Su presencia era lo que necesitaba para albergar esperanza de nuevo.

CAPÍTULO 22

ME PASÉ EL DORSO DE LA MANO POR MI BOCA, manchándola de sangre. Mi labio inferior estaba sangrando.

—¿Estás bien? —preguntó Jov.

Supuse que Jov nos había seguido desde la estación de tren hasta este lugar, lo que significaba dos cosas. Primera, los soldados aún no los habían encontrado, de lo contrario, Jov no se estaría proyectándose aquí. Segunda, Reinhard no podía ver ni escuchar a Jov, ya que no estaba "dotado" con la visión secundaria como yo. Saber que los niños estaban a salvo por ahora me proporcionó un alivio temporal. Sin embargo, no podía arriesgarme a decirle una palabra a Jov, ya que podría poner a Reinhard en alerta. Tenía que seguirle el juego hasta que pudiéramos idear una manera de salir juntos de este lugar. Eso parecía imposible, porque incluso teniendo la invisibilidad de Jov de mi lado, apenas podía interactuar con el mundo real, como me lo demostró en Wewelsburg. En términos prácticos, Jov era solo un fantasma.

Asentí, respondiendo a la pregunta de Jov.

—Te ayudaré a salir de aquí —dijo.

—Solo son unas pocas gotas... Aún queda mucha sangre por derramar —Reinhard colocó la pistola Red 9 en el centro de la mesa. —¡Hora de rodar de nuevo! —volvió a poner la ruleta en marcha.

Jov observó consternado como la pistola giratoria se detuvo poco antes de las 11:00 pm. Mis ojos dibujaron una línea imaginaria desde el cañón que pasaba a un par de centímetros de mi brazo derecho. Cerré los ojos y me sobresalté ante la estruendosa detonación. Pude sentir la ráfaga de viento generada por la bala.

—*Ufffff*, nos estamos acercando mucho —dijo Reinhard.

Los ojos de Jov se abrieron con temor ante el enfermizo espectáculo, y se tapó los oídos con las manos. Ahora él era consciente de mi situación: mi suerte se estaba acabando. Jov buscó algo que pudiera usar contra Reinhard mientras la ruleta de la Muerte giraba una y otra vez. Reinhard disparó ronda tras ronda y los casquillos expulsados tintinearon al rebotar en el suelo.

—¿Aún te rehúsas a hablar? —Reinhard volvió a poner en marcha la ruleta. Esta vez, el barril finalmente apuntó a la medianoche. —¡Ja! ¡Ya era hora!

Mi mente se quedó en blanco ante la incredulidad de tener la pistola apuntando directamente a mi pecho.

—*Auf Wiedersehen*, Fräulein Niemeyer.

Ay dios mío. Tragué saliva.

—¡Noooooooooo! —gritó Jov, tratando de detener a Reinhard, pero ya era demasiado tarde.

Reinhard apretó el gatillo, pero la pistola no disparó ninguna bala. Lo presionó dos veces, pero el mecanismo de la Red 9 simplemente hizo clic, el percutor se sacudió de un lado a otro mostrando una cámara vacía. Ya no quedaban balas dentro del cargador. —Parece que las cucarachas tienen más de una vida… Pero frena tu entusiasmo. Disparé sólo ocho veces. Las otras dos balas están alojadas en un saco de carne y hueso en el fondo del desfiladero —hizo un gesto con la cabeza hacia la puerta.

Suspiré, mareada, mi sangre descendiendo a mis pies. Por un breve instante, mi vista se nubló con puntos multicolores. Estuve a punto de desmayarme.

—Volveré —dijo Jov, apresurándose hacia la puerta.

—Vuelve con ellos —susurré, esperando que Jov escapara con sus hermanos. No había nada más que pudiera hacer aquí.

—¿Qué dijiste? —Reinhard preguntó mientras insertaba un cargador de peine de diez tiros a través de la cámara de la Red 9. —Eres una perra loca en efecto.

Reinhard se sirvió otro vaso de Courvoisier con una puntería terrible, derramando más sobre la mesa que dentro del vaso. Estaba borracho y poseer un arma lo hacía aún más peligroso. Teniendo en cuenta que su objetivo era llenar el vaso, la próxima vez que disparara su Red 9, la bala podría darme incluso si la ruleta apuntaba a las 8:00.

—Es-es-es, espera… —Reinhard levantó las manos. Se puso de pie con esfuerzo y enfundo la Red 9 dentro de sus pantalones. Se tambaleó hasta la puerta, recientemente remodelada como balcón, y se desabrochó los pantalones. Inclinándose sobre el marco, orinó de nuevo. Su puntería fue peor que con el coñac, salpicando el suelo sobre el que estaba de pie descalzo.

No pude evitar hacer una mueca de repugnancia. *Emma, tienes que concentrarte,* me regañé. *Lo empujaré,* resolví después de analizar la situación. Tendría que levantarme de mi silla en silencio y embestir su espalda. Reinhard no tendría tiempo suficiente para sacar su arma y darse la vuelta para dispararme. Solo debía tener cuidado de no forcejear con él, de lo contrario terminaría en el fondo junto con él. Tendría que empujarlo mientras él estaba de espaldas a mí. *Puedes hacerlo,* me animé, confiada en que mi velocidad en la pista me ayudaría a lograr la hazaña.

Canalicé mi peso sobre mis brazos, descansando una mano en la silla y la otra en la mesa para deslizarme hacia afuera. Observé a Reinhard por el rabillo del ojo, jugando con su orina como un niño pequeño, meneando su pene. Saqué mi pierna izquierda, y estaba a punto de levantarme, cuando la puerta principal se abrió. ¿Guardias? Entré en pánico, deseando que Jov todavía estuviera aquí para advertirme, y volví a mi postura inicial.

Reinhard miró por encima del hombro, pero nadie entró. Los soldados que custodiaban la entrada se asomaron, tan desconcertados como yo. Con la misma delicadeza con que se había abierto la puerta, se volvió a cerrar sola, como llevada por el viento, saboteando mi plan. Reinhard regresó a la mesa y se subió la cremallera de los pantalones. *Scheisse.*

—¿Qué estábamos haciendo? —preguntó casualmente. —¡Oh sí! —sacó su Red 9. —A rodar.

Se acabó.

La proyección de Jov invadió la habitación. —Necesito que estés lista, Melocotón —instruyó. —A mi señal, asegura la puerta. No podemos permitir que los guardias entren.

Arqueé una ceja, dudosa. El plan de Jov resolvió solo una parte de la ecuación: la más pequeña. Reinhard era, por mucho, nuestra mayor amenaza.

—Confía en mí —reafirmó Jov.

Sin una mejor opción a la mano, intentaría cualquier cosa.

Reinhard se dispuso a poner de nuevo en marcha la ruleta, y Jov estudió los movimientos, manteniendo la mano izquierda en alto. Con la mano derecha, Jov incidió en el resultado, y el cañón acabó apuntando a las tres.

—Ohhhh —Reinhard frunció el ceño, disgustado. —La próxima será la buena.

Jov detuvo la pistola giratoria a las seis, apuntando en la dirección de Reinhard. —¡Ahora! —Jov bajó la mano izquierda. Pero a pesar de escuchar mi señal, me quedé paralizada por la mirada de Reinhard.

De repente, estalló un grito de batalla. —¡I-del-wiz! —reconocí la voz de 44. Una fuerza invisible derribó a Reinhard de su silla, y observé, desconcertada, sin comprender lo que estaba sucediendo.

—¡La puerta! —Jov me recordó.

Corrí hacia la entrada. La perilla había comenzado a girar cuando la cerré con mi hombro. Los guardias empujaron hacia adentro, pero corrí el cerrojo. —¡Abran! —golpearon la puerta.

Reinhard, acostado boca arriba, pateó a alguien invisible y una maceta se estrelló en el otro extremo de la habitación. Mientras los pedazos de loza se desmoronaban sobre el piso, la realidad se desplegó, revelando a 44 envuelto bajo una sábana de vacuidad. ¡El velo de invisibilidad de *Renenet!* Pensé, al darme cuenta de que 44 le había robado el velo a la Sra. Bahiti antes de que nos separáramos. ¿O tal vez Renenet se lo había dado? Eso era irrelevante ahora. Lo que importaba era que, usando el velo de invisibilidad, 44 había burlado a los soldados, y había entrado cuando se abrió la puerta... para salvarme.

—¡Maldito chimpancé! ¡Te voy a matar! —Reinhard se puso de pie y fue tras 44, flexionando sus músculos con una cara de maníaco.

—¡Noooooo! —grité, temerosa de no poder llegar a tiempo para proteger a 44.

Pero cuando Reinhard cruzó la línea de fuego de la Red 9 que descansaba sobre la mesa, Jov, con gran esfuerzo, apretó el gatillo, y un estallido atronador saturó la habitación.

La bala expulsada impactó el muslo izquierdo de Reinhard, quien se tambaleó y se apoyó contra la pared. —¡Los mataré a todos! —balbuceó rechinando sus dientes, suprimiendo el dolor. Los ojos de Reinhard buscaron su arma, pero sin la sujeción firme del tirador, el culatazo del disparo había empujado la pistola a través de la mesa hasta el suelo. Se arrastró tras su Red 9, pero antes de que pudiera agarrarla, le rompí la botella de coñac en la cabeza. Reinhard se colapsó, con sangre brotando de su nuca afeitada.

Traté de recuperar el aliento para calmar mi mano temblorosa, sosteniendo el cuello de la botella rota. ¿Está muerto? Me pregunté, imaginándome cortando la garganta de Reinhard con el borde afilado y zigzagueante del vidrio. Pero cuando mi respiración se calmó, tiré la botella a un lado. *Mis niños,* me recordé. Mantenerlos a salvo era lo único que me importaba ahora.

Pero mi paz duró poco.

Un guardia rompió la ventana y, pasando el brazo por entre los barrotes, apartó la cortina y me vio. —¡Métete! —instruyó a su compañero, quien disparó a la cerradura para abrir la puerta. Estaban a segundos de abrirse paso.

Corrí en ayuda de 44. —¿Estás bien?

—¡Melocotón! —me abrazó efusivamente.

—¡Ahora no! ¡Tenemos que escapar! —le hice un nudo con el velo de invisibilidad alrededor del cuello como si fuera una capa, y lo apresuré. Pero nos encontramos con los ojos serios de Jov mirando a través del marco del baño derrumbado, compartiendo las malas noticias de que saltar era nuestra única salida.

CAPÍTULO 23

AFUERA, TODAVÍA ESTABA LLOVIZNANDO. Miré por encima del precipicio, midiendo el ángulo de la pared inclinada contra la estructura, formando una resbaladilla de hormigón de tres pisos, en el que, para nuestra buena suerte, el enjarre y la pintura todavía permanecían adheridos, aliviándonos de la mayor parte de la fricción. Tenía una inclinación de cuarenta y cinco grados o más, lo suficiente como para amortiguar nuestro aterrizaje sobre los escombros usando nuestras piernas. Sin embargo, una grieta profunda en el centro me preocupó. Nuestro peso podía partir la pared en dos, pero escuchar las patadas golpeando la puerta me obligó a ignorar las medidas de seguridad. Tomé mi maletín de cuero y lo colgué a través de mi pecho. —¿Están listos? —les pregunté a los niños, pero 44 me aferró, escondiendo su rostro con miedo. —Solo imagina que es un resbaladero en el patio de recreo… pero más grande —al recordar la historia de 44, dudé si alguna vez había estado en un patio de recreo. —Será divertido —le aseguré, no solo para él sino también para mí. Me temblaban las piernas. —No te preocupes, solo salta… —dije, haciendo eco de las palabras de Valeska sin querer.

—*Melocotón, cuando estés en peligro, no temas, ¡salta!* —ella me había dicho.

Espero que tengas razón, Valeska.

Nos sentamos en el borde, arrugando la nariz con disgusto por el charco de orina de Reinhard. —¿Listos? —Abracé a 44, esperando que la condición fantasmal de Jov lo mantuviera a salvo de cualquier daño. —¡Ahora! —me empujé al borde y grité mientras acelerábamos, todo se desvanecía a nuestro lado. Mis piernas se flexionaron con anticipación para impulsarme a correr, pero cuando llegamos al fondo, el peso de 44 me empujó hacia abajo y rodamos sobre los escombros. Apreté a 44 contra mi pecho y usé mis brazos para proteger nuestras cabezas. Cuando nos detuvimos, abrí los ojos y encontré varillas de metal frente a nosotros. Unos cuántos centímetros más y hubiéramos muerto, empalados como los cuerpos de los que Reinhard se había deshecho anteriormente. —¿Estás bien?

Cuarenta y Cuatro asintió. —¡Fue divertido! ¡Hagámoslo de nuevo!

—¡Allí! —gritaron los soldados desde la habitación del hotel.

—¡Escóndanse! —gritó Jov.

Mis piernas se negaron a responder, pero el sonido de las balas convenció a mi cuerpo dolorido de arrastrarse detrás de una columna.

—Tenemos que llegar allí —señalé una pared parcialmente derrumbada a veinte pasos de distancia, mientras las balas tallaban los bordes de la columna, desalentando cualquier intención de asomarse. —Jov, por favor avísanos cuándo recarguen.

Jov salió de detrás de la columna, invisible para los soldados, esperando el momento preciso para darnos la instrucción.

—Cúbrete —reacomodé el velo de 44, tratando de cubrir la mayor parte de su cuerpo para camuflarlo. Nuestro abrupto descenso había arrancado pedazos del velo, y 44 examinaba los agujeros con tristeza. —¡Anímate! Si logramos escapar de esto, le pediré un velo nuevo a Renenet. Lo prometo.

Pero el velo era la menor de mis preocupaciones. La lluvia estaba deslavando el maquillaje de su piel, revelando su característico tono blanquecino, un cruel recordatorio de que, para él, la persecución nunca terminaría.

—¡Ahora! —Jov hizo una señal y tiré de la mano de 44. Desafortunadamente, 44 no era un corredor como yo, y se reanudó el tiroteo. Completamos el último tramo bajo una lluvia de balas.

—¡Te hirieron! —44 dijo, alarmado, cuando llegamos a la pared.

Dudé en mirar, temerosa de encontrar mi ropa manchada de sangre por una herida de bala disimulada por la descarga de adrenalina. Contuve la respiración y me atreví a mirar hacia abajo. Una bala me había alcanzado y un líquido salió a raudales por el agujero de la bala. *Leche*, descubrí con alivio. La bala había dado en la botella de leche dentro de mi maletín.

—Estoy bien —tiré la botella. —Debemos continuar —remolqué a 44 a través de los pasajes formados por las paredes destruidas, buscando una salida al laberinto de cemento. —¡Por aquí! —dije con emoción, viendo una puerta al final del corredor. Pero mientras nos apresurábamos hacia allá, el piso en el que estábamos parados se derrumbó, y caímos un piso abajo.

—Ouch —gemí, sobando mis extremidades.

La nube de polvo se disipó, revelando una habitación ante nosotros. Entré y me di cuenta de que era una sala de calderas similar a la que nos habíamos alojado, pero debidamente equipada para funcionar como una casa. Olía a comida cocinada más que a humedad. En una mesa diminuta, un hombre de unos cuarenta años, su esposa y su hija, probablemente de diez, me miraban boquiabiertos, cucharas en mano. Me llamó la atención la decoración: dos *menorás*, candelabros de siete y nueve brazos, y un hexagrama, la estrella de seis puntas, colgada de la pared. Eran judíos que se escondían de los nazis.

—¡Por favor ayúdenos! —supliqué con voz ronca después de inhalar una bocanada de polvo.

El hombre puso su dedo sobre su boca, indicándome que me callara. Se levantó de su silla y, tomándome del brazo, me condujo de regreso al pasillo, donde me esperaba 44. Una vez que estuve afuera, cerró la pesada puerta de metal y la aseguró.

—¡Ey! ¡Déjanos entrar! No sea cruel —golpeé la puerta. —¡Por favor! Los nazis nos están persiguiendo… —Pero recordé que debajo de mi suéter todavía portaba mi uniforme BDM. *Soy una nazi ¿Por qué los judíos le abrirían la puerta a una nazi como yo?* Suspiré.

—Melocotón, puedo oír sus pasos. Ya vienen —dijo Jov.

Escalar de nuevo a la superficie era imposible. Tuvimos que continuar por el pasillo. Desafortunadamente para nosotros, después de una vuelta, el techo se había derrumbado, bloqueando el camino.

—*¡Scheisse!* Di un pisotón para liberar mi frustración, pero mi talón retumbó con una reverberación metálica. Estaba de pie sobre la tapa de una alcantarilla. —¡Atrás! —me puse en cuclillas, aseguré el asa con ambas manos y la abrí. El interior estaba en completa oscuridad y, a juzgar por el olor penetrante a agua estancada alojándose en mi nariz, supuse que conducía al sistema de alcantarillado, pero sin otra opción, esta parecía ser nuestra única oportunidad. —Entren —guie a los niños adentro y cerré la tapa detrás de nosotros. Descendimos utilizando la escalera de hierro forjado atornillada a la pared de piedra. En el fondo, mis pies chapotearon en un charco de agua estancada de quince centímetros. —¿Dónde están? —dije, obligando a mis ojos a adaptarse a la oscuridad.

—¡*I-del-wiz!* —44 dijo, abrazándome.

—Sujétate a mí y no me sueltes. Jov? ¿Dónde estás?

—Estoy aquí —su voz procedía de la oscuridad.

—¿Puedes ver? —pregunté, preocupada, incapaz de sentirlo.

—Puedo... oír.

—¿Qué quieres decir con oír?

—Para mí, todo es como ecos.

—Está bien, sigue mi sonido —extendí mis brazos, alcanzando piedras por ambos lados. Era un pasillo, de unos dos metros de ancho, con un techo muy por encima de mi cabeza. Dos opciones. ¿Izquierda o derecha? Escogí derecha.

Avancé a tientas por el túnel oscuro, siguiendo el sonido distante de agua corriendo, hasta que llegamos a una intersección. Mis pies sintieron una rampa hacia abajo, aumentando la profundidad del nivel del agua. Fuentes tenues de luz provenientes del techo, muy probablemente bocas de tormenta en la calle, ya que el agua pluvial caía de ellas, revelaron un gran túnel arqueado de alcantarillado, probablemente de seis metros de ancho. —Aquí, hay un saliente en la pared —ayudé a 44 a evitar deslizarse por la rampa.

Un sonido metálico resonó por el túnel. Haces de luz irrumpieron en la oscuridad. Eran los soldados de las SS portando linternas bajando las escaleras. —¡Ya vienen! —corrimos por la alcantarilla hasta la siguiente intersección del túnel, pero los pasos también venían de esa dirección. —Nos están rodeando... es una trampa —continuamos por el túnel de alcantarillado, buscando escaleras para salir a la calle. Pero entonces, me detuve súbitamente. ¿Y si esto es lo que quiere Reinhard? Lo imaginé esperándonos con indiferencia en la superficie. *Jov le disparó, Emma*, traté de convencerme a mí misma, pero no pude evitar mis sentimientos claustrofóbicos de estar atrapada, sucia y apestosa a aguas negras. —*Kakerlake* —Reinhard había cumplido su deseo de hacerme sentir como una cucaracha.

Pero como una cucaracha, tendríamos que ser más astutos que él una vez más para poder sobrevivir.

Mis ojos privados de luz identificaron un rincón que encajonaba una puerta de metal. De arriba salían tuberías, tal vez eléctricas… *¡Una sala de control!* Examiné el candado en el pestillo. *Nadie cerraría con llave algo si no fuera de valor.* Podría ser el escondite perfecto hasta suspendieran la búsqueda. —Por favor, vigilen el pasillo de cualquier luz hasta que abra esta puerta —instruí a los niños. Puse mi maletín en el suelo y busqué mi abrecartas, pero recordé que los niños habían vaciado el contenido. —¡No ahora! —Busqué en los alrededores y encontré un trozo de una barra plana de acero, pero el borde era demasiado obtuso para forzarlo dentro del candado.

—¡Déjame ir! —44 gritó detrás de mí.

Un soldado de las SS vestido completamente de negro había asegurado a 44 por la espalda. Llevaba una máscara antigás y no portaba linterna, explicando cómo se había acercado sin ser detectado. El soldado habría supuesto que 44 estaba solo, ya que Jov era invisible para él y no se había percatado de mi presencia, escondida en el rincón. Estaba planeando huir con un 44 pateando bajo el brazo cuando salté sobre su espalda.

—¡Suéltalo! —busqué una abertura entre su casco y la máscara de gas para hundir mi barra de acero en su cuello.

El soldado corcoveó, se retorció y se encabritó como un toro en un rodeo, tratando de tirarme, pero enganché mi brazo con fuerza alrededor de su cuello. Soltó a 44 y se arrojó de espaldas al agua. El canal no era lo suficientemente profundo para amortiguar la inmersión, y mi cabeza y mi espalda golpearon el fondo rocoso. Forcejeamos bajo el agua, emergiendo a la superficie solo para tomar una bocanada de aire antes de volver a sumergirnos. Usé toda mi fuerza para mantener el estrangulamiento, porque era como pelear con un cocodrilo. Mi supervivencia dependía de ello.

—¡Melocotón! —44 y Jov gritaron aterrorizados, parados en la orilla.

Las manos del soldado tiraron de mi cabeza, pero no vacilé. Me estrelló contra la pared del canal. El dolor debilitó mis extremidades hasta que perdí la sujeción de la llave estranguladora. El soldado se apartó, creando distancia entre nosotros. Emergimos uno frente al otro con las aguas del canal cubriendo hasta nuestra cintura. Apunté mi barra plana de acero hacia el soldado completamente armado, sabiendo que esta podría ser mi última batalla.

—¡Detente! —dijo el soldado con voz distorsionada por la máscara antigás, alzando sus manos. —Por favor, detente, Melocotón.

—¿Qué? —dije, confundida por ser llamada por mi apodo.

El soldado desabrochó las correas detrás de su cabeza y se quitó la máscara, revelando su identidad bajo las luces tenues.

—Soy yo, Ghislain.

CAPÍTULO 24

—¿GHI-GHISLAIN? —PREGUNTÉ DUDOSA, tratando de reconocer sus rasgos en medio de la escasa luz de la cloaca, aún con la incredulidad de que nos reencontráramos en estas circunstancias.

—El único —dijo Ghislain, presionando con su mano sobre su sangrante trapecio. Aparentemente, mi ataque había llegado a la base de su cuello, con suerte sin alcanzar una arteria.

Suspiré aliviada. —¡Ghislain! —lágrimas corrieron por mis mejillas. Quería acercarme a él y lanzarme a sus brazos, pero al verlo totalmente equipado, mostrando las runas de las SS en su casco, me recordó que ahora estábamos en lados opuestos. Él era un nazi y yo era una traidora.

—¿Por qué estás aquí? —blandí mi barra plana de acero en su dirección.

—Cálmate, estoy aquí para ayudarte —extendió su mano para alcanzarme, pero retrocedí. —Ven conmigo. Por favor, debes confiar en mí —hizo señas.

A pesar de cualquier sentimiento que Ghislain pudiera albergar por mí, Reinhard era su superior, y la cadena de mando que había jurado respetar lo obligaría a acatar las órdenes de Reinhard. Ya no podía confiar en Ghislain. —*Todo lo que tenía que hacer era sentarme cómodamente y esperar a que te metieras debajo de mi bota* —la voz lunática de Reinhard sonaba dentro de mi cabeza. Sería la cucaracha arrastrándome hacia el cálido abrazo de Ghislain, donde podría sentirme segura. Pero ya no más. *No volveré a caer en su trampa.*

—¡No! —negué con la cabeza. —No lo haré. Por favor, retrocede.

—Melocotón, no lo hagas —el rostro de Ghislain se iluminó con un brillo dorado y sus hermosos ojos de acero me miraron fijamente. Desafortunadamente, no solo se iluminó su rostro, sino toda la alcantarilla. —¡Melocotón, cuidado! —gritó.

Me di la vuelta y encontré la fuente de la luz.

Un *flammenwerfer*, portando una máscara antigás, salió de la intersección de un túnel junto a nosotros, ahuyentando a la oscuridad con las llamas que ardían en la punta de su lanzallamas. Abrió la válvula de gas conectada a un tanque cilíndrico que llevaba a la espalda, y el tubo regurgitó una brillante bola de fuego. El aire se inflamó, como si las llamas nacieran espontáneamente, en un espectáculo hipnótico. No pude reaccionar a tiempo, pero cuando el látigo de fuego se desató en mi dirección, Ghislain me sumergió. Las llamas ardieron sobre la superficie, iluminando las aguas turbias.

Salí a la superficie, luchando por recuperar el aliento mientras Ghislain contraatacaba, disparando con su pistola. Pero el flammenwerfer llevaba un delantal blindado que lo protegía de las balas. Ghislain siguió apretando el gatillo mientras me arrastraba hasta la orilla. —¡Cúbrete!

Me arrastré dentro del rincón, donde 44 estaba escondido.

—¿Dónde está Jov? —le pregunté a 44, pero sacudió su cabeza con los ojos cerrados. Me atreví a asomarme y vi a Jov parado detrás del flammenwerfer, tratando de estropear el lanzallamas con su capacidad limitada para influir en este mundo.

Ghislain salió del agua y rodó para cubrirse, y tras él, una cortina de fuego selló el rincón. Me aparté del calor que irradiaba, sintiéndome como si estuviéramos dentro de un horno. *Vamos a morir carbonizados*, pensé con dificultad para respirar mientras el fuego consumía el oxígeno. Ghislain sacó una granada de su cinturón, desenroscó la tapa del extremo del mango y tiró del cable, encendiendo el dispositivo.

—¡No! —grité, pensando en Jov, que estaba de pie junto al soldado, invisible para Ghislain.

—¡Abajo! —Ghislain arrojó la granada al nivel del suelo y se agachó, cubriéndose la cabeza con los brazos.

El flammenwerfer estalló en una tremenda explosión, el poder explosivo de la granada magnificado por el gas del lanzallamas, que sacudió todo el sistema de alcantarillado.

—¡Jov! ¡Jov! —tosí e intenté ir tras Jov, pero el brazo de Ghislain me lo impidió.

Las llamas aminoraron y el humo se disipó, revelando los restos de lo que una vez fue un ser humano, ahora solo pedazos irreconocibles de carne carbonizada y sin sangre, adheridos a la armadura. Toda la sangre se había evaporado. Como todas las señales de Jov.

Ghislain me giró para encararlo. —Tenemos que irnos ahora. ¿Lo entiendes? —me sacudió para traerme de vuelta a mis sentidos. —¿Lo entiendes?

—¡Sí! ¡Sí! —me liberé de sus brazos.

—Síganme —Ghislain marchó.

Alcancé mi maletín y la mano de 44, quien todavía estaba en shock. —Vamos.

Huimos a través de las alcantarillas oscuras, pero mientras lo hacíamos, no pude evitar mirar hacia atrás a los restos en llamas, con la esperanza de que Jov hubiera regresado a su cuerpo físico a tiempo.

CAPÍTULO 25

LOS NIVELES DEL AGUA SUBIERON por encima del canal a medida que aumentaba el flujo torrencial. Las alcantarillas de las calles descargaban chorros que parecían cascadas. Sería peligroso permanecer bajo tierra por más tiempo. Ghislain nos guio a través de los túneles inundados hasta que llegamos a un callejón sin salida. Subió la escalera de un orificio de alcantarillado y abrió la tapa. Estudió los alrededores para confirmar que el área estaba despejada.

—Es seguro. Pueden salir —dijo, empujándose hacia afuera.

Salimos al interior de un almacén parcialmente destruido. El techo tenía un enorme agujero donde la estructura se había derrumbado parcialmente, y en el suelo yacía el fuselaje del avión de cuatro hélices que se había estrellado contra él. Los paneles de metal de las alas parecían un rallador de queso de las balas de las ametralladoras antiaéreas. Los agujeros eran tan anchos que podía pasar mi mano a través de algunos. A pesar del fuego que había consumido el avión tras el accidente, en la pintura del costado aún se apreciaban una serie de círculos concéntricos con rojo en el centro. Era un bombardero británico, como los que habían bombardeado Berlín cien veces durante las noches de insomnio que pasé escondida en el sótano. El almacén había sido abandonado después del accidente.

Ghislain se quitó el casco y ahora pude ver sus rasgos con claridad. A pesar de la suciedad en su rostro, todavía lo encontraba guapo. Cuando nuestros ojos se encontraron, desvié la mirada, preguntándome cómo me veía. No tenía un espejo conmigo, pero teniendo en cuenta el estado de mi ropa, mi cabello debería ser un desastre después de estar sumergido en el agua estancada. Podría confirmar que apestaba horriblemente. Nunca me había sentido tan sucia en toda mi vida.

—¿Estás lista? —preguntó Ghislain mientras recuperamos el aliento. —Huyamos de inmediato —sacó el delgado cargador de una metralleta que llevaba atada al pecho, luego lo sopló y lo agitó para sacar el agua antes de volver a enchufarlo. Desplegó la culata y apoyó el arma contra su hombro.

—Sí —respondí, evitando el contacto visual. Ajusté la capa de invisibilidad de 44 alrededor de su cuello, pero curiosamente, Ghislain no cuestionó la existencia del artefacto. ¿Podría haberlo sabido?

—Ahora, síganme en silencio —Ghislain se escabulló alrededor del avión, con su ametralladora lidereando la búsqueda.

Las nubes densas y oscuras que se asomaban por el agujero en el techo me hicieron sentir que ya era de noche, pero cuando miré mi reloj, aún no eran las 5:00 p. m. Después de todo lo que había pasado, los recuerdos pacíficos en la granja de mi abuelo parecían que pertenecían a otra vida.

Salimos del almacén a través de una ventana rota que conducía a un callejón estrecho. Seguimos a Ghislain bajo la fuerte lluvia hasta la calle principal. Se agachó detrás de un montón de escombros y mostró su mano abierta por encima del hombro, por lo que nos agachamos detrás de él. —Ese es nuestro transporte —susurró Ghislain, mostrando las llaves de un automóvil estacionado en el callejón al otro lado de la calle.

—*Kommandeurswagen?* —era una versión 4x4 de dos puertas del Volkswagen Beetle de color gris metálico, construido para fines militares. Ghislain asintió. Pero un obstáculo bloqueaba nuestro objetivo: un soldado que custodiaba la esquina.

—Me ocuparé de él. Esperen aquí —Ghislain estaba a punto de salir cuando un camión de transporte de personal avanzó por la calle. El camión se detuvo frente a nosotros y cinco soldados saltaron del compartimiento de carga.

—¡Volteen cada maldita piedra! —Reinhard gritó, parado en el borde del camión, empuñando la Red 9.

Mi corazón latía con fuerza.

—¡Encuentren a la cucaracha! —los ojos de Reinhard brillaban con una determinación de acero, despreocupado por la sangre seca que cubría su nuca y cuello, y sus pantalones teñidos de carmesí, mostrando el agujero de bala sin vendaje sobre la herida. Incluso parecía vigoroso, teniendo en cuenta que se había emborrachado hacía apenas una hora. —¡Vámonos!

Reinhard golpeó el lateral de metal y el camión avanzó, escoltado por dos *Kübelwagens*, vehículos militares ligeros considerados el equivalente alemán de un Jeep, con la característica rueda de repuesto en la parte superior del capó. Amé esos autos desde que los vi por primera vez. Me imaginé explorando la sabana de África en uno.

—¿Que hacemos ahora? —susurré, preocupada, mientras los soldados se esparcían para inspeccionar los edificios cercanos. Era solo cuestión de tiempo antes de que nos encontraran.

—Necesitamos una distracción —Ghislain tomó la granada restante de su cinturón multiusos y desenroscó la tapa metálica sin tirar del cable. —A mi señal, corran directamente al Volkswagen.

—¿Que planeas hacer?

—Iré a razonar con ellos.

—¿Funcionará?

—Soy un oficial nazi —Ghislain le guiñó un ojo y caminó directamente hacia el soldado que custodiaba la esquina. —¡Ey!

El soldado saludó al identificar el grado en su uniforme.

—¡Necesitamos refuerzos! El lanzallamas estalló en pedazos. ¡Me hirieron! —Ghislain presionó la herida en su cuello, que aún sangraba. Dio órdenes, señalando un lugar más adelante, y el soldado obedeció.

—Oh, Dios mío, por favor no lo hagas —susurré, observando cómo Ghislain había tirado del cordón de la granada detrás de su espalda y lo había deslizado dentro de la mochila del soldado cuando le palmeó la espalda. El soldado corrió llamando a sus compañeros. Ghislain nos hizo una seña y corrimos hacia el auto. Pero en mi mente no hice más que contar aterrorizada los segundos que faltaban para la explosión: *uno, dos...*

—¡Allí! —gritó un hombre, y una ráfaga de balas dio en el mismo suelo por el que corríamos. Ghislain proporcionó fuego de cobertura.

—¡Cuatro... cinco! —grité, y luego la granada explotó, proporcionando una distracción, pero no me atreví a mirar.

—¡Entra! —Ghislain tenía abierta la puerta del pasajero cuando llegamos. Cuarenta y Cuatro saltó a la parte de atrás, y yo me senté en el asiento del pasajero. Incluso antes de que pudiera cerrar correctamente la puerta, Ghislain encendió el motor y pisó el acelerador a fondo, revolucionando el motor. El Volkswagen salió del callejón hacia la calle mientras las balas perforaban el capó metálico y el lateral del coche. —¡Agáchense! —Ghislain gritó, girando el volante. El auto viró violentamente, luego aceleró, dejando atrás a nuestros atacantes.

—¿Por qué hiciste eso? —pregunté.

—¿Qué? —Ghislain fijó sus ojos en el camino.

—¡La granada!

Me miró. —¿Crees que ellos lo pensarán dos veces antes de matarnos?

Los soldados desplegados en cada esquina demostraron el punto de Ghislain cuando abrieron fuego contra nosotros. El Volkswagen atravesó líneas de balas, que rompieron el parabrisas y las ventanas.

—¡Cuarenta y Cuatro, agáchate! —grité en medio de una lluvia de cristales rotos.

Ghislain contraatacó con su ametralladora, proveyendo fuego de cobertura. —¡Cárgala! —me entregó el arma. —Los cargadores están en mi espalda —se inclinó sobre el volante, creando un espacio entre su espalda y el asiento.

Perpleja, miré la ametralladora en mis manos; nunca había sostenido una anteriormente.

—¡Ahora!

Extendí mi brazo izquierdo sobre la espalda de Ghislain para alcanzar los cargadores en el costado izquierdo de su cinturón multiusos. Me encorvé para extender mi alcance, pero cuando mis dedos aseguraron el cargador, Ghislain pisó el freno y la inercia me impulsó hacia el tablero. Asomé la cabeza por encima del tablero para averiguar el motivo de la parada repentina: un enorme camión de personal que se elevaba sobre nuestro pequeño Volkswagen. *Scheisse, Reinhard nos ha encontrado.*

—¡Sujétense! —Ghislain cambió de marcha rápidamente y aceleró, maniobrando el auto para esquivar al camión. —¡Carga el arma! —Ghislain me recordó mientras conducía el Volkswagen en zigzag por la calle, para entorpecer la puntería de los tiradores.

—¡No sé cómo!

—Primero, presiona el botón al costado para liberar el cargador.

Seguí las instrucciones para reemplazar el cargador vacío.

—Ahora, tira hacia atrás de la manija de amartillado.

Lo hice, cargando una bala en la recámara y me volví hacia Ghislain con emoción.

—¿Que estas esperando?

—¿Qué? —pregunté, desconcertada.

—¡Dispara! ¡Dispara a las ruedas del camión!

¡Ay dios mío! no se si pued*a*…

—¡Ahoraaaaaaaaaaaa!

Respiré hondo y me di la vuelta. *Tú puedes hacerlo, Emma.*

—Cuarenta y Cuatro, mantente agachado. —Salté al asiento trasero. Aseguré la ametralladora con ambas manos y apoyé la culata contra mi hombro como había hecho Ghislain. Usando la mira, apunté al neumático delantero del camión a través de las ventanas gemelas traseras del Volkswagen y apreté el gatillo. No podía oír nada más que el traqueteo del mecanismo, escupiendo las balas en medio de continuas bocanadas de fuego que salían del cañón. La culata comprimía la articulación de mi hombro cada vez que el mango se sacudía. Mi clavícula me dolía terriblemente y mis músculos se contraían. Las balas del cargador se agotaron hasta que el mecanismo de amartillado de la ametralladora se detuvo, pero la llanta blindada del camión explotó. El conductor pisó el freno y el camión giró sobre la carretera.

—¡Sí! —alardeé al dejar atrás el camión de Reinhard.

—¡No hay tiempo para celebrar! —reprendió Ghislain, mirando por el espejo retrovisor. Los dos Kübelwagen de la escolta se habían unido a la persecución, pero a diferencia del pesado camión, eran más rápidos y rápidamente se emparejaron con nosotros.

—¡Dispárales!

—¡Me quedé sin munición!

Un Kübelwagen embistió el flanco del lado del conductor del Volkswagen, empujándonos fuera del camino, pero Ghislain controló el auto a pesar del pavimento mojado y giró el volante hacia ellos, apartándolos. Ghislain condujo el coche a través del puente sobre el canal paralelo al río Lipe.

—¡Abajo! —dijo Ghislain.

A través del marco de la ventana trasera divisé al segundo Kübelwagen alineándose detrás de nosotros. Un soldado se puso de pie y sacó su rifle por encima del parabrisas. Me agaché antes de que abriera fuego. Las balas perforaron la parte trasera del Volkswagen, rebotando dentro del motor en la parte trasera. Cuarenta y Cuatro y yo gritamos aterrorizados en el asiento trasero, con los ojos cerrados y tapándonos los oídos del ruido ensordecedor, hasta que el motor explotó y los disparos cesaron.

—¡Mierda! —Ghislain exclamó mientras perdía el control del auto.

Levanté la cabeza para encontrar el Kübelwagen en nuestro flanco, preparándose para chocarnos, pero esta vez empujó nuestro Volkswagen contra la barandilla del puente, la cual no soportó. Durante esos breves segundos de la caída al río Lipe, 44 y yo levitamos en medio de una lluvia de fragmentos de vidrio y metralla. El Volkswagen se sumergió en las frías aguas. Con todas las ventanas rotas y el chasis lleno de agujeros de bala, el auto se inundó instantáneamente. Sólo tuve tiempo de contener la respiración antes de la inmersión.

La corriente, crecida por el aguacero, nos arrastró río abajo. Ghislain luchó con la puerta hasta que finalmente la abrió de una patada. Agarró mi brazo y me sacó, y yo abracé a 44 contra mí. Ghislain nos remolcó de vuelta a la superficie y pude respirar de nuevo. —¡Nada hacia la orilla! —ordenó Ghislain, ayudándome a mantenerme a flote mientras sujetaba el peso de 44. Vadeé los últimos metros hasta la orilla del río, llevando 44 en mis brazos. Me arrodillé en la arena, exhausta y tosiendo agua de mis pulmones.

—¿Están... están bien? Ghislain preguntó sin aliento.

No podríamos estar bien hasta que estuviéramos a salvo. La corriente nos había llevado quién sabe hasta dónde, pero al menos nos encontramos rodeados de vegetación. Parecía lo suficientemente lejos de una amenaza nazi inminente. La lluvia se convirtió en una llovizna. *Sobrevivimos después de todo.* Miré a 44, que aún descansaba inconsciente en mis brazos. —¡No, no, no! —lo puse en el suelo, temerosa de que hubiera respirado agua. —¡Cuarenta y Cuatro, despierta! —me incliné para determinar si aún respiraba.

Los párpados de Cuarenta y Cuatro se abrieron, y sus ojos somnolientos me miraron, sonriendo. —Mamá...

Aparecieron dos manchas rojas en su capa y, al extenderse, el truco de la invisibilidad se desvaneció, convirtiendo lo que yo creía que era el velo especial de Renenet en un trozo de lino andrajoso que 44 había recogido de la lavandería donde nos escondíamos. Mi mente viajó en el tiempo cuando los soldados de las SS llamaron a la puerta de Renenet, buscándonos. —*Jugaremos al escondite. ¿Puedes esconderte?* —ella le había pedido a 44 en ese entonces, y nos volvimos invisibles.

Nunca fue Renenet. Ella conocía la habilidad especial de 44. Había sido 44 todo este tiempo... protegiéndonos.

—Dios mío... —Descubrí el torso de 44 con manos temblorosas, revelando dos heridas de bala, una en el pecho y la otra en el vientre.

—¡Mantén la presión! —Ghislain colocó mis manos sobre las heridas de 44 mientras buscaba en su cinturón artículos de primeros auxilios para contener la hemorragia.

—¡Mamá! —44 repitió con voz entrecortada.

—Sí, sí... Mamá está aquí —sollocé, viendo cómo la sangre de 44 salía a borbotones entre mis dedos. —No te preocupes, hijo, pronto te pondrás bien.

Cuarenta y Cuatro extendió el brazo, como si sus dedos regordetes quisieran atrapar el sol que se asomaba tímidamente por el horizonte nublado. —Mamá, has venido por mí.

Miré hacia atrás para encontrar lo que estaba mirando con tanta ansiedad y vi a Sidney de pie en la otra orilla del río.

—¡No, no, no, mírame! —dije, aterrorizada, sabiendo el motivo de la presencia de Sidney.

Sidney caminó sobre la superficie del agua sin perturbarla y se detuvo en medio del río. —Edelweiss, Edelweiss —llamó. —Hijo, he venido por ti.

—Edelweiss... —susurré. —Lo había nombrado... Edelweiss. —Empujé a Ghislain a un lado y apreté 44 contra mi pecho, con la culpa corroyendo mis entrañas. Podría haberlo salvado de morir si hubiera sabido su nombre... pero él me salvó de Reinhard. —¡No, no! ¡No me lo quitarás! ¿Me oyes? —grité a todo pulmón hacia el río bajo los ojos perplejos de Ghislain. —¡Por favor! ¡No lo escuches! Te quedarás aquí... conmigo.

Besé la frente de Edelweiss, pero cuando levanté los ojos, lo vi corriendo sobre el agua, dirigiéndose hacia Sidney. Me metí en el río tras su espíritu, todavía cargando su cuerpo conmigo, pero cuando las dos almas se encontraron, me detuve. Edelweiss abrazó a Sidney con una sonrisa de oreja a oreja, lleno de emoción... finalmente feliz. Sidney le sonrió con ternura, mostrando una emoción que, por primera vez, traspasó su rostro impasible, y ambos se alejaron, tomados de la mano, hasta desaparecer.

Con el corazón desmoronándose, desenrosqué los brazos, liberando el cuerpo sin vida de Edelweiss en las aguas del Lipe. —Edelweiss... encuentra tu camino a Polaris —me pasé la mano por la cara para limpiarme las lágrimas, pero solo conseguí embarrarme con su sangre.

Ghislain me sostuvo mientras un pedazo de mi corazón se hundía en las turbias profundidades del río. —Cisnes —dijo, rompiendo el largo silencio. Siete cisnes blancos habían despegado de las aguas y se cernían sobre el río. Los miré con ojos llorosos mientras daban vueltas, hasta que el último rayo de sol se extinguió.

CAPÍTULO 26

REGRESAMOS CON LOS NIÑOS bajo una túnica de sombras. La vigilancia nocturna era más estricta en Hamm, especialmente en los alrededores del río Lipe y la estación de tren, lo que nos obligó a desviarnos por la periferia. Finalmente, "adquirimos" un transporte, o, mejor dicho, Ghislain lo robó, un *Lieferwagen* estacionado en la calle.

—¿Y cómo piensas huir exactamente de Hamm? Necesitamos una camioneta —respondió cuando lo confronté, cuestionando la moralidad de la acción.

No pude evitar sentirme triste porque alguien estaba perdiendo los medios para mantener a su familia, aunque eso significara la vida o la muerte para nosotros. Ghislain condujo por las tranquilas calles a la menor velocidad posible y con los faros apagados para no llamar la atención de las patrullas.

Era ya pasada la medianoche cuando llegamos a nuestro escondite. Cuando abrí la puerta, me derrumbé en el suelo al ver a los niños acurrucados en un rincón de la habitación, abrazándose como lo habían hecho cuando los encontré encerrados en la celda del calabozo.

Los niños dudaron en acercarse a mí, mirando con ojos preocupados al oficial nazi que estaba detrás de mí.

—No se preocupen —les aseguré. —Ghislain es un amigo. Él me ayudó.

Jov se acercó tímidamente. Me alegré de verlo ileso por la explosión que había sufrido su ser espectral, pero mi emoción se evaporó cuando noté rastros de sangre saliendo de sus oídos.

—¡Dios mío! ¡Jov! Lo sostuve cerca de mí —¿Estás bien?

Los ojos de Jov se volvieron acuosos. —N-no puedo oírte —dijo con labios temblorosos. De alguna manera las llamas no lo habían quemado, pero la onda sonora producida por la explosión había afectado sus oídos. —Solo escucho un zumbido.

—Yo… yo… lo siento… te he fallado… —Mis lágrimas fluían incontrolablemente. —No pude protegerte… No pude salvar a Edelweiss. Si yo solo… —*Si tan solo no me hubieran atrapado,* me reprendí con una frase que me acompañaría por el resto de mi vida, junto con la imagen del cadáver de Edelweiss colgando de mis brazos.

Los niños me abrazaron hasta que mi respiración se alivió y mis lágrimas se secaron en mi rostro.

—Era la única manera —Valeska acarició con complicidad la sangre seca untada en mi rostro. —Él sabía lo que sucedería… pero no dudó ni un segundo en ir tras de ti.

—Pero… pero ¿por qué? Yo no merecía su sacrificio… —tartamudeé. Hacía apenas unos días, estuve a punto de saltar a la muerte desde una ventana por no cumplir el mandamiento de las mujeres alemanas sobre mantener mi cuerpo puro. Había traicionado la confianza de mis padres y decepcionado a mis mejores amigas. Mi vida entera estaba arruinada, y había vivido mis últimos días esperando el momento en que pudiera poner fin a mi miseria. —¿Por qué alguien se sacrificaría para salvarme? no valgo nada…

Las manos de Ghislain se posaron sobre mis hombros. —No digas eso… ¿Qué acaso no estoy aquí? —se puso en cuclillas a mi lado.

—¿Por qué? ¿Por qué estás aquí? —dije con incredulidad, tratando de comprender la razón detrás de su decisión de sacrificar su carrera militar y arriesgar su vida para salvar a una traidora como yo.

—Porque todavía me debes un baile, ¿recuerdas?

Su respuesta dibujó una pequeña sonrisa nostálgica en mi rostro. Le había prometido un baile en la boda de Gerda.

—Además, todavía te necesitan —dijo, mirando hacia los niños.

—He perdido personas queridas en mi corazón. Te consume por dentro. Pero a pesar de la tragedia, sigue adelante. Sobrelleva el luto de tus seres queridos viviendo. Aquellos que realmente te amaron parten de este mundo satisfechos al saber que les has sobrevivido.

—¿Cómo lo sabes? —pregunté ingenuamente.

—Porque yo lo haría —dijo Ghislain solemnemente. —Ahora, vayan a descansar. Los necesito a todos fuertes para el viaje de mañana. Partimos antes del amanecer.

—Pero tenemos hambre, Melocotón —dijo Jay.

—¡Lo siento! —saqué las compras de mi maletín agujereado por las balas. Había desperdiciado la leche durante la persecución, y el pan y las salchichas se habían sumergido en las aguas del Lipe. La mermelada de mora, aún sellada en su frasco, era perfectamente comestible, y el queso se podía salvar pelando el exterior. —Esto fue lo que sobrevivió. Lo lamento.

—¡Mora! —sus ojos se llenaron de asombro, como si fuera un manjar.

—Por favor, compártanlo de manera equitativa —instruí.

Ghislain se sentó en el suelo, con la espalda apoyada contra la pared. Se desabrochó la chaqueta y la camisa para examinar la herida de su cuello, la herida que yo le había infligido.

—Por favor, déjame ayudarte —le dije con remordimiento. Busqué un trozo de lino limpio que pudiera usar como vendaje y le arranqué dos tiras. Llené un cuenco viejo con agua caliente de la caldera.

—Estoy bien, es solo un rasguño —dijo, minimizándolo.

—¿Estás insinuando que soy incapaz de lastimarte? —sumergí un trozo de tela en el agua y luego lo escurrí.

Ghislain hizo una mueca cuando me sequé la herida con cuidado. —Al contrario, casi me matas.

—No sabía que eras tú… —La persona a la que estaba tratando de asfixiar hasta la muerte. —Ni siquiera puedo concebir lo que hubiera pasado si lo hubiera hecho... y me hubiera enterado más tarde —cargar con la culpa de una persona muerta durante toda la vida era más de lo que mi conciencia podía soportar. Imaginar en llevar otra era impensable. —Además, no sé qué habría hecho sin ti —crucé la tira de tela alrededor de su cuello y axila tres veces y la até con un nudo.

—Pensé que la soledad no te asustaba —dijo Ghislain, citando nuestra discusión durante la ceremonia de la boda.

     M. Ch. Landa

—A veces... cuando temo perder a personas queridas.

Ghislain sonrió. —No te muevas —me arrebató el trapo de la mano y, después de sumergirlo en el agua, limpió suavemente mi rostro ensangrentado. —La suciedad hace que tu piel se vuelva más pálida —susurró. —Ahora puedes hacer alarde de tus mejillas rosadas para honrar tu apodo, Melocotón —me miró fijamente con sus ojos gris esterlina. —Tienes unos ojos hermosos.

Mi corazón se aceleró y mi respiración vaciló. —Ne-Necesito alimentar más carbón —me puse de pie. —No queremos congelarnos durante la noche —balbuceé.

Eché el resto del carbón que habíamos encontrado dentro del horno. El carbón negro reposaba sobre el lecho de polvo de los restos cenicientos de los incinerados. Mientras los pinchaba, no pude evitar preguntarme cuánto tiempo pasaría antes de que todos nosotros ardiéramos y nos convirtiéramos en cenizas de igual manera.

CAPÍTULO 27

UN PAR DE LUCIÉRNAGAS REVOLOTEABAN cerca del horno con sus colas verdes parpadeantes, atraídas por las llamas tremulantes. Me pregunté cuánto tiempo pasaría antes de que la fascinación se volviera mortal para ellas. Había pretendido quedarme dormida para apaciguar a Ghislain, pero la verdad era que no podía dormir, ni quería hacerlo. Cada vez que cerraba los ojos, la misma imagen se grababa en el interior de mis párpados: el cuerpo inmóvil de Edelweiss colgando de mis brazos. Observé su imagen, expectante, esperando que sus párpados se abrieran y volviera a mirarme, que su boca conjurara su nombre y sus extremidades se reanimaran, que corriera y saltara como siempre lo hacía… pero su imagen quedó congelada en el tiempo. Vívido como una fotografía, pero hueco y estático como la cera, sumergido en un sueño interminable del que nadie despierta jamás. Un sueño que inequívocamente llamamos...

—Muerte —la palabra se escapó de mis labios.

Como si hubiera pronunciado una invocación, el par de luciérnagas volaron hacia la habitación contigua. Los insectos se sumergieron en la oscuridad, con destellos revelando su ubicación de vez en cuando. Conforme su danza aérea las unió, la próxima vez que brillaron, no volvieron a oscurecerse; permanecieron estáticas, como clavadas en una pizarra. Cuando las luces verdes gemelas se acercaron a la puerta, ya no eran luciérnagas, sino un par de seductores ojos verdes.

—Veo que me estabas esperando —dijo Sidney con voz aterciopelada mientras salía de las sombras.

Me senté y miré alrededor. Los niños estaban profundamente dormidos y Ghislain estaba tumbado con la espalda apoyada contra la puerta de entrada, su cabeza colgando de los hombros. Caminé de puntitas hasta el quicio de la puerta, con cuidado de no pisar a nadie. Me paré frente a Sidney con los puños y la mandíbula apretados. Quería pegarle, gritarle. Quería que me explicara por qué...

—No sé por qué —dijo Sidney con calma, como si hubiera escuchado mis pensamientos. —Todavía puedes desatar tu ira sobre mí si eso ayuda, pero no puedo responder preguntas para las cuales ni siquiera yo tengo una respuesta. Soy solo el mensajero, ¿recuerdas? —sacó el pequeño libro de cuero del bolsillo de su chaqueta y pasó las páginas rápidamente. —Únicamente nombres me son susurrados. Nada más.

—¿Susurrados por quién?

—No lo sé.

Fruncí el ceño con incredulidad.

—¿Le pones cara a cada voz que escuchas en tu cabeza? —preguntó.

—No estoy loca, deambulando por la ciudad decidiendo quién merece morir y quién no.

—Yo no juzgo a las personas.

—Entonces, ¿quién lo hace? —pregunté, sintiéndome molesta.

—Se juzgan a sí mismos.

—Déjate de estupideces, estos niños fueron maldecidos —repetí las palabras de Renenet. —La cuestión es que son demasiado jóvenes para haberse maldecido a sí mismos... y ellos... solo quieren tener una vida normal... ¡Dios mío! —presioné mi frente con la palma de mi mano para contener el dolor de cabeza causado por mi frustración. —¿Por qué estos niños son tan importantes, por el amor de Dios? —murmuré, para evitar despertar a Ghislain y los niños.

—¿Quieres respuestas? ¿Por qué no las ves por ti misma? —Sidney dio un paso atrás, volviendo al reino de las sombras. —Sígueme.

Inhalé profundamente antes de seguir las estrellas gemelas verdosas hacia la oscuridad, con los brazos extendidos ante mí, temiendo chocar con los muebles en cualquier momento. Pero después de treinta, cuarenta e incluso cincuenta pasos hacia adentro, nunca ocurrió. Miré hacia el quicio de la puerta que enmarcaba la sala de calderas, distante y elevada, como cuando miras el interior de un departamento a través de una ventana en el tercer piso de un edificio. Sin embargo, había caminado sin sentir la menor inclinación del terreno. Mirando hacia abajo, podía verme tan claramente como si estuviera parada bajo el sol del mediodía, pero no había ninguna fuente de luz. Si eso no fuera lo suficientemente extraño, al agitar mis dedos me di cuenta de que mi cuerpo no proyectaba ninguna sombra. Este lugar era como un vacío sin límites, tan extraño que estar de pie sobre lo que podría decir que era tierra firme era mi única ancla a la cordura.

Una chispa estalló en la oscuridad y rápidamente se convirtió en una fogata, pero no era una fogata normal; las llamas eran azules. La fogata estaba a seis metros de mí, pero incluso si caminaba en su dirección, la distancia permanecía constante, como si a cada paso la tierra se expandiera en igual medida.

Sidney apareció a mi lado.

—Antes del amanecer de la civilización, los Vigilantes descendieron del cielo… —dijo, y el cielo retumbó. Las nubes oscuras fueron perforadas por los rayos de Dios, y las figuras humanoides descendieron a través de los cegadores rayos de luz, con los brazos abiertos, como si estuvieran crucificados. —…en una época en la que el hombre y el mono apenas se distinguían —una tribu de humanos primitivos señaló a los cielos, presenciando con asombro el fenómeno que desafiaba su comprensión. —Los Vigilantes enseñaron a los hombres cómo leer las estrellas, cómo hablar y escribir, cómo sembrar los campos, medir el tiempo y predecir las estaciones, cómo producir fuego y hacer la guerra, y cuando estuvieron listos, les enseñaron sobre el ocultismo.

Como si estuviera paseando por un museo, me encontré rodeada de imágenes de hombres y mujeres aprendiendo las artes, según lo relatado por Sidney, al estilo de las pinturas del Renacimiento. Sin embargo, los rostros de los Vigilantes estaban borrosos, con rasgos indistintos, como si hubieran sacudido sus rostros más rápido de lo que el obturador de la cámara podría capturarlos. A pesar de la desnudez de los seres celestiales, no pude atribuir ningún género a sus esbeltos cuerpos. Todos tenían el pelo largo, diría que, hasta la cintura, pero nunca les caía sobre los hombros; parecía suspendido en el aire como si lo hubiera levantado un viento invisible.

—Con el tiempo —continuó Sidney, —la devoción de los Vigilantes por la humanidad fermentó en amor. Y los vientres humanos concibieron descendencia de seres que enfurecieron a la Voluntad, que envió a sus ángeles a castigar a los Caídos —las visiones presentaban a una mujer embarazada atada por sus extremidades a un marco de madera, como si fuera un dispositivo de tortura medieval. Pero ella no estaba siendo martirizada; estaba dando a luz a un ser sin forma bajo una lluvia de sangre que brotaba de su vagina. De pie al lado de la mujer, una partera jorobada la asistía.

—Los Caídos fueron juzgados y condenados a prisión perpetua en sarcófagos eternos. —El paisaje se convirtió en un desfiladero rocoso tallado con enormes figuras humanas a ambos lados, uno frente al otro. Cada figura sostenía objetos diferentes, representando cada arte enseñado a los hombres. —El Valle de los *Grigori*, o el Valle de "los que están despiertos", que vigilan de día a noche a la humanidad en silencio, expiando sus pecados, mientras su descendencia maldita engendrada con mujeres, los Hijos de los Malditos, merodean por la tierra... a través de milenios, hasta tú época —Sydney se volvió hacia mí. —Durante generaciones, la semilla se ha diluido, pero los genes de los Grigori aún corren por las venas de la humanidad, recesivos en la mayoría, pero de vez en cuando, los dones de los Grigori se materializan en niños desafortunados.

—¿Son mis niños descendientes de los Grigori? —pregunté con incredulidad.

—Tus niños son portadores del pecado original, los actos cometidos por los Caídos.

Eso explicaba las habilidades inhumanas que había presenciado con mis... propios ojos... *scheisse*. —Es... es mi padecimiento... —No pude articular las palabras. —¿La visión secundaria que sufro también es una maldición de los Grigori?

—Es difícil de decir —Sidney reflexionó. —La visión secundaria puede ser un remanente sutil de la semilla original, pero no es la única forma de obtenerla. Las personas que atraviesan el umbral de la muerte y regresan a su plano de existencia también desarrollarán la visión secundaria con el tiempo. *Una vez visto, no puede ser olvidado.* Al igual que los humanos primitivos aprendieron a ver a los Vigilantes, las personas que se asoman al otro lado nunca verán el mundo como antes.

La conspiración celestial sonaba tan loca que mi mente luchó por digerir las implicaciones de lo que dijo Sidney. Pero todavía había muchas piezas que no encajaban en el rompecabezas. —Aunque mis hijos sufran esta condición, ¿qué tiene esto que ver con los nazis? ¿Por qué quieren tenerlos tan desesperadamente?

—¿Qué ganan? —Sidney preguntó retóricamente, y mi mente viajó en el tiempo a la cena a mi llegada al castillo de Wewelsburg.

—Übermensch —dije, recordando las palabras de Von Schroeder.

—¿*Se lo imaginan?* —había dicho Von Schroeder. —*Un ser con fuerza y reflejos superiores, con habilidades psíquicas sobresalientes, capaz de doblar la trayectoria de una bala en la batalla o manipular los signos vitales de su enemigo y obligarlo a rendirse. Solo imaginen las posibilidades de tener la capacidad de controlar los elementos o simplemente poseer la mente de un enemigo para ejercer control sobre su cuerpo. No habría más guerras. Tal podría ser el poder del Superhombre.*

—Para crear el Superhombre —mi mente me mostró los documentos médicos que había extraído del escritorio de Von Schroeder. —Necesitan a mis niños… lo que sea que lleven en la sangre… esta semilla, los genes de los Grigori, para crear al Superhombre —me respondí. —Pero... pero los necesitan vivos.

—Correcto —Sidney confirmó mi cadena de pensamientos.

—Pero vienes todas las noches a decirme que se van a morir —fruncí el ceño, confundida. —¿Por qué?

Sidney agitó los brazos y la oscuridad que rodeaba la hoguera se retiró, revelando dónde habíamos estado todo este tiempo. Me vi sentada en una pirámide de troncos al lado de Renenet. Era un recuerdo, congelado en el tiempo, de la noche que había pasado con ella. El carruaje y los caballos de Renenet también estaban allí, pero ni rastro de Nailah y los niños; supuse que ya se habían ido a dormir a esa hora. Todo era exactamente igual, excepto el color del fuego. Era azul eléctrico.

Sidney hizo un gesto con el dedo índice como si dirigiera una orquesta, y la imagen estática sonó como un disco de vinilo en el gramófono. —*Todos vamos a morir* —dijo la versión de mí, y repitió como si alguien obligara a la aguja a reproducir la misma parte otra vez. —*Todos vamos a morir* —entonces Sidney detuvo la repetición.

—La única diferencia es cuándo —explicó.

—¡Pero ya sabes cuándo! ¡Y cómo! Y… probablemente por qué.

—También tienes acceso a esa información. Pero me pregunto… —Sidney se volvió hacia mí. —Si estás tan desesperada por saber, ¿por qué no le has preguntado todavía?

—¿Qué quieres decir?

—Valeska —aclaró Sidney. —La niña a la que proteges con tanta vehemencia, ella lo sabe. El don, o maldición, que heredó de los Grigori le otorga la capacidad de ver los acontecimientos de lo que llamas el futuro.

Sidney tenía razón; lo sabía. Lo sabía desde nuestra huida de Wewelsburg. Valeska incluso le había informado a Edelweiss que, para salvarme, tenía que sacrificarse a sí mismo…

—¿Tienes miedo de lo que ella pueda decir?

Negué con la cabeza mientras las lágrimas inundaban mis ojos. —Nunca lo he hecho porque… —sollocé. —Porque eso sería como confesar que no sé lo que estoy haciendo ni adónde los estoy llevando. Y-y como madre, no puedo hacer eso. Una madre siempre debe ofrecer consuelo y dirección… y…

—*¿Sacrificaría todo por Nailah?* —mi voz en la grabación me interrumpió.

—*Ella lo sacrificó todo por mí* —sonó la voz de Nailah, aunque no estaba a la vista. Recordé que ella había estado detrás de mí, sentada en un manto, jugando con una baraja de cartas.

La grabación se detuvo.

—Incluso si estás dispuesta, no puedes sacrificarte por esos niños o los niños de los niños para siempre. El encarcelamiento de los Grigori durará hasta que el corazón del último de sus descendientes malditos haya dejado de latir —Sidney entrecerró los ojos. —Muchos tuvieron, tienen y tendrán interés en esos niños, ya sea de esta existencia o del más allá.

Se reanudó la reproducción. —*Es por el Sol Ne…* —dijo mi voz.

—*Nunca te atrevas a llamar al Oculto* —interrumpió Renenet, y la visión se detuvo nuevamente.

El Sol Negro, pensé, incapaz de comprender lo que realmente era, teniendo como única pista la aberrante personificación de Renenet. —Hay… —Estaba a punto de preguntarle a Sidney qué podía hacer, cuando mi voz grabada me interrumpió de nuevo.

—*¿Qué puedo hacer?* —yo había preguntado.

La grabación de Renenet apuntaba en nuestra dirección, la de Sidney y la mía. Estábamos parados en el camino cubierto de maleza. La versión de mí en la visión ahora me miraba directamente. Reviví de nuevo la sensación de hormigueo en mi columna que había experimentado ese día. —*Vete y nunca mires atrás* —fue el consejo de Renenet.

Me enfrenté a Sidney. —¿Por qué debería escapar y correr con miedo? —olvidé sentirme intimidada por algo o alguien que ni siquiera era corpóreo.

—Quizá porque lo que buscas ya te ha encontrado —dijo Sidney en tono sepulcral.

Me volví hacia él, desconcertada, pero hizo un gesto con la cabeza hacia la fogata.

Lo que había pensado que era una visión bidimensional era de hecho tridimensional. Deambulé alrededor, tratando de notar algo fuera de lugar. Mi curiosidad me atrajo a la versión de mí misma. No sabía si era por vanidad, de la misma manera que te observas en un espejo, pero allí de pie, noté algo extraño dentro de mi tazón de sopa sin terminar que descansaba sobre los troncos. Mi débil reflejo en la superficie de la sopa se agitó de repente, como si una piedra hubiera caído dentro. Intenté levantar el cuenco de barro y, para mi sorpresa, lo logré. Revolví la sopa con la cuchara y saqué el contenido: coliflor, brócoli, zanahorias y granos de elote, pero mientras seguía revolviendo, la cuchara se enredó en cabello. Primero pensé que era seda de maíz, pero cuando saqué la cuchara, ¡me di cuenta de que era cabello humano!

El cuenco y la cuchara cayeron de mis manos temblorosas, pero a pesar de golpear el suelo, el cuenco no se rompió. La sopa rebosó abundantemente, derramándose como si fuera una olla entera. Mechones de cabello negro se desplegaron y extendieron hacia arriba como una medusa al revés. Una cabeza salió del cuenco como si fuera un portal. Se parecía a la cabeza alargada de un caballo, pero cuando traté de identificar las características, mi visión se volvió borrosa, como si mis ojos no pudieran enfocarla. Sin embargo, en medio de la confusión, los ojos y la boca eran reconocibles, redondos y huecos, como agujeros en la tela.

Di un paso atrás, buscando a Sidney, pero no estaba a la vista.

Finalmente salió un ser esbelto, que se elevaba al menos cinco veces mi altura, y las extremidades brotaron con una delgadez casi insectoide. El ser se puso en cuclillas sobre sus largas patas traseras, acercando su cabeza a mi nivel, con su larga cabellera suspendida en el aire, ondeando como si estuviera bajo el agua. Los brazos del ser eran más cortos, terminando en manos de ocho dedos con largas falanges, asemejándose a las patas de las arañas que se arrastraban por el suelo tras su presa... en este caso, yo.

De su boca, brotó un sonido que no pude identificar como palabras. Las manos de araña salieron disparadas detrás de mí, y yo, siguiendo las recomendaciones de Renenet, seguí el camino cubierto de maleza de regreso a donde había venido, guiada por la imagen distante de la sala de calderas enmarcada en la oscuridad. Miré hacia atrás mientras corría por mi vida, el corazón me latía en los oídos. La criatura estaba sobre mí, y a cada paso de sus esbeltas piernas, los pies de garras afiladas pisoteaban delante de mí, izquierda, derecha, izquierda, derecha.

La salida a este mundo de pesadilla estaba a mi alcance, pero antes de que pudiera alcanzar la puerta, las manos de araña me sujetaron y empujaron hacia atrás. El malvado ser me toqueteó y grité de desesperación, esperando que Ghislain o los niños se despertaran y escucharan mi grito de ayuda.

Pero estaban profundamente dormidos, sin darse cuenta de los terrores que los observaban dormir desde las sombras, mientras una sensación de oscuridad anidaba en mi pecho y un vacío me carcomía por dentro.

CAPÍTULO 28

ME DESPERTÉ GRITANDO.

Ghislain me estaba sacudiendo. —¿Estás bien? —me secó la frente sudorosa. —Jesús, nos diste un tremendo susto.

Los niños me miraron preocupados.

—Siento haberlos preocupado —dije, sosteniendo mi cabeza. —Estoy bien… solo… tuve una pesadilla… —mis ojos se movieron como si estuvieran magnetizados hacia la oscuridad enmarcada por la puerta, preguntándome si realmente había sido una pesadilla. Pero podía recordar vívidamente todo lo que sucedió: el vacío, el relato de Sidney sobre la historia de los Grigori, las visiones y, desafortunadamente, la bestia aterradora que me perseguía. Al pensar en eso, mi respiración se acortó y sentí que algo se atascó dentro de mi garganta. Tosí violentamente, sintiendo que mis entrañas se estrujaban para desechar algo alojado en lo profundo de mi estómago.

—Melocotón, ¿estás bien? —preguntó Ghislain.

Vomité una mezcla de saliva y bilis, pero el objeto que obstruía mi tráquea todavía estaba atascado en mi garganta.

—¡Melocotón! ¡Melocotón! —los niños lloraban desesperados.

Metí mis dedos dentro de mi boca y saqué el objeto. Tomé una bocanada de aire fresco una vez que mi tráquea estuvo despejada, pero observé con horror el objeto tirado en el suelo.

Era un mechón de cabello negro humano.

—Dios mío —dijo Ghislain con ojos preocupados. —Debiste haberlo tragado sin darte cuenta en el río o las alcantarillas.

O con la sopa de verduras… me pregunté con disgusto, recordando mi experiencia.

Ghislain acarició mi espalda. —Por favor, tómate tu tiempo, pero debemos prepararnos para partir. Ya es hora.

Me puse de pie. No podría soportar una hora más, un minuto más, al lado de esa habitación. —Cuanto antes dejemos este lugar, mejor. —Me puse mi chaqueta BDM, que había dejado allí el día anterior, y guardé mis pertenencias dentro de mi maletín.

Las calles estaban desiertas y el cielo estaba opaco, sin el más mínimo rayo de luz asomándose en el horizonte. Eran las mismas calles y el mismo cielo que había visto solo unas horas antes, cuando regresamos al escondite, pero de alguna manera, se sentían diferentes. Como si hubieran pasado días. Como si ese vacío que visité hubiera sido no solo un pozo de horrores sino también una máquina del tiempo.

Huimos de Hamm de la misma manera que llegamos, con la esperanza de haber dejado atrás todos los males.

Debo admitir que la Lieferwagen que Ghislain robó fue una mejora considerable a nuestro medio de transporte. Los niños podrían viajar más cómodamente dentro de la bodega de carga. Era segura, ya que no tenía ventanas en la parte trasera, por lo que ningún entrometido podría detectar a los niños desde afuera. Incluso tenía la coartada perfecta: los lados de la furgoneta anunciaban *Lauterbacher Biere*, Lauterbacher Beer, ya que era un vehículo de reparto, e incluso encontramos algunas cajas de cerveza cuando la abrimos, convirtiéndola en el vehículo de escape perfecto.

—Nos dirigiremos al oeste —dije mientras saltaba al asiento del pasajero.

Ghislain me observó por el rabillo del ojo mientras puenteaba el encendido con un cable. —¿Hacia dónde al oeste?

—Tan lejos como podamos. Los Países Bajos. No me importa.

—La Gestapo todavía tiene dominio sobre los Países Bajos.

—Francia, entonces.

Mientras nos alejábamos de Hamm, también dejamos atrás la alfombra de nubes, que parecía pegada en el horizonte de la ciudad. Los caminos rurales brillaban con la luz del sol. La vista de los árboles y arbustos en el arcén de la carretera, combinada con el viento masajeando mi rostro y soplando mi cabello sucio, fue verdaderamente una bendición. Casi terapéutico.

Ghislain conducía la furgoneta en silencio, sin apenas pronunciar palabra. Los niños en la parte de atrás producían todo el alboroto.

—Sé que ya he preguntado esto —dije, rompiendo el silencio. —Pero realmente necesito saberlo. ¿Por qué estás aquí? ¿Por qué nos ayudas?

Ghislain me miró brevemente, luego sus ojos volvieron a la carretera. —Tu padre me lo pidió.

Suspiré con esperanza. Después de todo, mi padre había cumplido su promesa de enviar a alguien para ayudarnos. —¿Pero por qué tú? Quiero decir, no eres su subordinado.

Ghislain se encogió de hombros. —Supongo que dedujo que yo estaría a la vanguardia de tu búsqueda, dirigida por el Gruppenführer Schmidt.

Reinhard. Me estremecí.

—Después de todo, Schmidt es el hombre de confianza del Obergruppenführer Von Schroeder. Era una lógica simple asumir que estaría lo suficientemente cerca de la acción y tendría la posibilidad de resolver las cosas sin sospechas.

—¿Resolver las cosas? —repetí, recordando que la última vez que mi padre trató de "resolver cosas", pedazos del cerebro de Hermann me habían salpicado en la cara.

—Mi misión era encontrarte, luego abordaría la situación para sacarte sin causar conmoción y esconderte en una casa de seguridad hasta que todo esto terminara.

—No creo que eso hubiera apaciguado a Reinhard. Es demasiado obsesivo para dejarme ir.

Ghislain se volvió hacia mí, reconociendo con su silencio que tenía razón en mi evaluación.

—Esto no terminará hasta que uno de nosotros esté muerto.

—No necesariamente. El reloj de Reinhard está corriendo. El reloj de todos está corriendo. La guerra se acerca a su fin y no parece que estemos del lado ganador. Lo verás tú misma una vez que estemos en los Países Bajos. El frente de batalla se acerca cada día más a la patria. Tu padre también se dio cuenta de esto. Mantenerte escondida hasta que termine la guerra es su prioridad.

—¿Cuánto tiempo tomará?

—Es difícil saberlo —se encogió de hombros. —Meses... un año, tal vez.

¿Un año *en fuga?* consideré. Habían pasado unos días y ya casi me habían matado en un par de ocasiones. —No creo que pueda soportar tanto, que podamos soportar tanto —me corregí. —Ahora estás en esto con nosotros. Te has convertido en un traidor, como yo —me di cuenta por su expresión que Ghislain odiaba ser asociado con esa palabra. —Lo siento. Lo último que quería era arrastrar a la gente a mi desastre.

—Así es la vida del soldado: obedecer las órdenes de alguien y enfrentar las consecuencias en su nombre.

—Entonces, ¿seguiste las órdenes de mi padre?

—No, no fue una orden. Estaba en deuda con él.

—¿Qué deuda con mi padre justificaría traicionar a tu país? —dije, tratando de hacerlo elaborar más, pero Ghislain no mordió el anzuelo.

Un momento después, finalmente rompió el silencio. —No lo soy.

—Sí lo eres.

—Estoy arreglando las cosas —dijo Ghislain, más para sí mismo.

Entonces me di cuenta de que nos dirigíamos directamente a un puesto de control en las afueras de Bergkamen. —¿Por dónde nos llevas? —pregunté desconcertada, asumiendo que él sabría cómo evadirlos.

—No te atrevas a mover ni un dedo —dijo Ghislain mientras disminuía la velocidad. —Todos allá atrás, por favor, guarden silencio.

Metí la mano dentro de mi maletín y aseguré mi abrecartas, expectante de cómo se desarrollarían las cosas. En la barrera vehicular había dos centinelas charlando y fumando, con los rifles colgando de los hombros. Ghislain detuvo el auto, y los centinelas se deshicieron de sus cigarrillos y se acercaron a nosotros, uno a cada lado.

—Sieg Heil! —saludó a Ghislain.

—Sieg Heil —respondió el centinela. —Papeles por favor.

Ghislain sacó sus documentos, arrugados y manchados después

de su inmersión en el agua estancada.

El centinela entrecerró los ojos, luchando por leerlo. —¿Brigadeführer Fleischer? —sus ojos estudiaron el rostro de Ghislain y los papeles, de un lado a otro, teniendo problemas para hacer coincidir sus rasgos con la imagen diluida.

—Afirmativo.

Mientras tanto, el segundo centinela se acercó a mi puerta empuñando su rifle, el dedo en el gatillo y los ojos fijos en mí.

Mi pecho se contrajo, y agarré mi cuchillo. Seguí los movimientos del centinela sin pestañear mientras pasaba, inspeccionando la Lieferwagen. Su reflejo en el espejo mostró cómo se arrodilló y se inclinó sobre el suelo para inspeccionar la parte inferior de la camioneta. ¡Maldición! Era solo cuestión de segundos antes de que abriera la puerta trasera y encontrara a los niños adentro. Pensé en saltar del vehículo y atacar al centinela mientras estaba en el suelo, pero mis ojos se dirigieron a la caseta al costado del camino, donde un tercer soldado nos observaba. No había forma de que pudiera asestar un golpe sin la ayuda de Ghislain, que estaba... charlando con indiferencia.

—...sí, conozco muy bien a Carl Meyer, de la Octava División de Caballería de las SS, ¿cierto? La última vez que supe, estaban estacionados en Hungría. Pero no he sabido nada de él desde que cayó el frente rumano.

—Sí —estuvo de acuerdo el centinela. —Entonces, ¿hacia dónde se dirige, Brigadeführer Fleischer?

—Dortmund —dijo Ghislain. —Llevamos una preciada carga.

—¿*Weizenbier*? —Preguntó el soldado, señalando con la cabeza la etiqueta de la cerveza en la camioneta.

—Déjame mostrarte —Ghislain saltó de la camioneta.

Cerré los ojos. ¿Qué está haciendo? Saqué mi abrecartas y lo sostuve cerca de mi pecho, esperando lo peor.

—Entonces, Cabo Fiegel... —Ghislain ya sabía el nombre del centinela. —Tú y los chicos pasan todo el día aquí, bajo la lluvia y el sol, lejos de sus familias, haciendo este importante trabajo para mantener a salvo al Reich, ¿y qué hacemos por ustedes a cambio? ¿Mmm? —preguntó retóricamente. —Los hemos abandonado... Entonces, mientras nos acercábamos, me dije a mí mismo: "Necesitamos compartir un par de cajas de cerveza con estos muchachos. Es lo menos que podemos hacer".

La puerta trasera del Lieferwagen se abrió.

Seguido de un silencio.

Un espantoso silencio.

Salté de la camioneta, abrecartas en mano, lista para enfrentar a los centinelas, pero luego estalló la risa.

—*Danke! Danke!* —agradecieron los centinelas, mirando a los niños. Pasaron a mi lado con una caja de cerveza cada uno. Escondí el abrecartas detrás de mi espalda.

Ghislain cerró la puerta trasera del Lieferwagen y volvió al volante. —Entra —dijo, asomándose por la ventana. —No estoy traicionando a la patria. Solo sé lo que necesita —dijo en voz baja, con una sensación de logro.

Los alegres centinelas levantaron la pluma, concediéndonos el paso.

—Por favor, date prisa —murmuré, esperando que Ghislain pisara el acelerador y dejara el puesto de control tan pronto como pudiéramos. Pero Ghislain se volvió hacia mí con ojos perplejos.

—Oh, espera... lo olvidé —bajó del vehículo y se dirigió hacia el centinela y pidió un cigarrillo, que fue felizmente proporcionado.

—¿Era realmente necesario? —le pregunté molesta, cuando regresó.

—¿Qué? —Ghislain aspiró una bocanada de humo mientras arrancaba la camioneta. —Relájate. Lo tengo bajo control.

Puse mis ojos en blanco.

—¿Qué estabas pensando lograr con ese cuchillo? —preguntó, mirando mi mano que todavía sujetaba el abrecartas.

—¿Quieres decir como ayer en las alcantarillas, cuando casi te mato? —respondí maliciosamente.

—Siéntete orgullosa, entonces. Estabas a punto de conseguir que nos mataran a todos, no solo a mí —Ghislain sonrió.

Pero esta vez su sonrisa desencadenó en mí el efecto contrario al júbilo habitual. Furiosa, le arrebaté el cigarrillo de la boca y lo arrojé por la ventana.

—No fumes delante de los niños.

Los seis niños estaban detrás de nosotros, escuchando nuestra pelea.

Ghislain se rio entre dientes. —¿Estás en verdad enojada conmigo?

—No —respondí secamente, mirando hacia la vegetación que pasaba por la ventana.

Permanecimos en silencio durante la mayor parte del resto del viaje.

Ghislain siguió una ruta a través de Lünen, Recklinghausen, Gladbeck y Dinslaken. En cada puesto de control, Ghislain conocía un atajo para sortearlo o conocía al centinela o a un pariente del centinela, o ideó una forma ingeniosa de convencer a los centinelas para que nos permitieran el paso, tal como lo había hecho en el puesto de control de Bergkamen, lo que levantó mis sospechas sobre él. Cruzar el país parecía tan fácil y perfecto con él al volante.

¿Podría Ghislain estar engañándonos y seguir trabajando bajo las órdenes de Reinhard? Había arriesgado su vida por mí en Hamm, de eso no cabía duda, pero había algo escurridizo en esta facilidad para viajar. *Tal vez sean solo sus conexiones, construidas durante todos sus años en las SS.* Pero su actitud también era confusa. —*No estoy traicionando a la patria* —había dicho, y —*estoy arreglando las cosas.*

¿Me estoy volviendo paranoic*a*? Me pregunté, observando a Ghislain hablando seriamente por teléfono en una de nuestras paradas por gasolina en Dinslaken.

—Está decidido —me notificó Ghislain a su regreso. —Descansaremos en una casa de seguridad en Kleve antes de cruzar a los Países Bajos a través de Nijmegen. La inteligencia espera que el ataque enemigo se lleve a cabo muy al sur, a través de Düsseldorf y Duisburg. Es la opción más segura para nosotros.

—¿Dice quién? —pregunté, cuestionando la etiqueta de "enemigo". Quizá lo mejor que nos podía pasar era que fuéramos "rescatados" por el llamado enemigo, como dice el proverbio: *El enemigo de mi enemigo es mi amigo.*

—Mi informante —Ghislain se volvió hacia mí. —¿Por qué?

Sin nombres. Había odiado el hermetismo militar desde mi infancia. Tuve que lidiar con esa parte de mi padre y Anton también.

Crucé los brazos. —No estoy segura de cuán confiables son tus fuentes.

—Desafortunadamente, son las únicas fuentes que tengo. Así que, a menos que tengas una idea mejor, ahí es donde me dirijo.

No tenía mejor plan.

Continuamos hacia el norte, paralelos al río Rin hasta Wesel, donde cruzamos a la orilla oeste del río y continuamos más al norte hasta la ciudad de Kleve. A medida que nos acercábamos a la ciudad, el paisaje cambió. Había fuerzas militares por todas partes, pero a pesar de mis crecientes preocupaciones, Ghislain trató de apaciguarme.

—Las fuerzas estacionadas aquí son *Luftwaffe*, Segundo Cuerpo de Paracaidistas, si no me equivoco. Créeme, tienen asuntos más importantes de que preocuparse que por un puñado de desertores.

—¿Por qué estás tan seguro?

—Estamos a semanas, incluso días, de que este lugar sea devastado por la guerra.

Escuché las palabras de Ghislain mientras observaba a los civiles deambular por las calles de Kleve, mezclándose con los uniformados, tratando de tener una vida normal.

—Nos acercamos al frente de batalla, y aquí, los soldados desertan todo el tiempo.

—Pero ¿qué hay de los niños? —No estaba preocupada por mi futuro como traidora, ya sabía que solo había uno.

—La Luftwaffe de Hermann Göring no tiene interés en los niños, simplemente porque ignoran su existencia. Estos niños son un secreto celosamente guardado por Himmler y su personal de las SS.

Me volví hacia Ghislain, escéptica al respecto. Se sentía como si todo el Reich estuviera detrás de nosotros.

—Secretos. Todo se trata de secretos. La envidia y la conspiración proliferan más entre los rangos más altos del Reich. La traición no es pecado si obtienes la aprobación del Führer.

Ghislain me devolvió la mirada mientras luchaba por digerir el funcionamiento de un mundo que a mi corta edad no lograba comprender.

—Nuestra única amenaza es las SS —continuó. —El destacamento más cercano a este lugar es el Segundo Cuerpo Panzer SS, estacionado en Brummen, Países Bajos, a unos treinta kilómetros al norte de aquí… Estaremos bien. No te preocupes.

A pesar de sus palabras de aliento, me costaba creer que nos mezclaríamos entre la multitud y que nadie se preocuparía por nosotros. Pero, de todos modos, ¿teníamos alguna otra opción? Desafortunadamente, cada vez que hice la pregunta, la respuesta nunca cambió.

Ghislain condujo por Kleve y se adentró en las marismas que rodeaban el pueblo de Niel, en Kranenburg, a solo un par de millas de la frontera holandesa.

Pastizales húmedos componían el paisaje, que parecía inundado regularmente por el río creciente. Matorrales de sauces y olmos rodeaban los pastizales, el único remanente de lo que alguna vez fue un denso bosque. Los colonos habían talado los árboles para parcelar la tierra, levantar granjas y construir un intrincado sistema de canales de riego que brotaban del río Rin.

Los campos de cebada brillaban dorados bajo la luz del sol cuando la Lieferwagen cruzaba los caminos de tierra. Mirar el paisaje calmó mis nervios, alimentando la ilusión de que estaba regresando a la seguridad de la granja de mi abuelo. Lejos de la violencia y la locura imperante en el mundo. Alejada de los malvados que disfrutaban infligiendo dolor a los demás.

—¡Pájaros! —los niños gritaron al ver una bandada de pájaros volando en círculos sobre nosotros.

—¿Qué son? ¿*Limosas*? —Ghislain se inclinó sobre el volante, mirando hacia arriba.

—*Sie sind Krähen* —dijo Valeska, sin entusiasmo.

Asomé la cabeza por la ventana y me volví hacia el cielo. Decenas de pájaros con plumas de ébano planeaban junto a nosotros. Al verme, los pájaros emitieron graznidos estridentes.

—Tenías razón, Valeska —regresé a mi asiento. —Son cuervos.

—¿Por qué nos siguen? —preguntó Ghislain. —Los cuervos no son endémicos de esta región.

—Nos escoltan —explicó Valeska.

—¿Escoltarnos a dónde? —pregunté.

Los cuervos planearon hacia una casa de campo al final del camino, donde se posaron sobre una chimenea de ladrillo que sobresalía del techo de tejas.

—¿Es esa casa sombría nuestra casa de seguridad? —le pregunté a Ghislain con dudas.

—Así parece.

—¿Has estado aquí antes?

—No. Pero que esté lúgubre y abandonada es algo bueno.

—¿Cómo?

—Tú misma lo dijiste. Somos traidores, y bajo este régimen, para mantenerse con vida, los traidores deben esconderse incluso de la luz del sol.

No podía dejar de pensar en la familia judía que encontré viviendo en el sótano oscuro debajo de las ruinas del edificio.

¿Estamos destinados a vivir así? Me estremecí, temerosa de en lo que me estaba convirtiendo lentamente.

Una cucaracha.

CAPÍTULO 29

UNA FUERTE CORRIENTE CAUSADA por la lluvia torrencial del día anterior fluía a través del canal de agua, haciendo girar una gran rueda de paletas unida a un molino al costado del establo donde Ghislain había escondido la Lieferwagen.

—¿Ningún molino de viento? —pregunté.

—¿Qué quieres decir? —Ghislain frunció el ceño, desconcertado.

—¿No son los molinos de viento el emblema del paisaje de las tierras bajas holandesas?

—Sí... pero ¿cuál es tu punto?

—Bueno, esta casa parece... fuera de lugar —señalé las ventanas de guillotina y el elegante pórtico de la casa de tres pisos que en realidad no coincidía con la arquitectura de otras casas y granjas por las que habíamos pasado en nuestro camino hacia aquí.

—Nadie puede arrancar una casa de un lugar y sembrarla en otro —Ghislain suspiró. —Desafortunadamente, no hay otra opción disponible. A no ser que quieras dormir en la furgoneta o en el campo, es mejor que te hagas a la idea.

Ghislain subió los escalones hasta el pórtico, donde una mecedora se movía suavemente con el viento. —Veamos si entendí bien.

Supuse que se refería a las instrucciones que había recibido durante su llamada telefónica. Ghislain contó los tablones de madera y pisoteó uno junto a una mecedora, que crujió cuando lo presionó con la bota. Se arrodilló y, con las yemas de los dedos, sacó la tabla.

—Ten cuidado —le dije mientras metía el brazo en el agujero.

Ghislain recuperó un juego de llaves sucias y, después de volver a colocar la tabla, abrió la puerta principal. —¿Entramos?

—¿Qué opinan? —pregunté a los niños. —¿Creen que es seguro?

—¡Sí! ¡Entremos! —Jay, Hoshi y Manu respondieron con entusiasmo.

Observé a Valeska. —¿Deberíamos entrar?

Ella finalmente asintió, pero sujetó el brazo de su hermano mientras cruzábamos el umbral.

Contrariamente a mi juicio desde el exterior, el interior era acogedor. Los muebles eran de cuero y cedro. Paneles de madera cubrían la mitad inferior de las paredes y papel tapiz amarillo pajizo subía por la mitad superior hasta el techo artesonado. Esperaba encontrar parafernalia nazi adornando todo el lugar, pero la decoración predominante consistía en crucifijos y pequeñas esculturas en relieve de santos. Demasiados incluso para un cristiano devoto.

—¿El último inquilino era un sacerdote? —pregunté.

—Ni idea —dijo Ghislain, inspeccionando la chimenea.

—O tal vez un escritor —vi una máquina de escribir Simplex frente a un sillón de cuero en la sala de estar. A pesar de estar cargada con una cinta roja, la página insertada estaba en blanco, al igual que la pila de hojas a su lado. Como si alguien hubiera planeado escribir una novela, pero se hubiera marchado de repente antes de empezarla. A juzgar por la espesura del polvo que cubría los muebles, supuse que la casa había estado deshabitada durante alrededor de un año.

La lujosa escalera tenía pasamanos tallados en cedro y un extravagante candelabro colgaba del techo, con detalles en vidrio tallado y chapado en oro en lugar de latón dorado.

En el segundo piso, la puerta que daba a las escaleras revelaba un enorme baño revestido con azulejos de mármol blanco y negro, un lavabo doble y una bañera blanca. Mis ojos se llenaron de emoción al imaginarme tomando el tan deseado baño, con agua caliente, después de tantos días huyendo.

Abrí todas las puertas, descubriendo cuatro dormitorios, y al final del pasillo, la última puerta conducía al dormitorio principal.

Mi reflejo me dio la bienvenida en un espejo ovalado adornado que colgaba sobre un tocador. Arrugué la nariz ante mi ropa desaliñada y mi cabello encrespado. Sobre la mesa encontré un cepillo enmarañado con cabello castaño. —Pelo de mujer —deduje. Me llamó la atención un crucifijo dorado sobre la mesita de noche. Los ojos estaban huecos, como si alguien hubiera usado un clavo para perforar dos agujeros donde deberían estar los ojos. Tomé una Biblia que estaba junto al crucifijo y me senté en la cama con dosel, que estaba cubierta con un edredón acolchado de lana, lo que la hacía muy cómoda. Cuando hojeé la Biblia, noté que todas las páginas de los primeros cinco libros, desde el Génesis hasta Deuteronomio, estaban cruzadas de esquina a esquina con trazos de tinta roja. Preferí dejar el libro como lo encontré y me dirigí a un armario de caoba. Abrí las puertas dobles. Estaba lleno de ropa. Revolví la ropa y me di cuenta con emoción que contenía tanto ropa de hombre como de mujer. Saqué un vestido chemise marrón rojizo claro y lo superpuse sobre mi figura frente al espejo. Colgaba desde mis hombros hasta mis rodillas, la cintura alineada con la mía. Tenía un bordado de flores alrededor del cuello en forma de V. El vestido era viejo, como los que usaba mi madre durante su juventud en la década de 1920. Me recordó a una foto de mis padres durante su luna de miel en París. Mi madre llevaba un vestido así, abrazada a mi padre; ambos parecían emocionados, y al fondo se alzaban los Campos Elíseos.

Mis labios se arquearon con alegría, preguntándome si había un sombrero cloche a juego dentro del armario. Finalmente podría deshacerme de mi uniforme BDM, el cual, dejando de lado la suciedad, ya no me sentía cómoda usando.

Volviendo al armario, miré a través de las cortinas de la ventana; el sol se hundía, difuso como un faro en una costa lejana, rodeado por un océano de nubes que inundaba las praderas, disipando las formas recortadas de árboles y arbustos bajo un velo dorado de bruma.

—¡Melocotón! ¡Melocotón! —las voces de mis hijos rompieron mi trance. —¡Melocotón, date prisa! —estaban llamando desde abajo. Corrí por el pasillo y bajé las escaleras, siguiendo sus voces hasta la cocina como si sus vidas dependieran de mí.

—¿Qué está sucediendo? —pregunté a mi llegada.

—¡Mira! —los niños presentaron lo que habían encontrado en las alacenas: paquetes de pasta, lentejas y guisantes, latas con salsa de tomate, sardinas, jugo de uva y piña, y hasta jugo de vegetales V-8, entre muchas cosas más. —¡Mira toda la comida que hay! —rebotaban, tan alegres como si hubieran encontrado un tesoro. Dadas las condiciones deplorables que habían soportado en el pasado, ciertamente lo habían hecho.

—¡Incluso hay vino! —Ghislain dijo, sosteniendo la botella en alto como si fuera un trofeo.

Me regocijé sabiendo que, al menos mientras estuviéramos en esta casa, mis niños no sufrirían hambre.

CAPÍTULO 30

ESA NOCHE, TUVIMOS UN FESTÍN. Ghislain cocinó esp-
agueti a la boloñesa con los ingredientes disponibles, sustituyen-
do la carne de res por cerdo enlatado, pero teniendo en cuenta el
estándar de las comidas recientes que habíamos tenido (si es que
teníamos que comer), esto sabía cómo el paraíso. Cociné una sopa
sencilla con una mezcla de lentejas y guisantes, imitando la cocina
de Frau Weber, como había observado al pasear por la cocina. De
bebida tuvimos vino, con jugo de uva como equivalente para los
niños, por supuesto.

—¿Les gusta? —pregunté a los niños en la gran mesa del comedor.

—¡Está sabrosa! —declaró Jay, su boca embarrada con salsa
roja.

—¡Quiero más! —Hoshi dijo, agitando su cuchara.

—¡Por supuesto! Pueden comer todo lo que quieran —alcancé
la olla y serví un cucharón de sopa. —Me alegro de que les guste.
Lo preparamos con mucha dedicación especialmente para ustedes
—miré a Ghislain, sentado frente a mí en la cabecera de la mesa. Él
sonrió suavemente.

—¡A Cuarenta y Cuatro le hubiera encantado! —dijo Manú.

Me quedé helada.

—Le encantaban las lentejas —añadió en voz baja en medio del silencio sepulcral.

Los niños clavaron la mirada en sus platos cuando se encontraron con la mía, alimentando mi culpa. Pero no tenía a dónde mirar. Estaba literalmente rodeada de miradas incriminatorias. Cientos de diminutos retratos de una multitud de personas tapizaban las paredes del comedor. Los retratos estaban tan juntos que el empapelado amarillo pajizo del fondo era casi invisible. Parecía un registro de fotos policiales, lo que me hizo preguntarme si la ocupación correcta del último inquilino de esta casa era oficial de policía, ¿o fotógrafo, tal vez? Tal vez no eran criminales... tal vez yo era la criminal y ellos eran mi jurado. Cientos de pares de ojos incriminatorios me miraban a la vez, declarando al unísono: —*La muerte de Edelweiss fue culpa tuya.*

—Lo sé... es mi culpa —dejé la olla a un lado, bruscamente, sacudiendo toda la mesa. —¡Todo es mi culpa!

Manu empezó a llorar y yo jadeé en voz alta.

Ghislain trató de calmarme. —Melocotón, él no quiso decir eso.

Cerré los ojos y sacudí la cabeza para aclarar mis pensamientos. —Lo sé, lo siento —extendí mis brazos. —Por favor, ven aquí.

Manu se levantó de su silla y corrió alrededor de la mesa para encontrar el camino hacia mis brazos.

—Lo siento —susurré mientras acariciaba su cabeza.

—Lo siento, Melocotón... —balbuceó Manu.

—No. Yo soy la culpable.

—Vengan, niños —Ghislain se levantó de la mesa. —Traigan tus platos. Lavemos los platos juntos.

—Ve con tus hermanos —palmee la espalda de Manu.

La diminuta tropa se dirigió a la cocina, dejándome en compañía de los rostros desconocidos que decoraban las paredes. Todas las fotos mostraban caras serias, ni siquiera la más mínima sonrisa. Pero entre todas, una imagen llamó mi atención, acercándome para un examen más detallado. La foto era de un hombre maduro, probablemente de unos cuarenta o cincuenta años, con un bigote puntiagudo y una barba desaliñada, nada extraordinario en él. La parte poco común era el rostro de una mujer que aparecía detrás de él, sobre su hombro izquierdo. La imagen de la mujer era tenue, casi fantasmagórica, fundiéndose con la tonalidad sepia del fondo. Examiné otras fotos, tratando de identificar un patrón similar que pudiera probar que el efecto era solo un subproducto del fondo, pero no había ninguna. Todas estaban limpias.

—Tal vez soy la única capaz de verla —dije, desanimada, padeciendo la enfermedad de la visión secundaria. *Tal vez todas estas personas ya están muertas.* Abandoné el comedor antes de que mis pensamientos desquiciados pudieran salir de los cajones en los que los había encerrado.

Tenía que limpiar mi mente, ¿y qué mejor manera de hacerlo que con un baño caliente? El baño caliente tan deseado que todos necesitábamos desesperadamente. Ghislain echó carbón con una pala y encendió la caldera de la cocina, y las tuberías condujeron el agua caliente a la bañera del segundo piso. Bañé a los niños por turnos. Primero Manu, Lemuel y Hoshi, y una vez que estuvieron limpios, los vestí con ropa que había encontrado en los armarios de las diferentes habitaciones. No encontré tallas para niños, pero hice lo posible por remangar los pantalones para evitar que tropezaran. —Mañana los coseré, lo prometo —dije, ayudándolos a meterse en la cama.

—¡Melocotón! —La voz de Jay llegó a través de la puerta del baño. Se estaba bañando con Jov. —¡El agua se está enfriando!

—¡Le pediré a Ghislain que arroje más carbón!

Bajé las escaleras, pero no pude encontrar a Ghislain dentro de la casa. Cuando caminé hacia el pórtico, lo encontré sentado en la mecedora, escribiendo en un pequeño libro. —¿Ghislain? —pregunté, interrumpiendo su concentración.

Sorprendido, cerró el libro y trató de ocultarlo torpemente. —¿Sí? —dijo, tratando de sonar lo más normal posible.

—¿Qué es eso?

—¿Qué?

—El libro que estás sosteniendo.

—¡Oh! Esto… —Ghislain lo acercó, mirándolo como si fuera la primera vez que lo veía. —Es-es solo un cuaderno que encontré en el armario… usado para anotar recetas, listas de ingredientes y cosas por el estilo.

La mentira era obvia. Ghislain rara vez dudaba en sus palabras. ¿Qué podría estar escrito dentro de ese cuaderno que lo haría comportarse así? Me pregunté, dándome cuenta de que después de los eventos que había enfrentado, me había vuelto escéptica de todos los hombres, empezando por mi padre. Pero esta vez, le seguí el juego.

—No sabía que te gustaba escribir.

—Yo tampoco —dijo Ghislain, con los ojos fijos en la oscuridad total. —Pero algo en la paz de este lugar desencadenó el deseo de anotar mis pensamientos.

Ghislain tenía razón; una paz antinatural rodeaba este lugar. No podía escuchar ningún sonido: ni camiones militares pasando, ni aviones volando, ni graznidos de cuervos o chirridos de insectos; el agua se había estancado en el canal, y ni siquiera el viento se atrevía a aullar. Parecía como si estuviéramos aislados del mundo, y no había nada más allá de la cortina de oscuridad que nos rodeaba. Ni las estrellas ni la luna se atrevían a brillar, y sólo nuestros contornos proyectados por las lámparas sobre los matorrales confirmaban que algo existía más allá de los escalones de madera de la casa. La calma provocada por no tener que preocuparse por nada en el mundo era fascinante. Cuanto más pensaba en ello, más atractivo se volvía.

—He estado pensando que deberíamos quedarnos aquí un par de días —Ghislain recogió su copa de vino del suelo y tomó un sorbo. —Después de todo por lo que han pasado tú y los niños, unos días de vida sedentaria en el campo les vendrán bien. ¿No crees?

Reflexioné sobre su propuesta, inclinándome sobre la barandilla. Ghislain se unió a mí, con una copa de vino en la mano.

—No lo sé —dije, suspirando. No podía concebir la idea de que, de repente, nos encontráramos libres de la persecución simplemente escondiéndonos en medio de la nada. Los tentáculos de las SS se extendían por todo el mundo y nada disuadiría a Reinhard de buscar venganza. Pero la verdad era que esto era lo mejor que habíamos estado desde que escapamos de Wewelsburg. Mis niños podían disfrutar de comidas sabrosas, baños calientes, ropa limpia y dormir en cómodos colchones.

—Pensé que disfrutabas de la vida en el campo —dijo Ghislain.

—¿Qué te hizo pensar eso? —pregunté, recordando cómo extrañaba mis días en Berlín.

—Irradiabas felicidad el día que entraste retozando en mi vida. ¿Recuerdas?

¿Retozando? Me sonrojé al recordar que Ghislain me había visto correr del granero a la casa de mi abuelo, saltando obstáculos imaginarios.

—Recuerdo —miré sus ojos gris esterlina, como lo había hecho ese día, iluminados por el sol, ahora oscurecidos por el cielo nocturno. Ese momento parecía tan lejano, como la noche y el día, como si todos esos gratos recuerdos pertenecieran a una vida anterior.

—Tus mejillas estaban más rosadas de lo normal, haciendo que tus ojos se vieran como lapislázulis bajo la luz del sol, radiantes con determinación. Te balanceabas con gracia en cada salto como si estuvieras a punto de elevarte por los cielos. Pensé que moriría ese día, incapaz de encontrar una razón diferente por la que me visitaba la más hermosa de las valquirias.

El comentario de Ghislain provocó una sonrisa en mi rostro. —Preguntaste, "¿De quién estás huyendo?" pero las valquirias no huyen de nadie. Son guerreras valientes. Yo, por el contrario... huyo todo el tiempo.

—Pero nunca respondiste mi pregunta.

—Eso es porque mi madre nos interrumpió, pero honestamente, incluso si no lo hubiera hecho, realmente no sabía qué decir... —Suspiré; mis manos se aferraron a la barandilla. —Pero mirando hacia atrás... creo que... toda mi vida he estado tratando de huir de mi destino. Lejos de los deseos de mi madre de convertirme en la madre perfecta. De mi constante lucha por seguir los pasos de mi hermano para ganarme la admiración de mi padre. De tener que demostrarle a alguien que soy la hija perfecta, la hermana perfecta... la mujer perfecta. —*La madre perfecta*... No tuve las agallas para atreverme a decirlo.

Ghislain tiró suavemente de mi barbilla para mirarlo. —Tal vez no estés huyendo, sino corriendo hacia tu destino.

—¿Cuál sería mi destino, entonces?

—¿Qué te espera en la línea de meta? —Ghislain susurró con voz sedosa mientras se acercaba a mí, las puntas de nuestras narices se frotaban.

—No sé qué...

—Era yo esperándote en la línea de meta... —Ghislain selló mis labios con los suyos.

Cerré los ojos mientras un torrente de sensaciones invadía todo mi ser, saciando cada célula de mi cuerpo con una sustancia embriagadora que me hacía olvidar quién era y dónde estaba.

Se sentía como la euforia de subir al podio por primera vez. La plenitud de la alabanza de mi madre. El consuelo del abrazo de mi padre. La emoción de jugar juegos infantiles con Anton. Todo eso junto, pero ninguno al mismo tiempo. Era diferente. O tal vez yo era diferente. A mi tierna edad, se sentía como amor.

No importaba cuán hermoso y puro fuera el sentimiento; el destino se burló de mí una vez más. En el momento en que Ghislain sujetó mi cintura y me atrajo hacia él, mi mente reprodujo los terribles recuerdos que pensé que había superado pero que, de hecho, acechaban bajo la superficie, ocultos a simple vista. El toque suave de Ghislain me recordó a Reinhard atándome en contra de mi voluntad. Mis fantasmas transformaron los suaves labios de Ghislain en la lengua lasciva de Reinhard arrastrándose sobre mi piel. El abrazo de Ghislain se volvió claustrofóbico cuando mi mente evocó las sensaciones dolorosas de Reinhard forzándose sobre mí.

No pude soportarlo más. Aparté a Ghislain de un empujón, soltándome de sus brazos.

—¿Qué pasó? —preguntó Ghislain.

Hice un gesto despectivo con la mano y me alejé de él.

—Emma, ¿qué pasa? —él sujetó mi brazo.

—Por favor... no lo hagas —las lágrimas corrieron por mis mejillas. Pensé en explicarle todo, pero mi boca no pudo sacar las palabras que había enterrado bajo tres metros de silencio, que esperaba que permanecieran así por el resto de mis días. —Solo... no... por favor.

Le fruncí el ceño con frialdad, y cuando Ghislain me soltó el brazo, también lo hizo la opresión que me congestionaba el pecho.

—Perdóname, por favor —dijo, a pesar de no tener nada de qué disculparse. Estar con él era lo que más anhelaba mi corazón, pero al mismo tiempo era igualmente doloroso.

—Ghislain… Yo…

Se volvió hacia mí con los ojos brillando de esperanza... pero me acobardé.

—…todavía necesito bañar a Valeska. ¿Podrías alimentar la caldera, por favor?

Ghislain asintió solemnemente, con los labios fruncidos.

Entré a la casa, convencida de que mi destino inevitable era morir sola.

CAPÍTULO 31

—¿ESTÁ SUFICIENTEMENTE CALIENTE EL AGUA? —pregunté a Valeska, sentada en el borde de la bañera mientras masajeaba su cabeza espumosa con las yemas de los dedos.

—Sí. No deberías esforzarte demasiado, estoy calva de cualquier manera —llevaban el pelo muy corto para evitar los piojos.

—¡Pero ya está creciendo! —dije entusiasmada. —¡Pronto tendrás un cabello largo y hermoso!

Pero Valeska permaneció desanimada.

—¿Qué? ¿No te gusta el pelo largo?

—Tenía el cabello largo hasta la cintura antes de nuestro secuestro.

Se me formó un nudo en la garganta. —Recuerdas tu vida antes del incidente —casi había olvidado la mayoría de mis recuerdos de cuando era más joven que ella.

Ella asintió. —Me acuerdo de todo… mami y papi y mi hermana… nuestra casa, el ganado, el bosque… —relataba mientras jugaba, remodelando la espuma con sus manitas.

Me senté al lado de la bañera, descansando mis brazos cruzados sobre el borde. —¿Recuerdas la primera vez que te diste cuenta de que eras especial?

Valeska se volvió hacia mí, perpleja. —¿Quieres decir maldecida?

No supe qué decir.

—Está bien; no necesitas decir nada. Sé lo que es. Pero no… no sé cuándo empezó. Para mí, ha sido así desde que tengo memoria. Crecí creyendo que era normal que todos los días se repitieran más de una vez, y que todos lo experimentaban así. Sin embargo, disfruté celebrando mis cumpleaños múltiples veces… tantos cumpleaños que ya debería ser una anciana —Valeska se rio, pero su broma contenía una verdad inconmensurable. De hecho, tenía la sabiduría de una anciana.

—Pero entonces… —dudé y apoyé mi cabeza en mis brazos. —¿Sabías que los hombres malvados vendrían detrás de ti y de tus hermanos, pero aun así fuiste a jugar a las escondidas con ellos ese día?

Ella asintió. —Había visto mi vida desde el nacimiento hasta la muerte tantas veces que lo había olvidado.

—¿Pero por qué no les dijiste nada a tus padres? Quiero decir, ¡podrían haber hecho algo! —fruncí el ceño con frustración.

—¿Tus padres te escuchan?

Recordando mis experiencias, no pude discutir.

—Pero, de todos modos, no había nada que pudiera haber hecho para evitarlo.

—Pero ¿qué hay de forjar nuestro futuro? ¿Sobre el libre albedrío? ¿Acaso no podemos cambiar nada?

Valeska se volvió hacia mí brevemente y luego volvió a su juego. —Si un árbol deja caer una hoja en el río, no importa en qué dirección sople el viento. Caerá por la cascada de todos modos.

Las palabras de Valeska me recordaron nuestra caída al río Lipe dentro del Volkswagen. La inevitable corriente del destino nos llevó, haciendo inútiles nuestros esfuerzos por mantener vivo a Edelweiss. —Pero ¿y si nadas contra la corriente?

—Entonces sufres. Independientemente de tus acciones, la corriente te llevará al lugar donde debes estar.

—Pero entonces, ¿cuál es el propósito de todo esto? —la miré, desconcertada, incapaz de aceptar la forma en que funciona el mundo.

—Experimentarlo.

—¿Experimentarlo a pesar de lo que has sufrido? —conocía mejor que nadie los terrores a los que Reinhard había sometido a Valeska, y no podía compartir su optimismo acerca de imaginar un futuro doloroso.

Ella sonrió. —Y estar aquí contigo.

Fruncí el ceño.

—Conozco tu rostro desde que era muy pequeña. Lo he visto tantas veces. Toda mi vida he esperado conocerte.

Mi corazón se partió por dentro.

—Cuando perdimos a nuestros padres, Jov se entristeció, pero lo animé diciéndole que pronto tendríamos una nueva madre que nos cuidaría como nadie lo había hecho antes. Entonces mis hermanos sobrevivieron encerrados en esa celda, aferrados a la esperanza de que un día una niña con un corazón de oro nos llevaría con ella y no tendríamos nada más que temer.

Sus palabras me hicieron recordar mi primer encuentro con Jov. —*¿Eres nuestra madre?* había dicho en ese entonces. Mi mente no podía comprender como alguien a quien no conocía estuviera tan feliz y deseosa por conocerme, a pesar de todos mis defectos y errores. —Pero… aún tienes todo por qué temer… —mi voz se quebró. —¡No sé lo que estoy haciendo, ni qué hacer para salvarlos! Estoy perdida… y siento que solo los estoy arrastrando conmigo a la perdición…

—No te estamos pidiendo que nos des algo que no tienes — Valeska me acarició la cabeza. —Porque todo lo que tienes, ya nos lo has dado.

—Pero… —sollocé.

—Le diste a Edelweiss la amabilidad y la devoción que nunca había tenido. A pesar del sufrimiento que pasó en su vida, dejó este mundo feliz, sabiendo que al menos fue amado una vez.

—No hice lo suficiente —la imagen de su cuerpo sin vida colgando de mis brazos aún me dolía como una herida abierta.

—Nadie más que tú lo hizo sentir amado, especial.

Recordé el rostro radiante de Edelweiss cuando jugaba con él. Por primera vez en mucho tiempo, sentí una pizca de calor dentro de mi pecho, al darme cuenta de que lo había ayudado a llenar el vacío de amor que dejó su madre biológica.

Me hizo sonreír.

—No te preocupes por el futuro —Valeska me apretó las manos. —Vivirás lo suficiente para tener hijas propias y sufrir los achaques de los huesos viejos —ella dijo esto con ojos nostálgicos. —Qué madre tan amorosa serás... Ya estoy celosa de ellas.

Me reí. —Envejeceremos juntas, lo prometo.

—¡Yo ya estoy vieja! —Valeska dijo, mostrándome sus dedos

arrugados. —¿Ves? ¡Hora de salir!

—¡Oh! ¡Ya veo! —la envolví en una toalla y la ayudé a frotarse el cabello. —Espero que cuando sea mayor, pueda ser tan sabia como tú.

Ella sonrió.

—¿Quieres que te ayude a vestirte?

—Yo puedo hacerlo sola. Ahora es tu turno de tomar un baño —dijo, dirigiéndose a la puerta.

Mis propias hijas... Me desnudé, pensando en lo que había pasado antes con Ghislain. ¿Cómo podría? Consideré la idea de casarme algún día, pero ¿cómo podría hacerlo si cada vez que me besaran y me hicieran el amor reavivaría el dolor infligido por Reinhard? Eternamente atormentada por el dolor fantasma de las heridas.

Me sumergí y me acosté en el fondo de la bañera, con la esperanza de que el agua y el jabón pudieran enjuagar no solo la suciedad de mi cuerpo sino también de mi alma. Fue vigorizante frotar mi cuerpo y lavarme el cabello después de tantos días. Una vez que terminé, me recosté contra la bañera, sin intención de salir hasta que la piel de mis dedos de manos y pies se arrugara como la de Valeska.

Mis propias hijas... Consideré de nuevo, pero después de lo que había pasado, no podía verme a mí misma como madre. ¿Adoptar a los niños, tal vez? Si sobrevivimos, por supuesto... Tal vez podríamos encontrar una casa como esta... cultivar la tierra... Tal vez Ghislain podría ayudarme... Construir una casa. Un hogar con Ghislain. Y tal vez... con el tiempo...

¡Emma, no puedes! me regañé a mí misma. *No tendré un lugar al que llamar hogar nunca más. Nunca sabré lo que se siente amar apasionadamente, casarme o tener hijos... ¡nunca! Y si eso pasa... es porque ya me está creciendo uno dentro...* entré en pánico al recordar que había pasado otro día sin tener mi periodo. Recordé la pesadilla que tuve. Entrando en la mazmorra de Wewelsburg, mi vientre embarazado y las manos, los pies y la cola demoníaca de... una monstruosidad, igual que el padre. *Reinhard... Maldito seas... Mil veces maldito.* Maldije su nombre hasta el agotamiento. ¿Cómo podría llevar y dar a luz a un producto de la violación? ¿Cómo podría siquiera mirar a mis padres a los ojos para compartir la noticia si alguna vez los volviera a ver?

No. No era lo suficientemente fuerte para pararme frente a mis padres. Tendría que mentirles a ellos y a todos los demás... pero para hacerlo de manera convincente, primero tenía que mentirme a mí misma y al desafortunado ser en mi vientre... pero me faltaba la fuerza. Yo era débil. Yo no era nada como Valeska. No podía ver el cielo azul detrás de las nubes oscuras, sin importar cuánto lo intentara.

Suspiré, deseando poder tener la resiliencia de Valeska.

Sumergí mi cabeza, pensando que tal vez lo mejor era seguir huyendo de mi destino... *Pero ¿cómo escapo de algo que llevo conmigo?*

La ventana... Pensé en la ventana que daba al precipicio de Wewelsburg. *Un solo paso para acabar con todo.* O solo tenía que esperar aquí, sumergida en el agua hasta que mis pulmones se quedaran sin oxígeno... Pero cuando estaba a punto de desmayarme, dentro de mí estalló una fuerza para aferrarme a la vida. Resurgí, agitada y jadeando, pero cuando recuperé la calma, tomé mi toalla y salí de la bañera.

Mientras me secaba, noté motas carmín manchando la blancura de la toalla, y frotando la sustancia pegajosa entre mis dedos, me di cuenta de que era sangre. *Mi sangre.*

Y esa noche, en medio de mis sollozos, le di la bienvenida a mi período.

CAPÍTULO 32

A LA MAÑANA SIGUIENTE, ME DESPERTÉ TEMPRANO. No estaba somnolienta; por el contrario, me sentí revitalizada. Me pregunté si serían simplemente los efectos de un baño o dormir en una cama decente después de tantos días en el camino. *Tal vez sea todo eso combinado*, concluí. Miré la mesita de noche y fruncí el ceño. Faltaba el crucifijo de oro. Busqué debajo de la cama, temiendo haberlo empujado mientras dormía, pero no pude encontrarlo.

Abandoné la búsqueda y, después de ir rápido al baño para arreglar el desorden de mi período, abrí el armario, emocionada por las riquezas que contenía. Me vestí con el chemise de color marrón rojizo claro que había encontrado ayer. Fue todo un desafío encajar dentro del sombrero cloche, dada la naturaleza encrespada de mi cabello, pero una vez que logré domarlo, me encantó el sombrero. Caminé pomposamente por el pasillo, esperando que me vieran con mi nuevo atuendo, pero para mi sorpresa, parecía que todos aún dormían. La casa estaba silenciosa como una tumba. Con el corazón oprimido, temiendo que algo malo hubiera pasado, me asomé dentro de las habitaciones y confirmé que los niños estaban durmiendo. Finalmente, cuando llegué a la habitación de Ghislain, la puerta estaba entreabierta. La cama estaba hecha y sobre ella descansaba su uniforme de las SS, perfectamente doblado. Pasé los dedos por la tela, recordando a mi padre. Tenía la misma devoción por sus uniformes, hasta el punto de negarse a que alguien más le lustrara las botas. Se me ocurrió que Ghislain podría habernos abandonado. Bajé corriendo las escaleras y di la vuelta a la casa, pero mi búsqueda se tornó inútil. Afuera, hacía frío. Los campos aún estaban aterciopelados con la niebla de la mañana, el sol aún no se asomaba. La mecedora estaba vacía y no encontré ni rastro de Ghislain.

¿Realmente se fue? Suspiré y me senté en la silla. Me balanceé, las tablas crujiendo debajo de mí, pensando si mi actitud de la noche anterior lo había alejado. —Sola otra vez —dije, creyendo que estábamos de vuelta por nuestra cuenta.

Apareció una silueta en el camino. Era un hombre tirando de una carretilla. Bajé los escalones del pórtico para ver mejor y, cuando el hombre se acercó, la niebla reveló a Ghislain, vestido de civil.

—¿Qué estás haciendo? —observé el contenido de la carretilla desconcertada: flores, tierra y una pala.

—Restaurando del jardín —condujo la carretilla hasta el costado de la casa, donde la maleza ocultaba un jardín abandonado.

—¿De dónde sacaste las flores?

—Las vi crecer en el arcén en nuestro camino hacia aquí —descargó la carretilla.

—Pero ¿por qué estás arreglando el jardín? No planeamos quedarnos mucho tiempo.

Empezó a desmalezar con una azada. —Tú misma lo dijiste. Esta es una casa lúgubre, y nada da más vida a un lugar que un jardín —Ghislain gruñó, luchando por arrancar una mala hierba arraigada profundamente. —Incluso si nos vamos hoy, los próximos inquilinos tendrán una mejor vista. ¿No crees? —se pasó el antebrazo por la frente, secando las gotas de sudor que se habían condensado. —Además, también te gustan las flores, ¿cierto?

—¿Por qué lo dices?

—¿Tal vez a juzgar por el estampado de flores en tu vestido? —Ghislain me miró por el rabillo del ojo mientras cavaba los agujeros. —Te ves preciosa.

—Gracias —mi corazón floreció por el hecho de que se había dado cuenta.

—El otro día, a orillas del Lipe, llamaste al niño Edelweiss.

—Edelweiss… —susurré. —Nos encontramos con un Edelweiss mientras deambulamos por las afueras de Lippstadt, bastante raro. Se lo di y lo hizo tan feliz... Parecía que nunca había estado tan feliz... Tal vez nunca había recibido un regalo... —me puse triste.

Ghislain se volvió hacia mí. —¿Sabes lo que significa regalar un Edelweiss a un ser querido?

Negué con la cabeza.

—Es una promesa de dedicación.

Esto me hizo sentir más culpable por no haber cumplido mi promesa de dedicarme a Edelweiss. —Creo que le hubiera encantado esta casa... —miré a mi alrededor, mis ojos se pusieron llorosos. —Le gustaba correr y retozar y... —se me hizo un nudo en la garganta mientras lo imaginaba jugando en los campos.

—Melocotón —Ghislain tomó mi mano. La suya estaba sucia con tierra mojada, pero me encantaba el olor. —Hiciste todo lo que pudiste. Y sé que si su vida hubiera estado en tus manos... habrías intercambiado la tuya en su lugar.

Tragué saliva.

Tal vez tuve la oportunidad, pensé, recordando las palabras de Sidney sobre el medallón de Lázaro. Todo lo que tenía que hacer era elegirlo, tomar el lugar de Edelweiss en el Peregrinaje de la Muerte, y ahora estaría vivo... pero en ese entonces no podía decir quién de mis niños sería el siguiente en morir, ya que todos estaban maldecidos. Deseé que la próxima en morir fuera yo. Mi alma no era lo suficientemente digna como para que mi sacrificio pudiera dar cuenta de todas las almas de mis niños. Pero al menos mi muerte me libraría del sufrimiento de perder a otro.

Sidney... No lo había visto desde nuestra última noche en Hamm. ¿Me visitó anoche? no podía recordarlo. Después de tomar el baño, me fui directamente a la cama y me quedé dormida tan pronto como cerré los ojos.

—Ojalá pudiera encontrar flores de Edelweiss en los pantanos para animarte. Desafortunadamente, los juncos cubren los campos —dijo Ghislain. —Solo pude encontrar esto.

—¿Qué son? —Examiné las plantas, que tenían tallos largos unidos a cepellones.

—Estos son ranúnculos —Ghislain señaló los vibrantes pétalos amarillos que forman la corola de la flor. —Y estos son claveles de cuco —eran una hermosa flor rosa con pétalos alargados que se bifurcaban en otros más delgados.

—Son hermosas... ¿Cómo sabes tanto sobre flores?

—Ayudé a cuidar los jardines.

—Nunca te hubiera imaginado como un jardinero, viéndote con tu uniforme. Siempre eres tan serio.

—No vine a este mundo vistiendo un uniforme.

—Imaginé que tu padre sirvió en la milicia y actuó como modelo a seguir —una situación similar había ocurrido entre mi padre y Anton.

—Mi padre era… —La expresión de Ghislain se volvió seria. —Luchó durante la Gran Guerra. Pero a pesar de su obediente servicio a la patria, durante el resto de su vida albergó sentimientos de resentimiento y abandono. Nunca lo juzgué, nadie se atrevió a hacerlo. Era un amputado, por lo que nadie podría argumentar que no se había sacrificado lo suficiente. Incluso cuando se quejó de lo injusto que era el gobierno con los veteranos, rara vez habló de lo que presenció en el campo de batalla, y nunca de cómo había perdido la pierna. Si comparábamos sus fotos de antes y después de la guerra, incluso con pocos años de diferencia, el cambio era tan drástico que parecía dos personas completamente distintas.

—"La guerra lo cambió", solían decir sus allegados y familiares, pero a medida que fui creciendo comprendí que la guerra lo había regurgitado. A los ojos de mi padre, debería estar muerto. A menudo insinuaba que mi madre habría recibido más dinero por el cadáver de su marido que recibirlo mutilado, incapaz de trabajar la tierra. Para él, no solo estaba lisiado sino medio muerto. La muerte no se lo llevó por completo y mi madre recibió en su lugar a un muerto viviente, con un pie ya dentro del ataúd. Luego, mi padre se aseguró de que el otro se uniera pronto, bebiendo su camino directo a la tumba. Pero a diferencia de las balas que le destrozaron la pierna en la batalla, el alcohol es un asesino lento. Me imagino que él también se dio cuenta de eso, así que una noche se suicidó.

Mi corazón estaba con él. —Lamento escucharlo.

—La muerte de mi padre no me afectó. Su muerte fue advertida. Sin embargo, después de su suicidio, mi vida nunca fue la misma. Mi madre vendió la granja y todas nuestras posesiones y, tomándome por los hombros, me dijo: "Ahora eres un hombre y es hora de que nos separemos e intentemos reconstruir nuestras vidas". Me entregó la mitad del dinero y abordó un tren sin mirar atrás.

Se me formó un nudo en la garganta. —¿Cuántos años tenías?

—Diez.

Hice una mueca. —No puedo imaginar lo difícil que fue eso. ¿Qué pasó?

—Deambulé aquí y allá hasta que se acabó el dinero. Luego tuve que aprender a sobrevivir en la calle, a protegerme y a trabajar por la comida. Hasta el día en que un hombre me ofreció un techo sobre mi cabeza y comida en mi plato. No fui el único niño que adoptó; la mayoría de nosotros éramos huérfanos de la Gran Guerra. En su casa es donde aprendí sobre jardinería, entre muchas otras cosas. Pero no fue una hazaña fácil; él era un destacado militar del partido nazi, y nos inculcó todos los valores alemanes bajo un rigor extremo… Y años después, aquí estoy —Ghislain terminó de trasplantar los ranúnculos y los claveles a su nuevo hogar.

—Debe ser un hombre de buen corazón —dije, pensando en las buenas obras que había hecho al adoptar a todos esos niños.

—Dímelo tú —dijo Ghislain, medio sonriendo. —El hombre que me sacó de las calles no era otro que el Obergruppenführer Wolfrick Von Schroeder.

No podía concebirlo. *¿Von Schroeder siendo amable?* Me negué a aceptarlo. Incluso si Von Schroeder no me hubiera lastimado directamente, él era el superior de Reinhard, y mis niños habían sufrido todos esos horrores bajo su supervisión. Para mí, Von Schroeder era la encarnación del mal, a pesar de la amabilidad mostrada hacia Ghislain.

—No vine a este mundo portando un uniforme —repitió Ghislain. —Pero a pesar de separarme del camino del soldado, la vida tiene formas de volverte a encarrilar —sus palabras hicieron eco de la analogía del río que Valeska me había dicho anoche. —Ahora soy un soldado cumpliendo con mi deber —dijo con ironía.

Desertando sería la palabra adecuada. —Gracias por cumplir con tu deber para con mi padre y salvarme —dije, dándome cuenta de que nunca le había dado las gracias por salvarme en Hamm.

—No te salvé para cumplir con mi deber…

—¡Melocotón! —Jay nos interrumpió, gritando desde la entrada de la casa. —Melocotón, por favor ven rápido. ¡Veintisiete ha desaparecido!

Corrí dentro de la casa, seguido por Ghislain. Cuando llegamos a la habitación, los niños rodeaban la cama vacía de Lemuel.

—¿Qué pasó? ¿Dónde está Lemuel? pregunté, recordando que había visto a todos descansando en su cama antes de bajar.

—No lo sé —dijo Hoshi, quien había estado compartiendo la cama con él.

—Ay dios mío —exhalé, deambulando por el corredor, tratando de pensar dónde podría estar. *Valeska!* Resolví y caminé hacia ella. —Valeska, por favor, tienes que decirme dónde está tu hermano. Sé que puedes, así que concéntrate.

Extendió el brazo con el dedo apuntando hacia la… ¿ventana?

—¿Él salió? —pregunté dudosa, ya que no lo había notado saliendo de la casa, al menos no por la puerta principal.

—No, adentro —aclaró.

—¿Adentro? —Reflexioné, y en medio del silencio, escuché una serie de golpes.

—Tal vez…

—Shhhhhh —callé a Ghislain y presioné mi oído contra los paneles de madera que cubrían las paredes, amplificando los ruidos. —¡Lemuel! —grité, golpeando la pared. Está dentro del muro. Me volví hacia Ghislain —por favor, ayúdame a sacarlo.

Ghislain buscó a tientas los paneles de madera por una abertura, hasta que finalmente abrió una puerta. —Es un escondite —dijo, arrastrándose hacia adentro. Unos segundos después, Ghislain salió sosteniendo a Lemuel en sus brazos, quien lucía asustado.

—¡Gracias a Dios! —abracé a Lemuel. —¿Por qué entraste? —olvidé por un segundo que era mudo.

Lemuel contó con sus manos una historia que no pude interpretar, pero Valeska tradujo.

—Él dice que la puerta se abrió y una voz que venía del interior lo invitó a pasar.

—¿Una voz? ¿Viste a alguien?

Lemuel negó con la cabeza.

—Estaba demasiado oscuro —tradujo Valeska.

Ghislain se arrastró fuera de la pared, polvoriento y con el pelo cubierto de telarañas. —Parece que el pasillo conecta todas las habitaciones, tal vez toda la casa. Estos son comunes en las casas de seguridad.

—¿Encontraste a alguien adentro?

Ghislain sacudió la cabeza. —No, pero encontré esto —era el crucifijo de oro con los ojos hundidos que faltaba en mi mesita de noche.

CAPÍTULO 33

—NOS VAMOS DE INMEDIATO —le dije a Ghislain.

El crucifijo dorado había aparecido dentro del pasillo sin una explicación coherente de cómo había llegado allí. El incidente reforzó mi aversión hacia la casa. La sensación de ser observada, antes limitada al comedor, había proliferado a toda la casa.

Después de relajarme, Ghislain me convenció de quedarme al menos una noche más. —Los niños no pueden irse así —hizo un gesto a su ropa de gran tamaño, que aún necesitaba ser reparada. —Además, todavía necesitamos recuperarnos y reunir nuestras fuerzas. Una vez que crucemos esa frontera, no sabemos cuándo tendremos comida en la boca o una cama cómoda para dormir de nuevo.

Él estaba en lo correcto.

Pasé el resto del día en el pórtico, sentada en la mecedora con aguja e hilo en la mano, cosiendo la ropa a la medida de mis niños. Coser era bueno para mantener mi mente ocupada, controlar mis pensamientos paranoicos y distraerme de la incomodidad de esta época del mes. Sin embargo, no pude evitar que mis ojos se levantaran de vez en cuando para escudriñar el horizonte, temiendo que en cualquier momento Reinhard apareciera en el camino. Pero cada vez que mis miedos estaban a punto de materializarse, era solo Ghislain quien empujaba la carretilla. Cuando terminó de trasplantar las flores, el jardín se veía hermoso. Desafortunadamente, era demasiado tarde para disfrutarlo; estaba impaciente por abandonar la casa. Ghislain, por el contrario, parecía una de esas flores que había trasplantado, deseoso de echar raíces. Se preocupaba por reparar la casa como si fuera el dueño. Después de escuchar su historia, entendí que eso era lo que él anhelaba. Le ayudaba a saciar su necesidad de pertenencia.

Con Ghislain trabajando en las reparaciones tan diligentemente y yo cosiendo la ropa, rodeada de un montón de pillos que no paraban de retozar, me preguntaba si así sería estar casada y tener una familia. Yo era demasiado joven para ser ama de casa. Me pinché los dedos innumerables veces con la aguja, así que cuando terminé, las yemas de mis dedos estaban rojas e hinchadas. Por devoción a mis niños, no pude pronunciar ni una sola queja. Era más importante que sus mangas fueran lo suficientemente largas para ocultar los números tatuados en sus manos y sus pantalones lo suficientemente cortos para evitar que tropezaran mientras corrían.

Porque si de algo estaba segura era que mis niños tendrían que correr. Habían venido a esta vida para ser perseguidos por lo que eran. Condenados a pagar con sangre un conflicto provocado por sus antepasados, a quienes, a pesar de ser sus descendientes, no conocieron ni les importaron. Me hizo preguntarme cuántas generaciones duraría este odio. Parecía suficiente para sobrevivir a los genes diluidos de los malditos. Tal vez hasta que la persona castigada por pertenecer a su especie compartiera más con el acusador que con el acusado.

Luego de un largo día de preparación para nuestra partida, esa noche tuvimos una cena especial, planeando comer y beber tanto como pudiéramos. Llevaríamos provisiones enlatadas con nosotros, ya que dejábamos atrás la camioneta. —Cruzaremos la frontera a pie —explicó Ghislain. —Si queremos pasar desapercibidos, necesitamos mimetizarnos con la gente. Mañana, nos dirigiremos al suroeste a través del corredor agrícola entre Nijmegen y Groesbeek para evitar las fuerzas alemanas. Luego continuaremos hacia Grave para cruzar el río Mosa. Con suerte, para entonces, alguien tendrá la amabilidad de prestarnos un automóvil. —Ghislain hizo un guiño al usar la palabra *prestar* como eufemismo para *robar*. Desde sus días viviendo en las calles, no era ajeno a robar. Sobrevivir, como él solía llamarlo. En su defensa, tal vez tenía razón; solo estábamos tratando de sobrevivir. Solo esperaba que Renenet tuviera razón cuando dijo: —*Nadie te juzgará por lo que hiciste por el bien de la supervivencia.*

—Luego conduciremos hacia el sur a través de Uden y Eindhoven, sorteando el Cuerpo Ochenta y Cuatro, que debería estar posicionado en algún lugar alrededor de 's-Hertogenbosch. —Ghislain trazó nuestra ruta sobre un mapa usando su dedo índice. —Si llegamos a Bélgica, estaremos a salvo… al menos de las SS… Entonces tendremos que preocuparnos por la guerra. Los invasores yanquis no recibirán a los nazis con los brazos abiertos… aunque seamos desertores —concluyó con expresión sombría.

Después de la crueldad que había presenciado hasta ahora, después de haber sido herida y perseguida por mi propia gente, los invasores no me sonaban como demonios con cuernos. Tenía muchas ganas de cruzar las líneas enemigas y dejar atrás el campo de batalla. Huir de todos los conflictos del mundo hacia una tierra pacífica. Pero estábamos nadando contra la corriente. Tenía miedo de que lo que Valeska había profetizado se hiciera realidad; que, a pesar de nuestros esfuerzos, todavía terminaríamos en el fondo de la cascada...

Cuando terminé mi cena, caminé hacia el pórtico, llevando una copa de vino conmigo. Necesitaba respirar aire fresco y permanecer dentro de la casa se había vuelto estresante. Tal vez era solo mi trauma creando los delirios persecutorios. El súbito cese en mis visiones de muertos y las visitas de Sidney después de dejar Hamm me hizo reconsiderar que tal vez la enfermedad que padecía no era la visión secundaria sino la psicosis.

—Eso lo explicaría todo —me dije a mí misma, bebiendo mi vino y apoyando la copa en la barandilla. Eso explicaría las alucinaciones y los delirios… *Pero ¿cómo explicarías lo que hicieron los niños y Renenet?* No pude, y con el paso del tiempo, yo misma cuestioné la veracidad de esos hechos. Desafortunadamente, sabía que, si alguna vez pudiese contar mi historia, nadie me creería. —¡Pero tengo pruebas! —tenía los documentos que relataban los horrores hechos a mis niños. —Eso debería ayudar —miré a la oscuridad total y, segundos después, me pregunté cuándo había comenzado a hablarme a mí misma. Tal vez en verdad me estaba volviendo loca.

Una canción proveniente de la sala de estar rompió el silencio. Vi a los niños a través de la ventana reuniéndose alrededor de Ghislain, que estaba haciendo que un gramófono funcionara correctamente. Era una canción de jazz rítmica dirigida por una trompeta y la voz áspera de un hombre que cantaba en inglés. Entendí la letra, dado que tenía un buen dominio del idioma porque mi tía, la hermana menor de mi madre, se había casado con un inglés y se había mudado a Inglaterra. Antes de la guerra, solíamos visitarlos durante el verano. Había disfrutado jugar con mis dos primos.

—*¡Oh cuando los santos!* —cantó el hombre.

—*Cuando los santos* —repetía un coro de mujeres tras él.

—*Entren* —cantó el hombre, y las mujeres repitieron. —*Oh, cuando entren los santos.* el coro hizo eco de cada línea. —*Sí, cómo quiero estar en ese número.*

La canción siguió sonando mientras Ghislain bailaba tontamente con los niños. Me regocijé al verlos juguetones y alegres, incluso a Jov, que, tras la herida en los oídos, provocada por la onda expansiva de la explosión, se había reprimido. Se estaba adaptando a su limitado sentido del oído, supuse. Sonreí, pensando que mi felicidad ya no dependía solo de mí.

Ghislain tomó las manos de Valeska y la hizo girar en el centro de un círculo formado por los niños. Gentilmente, le enseñó los conceptos básicos del baile swing. Valeska nunca se había reído así. Traté de imaginarla como una mujer adulta, una hermosa chica disfrutando de su juventud, deseando poder ver esa imagen convertirse en realidad. Hice un brindis por Valeska y los niños.

Ghislain salió, mostrando una sonrisa de oreja a oreja. —Ven, es tu turno de bailar —extendió su mano.

—¡Oh! ¡No! Por favor, baila con los niños —dije, avergonzada; No podía decir si mis mejillas estaban cálidas por su propuesta o por las copas de vino que había bebido.

—Me lo debes —Ghislain ladeó la cabeza. —¿Recuerdas?

—¡Vamos, Melocotón! —los niños me animaron.

—Está bien, pero…

Antes de que pudiera terminar, Ghislain me empujó dentro de la casa.

Estaba rígida al principio, pero después de un par de jaloneos y algunos giros, mi cuerpo oxidado recuperó su movilidad. Lentamente, la felicidad brotó de mi interior y no podía dejar de sonreír. Dimos un giro e intercambiamos de pareja. Seguí bailando con Jov, luego con Jay, y me di cuenta de que todos estábamos tomados de la mano y dándonos la vuelta, riendo y gritando.

Las canciones sonaban una tras otra, y aunque agotador, bailar me relajaba; incluso ayudó a aliviar mis cólicos menstruales. No solo fue bueno para mí; a medida que pasaba el tiempo, uno por uno, mis hijos se derrumbaban en los sillones y luego sus párpados fatigados se cerraron. Ghislain y yo continuamos girando en la pista de baile y, a medida que el ritmo de la música ralentizaba nuestros movimientos, nos acercamos. Me abrazó contra él, esta vez sin provocar recuerdos indeseados.

—¿Cuándo fue la última vez que bailaste? —preguntó suavemente.

—No puedo recordar. Durante mi última visita a Berlín, creo. La vida en la granja nunca fue tan emocionante.

Se encogió de hombros. —Estamos en una granja, en caso de que aún no lo hayas notado.

Golpetee su pecho. —Por supuesto que lo sé, tonto.

—Cualquier lugar puede ser el cielo en la compañía adecuada —susurró Ghislain, acariciando mi mejilla.

—O infierno… —expresé las palabras sin filtrar de mi subconsciente, y la corriente de recuerdos no deseados inundó mi mente una vez más. Apreté mis ojos dolorosamente, tratando de deshacerme de la imagen de Reinhard. —L-lo siento —me alejé.

—¿Qué dije? —Ghislain tiró de mi mano, genuinamente desconcertado.

—Nada —todo era mi culpa. —Necesito aire fresco —regresé al pórtico, agarré mi copa de vino de la barandilla y tragué el líquido restante para ahogar mis recuerdos.

—Sé que odias este lugar —dijo Ghislain detrás de mí. —Por favor, perdóname por persuadirte a quedarnos un día más.

—No es eso… es… es solo… —tartamudeé, incapaz de completar una oración. Tragué saliva, como si al hacerlo pudiera empujar las palabras dentro de mí, de regreso al confinamiento de mi corazón. Aparté los ojos, incapaz de mirar a Ghislain, o rompería en llanto. La oscuridad era menos exigente. Menos dolorosa.

—Entiendo —Ghislain suspiró antes de retirarse.

Sus pasos se desvanecieron dentro de la casa, enfatizando mi soledad.

—Tal vez deberías acostumbrarte a la soledad —me susurré a mí misma, creyendo firmemente que estaría sola por el resto de mi vida.

Qué frágil es la vida, reflexioné, sosteniendo la copa flojamente entre mis dedos, esperando el momento en que se me escaparía y caería al suelo rompiéndose en mil pedazos. Una vez rota, ni siquiera el artesano más hábil podría volver a pegarla. Un rompecabezas irresoluble: en eso me había convertido. Nada, nadie, uniría mis pedazos rotos.

Los tablones de madera crujieron detrás de mí y me giré sorprendida. Era Ghislain.

—Es para ti —me entregó una flor hecha de papel doblado. Un Edelweiss. —Ningún Edelweiss crece en las marismas… así que el papel es lo único que tenía a mano. Pero te prometo que algún día escalaré la montaña más alta y te traeré la flor más bonita que pueda encontrar.

Antes de que pudiera pronunciar una palabra, se alejó.

Una promesa de dedicación. Recordé la explicación de Ghislain detrás del significado de dar un Edelweiss a un ser querido. Sostuve la flor con mucho cariño contra mi corazón. —Un ser querido… —suspiré.

CAPÍTULO 34

AL DÍA SIGUIENTE PUSIMOS EN MARCHA nuestro plan. Desayunamos y, a pesar de querer llevar todo el contenido de la despensa con nosotros, empacamos solo las provisiones necesarias para evitar el hambre durante el día. —Necesitamos viajar livianos, en caso de que necesitemos correr —aconsejó Ghislain. —Además, no queremos llamar demasiado la atención —seguí su consejo al pie de la letra y reconsideré mi atuendo, prefiriendo un overol con una blusa y una chaqueta encima.

—Necesitamos cubrir nuestras huellas —nos instruyó Ghislain, asegurándose de que no dejáramos ninguna prueba de nuestra estadía. Se deshizo de la furgoneta. Quemé los trapos dejados por mis niños. Nos aseguramos de no dejar ninguna otra pertenencia atrás. Ghislain cerró la puerta principal y devolvió las llaves debajo de las tablas, donde las había encontrado. —Estamos listos —dijo con optimismo.

Salimos por el mismo camino por el que llegamos, escoltados por una parvada de cuervos. Su graznido otorgó un aura funesta a nuestra peregrinación. Cuando nuestra procesión pasaba junto a las fincas, la gente entraba a sus casas y se escondía detrás de las cortinas, como si fuéramos un presentimiento andante de lo que estaba por suceder. Pero curiosamente, la quietud se propagaba a cada paso, como si la paz antinatural que otorgaba la casa hubiera viajado con nosotros, rodeándonos como una burbuja invisible. La única perturbación era el sonido de nuestros zapatos al rozar las briznas de hierba y, a medida que avanzábamos, se volvía melodioso. Los metros se convirtieron en kilómetros al igual que los minutos se convirtieron en horas.

—¡Bienvenidos a los Países Bajos! —Ghislain informó como un guía turístico después de cruzar un estanque. —Si no me equivoco, ese debería ser Wyler —señaló un pueblo en el extremo derecho del horizonte. Sacó unos binoculares para mirar.

—¿Dónde los obtuviste? —pregunté.

—Los encontré en la casa —sopló el polvo de ellos y me los entregó. —Pero ahora no sirven de mucho. Una vez que estemos en la cima de la colina, veremos el mundo —dijo en tono de broma.

Cuando subimos la ladera boscosa y llegamos al claro de la cumbre, vimos el mundo, o al menos la cara menos agradable del mundo.

El rostro de la guerra.

Un enjambre de aviones llenaba el cielo como brillantes pájaros de metal, creando una vista casi hipnótica.

—¿Bombarderos? —pregunté, creyendo que los aviones se dirigían hacia Kleve o Emmerich y nos pasarían.

—¿A esa altura y a plena luz del día? —Ghislain negó con la cabeza.

Los bombarderos recurrían a la noche, para disfrazarse entre las sombras contra el fuego antiaéreo. Me miró de reojo sin pronunciar palabra. Su expresión sombría transmitía su corazonada de que estos aviones llevaban algo más peligroso que bombas incendiarias. —Invasión.

Esos planeadores de metal transportaban un ejército de soldados.

Los cañones antiaéreos ubicados a lo largo del paisaje, camuflados en matorrales y granjas, resoplaban continuamente, dibujando en el cielo estelas de bocanadas de humo que parecían algodones de azúcar. Las bocanadas parecían casi inofensivas, hasta que el primer avión fue impactado, incendiándolo en cuestión de segundos. Las torretas de los aviones contraatacaron, lanzando brillantes rayos de luz entre las balas, y cientos y cientos de soldados saltaron de los aviones, extendiendo sus paracaídas como semillas de diente de león llevadas por el viento otoñal.

—Por fin la guerra nos ha alcanzado… —dije estupefacta, mirando a través de los lentes de los binoculares. La burbuja de paz que nos rodeaba se había roto. —¿Es así como comienza la invasión de Alemania?

Ghislain observó con ojos preocupados a los soldados alemanes que salían de las trincheras detrás de la línea de árboles para luchar contra los invasores. Hizo una mueca, incapaz de ocultar su frustración. Sus manos temblaban con los deseos patrióticos de empuñar un fusil y saltar dentro de aquellas trincheras para combatir al enemigo por el bien de la patria.

Pero nosotros solo éramos espectadores en este campo de batalla. Los aviones se precipitaron en llamas mientras los paracaidistas inmóviles se deslizaban sin rumbo, asesinados antes de que pudieran poner un pie en suelo extranjero, y los soldados en tierra fueron derribados, cayendo en las profundas trincheras que ellos mismos habían cavado sin saber que se convertiría en sus propias tumbas. Por primera vez cara a cara con la guerra, me arrepentí de todo corazón de mi deseo de presenciar el frente de batalla. La sensación impersonal de los horrores era abrumadora. No había tiempo para lamentar una tragedia cuando las muertes aumentaban en los cientos. Incluso cuando un millar de soldados irrumpieron en el campo de batalla, todos morían como si hubieran peleado la guerra solos... o al menos, eso fue lo que pensé, hasta que abrí los ojos y lo vi...

Un hombre vestido de negro como cuervo avanzando por el campo de batalla.

El Heraldo de la Muerte.

Sidney, que previamente había visitado a cada uno de esos soldados durante su sueño y había revelado sus muertes inminentes e ineludibles, ahora estaba listo para cosechar sus almas. Recibió con los brazos abiertos a las almas llevadas por la corriente inexorable del río de la vida a la cascada del destino. Pero esta vez no era un solo hombre; tantas almas requerían un ejército. Cientos de copias de Sidney aparecieron de la nada hasta donde podía ver, sosteniendo a cada soldado caído con un abrazo de bienvenida, poniendo fin al dolor, la angustia y la agonía con su gentil toque antes de desaparecer.

Entre los cientos de soldados, solo yo atestiguaba la terriblemente hermosa omnipresencia de la Muerte.

¡Melocotón! ¡Melocotón! Leí los labios de Ghislain mientras me sa-

cudía, devolviéndome a mis sentidos, reconectando mis oídos con la conmoción de disparos, explosiones y lamentos. —¡Tenemos que volver a la casa! —tiró de mi mano cuando un avión en llamas planeó sobre nosotros, el fuselaje rozó las copas de los árboles, dejando un denso rastro de humo detrás. —¡Tenemos que salir de aquí, ahora!

Ghislain encabezó la retirada, llevando a Valeska en sus brazos. Tomé de la mano a mis niños y huimos del campo de batalla.

—¿Qué vamos a hacer ahora? —le pregunté, con voz sibilante, durante un breve descanso bajo el dosel del bosque. Nuestro jadeo se había vuelto más fuerte que el rugido de las armas detrás de nosotros.

—Nos escondemos y esperamos —dijo, pasándose la mano por el cabello con aparente frustración.

—¿Pero por cuánto tiempo?

Se encogió de hombros. —Necesitan cruzar el Rin para tener acceso a Berlín. Evidentemente, han elegido Nijmegen como punto de entrada, contrario a la frontera sur, como dijo la inteligencia… —se perdió en sus pensamientos. —Pero capturar Arnhem no será una tarea sencilla. Al estar rodeada de ríos constriñe a las fuerzas acorazadas de los invasores al uso de los puentes, que funcionan como un embudo —sacudió la cabeza. —Además, Arnhem está fuertemente defendida, por lo que, a menos que desplieguen artillería pesada, el asedio podría durar días… o semanas, si es que logran abrirse paso. El Segundo Cuerpo Panzer SS brindará ayuda, sin duda. Los invasores podrían estar estacionados aquí durante todo el invierno.

Las SS acudirían a este lugar para repeler el ataque en cualquier momento, sin duda. Era una noticia terrible para nosotros.

Tragué saliva. —Tenemos que encontrar una manera de cruzar.

—Pero no hoy. No podemos arriesgarnos a quedar atrapados en el fuego cruzado. Tenemos que esperar a que la vanguardia se mueva al norte de Groesbeek. Eso abrirá un paso detrás de las líneas enemigas. —Ghislain reconoció esto con dificultad, ya que aceptó el hecho de que este era el principio del fin del Reich. El enemigo estaba en nuestra puerta.

Cuando la guerra toque a tu puerta, quédate cerca de Papá y todo saldrá bien, había escrito mi hermano Anton en su última carta. Desafortunadamente para mí, mi padre estaba a cientos de kilómetros de distancia. Nuestra única oportunidad de sobrevivir ahora dependía del juicio de Ghislain.

—¡Ayuda! —dijo una voz lejana.

—¿Valeska? —me di la vuelta, contando a mis hijos. —¿Dónde está Valeska? —pero ellos negaron con la cabeza. —¡Oh, no! Necesitamos encontrarla. ¡Rápido! Hay que dividirnos.

—¡Por favor ayuda! —Valeska gritó, y seguí el sonido de su voz a través del follaje. —¡Ven!

Me apresuré, temiendo que un soldado la hubiera capturado, pero cuando llegué, estaba sola. Me arrodillé y la atraje hacia mí. —Gracias a Dios que estás bien —acaricié su rostro. —Pero por favor, no vuelvas a hacer esto nunca más, ¿entiendes?

Pero Valeska extendió su mano, apuntando al cielo. Por encima de nosotros, un hombre inconsciente con uniforme militar colgaba de su paracaídas, atrapado por las ramas.

—Dios… —Retrocedí. —¿Está muerto?

La sangre le corría por la oreja izquierda; probablemente se había lastimado la cabeza durante el aterrizaje, causándole una contusión. Débiles gruñidos provenientes del soldado respondieron mi pregunta.

—No te acerques más —me advirtió Ghislain a su llegada.

—Está inconsciente —le dije.

Rodeó al paracaidista como si se tratara de una bestia salvaje. Sin apartar los ojos del colgado, Ghislain se agachó y recogió un rifle enredado en un arbusto, que presuntamente pertenecía al soldado. Versado en el uso de todo tipo de armamento, Ghislain sostuvo el rifle como si fuera suyo y amartilló la manivela.

—¿Qué estás haciendo? —pregunté mientras apuntaba al pecho del soldado. —¡No!

Su dedo se posó sobre el gatillo.

—¡No! —interferí a tiempo, apartando el cañón. La bala pasó cerca del soldado inconsciente, perforando un agujero en su paracaídas. —¿Qué diablos estás pensando?

—¿Por qué crees que está aquí, ¿eh? —Ghislain gritó, las arterias sobresaliendo de su sien. —¿Crees que tendría piedad de nosotros? ¡Estamos en guerra!

Mi estómago se apretó con cada palabra que pronunció.

—¡No! ¡Tú estás en guerra, no yo! —reprendí, todo mi cuerpo temblando. —¡Nadie me preguntó nunca si quería esta maldita guerra! ¿No ves que no solo sufren los alistados?

Ghislain me miró en silencio, digiriendo mis amargas palabras.

—Si estás tan desesperado por matar, el campo de batalla es por ahí. No te detendré. Tienes un arma en tus manos; ¿Que estas esperando? —lo empujé. —*Wir Folgen Dir!* —cité las palabras del cartel en la pared de mi habitación en el castillo de Wewelsburg. —Sigue a tu Führer a la batalla si eso es lo que realmente anhela tu corazón. Pero no permitiré que mates a un hombre inconsciente y desarmado que no ha hecho más que saltar de un avión en llamas a una muerte segura.

Ghislain apoyó la culata del rifle en el suelo y respiró hondo. —Bueno.

Esperé un momento para asegurarme de que se había apaciguado. —Ahora, me subiré a la rama y lo cortaré, y lo llevaremos con nosotros de regreso a la casa y atenderemos sus heridas, si es necesario.

—¿Qué? —Ghislain frunció el ceño. —¿Estás planeando traer al enemigo a la casa?

—Tú enemigo, no el mío. Tú ves los colores de su uniforme. Yo solo veo a un ser humano que desesperadamente necesita nuestra ayuda, y voy a hacer lo que esperaría de alguien si estuviera en la misma situación —saqué el abrecartas y le entregué mi maletín a Valeska. —Eres bienvenido a ayudar… o irte. Mis niños y yo podemos llevarlo a casa —caminé hacia el árbol.

Era un olmo viejo con una copa densa; casi podía adivinar su edad por el grosor y las grietas de la corteza, lo suficientemente anchas como para meter mis dedos adentro, perfectas para escalar. Era alto, pero con forma de pata de pollo invertida; lo más difícil era llegar a la bifurcación de las ramas. Empecé a subir con esfuerzo, luchando con mis pies para encontrar el apoyo necesario.

—Deja que te ayude —Ghislain ofreció sus manos y me ayudó a levantarme.

Una vez en la bifurcación, subí a la rama que pasaba por encima del hombre; me senté a horcajadas y comencé a cortar las cuerdas del paracaídas una por una. —Esta es la última, ¿están listos? —respiré hondo, con la esperanza de que pudiera sobrevivir a la caída, y cerré los ojos con fuerza mientras cortaba la cuerda restante hasta que escuché un golpe. Descendí del árbol.

Los niños se pusieron en cuclillas alrededor del soldado. Era solo un chico, apenas mayor que yo. Mi mano se cubrió de sangre cuando sostuve su cabeza, confirmando mi teoría sobre su contusión.

—¡Ey! ¡Ey! —di palmadas en su mejilla, pero no respondió.

—No podemos perder ni un minuto más. Ayúdame a levantarlo —instruyó Ghislain.

Enganché mis manos debajo de las axilas del soldado y levanté su torso. Ghislain se puso en cuclillas frente al soldado y, sosteniendo su mano derecha, tiró del chico sobre sus hombros y se puso de pie, equilibrando el peso de manera uniforme. —Toma el rifle —instruyó.

Lo colgué detrás de mi hombro. —Volvamos a casa.

Marchamos de regreso, llevando en nuestros brazos al primer invasor a la patria.

CAPÍTULO 35

AL REGRESAR A LA CASA, instalamos a nuestro invitado en un dormitorio. Ghislain se sentó junto a la cama con el rifle apoyado sobre sus piernas, expectante, con los ojos fijos en el soldado como un lobo acechando a un ciervo. Esperando pacientemente a que su presa cometiera un error que justificaría quitarle la vida, pero para su desgracia, el soldado se negaba a despertar. Era un prisionero del delirio, sudando de fiebre.

—Jim... Jim —llamó repetidamente mientras aplicaba las compresas frías en su frente. Pero a pesar de mis esfuerzos, su fiebre no cedía.

Horas después, finalmente despertó.

—¿Cómo te sientes? —pregunté en inglés mientras recobraba el conocimiento.

¿Quién... quiénes son? —el chico se acurrucó contra la cabecera al despertar frente a un hombre desconocido apuntándolo con su propio rifle. Pero su semblante cambió del miedo al sufrimiento cuando una descarga de dolor sacudió todo su cuerpo. —¡Ahhhh-hh! —se contorsionó, tratando de alcanzar su pie.

—¡Por favor, no te muevas! Debes descansar —dije, luchando con mi cerebro para conjugar correctamente las oraciones en inglés. Mis habilidades lingüísticas estaban oxidadas. —Te lastimaste durante la caída. Te encontramos colgado de un árbol, inconsciente, con tu paracaídas enrollado entre las ramas. Te liberé, pero te lastimaste el tobillo al aterrizar —descubrí el tobillo hinchado que le había diagnosticado cuando le quité la bota. —Pero no te preocupes, es solo un esguince, nada grave. Con una serie de compresas calientes, estarás como nuevo en un par de días.

El soldado me miró fijamente sin pestañear.

—Lamento abrumarte, es solo que... Solía correr, así que sé un par de cosas sobre esguinces —me reí. —Soy Emma, por cierto, pero todos me llaman Melocotón.

Pero el chico permaneció en silencio, su mirada desviándose hacia el cañón del arma que lo apuntaba.

—Ah, entiendo. Su nombre es Ghislain —traté de aliviar la incómoda presentación. —Por favor, baja el arma —le susurré a Ghislain en alemán y luego volví a hablar en inglés. —No te preocupes...

—Estás a solo una bala de distancia del más allá. Ya sobreviviste a un accidente de avión. Será mejor que no pongas a prueba tu suerte dos veces —dijo Ghislain en inglés.

—Por favor, no lo escuches. Somos amigos —dije, haciendo caso omiso de la imprudencia de Ghislain. —¿Quién eres?

—Soy Bill, Bill Hurlbart del 508° Regimiento de Infantería, 82ª División Aerotransportada... ¿Dónde... dónde estoy?

—En el lado equivocado del mundo —dijo Ghislain con sarcasmo.

—¡Ghislain, por favor! —respiré hondo y recuperé la compostura. —Estás en el lado alemán de la frontera, en las marismas del río cerca de Kleve.

—¿Kleve? —preguntó Bill, más para sí mismo, perdido en sus pensamientos. —¡Mi unidad! —parecía sorprendido cuando su mente borrosa se aclaró. —¡Necesito encontrarlos! —intentó ponerse de pie.

—¡No tan rápido, Humphrey Bogart! —Ghislain se puso de pie, sosteniendo el rifle amenazadoramente.

—¡Alto! —me interpuse entre los dos. —¿Difícilmente puedes cojear hasta la puerta, pero quieres arrastrarte hasta Nijmegen?

Los labios de Bill se fruncieron con impotencia. Los disparos de artillería se escuchaban a lo lejos. Sabía que sus compatriotas eran los que estaban siendo bombardeados.

Ghislain señaló su oído. —Sí. Esa es la llamada para que te arrastres... ¡pero de vuelta a América!

—¡Ghislain, por favor! No estás ayudando —me quejé en alemán. —Entonces, lo mejor será que te vayas.

—Pero él es…

—Puedo cuidarme yo sola. Tu herida en tu cuello es testimonio de eso.

Ghislain hizo una mueca, pero me entregó una llave. —Cierra la puerta al salir —caminó hacia la puerta, rifle en mano, y cuando la abrió, los niños, que habían estado escuchando a escondidas, se desplomaron en el suelo. —¡Arriba! —Ghislain condujo a los niños de regreso a sus habitaciones.

—¿Es el un soldado? —preguntó Bill.

¿Era nazi *la palabra que estaba buscando?* Reflexioné durante unos segundos. —Él era… —resolví. —En otras circunstancias, tal vez tú y él se habrían enfrentado en el campo de batalla... pero no hoy —sonreí al pensar que a pesar de todas las cosas horribles que habían sucedido, al menos había impedido que estos dos soldados se mataran entre sí. —Perdónalo. Es malhumorado y aprensivo a veces... pero es un buen hombre.

—Está celoso, y con razón. Eres hermosa.

¿Celoso? —¡Oh! —mis mejillas ardían. —Te dejaré descansar y te visitaré luego … Yo-yo… —Le mostré la llave de la puerta.

—Apenas puedo cojear hasta la puerta —dijo Bill, haciendo eco de mis palabras.

Sonreí y salí de la habitación.

Abajo, Ghislain rebuscaba entre las pertenencias de Bill. —¿Lo encerraste? —vació el contenido de la mochila de Bill sobre la mesa y revisó los artículos: raciones enlatadas de estofado, picadillo y cerdo con frijoles, barras de chocolate y oblea, brújula y una Biblia, entre otros artículos personales.

—Bill es un soldado, no un monstruo.

Se volvió hacia mí, sobresaltado. —¿Ahora lo llamas "Bill"?

—Ghislain, por favor —dije, tratando de evitar una discusión.

—No conocemos sus intenciones... —Ghislain se quedó en silencio, examinando un osito de peluche deteriorado con el relleno saliendo por lo que parecía un agujero de bala en el pecho.

Me pregunté qué tipo de hombre llevaría un osito de peluche a la guerra. —¿Estabas diciendo, sobre sus intenciones? —dije sarcásticamente, y le arrebaté el oso de la mano. Mi dedo acarició la piel de oveja quemada en el borde mientras escaneaba la mochila de Bill hasta que encontré un orificio coincidente, asumiendo que lo había causado una bala.

—Como dije, no conocemos sus intenciones —Ghislain quitó la tapa de un recipiente de metal del tamaño de una caja de zapatos, revelando controladores.

Me volví hacia él, perpleja.

—Es un receptor de radio —explicó, sacando una antena y conectando un auricular negro. —Él podría informar a sus superiores de su posición, y antes de que nos demos cuenta, un ejército podría estar sobre nosotros.

—No exageres. Ni siquiera sabe dónde está.

—Si no le hubieras dicho.

—Ghislain, ni siquiera yo sé dónde estamos —le dije, molesta. —Ahora, si me disculpas, tengo que ir a preparar la cena —me llevé el osito de peluche.

Llamé tres veces antes de abrir.

—¡Adelante! —Bill gritó desde el interior.

—Me imaginé que tendrías hambre, así que te traje algo de comida —puse la bandeja sobre su regazo. —Sardinas. Espero que te gusten. Tenemos poco que ofrecer.

—Gracias. Huele delicioso.

—¿En serio? —pregunté, dudando de mis habilidades culinarias.

—Intenta comer mis raciones durante una semana y todo te sabrá a paraíso.

—El estofado enlatado sonaba sabroso… —me quedé muda, dándome cuenta de que había confesado haber hurgado en sus pertenencias. —Lo lamento…

—No te preocupes. Yo hubiera hecho lo mismo.

—Toma —saqué el oso de peluche del bolsillo de mi delantal. —Lo cosí.

Los dedos de Bill acariciaron los puntos rojos.

—Desafortunadamente, el hilo rojo era el único disponible… Usé los otros colores en la ropa de los niños.

—Gracias —dijo, apretando los labios.

—Al menos tu novia estará feliz de que lo mantengas en buen

estado —le dije, asumiendo que era un regalo de despedida.

—No tengo novia… Es de mi hermano.

—¿Jim?

Se volvió, desconcertado.

—Llamabas su nombre en tu delirio.

—No, Jim era… Era mi mejor amigo desde que tengo memoria. Éramos vecinos. Estudiamos juntos. Reclutados juntos... Y hace tres meses, saltamos juntos... en Normandía... —Los ojos de Bill se quedaron vacíos.

—¿Fue como ayer? —pregunté, refiriéndose al caos que había presenciado.

—Mucho peor. La mayoría nunca aterrizó con vida. Jim entre ellos... "Te veré allá abajo", dijo, antes de empujarme fuera del C-47 en llamas... pero las balas... simplemente nos atravesaron —su dedo índice simuló la trayectoria de la bala golpeando al oso de peluche en el pecho. —Fue un regalo de mi hermano mayor, Max. Este oso era su posesión más preciada cuando éramos niños; nunca lo compartió conmigo. Pero la noche previa a embarcarme, me lo dio, frustrado por no poder alistarse... Está paralizado... poliomielitis... y necesita estar conectado a un ventilador para sobrevivir. "Llévate el oso", me dijo. "De esa manera sentiré que estoy allí para cuidarte, como lo has hecho conmigo todos estos años..." —la voz de Bill se volvió ronca y sus ojos se enrojecieron.

—Y ciertamente lo hizo —dije, recordando la bala que atravesó el osito de peluche dentro de su mochila, fallando a Bill por meros centímetros. —Tu hermano te cuidó.

Bill asintió, las lágrimas corrían por sus mejillas.

—Te dejaré descansar —recogí la bandeja y me dirigí a la puerta.

—¿Melocotón?

—¿Sí?

—Gracias por salvarme.

CAPÍTULO 36

A LA MAÑANA SIGUIENTE, encontré a Bill en la planta baja. Estaba de pie apoyado en un bastón que presumiblemente había encontrado en el armario de su habitación. Observaba con atención los campos enmarcados por la ventana de la puerta principal.

—Deberías descansar en la cama —le aconsejé, rompiendo su concentración.

—Me siento mucho mejor ahora —dijo, mirándome por el rabillo del ojo.

—Sanas rápido.

—Debo mi recuperación a tus compresas calientes.

—Pude haberte ayudado a bajar las escaleras.

—Me desperté antes del amanecer y el dormitorio se ha vuelto… claustrofóbico —la vista de Bill parecía perdida en las marismas brumosas, pero me di cuenta de que no eran sus ojos sino sus oídos los que estaban extraviados. Los ecos del traqueteo de las armas y el estruendo de las bombas que estallaban a lo lejos habían perturbado la tranquilidad del campo que normalmente se experimentaba al amanecer. No podía juzgarlo; incluso yo luchaba para mantener alejados los recuerdos de los horrores que se desarrollaban en el frente de batalla.

—Parece que ninguna hora es demasiado temprana para hacer

la guerra —dije, rompiendo el silencio.

—Para los soldados en combate, la guerra no tiene intermedio. No ha parado desde que salté de ese avión y no terminará hasta que regresé a casa... andando o en un ataúd.

Ghislain pasó por delante de la casa empujando su carretilla, empeñado en cuidar su jardín antes de que el primer rayo de luz brillara en el horizonte.

—¿Por qué están realmente aquí? Esta no es su casa ni sus pertenencias —dijo Bill, reconociendo que había inspeccionado la casa.

—Nosotros... —No estaba segura de cómo expresarlo. —... somos nómadas —aclaré con el sabor agridulce de cumplir la profecía de Renenet. —Ayer cruzamos la frontera para escapar, pero la batalla nos atrapó. Regresábamos aquí cuando te encontramos.

—¿Están desertando?

—A él no le gusta usar esa palabra —observé a Ghislain trabajando diligentemente la tierra. —Pero realmente no me importa.

—¿Es por los niños?

Lo miré brevemente y desvié la mirada.

—No pude evitar notar su... peculiaridad.

—Es como dijiste. Estoy librando una guerra sin intermedio, que no ha parado desde que puse un pie en el calabozo donde los niños estaban cautivos y no terminará hasta que estén en un lugar donde ya nadie pueda hacerles daño. Pero, a diferencia de ti, ese lugar seguro no puede ser mi hogar, porque la guerra que peleo es contra mi propia gente.

—¿Por qué los nazis están tan interesados en estos niños? ¿Por qué son tan especiales?

—Porque mis niños... podrían ser la clave que necesitan para inclinar la balanza de la guerra.

—Yo...

Ghislain entró por la puerta, azadón en mano. Se paró frente a Bill, elevándose sobre él por lo menos diez centímetros, pero Bill no se acobardó.

Ghislain miró a Bill de pies a cabeza. —Me alegro de que te hayas recuperado...

—Graci...

—La muerte no es condescendiente con los heridos —agregó Ghislain, y continuó su camino hacia la cocina.

—No lo escuches —dije.

—Tiene razón. Los derechos y códigos no tienen sentido en

tierra de nadie. Para luchar contra los poderosos, los débiles no tienen otra opción que unirse para volverse más fuertes —Bill se volvió hacia mí. —Melocotón... puedo ayudarlos.

Después de un día intenso convenciendo a Ghislain, los tres nos sentamos a la mesa después de la cena para escuchar la propuesta de Bill.

—Si me lo permiten, puedo usar mi radio para comunicarme con el cuartel general. Le explicaré la situación y solicitaré una escolta. Estoy seguro de que mi gobierno puede ofrecerles una salida. Estarán muy interesados en la inteligencia que puedan proporcionar —dijo Bill, refiriéndose al conocimiento militar de Ghislain.

Ghislain reflexionó por un momento, con los labios fruncidos, pero finalmente negó con la cabeza. —No desertaré... nunca.

—¡Ghislain, por favor!

—Melocotón, ¿cómo puedes incluso considerarlo? —habló en alemán, esperando que Bill no pudiera seguir nuestra conversación.

—Él realmente quiere ayudarnos. Y honestamente, ¿cuántas opciones tenemos?

Ghislain respiró hondo. —Bueno —se echó hacia atrás y cambió la conversación de nuevo a inglés. —¿Cuánto tiempo le tomará a esta escolta tuya llegar a este lugar?

—No sé… un día, ojalá menos —Bill se encogió de hombros, poco convencido.

—¡Lo sabía! —Ghislain se rio entre dientes, haciéndome preguntarme si solo estaba poniendo a prueba la propuesta de Bill. —Tus líderes no desviarán al personal del asedio; Arnhem y Nijmegen son demasiado cruciales para su estrategia militar como para ponerla en peligro ayudando a extraños varados en las marismas —Ghislain señaló el mapa de Bill, y el ruido de la artillería, que se hacía más fuerte a medida que pasaba el tiempo, respaldaba su argumento: la batalla se había vuelto más feroz cada hora. —Sus oficiales de campo están demasiado ocupados tratando de sobrevivir el día. Incluso si llega la escolta, nuestros cadáveres estarán fríos para entonces. Ellos supervisan todos los canales de comunicación día y noche. Schutzstaffel llegará primero. Entonces, de ninguna manera usarás esa cosa.

Ghislain tenía razón. Reinhard esperaría que cometiéramos el más mínimo error y reveláramos nuestra posición.

—Entonces lo haré yo mismo —dijo Bill pensativo. —Mi condición ha mejorado lo suficiente como para poder regresar al campo de batalla y buscar a mi teniente. Si puedo llevar a un niño conmigo, estoy seguro de que puedo convencerlo de que envíe algunos hombres.

—No, no —dije rotundamente.

—Yo lo cuidaría.

—N-no puedo confiarte ninguno de mis niños. —No podría soportar la idea de que les pasara algo debido a mi pobre juicio.

—Ustedes lo dijeron, no hay forma de que pueda obtener ayuda si no puedo proporcionar pruebas… No importa cuánto esté dispuesto a ayudarles, desafortunadamente; yo no establezco las prioridades —concluyó Bill, descorazonado.

Suspiré.

—Melocotón, aún podemos reanudar nuestro plan —dijo Ghislain en alemán. —No lo necesitamos.

Cerré los ojos, descansando mi cabeza en mis manos, los codos apoyados en la mesa. Medité sobre la idea de caminar de regreso al campo de batalla, pero la cacofonía de las explosiones se convirtió en una melodía belicosa en mi cabeza, un fondo musical para la imagen de la funesta marcha de Sidney a través de los soldados que caían. —No voy a exponer a mis hijos a eso otra vez… —*o, mejor dicho, a él.* Jadeé derrotada, mirando los mosaicos de retratos que decoraban las paredes, la única prueba de que todas estas personas en las imágenes habían existido alguna vez… *Prueba… una prueba de existencia.* —¡Tengo la solución! —exclamé con entusiasmo.

—¿Qué quieres decir?

Sin decir una palabra, corrí escaleras arriba. Encontré a mis hijos sentados en los escalones, escuchando nuestra conversación. Pero no me importó el sombrío escenario que habían escuchado, porque había encontrado la solución a nuestras tribulaciones.

—¡Melocotón! ¿Adónde vas? —mis hijos gritaron con sorpresa cuando los esquivé en el camino a mi habitación. Del armario, saqué mi maletín y regresé al comedor.

Los ojos de Bill se abrieron cuando vio el Reichsadler, el brillante broche del Águila Imperial sobre la esvástica. —¡Toma! —les mostré los registros médicos que detallaban los procedimientos realizados a los niños. Aunque los registros estaban escritos en alemán, las fotografías eran tan gráficas que Bill desvió la mirada, luchando por digerir los horrores. Ghislain estaba en estado de shock, pero probablemente más por el hecho de que tenía documentos clasificados en mi poder. —¡Aquí está todo! Llévatelo todo contigo. Le empujé el maletín a Bill. —Esto debería ser prueba suficiente de que decimos la verdad, ¿verdad?

Bill me miró con ojos severos.

A la mañana siguiente, cojeando con un tobillo vendado, Bill emprendió la búsqueda crucial para encontrar a su teniente en el frente de batalla, llevando consigo todo el contenido de mi maletín excepto el abrecartas y la desgastada carta del tarot que me dio Nailah, de la cual casi me había olvidado. Ghislain había devuelto todo el equipo de Bill excepto su radio. Una medida que respaldé, no desconfiando de las intenciones de Bill, sino por el peso. Llevarlo con él añadiría tensión a su tobillo hinchado y dificultaría su movimiento, y el éxito de esta operación dependía principalmente de la velocidad.

No pude apaciguar mi mente después de que pasaron horas sin una señal de Bill. Caminé en círculos, con la carta de ocho de espadas en mano, preguntándome qué podría haberlo retrasado, recordando la funesta lectura de Nailah. —*Tu brújula para eludir obstáculos son solo tus heridas autoinfligidas.* —¿Podría haber empeorado su lesión con la larga caminata? ¿O había sido capturado por las fuerzas alemanas? Tal vez llegó sano y salvo a su unidad, pero encontró a su teniente muerto, o simplemente se negó a ayudarnos... y Bill continuaría peleando su propia guerra, ignorándonos.

—Relájate —me consoló Ghislain. —Si no ha regresado al anochecer, mañana retomamos nuestro plan pase lo que pase. Pero por ahora, no ganas nada preocupándote.

Estaba en lo correcto. Me derrumbé en la mecedora del pórtico e inhalé la brisa fría para saciar mi ansiedad. Poco a poco me fui quedando dormida, viendo la imagen tranquilizadora de los campos. Pero el graznido de los cuervos perturbó mi sueño, revoloteando sobre una persona que caminaba por el camino, en dirección a la casa.

—¿Bill? —mis ojos lucharon para adaptarse a la luz del sol.

Entrecerré los ojos y mi vista se agudizó.
Pero el visitante no era Bill.
Era Sidney.

CAPÍTULO 37

UNA PARVADA DE CUERVOS daba vueltas extasiados, como si estuvieran a punto de emigrar a una tierra cálida y lejana. —*Algunos cuervos no migran, se quedan durante el invierno* —recordé que Herr Huber me explicó mientras observábamos a los pájaros de plumas oscuras revoloteando sobre los cultivos en la granja de mis abuelos. —*Pero la hambruna del invierno los vuelve voraces, hasta el punto de alimentarse de corderos recién nacidos* —agregó. Imaginar a los cuervos picoteando a un corderito hasta la muerte me dio escalofríos.

El primer día de ese invierno, Herr Huber disparó a algunos cuervos con su rifle y colgó los pájaros muertos boca abajo alrededor de la casa. —*Estoy ahuyentando a los cuervos* —me explicó, pero no pude entender la razón detrás de eso, considerando que no teníamos corderos recién nacidos. —*No es por los corderos, es por nosotros. Los cuervos son los heraldos de la muerte* —aclaró.

A partir de ese día, pensé en los cuervos como un mal augurio.

Ahora, viendo a Sidney dirigirse hacia nosotros en medio de un torbellino de cuervos, confirmé las palabras de Herr Huber.

La muerte estaba aquí, tal como lo había profetizado Renenet. —*Serás testigo de cómo el Heraldo de la Muerte atraviesa los campos, sortea todas las paredes, sube interminables escaleras y traspasa cualquier puerta para llegar a tiempo a la última cita. Incluso si no es bienvenido, nunca deja de ser invitado, ya que todos han sido advertidos.*

Salté de la mecedora. —¿Ghislain? —no estaba por ninguna parte. Deambulé por el interior de la casa, sujetando el abrecartas y eché el pestillo de la puerta. Volví a llamar a Ghislain, pero no hubo respuesta. La casa estaba sumergida en silencio, a excepción de la puerta trasera de la cocina, golpeando repetidamente contra el marco, crujiendo mientras el viento soplaba como un lamento sibilante. La sala de estar estaba vacía, pero mientras caminaba temerosa hacia el comedor, con cada paso revelaba una figura sombría sentada en la cabecera de la mesa. —Von Schroe… —susurré, sin aliento, y la carta de ocho de espadas cayó de mi mano.

—Obergruppenführer Von Schroeder para usted, Fräulein Niemeyer —dijo, quitándose la gorra. —Y sí, estoy aquí. Siempre me ha intrigado visitar esta casa, fascinado con las historias —miró las fotos que colgaban a su alrededor. —Me dije a mí mismo, "¿Qué mejor ocasión?" pero debo confesar que su recepción poco ceremoniosa me decepciona. Después de recibirle con los brazos abiertos en Wewelsburg.

Sus palabras alimentaron mi rabia por los recuerdos inquietantes, como si hubiera vertido gasolina en mi torrente sanguíneo.

—Te acogí como uno de nosotros, como de la familia. Sin embargo, te atreviste a robar mi propiedad… —Von Schroeder negó con la cabeza, chasqueando la lengua. —Malagradecida.

—¡Ellos no son tu propiedad! —hui hacia las escaleras en busca de mis niños. Cuando crucé el pasillo, encontré a Reinhard en la cocina, inclinado hacia adelante, usando la hoja de la azada para quitarse el lodo de las botas. Reinhard elevó su vista, sus ojos maníacos se revelaron detrás de sus mechones de cabello, y me guiñó un ojo.

Con el corazón acelerado, subí las escaleras lo más rápido que pude, pero Reinhard corrió detrás de mí ágilmente, como si su pierna se hubiera recuperado por completo de la herida de bala. En mi prisa, tropecé y caí boca abajo unos pasos antes de llegar al último piso.

—¡No hagas esto más difícil, Cucaracha!

Reinhard agarró mi tobillo derecho, pero lo pateé y entré en el primer dormitorio del pasillo. Era la habitación de Jov, pero no había ni rastro de mis hijos. Cerré la puerta.

—¡Abre! —Reinhard exigió, dando hachazos a la puerta.

Me estremecí cuando el filo de la azada perforó la madera, todo mi cuerpo sobresaltándose con cada golpe. Era cuestión de segundos antes de que Reinhard derribara la puerta, así que me dirigí al baño que conectaba las habitaciones, algo que él desconocía.

Pero antes de llegar a la puerta de la habitación contigua, una mano me sujetó del cuello: la de Von Schroeder. Me arrojó contra el lavabo doble, pero interpuse los brazos antes de estrellarme contra el espejo, que se rompió en cientos de fragmentos cortándome las manos. Me aferré al lavabo para no caerme.

—Eres una escoria traicionera —me escupió.

Las palabras de Von Schroeder reavivaron mi furia. Mis dedos se cerraron alrededor del mango del abrecartas, y cuando Von Schroeder tiró de mi hombro para encararlo, solté un golpe inverso, apuntando a su rostro. Él bloqueó mi golpe, pero la punta de la hoja se clavó en su mejilla.

—¡Perra! —Von Schroeder me dio un revés, derribándome. —¡Maldita seas! —se dirigió a la bañera, dejando un rastro de gotas de sangre manchando el piso ajedrezado, y se lavó la herida bajo el grifo. —¿Sabes lo que acabas de hacer? —recordé su padecimiento, la hemofilia, o la "enfermedad de los reyes" como él se refería a ella, lo que significaba que a su cuerpo le costaría curar esa herida.

Luché por ponerme de pie cuando Reinhard se acercó a mi costado y pateó mi abdomen, volteándome. Me retorcí de dolor, incapaz de respirar, pero con una sensación compulsiva de vomitar al mismo tiempo.

La bota de Reinhard apretó mi tráquea, inmovilizándome mientras se inclinaba hacia adelante. —¡Te voy a aplastar como la cucaracha que eres! —susurró, apartando los labios, enseñando sus dientes.

—Tráela —ordenó Von Schroeder, sosteniendo un pañuelo blanco contra su mejilla.

—Sí, señor —Reinhard pasó su brazo alrededor de mi cintura y me levantó con facilidad. Me llevó escaleras abajo casi inconsciente. De vuelta en el comedor, Reinhard me depositó en una silla. —¡Siéntate! ¡Manos sobre la mesa!

Me enderecé con esfuerzo y noté que un soldado de las SS vigilaba cada rincón de la habitación y Ghislain estaba sentado frente a mí. Me miró con ojos sombríos sin pestañear, pero sus fosas nasales estaban dilatadas. No pude descifrar su semblante. ¿Estaba siendo considerado un traidor como yo, o un criminal confeso, que cooperaba con Von Schroeder? ¿Quizás había colaborado con ellos todo este tiempo y ahora me estaba entregando? No podía culparlo;

Von Schroeder era como un padre para él.

Von Schroeder arrojó el abrecartas ensangrentado sobre la mesa. —Se acabó, Fräulein Niemeyer —se quitó el pañuelo. El corte en su mejilla era de un par de centímetros de ancho y aún sangraba. —Esta vez, espero que tu inteligencia supere tu bravuconería y podamos mantener una conversación más civilizada. No me obligues a usar medidas coercitivas nuevamente.

Reinhard estaba a su lado, azadón en mano. Vestido de negro parecía un Doberman, enseñando los dientes, esperando la instrucción de su amo para asesinar a su víctima.

—Ahora, Fräulein Niemeyer, ¿serías tan amable de compartir conmigo el paradero de los niños?

Tragué saliva. No lo sabía; sus habitaciones estaban vacías, pero no podía decirlo. ¿Podría *Ghislain haberlos llevado a algún lugar seguro?* Su rostro no daba pista alguna. Pero incluso si lo supiera, nunca se lo diría. —No lo sé… —Finalmente respondí.

Von Schroeder chasqueó los dedos. —Revisen todos los rincones de esta casa, incluso si tienen que hacerla pedazos.

—Como ordene, Obergruppenführer —respondió un soldado chasqueando los tacones, y luego hizo una seña hacia la entrada. Los tablones de madera crujieron con las pisadas de las botas del escuadrón que marchó dentro de la casa. El techo chirrió al empujar los muebles, seguido de una serie de golpes cuando los objetos contenidos cayeron al suelo. Los soldados martillaron el piso para inspeccionar el sótano. Las ventanas se estrellaron, los electrodomésticos se rompieron en pedazos. Los soldados realmente estaban destruyendo la casa.

Von Schroeder se reclinó hacia atrás, escuchando la cacofonía de destrucción como si fuera un himno de Frideric Handel. Sacó el reloj de oro de su bolsillo y lo colocó sobre la mesa. Esta vez estuve lo suficientemente cerca para reconocer el emblema grabado en la tapa. Era el círculo irradiando las doce líneas en zigzag que había visto en el piso de la torre norte del castillo de Wewelsburg. Era el Sol Negro.

—Tu tiempo se está agotando —Von Schroeder sonrió, golpeando la mesa con el dedo índice al ritmo de un reloj acelerándose.

—No, su tiempo se está agotando —respondí. —¿No escuchan el martilleo de los cañones? ¿El golpeteo de las bombas o las ráfagas de viento provocadas por las balas? —dije, citando sus palabras en el castillo de Wewelsburg. —Sus enemigos están a las puertas, y un escuadrón de estadounidenses se dirige hacia aquí mientras hablamos.

La sonrisa de Von Schroeder se desvaneció, pero su seriedad duró solo unos segundos antes de estallar en carcajadas. Lo disfrutó, a pesar de que la herida de su mejilla sangraba profusamente. —¡Tráiganme la bolsa! —ordenó, y un soldado cumplió sus deseos. —Cuando era más joven que tú, un extraño me hizo un regalo inesperado. No sabía que cambiaría no solo mi vida, sino también mi destino y la vida de quienes me rodean... para siempre. Estabas destinada a estar sentada aquí a mi lado, Fräulein Niemeyer. Entonces, te traje tres obsequios para ayudarte a aclarar tu futuro. El primero... —sacó un osito de peluche, cosido con hilo rojo, el de Bill. —Tienes razón, nos encontramos con los estadounidenses en nuestro camino aquí... Un escuadrón de un solo hombre... Llevaba esto —Von Schroeder se pasó la mano enguantada de cuero por la mejilla y untó la sangre en el osito de peluche, limpiándose los dedos meticulosamente. —No lo suficientemente duro para ser un soldado, diría yo.

Todos los soldados se rieron de su broma. Intercambié miradas con Ghislain y me desplomé en mi silla, mi corazón se hundió, temiendo lo peor.

—Pero no te preocupes, él no está muerto... aún —corrigió Von Schroeder. —Está siendo atendido, esperándote con el pequeño Gustav.

No logré comprender quién era el pequeño Gustav; supuse que era un torturador, aunque Reinhard era todo experto en infligir dolor como para necesitar a alguien más.

—Tu confesión puede hacer la diferencia en el destino de tu amigo estadounidense... Entonces, ¿cuál será? ¿Indoloro o tortuoso?

Inhalé profundamente, tratando de deshacer el nudo en mi garganta. *Pero ¿qué puedo decir?* No podía traicionar a mis hijos, y aunque quisiera, no sabía dónde se escondían. Valeska sabía que esto se avecinaba, así que esperaba que hubiera llevado a sus hermanos a un lugar seguro. No importaba cuál fuera mi respuesta. Sabía en el fondo que terminaría muerta. —No sé... —murmuré, apenas audible, mientras luchaba por contener las lágrimas.

—¿Qué? —preguntó Von Schroeder.

Reinhard balanceó la azada y la hoja se hundió en la mesa de madera justo en frente de mí. —¡Responde a la pregunta, maldita sea!

—¡No lo sé! —grité.

—Entonces no me dejas otra opción… —Von Schroeder rebuscó en el contenido de la bolsa y extrajo una cuerda. —Este es el segundo obsequio para ti —se la arrojó a Ghislain. —Ata un nudo corredizo, hijo.

CAPÍTULO 38

GHISLAIN OBSERVÓ LA CUERDA EN SILENCIO.

—Hemos recorrido un largo camino hasta este punto. Ahora es el momento de poner fin a lo que empezamos —Von Schroeder caminó detrás de Ghislain. —Hiciste un buen trabajo manteniéndonos informados en todo momento —apoyó una mano tranquilizadora en el hombro de Ghislain. —Deberías sentirte orgulloso de tu servicio a la patria.

—"Un buen trabajo manteniéndonos informados…" —repetí con incredulidad, mi corazón se encogió cuando Ghislain no me miró a los ojos.

—¿No lo sabías? —Reinhard dijo sarcásticamente. —Debo reconocer que realmente la engañaste —dijo, dirigiéndose a Ghislain.

Mis sospechas habían sido correctas. Ghislain solo me había salvado como parte de un plan mayor. Me había engañado para atraernos a esta casa, Dios sabe por qué razones. —¿Por qué? — cuestioné con amargura, recordando sus palabras, su promesa, negándome a creer que todo era mentira. —¿Por qué lo hiciste?

Pero Ghislain permaneció en silencio, anudando la cuerda.

—Porque era una orden —respondió Von Schroeder en su lugar, y tenía razón. ¿Por qué Ghislain traicionaría las órdenes de su superior y padre adoptivo? ¿Por el bien de los niños? ¿Por mí?... No, había sido una tonta.

—Listo —Ghislain entregó el nudo de horca a Von Schroeder.

—¡Espléndido! Pongámoslo en uso —Von Schroeder se dirigió afuera.

—¡Muévete! —Reinhard me obligó a seguir.

—Hiciste un trabajo espléndido —felicité amargamente a Ghislain, que caminaba delante de mí.

Me miró por encima del hombro, pero no pronunció palabra.

—Silencio —la mano enguantada de Reinhard sujetó mi nuca y me condujo como una marioneta.

Afuera, Von Schroeder rodeó la propiedad como un comprador de bienes raíces, examinándola en detalle. Durante nuestro paseo, noté sus vehículos militares estacionados detrás de un bosquecillo de árboles a espaldas de la casa, lo que explica por qué no me había percatado de su llegada. Adivinando la cantidad de soldados que desmantelaron la casa y contando los que vigilaban las inmediaciones, probablemente eran más de cuarenta hombres. Esto no me sorprendió. Von Schroeder no se arriesgaría a acercarse al frente de batalla sin escolta.

—Esa servirá —Von Schroeder señaló una viga de madera que sobresalía del entrepiso. El comedor era visible a través de las ventanas. —Altura perfecta —midió con el pulgar extendido y un ojo cerrado, como un pintor esbozando su obra maestra. —Fijen el anillo y anclen la estaca.

Dos soldados usaron una escalera para llegar a la viga de madera y le clavaron el anillo de metal. Pasaron el extremo de la cuerda, que se amarraría alrededor de la estaca clavada en el suelo.

—El sol se está poniendo —dijo Von Schroeder, señalando el horizonte. —Odio pasar la noche al aire libre. Regresaré antes de que caiga la noche, y puedes venir con nosotros. Esta noche, puedes dormir en una cama acogedora junto con tu familia que te espera en Wewelsburg... o puedes seguir los pasos de tu traidor hermano y pudrirte en una zanja fría junto con tu amigo estadounidense.

—No te atrevas a hablar de mi hermano, hijo de... —lo acusé, pero Reinhard me contuvo.

—¿Solo palabras bruscas tiene en esa sucia boca tuya? Ten en cuenta que la lengua es una espada de dos filos, y cada vez que la blandes, podrías terminar cortándote.

Von Schroeder amenazó con la horca, y pude sentir la cuerda

peluda y arenosa ajustándose alrededor de mi mandíbula, tirando de mi cráneo hasta romperme las vértebras. Se me hizo un nudo en la garganta ante la idea, tornando mi respiración superficial. Mis ojos angustiados se desviaron, buscando inútilmente una vía de escape, hasta que vi a Sidney atravesando los campos en nuestra dirección. Invisible para todos menos para mí, maldecida con la visión secundaria.

Tal vez esta es... esta es la forma en que voy a morir. Colgada. ¿Qué importa ahora?

—Y-yo… —tartamudeé, pero recordando a mi hermano Anton, el sufrimiento de mis niños y mis propias tribulaciones también, reuní la fuerza que necesitaba. —Creo que... deberían irse a la mierda.

—La gatita tiene colmillos —bromeó Reinhard.

Von Schroeder olfateó. —Tráela.

Reinhard me empujó más cerca de la horca improvisada, pero antes de que comenzara el grotesco espectáculo, el sonido de motores que se acercaban nos interrumpió. Un automóvil escoltado por dos motocicletas BMW grises con sidecar, conducidas por tropas de las SS, se detuvo en el camino de entrada. Una figura salió de la parte trasera del coche.

Mi padre.

Mis músculos se relajaron e inhalé como si hubiera salido del agua a punto de ahogarme. —Pa-padre —dije, sintiéndome mareada.

—¿Por qué tanto alivio? ¿Pensaste que estaba a punto de colgarte? —Von Schroeder sonrió a medias. —Nosotros no colgamos a las mujeres. No somos monstruos.

Incluso si quisiera creerle, no podía ver nada más que un demonio en uniforme.

—Entremos a la casa —ordenó Von Schroeder.

—¡Emma! —dijo mi padre una vez que estuvimos adentro, y corrí hacia él.

—¡Padre! Yo-yo… —Pero no pude explicarlo con palabras, solo lágrimas.

—Me alegra que estes bien —mi padre me acarició la cabeza.

—Todo estará bien. No te preocupes.

—¿Qué te trae al frente occidental, Hans? —Von Schroeder estaba detrás de su silla, con los brazos cruzados apoyados sobre el respaldo.

—Sabes bien qué.

—Si no es lo suficientemente obvio, estoy en medio del rescate de nuestros niños y castigar a la secuestradora —dijo Von Schroeder.

¿Rescatar a nuestros *niños*? ¿*Secuestradora*? No podía creer sus palabras, después de todas las atrocidades perpetradas.

—Y todo está bajo control.

—Por el aspecto de tu rostro no lo parece —dijo mi padre, indicando la sangre goteando por la mandíbula de Von Schroeder sobre las insignias en su pecho. A pesar de que había pasado más de una hora desde que infligí la herida, no se habían formado coágulos.

—Hay que derramar sangre para alcanzar la grandeza. La línea que nos separa de nuestros enemigos ha sido trazada con sangre. Juré ser despiadado con aquel que cruce esa línea. No me obligues a defender mi juramento, Hans. Date la vuelta y regresa por el mismo camino que llegaste.

—No me iré sin mi hija.

—Tenemos asuntos pendientes con ella. Yo doy las órdenes aquí. No tienes jurisdicción sobre este asunto.

—Te equivocas —mi padre sacó un documento de su abrigo y lo presentó. —Vengo de Berlín. Tengo aquí tus instrucciones para cesar tu operación actual y regresar.

Von Schroeder arrebató el papel y lo leyó.

—El Führer está al tanto de tu agenda turbia. Yo mismo le he informado. Todavía podemos regresar y solucionar las cosas. Pero no me obligues a exponer todos tus crímenes...

—¿Mis crímenes? —Von Schroeder se llevó la mano al pecho con solemnidad. —¿Me juzgas de delitos cuando no he hecho más que engrandecer la patria? ¿Me acusas, cuando he soportado lo impensable para acercarnos al alcance de la gloria, derramando mi propia sangre a cada paso para conseguir lo supremo? —Von Schroeder se pasó la mano por la mejilla y le mostró guantelete de cuero ensangrentado a mi padre. —¿He matado? Sí, muchas veces, y volvería a matar a cada uno de ellos si fuera necesario. Mataría a todos esos infrahumanos que se interponen entre nosotros y nuestro sueño de elevar a la humanidad a la altura de los dioses. Pondría de rodillas a los dioses para que me miraran a los ojos si fuera necesario... —Von Schroeder respiró hondo y se relajó. —Porque solo estoy cumpliendo con mi deber. La obligación que me ha sido confiada. ¿Es eso un crimen? Tú deberías decírmelo —golpeteó el pecho de mi padre con el dedo. —Tú hiciste lo mismo en ese laboratorio tuyo… ¿Cuántos no nacidos fueron abortados y cuántos enfermos has sacrificado por el bien de la higiene racial? —Von Schroeder frunció el ceño y me señaló. —¿Le has dicho? ¿Le has hablado a tu hija de *Lebensborn*? ¿Sobre tus planes para aparearla con el Brigadeführer Fleischer —Von Schroeder señaló a Ghislain —para engendrar la perfecta raza aria?

—¡Suficiente! —mi padre golpeó la mesa.

—¿Padre? —pregunté, incapaz de digerir lo que había escuchado. ¿Solo era un experimento para él? ¿Era solo un útero para dar a luz a tantos niños de raza pura como fuera posible? Pero mi mente no se detuvo ahí… *¿Estuvo planeada también mi violación en el calabozo?*

—Emma, no es así… dijo mi padre con manos temblorosas, visiblemente agitado.

—¡Es así, Hans! ¡Acéptalo! Los dos tenemos las manos manchadas —Von Schroeder forzó un sangriento apretón de manos con mi padre. —Ambos somos criminales... La única diferencia es... que no soy un traidor —Von Schroeder se acercó a mi padre y, con un rápido movimiento, desenfundó su pistola con la mano izquierda y le disparó en el costado.

CAPÍTULO 39

MI PADRE. De niña lo admiraba como un gigante, firme como un roble. El hombre que podía enfrentar cualquier desafío y pelear cualquier batalla y perseverar hasta salir victorioso. El hombre que me había ayudado a levantarme cada vez que me caía. Ahora, sus piernas temblorosas retrocedieron y sus rodillas cedieron cuando su rostro desconcertado rechazó su caída con un brazo extendido y dedos flexionados, como si tratase de aferrar al pedestal que había erigido para él. Pero como todos los colosos de la historia, mi padre se derrumbó.

Me abalancé en su ayuda, pero los soldados me detuvieron. Sollocé incontrolablemente, enroscando los brazos, imaginando que podría aliviar su dolor con un abrazo fantasma. Los hombres de mi padre intentaron tomar las armas, pero los cañones de las armas de los secuaces de Von Schroeder ya les apuntaban a la cabeza. Rodeados y superados en número, los soldados desalentados no tuvieron otra opción que entregar sus armas.

—Sáquenlos —instruyó Von Schroeder. —Ya saben qué hacer —dijo con un tono siniestro.

Los cañones de las ametralladoras condujeron a los soldados desarmados fuera de la casa como si portaran la bandera del enemigo. Ni un minuto después, resonó una serie de disparos.

—Es una tragedia ver a compatriotas caer bajo el fuego enemigo —declaró Von Schroeder, actuando agraviado, dando a entender su intención de atribuir sus muertes a los invasores estadounidenses como parte de su plan, dejando en claro que contaría la misma historia para exculpar nuestros asesinatos.

—Ba-bastardo —mi padre tosió la palabra soez entre las bocanadas de sangre que brotaban de su pulmón perforado. Sacó su arma y apuntó con una mano temblorosa, pero Von Schroeder le apartó el brazo de una patada y la bala destrozó un retrato en la pared.

—¡Nunca volverás a llamarme así! —Von Schroeder aplastó la herida de mi padre con el tacón de su bota.

Luché por liberarme mientras mi padre se retorcía de dolor, pero no pude desenganchar las manos de los soldados de mis brazos. —Déjalo en paz, bastardo —dije para desviar su atención de mi padre.

Von Schroeder se volvió hacia mí, resoplando como un toro a punto de embestir. Las arterias de su frente se abultaron y la sangre goteó por los agujeros gemelos sobre sus cejas, pasando por sus carúnculas lagrimales como si fueran lágrimas de sangre. —Nunca preguntaste cuál era tu tercer obsequio —dijo Von Schroeder, luchando por recuperar su característica ecuanimidad.

Lo había olvidado por completo. El osito de peluche de Bill había sido el primero y la cuerda el segundo. No podía imaginar qué tipo de monstruosidad podría ser la siguiente.

—Trae el último regalo —le ordenó a Reinhard, quien sonrió con picardía, como si hubiera estado esperando este momento todo el tiempo, y cuando regresó empujando el "obsequio", entendí el porqué de su alegría morbosa.

—¿Ma-madre? —grité, creyendo que estaba a salvo a cientos de kilómetros de distancia.

—¡Emma! ¡Gracias a los dioses! —dijo con alivio, pero cuando puso los ojos en mi padre, se derrumbó en el suelo, al igual que su aliento. —¡Hans! ¡Hans! —ella se lamentó, y puso la cabeza de mi padre en su regazo, descansando una mano cariñosa sobre su herida.

—Frieda… —mi padre encontró su mano.

—¡Monstruo! ¡Qué has hecho! —mi madre se enfrentó a Von Schroeder, que todavía empuñaba el arma homicida.

—Cumplí mi promesa. He reunido a tu familia —Von Schroeder buscó algo en su bolsillo. —Una familia de traidores —mi medallón que contenía la foto de Anton colgaba de sus dedos. Los secuaces de Von Schroeder lo habían recuperado del cadáver de Hermann, lo que significa que él sabía que mi padre me había ayudado a escapar. —Frieda, me tomas por tonto si crees que no soy consciente de que sabías que tu traidor hijo proporcionó la inteligencia al gobierno checoslovaco utilizada para el asesinato de Heydrich en Praga. Y ayudar a la Resistencia francesa en la liberación de Francia…

—¿Qué quieres de mi hijo? —mi madre le frunció el ceño. —Él ya está muerto.

—Ni siquiera la muerte puede purificar la mancha de la traición —dijo Von Schroeder con frialdad. —Incluso en el más allá, tu hijo será tildado de traidor.

Ante la mención de la muerte de Von Schroeder, Sidney pasó junto a las ventanas, sus ojos fijos en mí mientras merodeaba afuera. Mi corazón latía con fuerza conforme se acercaba a mi agonizante padre. *Si Sidney toca a mi padre… necesito evitar eso a toda costa…* Desafortunadamente, estaba atrapada en la agonía silenciosa de un peligro inminente invisible para todos los demás, incluso para Ghislain a mi lado.

—Desgraciadamente, la perfidia es contagiosa y se transmite a través de las alimañas como la peste —continuó sermoneándonos Von Schroeder. —Un hijo de confianza conspiró con los enemigos para matar a un compatriota y convenció a su desinteresada madre para que se confabulara en sus crímenes, convirtiéndose en cómplice con su silencio. Luego, la semilla de la deslealtad se sembró en una hija brillante, que secuestró el futuro del Reich, con la ayuda y el encubrimiento de sus crímenes por parte de su propio padre, uno de los mejores obergruppenführers y un amigo cercano —Von Schroeder tiró mi relicario al suelo y apuntó a mis padres. —La única forma de detener la propagación de la subversión es exterminar a todas las alimañas.

—¡No! —interrumpí. —Yo lo hice. Fui yo quien le disparó a Hermann. Fui yo quien prendió fuego a Wewelsburg. ¡Cúlpenme a mí! Ellos no. Mis padres no estuvieron involucrados… ¡Por favor, perdónalos!

—¿Podría una niña ser la única mente maestra detrás de este complot? —Von Schroeder caminó hacia mí. —¿O había alguien más? ¿Mmm? —Von Schroeder tocó el hombro de Ghislain. —Un soldado obediente asignado con la misión de encontrar a los niños secuestrados. Un hijo al que su padre le confió una tarea tan primordial, a pesar de los rumores sobre su connivencia con los traidores. —Von Schroeder pasó su brazo por los hombros de Ghislain y lo guio frente a mis padres. —Pero ¿puede el amor de padre cegar a un hombre hasta el punto de negar la evidencia que prueba que su hijo es un agente doble? ¿De refutar la idea de que su hijo planeó huir del país con la chica y los niños, contradiciendo los deseos de su padre?

A pesar de las repentinas revelaciones, Ghislain permaneció en silencio, con la mandíbula apretada y cabizbajo.

—Creo que el corazón de un padre nunca se equivoca —la mano gentil de Von Schroeder giró el rostro de Ghislain para mirarlo a los ojos. —Pero necesitas probar que los rumores están equivocados, hijo. Tienes que demostrar tu lealtad, tu nacionalismo —Von Schroeder puso su arma en la mano de Ghislain. —¡Dispara a los traidores y demuéstrales que están equivocados! ¡Muéstrales tu compromiso con la causa, con la patria!

Ghislain apuntó vagamente a mi padre, siguiendo las órdenes de su propio padre y superior, pero mi madre interpuso su cuerpo en la línea de fuego. Ghislain hiperventiló y frunció el ceño, evidenciando su lucha interna entre el soldado y el hombre.

Supliqué, apelando a su humanidad —¡Ghislain, no lo escuches! ¡He visto lo bueno en ti! ¡Por favor, no lo hagas! ¡Sé que no eres como ellos!

—Disparates. Te acepté en la manada. Eres como nosotros ahora —Von Schroeder apretó la nuca de Ghislain. —Eres un lobo, y esta es tu presa. Muestra esos colmillos y aprieta el gatillo. Demuéstrame que hice lo correcto salvándote de las calles y dándote la bienvenida en mi casa como mi hijo.

Ghislain rechinó los dientes mientras agarraba el arma. Después de lo que pareció un momento interminable, su respiración finalmente se alivió y bajó el arma. —Lo siento… pero ahora estoy convencido de que habría servido mejor a mi país si hubiera muerto en las calles —le devolvió el arma a Von Schroeder. —Quitarme la vida, como lo hizo mi verdadero padre, habría sido más patriótico que seguir tus órdenes.

Los ojos de Von Schroeder se volvieron severos cuando el hombre que una vez había considerado como su hijo se convirtió en un extraño. —El corazón de un padre nunca se equivoca. Tu padre fue un cobarde y se quitó la vida para evitar que su hijo heredara su destino —sacudió la cabeza levemente. —Pero no… no lo harás. El suicidio es una muerte honorable… Compartirás *su* destino… Tendrás la muerte de un traidor. ¡Sujétenlo!

Dos soldados, una vez compañeros de armas con Ghislain, lo obligaron a arrodillarse.

—No es que sea malvado, muchacho —Von Schroeder se dirigió a Ghislain como si todavía fuera el niño de diez años que había conocido en las calles. —Solo lastimo a la gente en nombre de grandes cosas. Algo que un plebeyo como tú nunca entenderá… —Von Schroeder apuntó su arma a mi madre y apretó el gatillo dos veces, hiriendo ambos muslos.

—¡Nooooooooooooooooo! —grité, como si las dos balas me hubieran perforado el corazón.

Mi madre se derrumbó, pero mientras soportaba el dolor, sus ojos buscaron los de mi padre. Los dedos temblorosos de su mano se tambalearon por el suelo hasta que encontraron la mano de mi padre y ambas se entrelazaron.

—¡Bastardo!

—¡Cállate! —Von Schroeder gritó, trastornado, las venas se crisparon en su rostro y las gotas de sangre brotaron de todas sus heridas abiertas. —Me quitaste algo, y ahora te voy a robar lo que más te importa —agitó un dedo ensangrentado e inculpatorio hacia mí. —¡Ahora, saquen a esas ratas de su escondite!

Momentos después, sus secuaces entraron cargando latas y derramaron gasolina en las paredes de toda la casa.

Nos quemaremos vivos… me di cuenta, y mientras continuaba cayendo en mi pozo sin fondo de desesperación, algo se rompió dentro de mí.

—¡Fuiste tú! ¡Me obligaste a hacerlo! —el dique que retenía mis sentimientos, mis secretos y mi sufrimiento se derrumbó. —Lo hice porque no me dejaste otra opción. Reinhard no podía seguir torturando y violando a mis niños, como lo hizo conmigo —confesé mi horror personal ante todos. Frente a mis moribundos padres, que nunca habían imaginado un futuro tan sombrío para su hija. Frente a Ghislain, el hombre que me había salvado y por un momento me hizo creer la ilusión de que el amor aún era posible para mí. Y frente a todos esos soldados, hombres que habían hecho la vista gorda ante el abuso. Pero hice oír mi voz, especialmente por el hombre que me había lastimado. —¡Lo hice porque ya no te tengo miedo! —volví mis ojos rabiosos hacia Reinhard. —Será mejor que me mates, porque, aunque me encadenes, esta vez te morderé, te desgarraré y te escupiré, y hasta mi último aliento, maldeciré tu nombre… lo juro… juro pagarás por lo que has hecho.

Mi padre miró a Reinhard con ojos saltones, ahogándose en su ira sangrienta.

Ghislain intentó levantarse, pero sus custodios le torcieron los brazos y lo obligaron a bajar. —¡Reinhard, hijo de puta! —murmuró con los dientes apretados.

Pero a pesar de la consternación provocada, en el rostro de Reinhard se dibujó en una sonrisa maquiavélica, como si todo lo que había dicho hubiera sido un cumplido. —Sólo el gran dolor es el liberador último del espíritu —dijo con orgullo, como un artista admirando su obra; mientras tanto las llamas crecían detrás de él, como si hubiéramos descendido al infierno.

El fuego se extendió salvajemente por las paredes empapeladas y con paneles de madera. La temperatura aumentó y el vidrio que cubría los cientos de retratos se agrietó y explotó. Las fotos se agujerearon y carbonizaron hasta que sus cenizas se alejaron flotando como nieve gris. La estructura crujió al sucumbir al calor, y los soldados intercambiaron miradas de preocupación mientras esperaban que su superior diera la orden de abandonar el edificio. Sin embargo, el semblante enfurecido de Von Schroeder reafirmó que no planeaba irse de la casa con las manos vacías. Sostuvo su reloj de bolsillo del Sol Negro cerca de su pecho, como si contara los segundos para que se cumpliera una profecía. Pero a pesar de la quietud de Von Schroeder, ninguno de sus subordinados se atrevió a moverse ni un centímetro. Se convirtieron en estatuas sudorosas, ya que temían al hombre más que arder vivos.

—Señor —finalmente habló un soldado en pánico. —Al-alguien está escribiendo en la máquina de escribir —tartamudeó sin pestañear, mirando hacia la sala de estar.

—¿Y? —Von Schroeder respondió con calma, sin quitar su atención del reloj.

—Nadie está sentado frente a ella… —explicó el soldado asustado. —Se está escribiendo sola… ¡un f-f-fantasma!

Sidney, deduje, considerando que era invisible para todos menos para aquellos con la visión secundaria. *Finalmente, la Muerte ha entrado en la casa…*

Von Schroeder se rio entre dientes. —¿Qué esperabas de *La Casa del Diablo*? Esta casa es un pasaje al otro lado, utilizado por el diablo para arrastrar a los incautos al infierno. De ahí su nombre.

Los ojos de las estatuas humanas dieron vueltas, atrapados en sus cuencas, al darse cuenta del lugar en el que nos encontrábamos. Incluso yo no pude evitar preguntarme si todos esos retratos pertenecían a las almas de incautos arrastradas al infierno. Mi espina dorsal se erizó al pensar que habíamos pasado días en esta casa, hasta que se convirtió en el infierno mismo.

Un soldado corrió escaleras abajo. —¡Señor, encontramos a los niños escondidos en un pasillo dentro de las paredes!

—*Consummatum est!* —dijo Von Schroeder, complacido, y cerró la tapa de su reloj.

—¡Melocotón! ¡Melocotón!

Los soldados sacaron a mis hijos pataleando en medio de sus gritos.

—¡No se atrevan a lastimar a mis niños!

—¡Todos fuera! —Von Schroeder finalmente emitió la instrucción ansiosamente esperada y luego se volvió hacia mí, aún refrenada por sus secuaces. —Fräulein Niemeyer, tienes razón. Nunca te di a elegir. Para compensar eso, tengo un cuarto obsequio para ti. Te daré la oportunidad de salvar a uno de tus seres queridos. ¿A quién elegirás, me pregunto? ¿Arrastrarás a uno de tus condenados padres afuera antes de que la casa en llamas se derrumbe, o salvarás a tu traicionero amor de asfixiarse en la horca? —me miró con ojos rojizos teñidos con sangre mientras un nuevo torrente de lágrimas sanguinolentas corría por su rostro.

Le escupí. —¡Bastardo! —me retorcí para liberarme de mis captores, alimentada por la rabia y la impotencia.

Von Schroeder se pasó el antebrazo por la cara para limpiarse la saliva. —Espero que llegues a la vejez y te arrepientas de lo que has hecho hasta tu último aliento, así como yo llevaré esta herida tuya por una eternidad. ¡Atenlo! —los custodios de Ghislain lo sacaron de la casa.

—¡No! —gemí, pero Reinhard me dio un puñetazo en el vientre y caí de rodillas, sofocada, luchando por soportar el dolor y volver a ponerme de pie tan pronto como pudiera.

Von Schroeder recogió su sombrero de la mesa y se lo puso. La insignia de Totenkopf, la calavera y las tibias cruzadas, brillaban, reflejando las llamas. —¡Sieg Heil! —saludó a mi padre moribundo y luego se alejó.

CAPÍTULO 40

LAS PAREDES DE LA CASA estaban hechas de fuego. El aire se volvió denso. Ardiente. Irrespirable. No podía dejar de toser mientras gateaba hacia mis padres. Pero a pesar del calor, encontré a mi padre temblando como si sufriera hipotermia. Su ropa estaba empapada en sangre. —¡Papá! ¡Mamá!

—¡E-Emma! —mi padre extendió su mano tambaleante con ojos fijos e insensibles, como un ciego tratando de descubrir el mundo.

—¡Papá! —dije con sollozos ahogados. —Por favor, espera, te sacaré —en medio de su sufrimiento, arrastré a mi padre por las axilas unos pasos con gran esfuerzo, pero el camino de regreso a la entrada parecía inalcanzable. *No lo lograré por mi cuenta.* —¡Mamá! —llamé, pero ella no respondía. Mi madre estaba ajena, contemplando las llamas devorándolo todo mientras atesoraba el relicario con la foto de Anton contra su pecho. —¡Mamá! ¡Por favor! —la saqué de su trance. —¡Por favor, ayúdame! ¡Tenemos que salir! —el techo se agrietó sobre nosotros. —Necesito que te arrastres usando tus manos… ¡No puedo cargarlos a los dos! ¡Mamá, por favor! —me negué a elegir uno sobre el otro. Tenía que salvar a ambos.

Una serie de golpes en la ventana llamó mi atención. Las botas de Ghislain pateaban la ventana cuando un verdugo lo subió a la horca. Ghislain gruñó y se sacudió con desesperación mientras sus dedos intentaban hacer espacio entre su cuello y la soga para respirar.

—*Verräter, Verräter!* —los soldados corearon "traidor" a Ghislain mientras los verdugos ataban la cuerda a la estaca.

Pero a pesar de mis deseos de correr en ayuda de Ghislain, no podía simplemente abandonar a mis padres. Ciertamente, Von Schroeder me había obligado a elegir a quién salvaría, condenando a muerte al resto. —¡Mamá, por favor! —supliqué, deseando poder teletransportarnos afuera.

—No —ella me miró. —Todo está perdido para nosotros ahora... Es hora de que nos reunamos con tu hermano.

—E-Emma... ¡vete, vete! —ordenó mi padre, regurgitando sangre.

—¡No! ¡No! ¡Por favor!

Mi padre buscó a tientas mi mano. —P-por favor... per-perdóname por no hacer suficiente... p... ti.

—¡Emma, escucha a tu padre por una vez! —mi madre dijo. —Ojalá pudiera ser la madre que te mereces... Tú, vales oro... —ella sonrió y me acarició la mejilla, manchándome la cara con sangre. —Ahora, antes de que te vayas, complace el último capricho de tu madre moribunda y llévame al lado de tu padre —cerré los ojos, exprimiendo mis lágrimas, rechazando la realidad que estaba viviendo. Me negué a aceptar que este era el final para mis padres, pero la ventana explotó, devolviéndome a mi realidad infernal. Sin otra opción... cumplí la última voluntad de mi madre.

—Hans... mañana despertaremos en París —fueron las últimas palabras de mi madre mientras se acurrucaba con mi padre. El lugar donde habían pasado su luna de miel.

Cerré los ojos, tratando de grabar en mi memoria esa última imagen de ellos, juntos, como siempre me había gustado verlos. Entonces me di la vuelta.

Cuando abandoné la casa en llamas, lo encontré todavía sentado frente a la máquina de escribir, con las piernas cruzadas, sin preocuparse por las llamas que envolvían la sala de estar. Sidney había escrito, "13, 27, 44, 49, 66, 68, 88", los números de mis niños, repetidamente en toda la hoja, usando la cinta roja.

—Espero que hayas tenido suficiente tiempo para despedirte —dijo Sidney, indiferente.

—¿Por qué? ¿Por qué? —lo enfrenté, enfurecida. —¿Por qué

tuviste que hacerlo?

Sidney se levantó y caminó hacia mí, con los ojos encendidos. Retrocedí.

—Porque alguien tiene que hacerlo… —dijo Sidney con voz tranquila mientras sus ojos volvían a su tono verde habitual. —Yo tampoco tuve elección. La Voluntad me nombró en mi nacimiento para repetir esta tarea sin cesar. Al igual que tus hijos, también estoy sujeto a castigo por los crímenes cometidos por mis antecesores —Sidney suspiró. —Me gusta pensar en ello como una penitencia, para convencerme de que tengo cierto control sobre mi destino…

—Pero tienes el poder… —*El poder de cambiar las cosas, a diferencia de mí.*

Sydney negó con la cabeza. —Solo tengo el poder de decir que hoy no es tu día —caminó hacia el comedor para consumar su tarea: cosechar las almas de mis padres.

—¡No! —intenté ir tras él, pero Sidney chasqueó los dedos y la cocina explotó. Interpuse mis brazos frente a mí, y la onda de choque me envió volando a través de la puerta de entrada. Aterricé y rodé por la tierra, extinguiendo el fuego captado por mi ropa. Mis oídos sonaron. Tosí violentamente, tratando de expulsar el humo de mis pulmones.

—Mamá… papá —me puse de pie tambaleándome, pero solo pude ver cómo la casa se derrumbaba sobre sí misma, como una pira funeraria, convirtiendo en cenizas los últimos vestigios de la existencia de mis padres. Me quedé mirando las chispas subir hacia el cielo sin luna, volando hacia la noche como luciérnagas efímeras.

Del mar de fuego, emergió una figura. Era Sidney, inmaculado y sin quemarse, como si habitara en otra dimensión donde las llamas no lo podían alcanzar. Una dimensión yuxtapuesta a la nuestra. Sidney ayudó a mis padres a levantarse. A pesar de sus heridas de bala, mis padres parecían tan sanos como si estuvieran vivos. Me miraron por última vez y sus rostros preocupados se transformaron en sonrisas anhelantes. Pero mi llanto incontrolable me impidió devolverles la sonrisa. Mis padres se tomaron de la mano y caminaron detrás de Sidney hasta que sus figuras desaparecieron de este plano de existencia.

Podría haber tratado de convencerme de que ver a mis padres fallecidos fue solo un espejismo producido por las llamas o un engaño inventado por mi mente para lidiar con el trauma de su muerte. Pero en ese momento, había aceptado que mis visiones eran reales. Y que la condición que sufría sería mi castigo por el resto de mi vida. O, como dijo Sidney... *mi penitencia.*

Mientras contemplaba el fuego hipnótico devorando mi mundo, alguien se paró a mi lado.

Ghislain había sobrevivido.

CAPÍTULO 41

GHISLAIN TODAVÍA LLEVABA LA SOGA alrededor de su cuello enrojecido como una corbata floja. El otro extremo de la cuerda estaba quemado, es decir que había sido el fuego quién lo liberó, o, mejor dicho, el destino que quería que viviera, a diferencia de mis padres. No es que no estuviera feliz de verlo con vida, pero en esos momentos, después de pasar por tanto en tan poco tiempo, me sentí aturdida. No podía sentir nada más. Como si mis nervios se hubieran inhibido de enviarle señales a mi cerebro para evitar experimentar más sufrimiento.

—Lo siento —dijo Ghislain, pero no respondí, mis ojos estaban fijos en la pira. —Hace un mes, me reuní con tu padre. Crecía la preocupación por el futuro del Reich. En el frente oriental habíamos perdido casi cuatrocientos mil soldados... muertos, heridos, desaparecidos, enfermos o capturados. El Ejército Rojo supera en número a nuestras fuerzas seis a uno... Naturalmente, tus padres se preocuparon por ti, por tu futuro. A sus ojos, estarías más segura casada con un hombre que te cuidara y protegiera durante las dificultades que nuestro país sufrirá después de perder la guerra. Como la mayoría de los padres, querían lo mejor para ti, y creían que, de alguna manera, esa persona era yo... un huérfano, criado para seguir órdenes... Y acepté la propuesta de tus padres sin siquiera ver una foto tuya, porque en medio de todas las órdenes que he recibido para hacer muchas cosas horribles… cuidar de alguien y formar una familia me parecía lo más noble que podía hacer con mi vida rota.

—No importa lo que querían... Ahora están muertos —dije funestamente.

—Mi promesa de tu custodia entró en conflicto con el deber hacia mi país… hacia mi padre adoptivo. Necesitaba desesperadamente mantenerte escondida hasta que el final de esta guerra dejara sin sentido todas estas conspiraciones y luchas por el poder, pero las únicas herramientas a mi disposición eran las de mi maestro —Ghislain se rio sombríamente. —Supongo que ahora sé a quién juró lealtad mi informante —se volvió hacia mí. —Es mi culpa, Melocotón. Tus padres están muertos por mi culpa.

Pero a pesar de sus palabras, no podía culparlo. Ghislain simplemente estaba enfrentando las consecuencias de las decisiones de sus superiores, viviendo la vida del soldado, como él la describió. Von Schroeder lo usó para llegar a mí y a mi padre. Todos habíamos sido solo piezas en su tablero de ajedrez, a sabiendas o sin saberlo.

—No es tu culpa. No apretaste el gatillo. Estoy agradecida por eso —yo era más culpable que él. En última instancia, fue mi decisión rescatar a los niños, no la suya.

—Sí, lo es. No puedo sostener una hermosa flor en mis manos sin marchitarla —las llamas habían llegado al jardín de Ghislain; los ranúnculos y los claveles estaban carbonizados. —Les prometí a tus padres que siempre te cuidaría y, ante ellos, quiero renovar mi voto. Al amanecer, te llevaré a Suiza. Tengo algunos contactos dentro del clero italiano que te pondrán en un barco a Sudamérica. Estarás a salvo allí. Te prometí que escalaría la montaña más alta para traerte la flor más bonita que pudiera encontrar… Ahora sé que no es una flor, sino traer a tus hijos de vuelta lo que te importa.

Me volví hacia Ghislain. —¿Sabes dónde están mis niños?

Él asintió levemente.

—Entonces llévame con ellos.

—No sabes lo que estás diciendo, tú...

—No me digas que no sé de lo que son capaces mientras los cuerpos de mis padres todavía están ardiendo —mi corazón se encendió al pensar en ello. —¡Te absuelvo de la promesa que hiciste a mis padres para mi custodia! Solo... llévame con mis niños... y los rescataré, aunque sea lo último que haga —no me quedaba nada más. Todo mi mundo se había derrumbado y convertido en cenizas ante mis ojos. La idea de salvar a mis niños era la última esperanza que le daba sentido a mi vida.

Ghislain permaneció en silencio por un momento, luego asintió.

Cuando los primeros rayos de sol cruzaron el horizonte, la casa se había quemado por completo. El imponente edificio de tres pisos se había convertido en una gruesa capa de cenizas y carbones quemados que cubría el cadáver carbonizado de la casa, con algunos postes aún en llamas. Mis pasos eran amortiguados como caminar sobre la nieve, imprimiendo un alto relieve. Cuando llegué a donde una vez estuvo el comedor, usé un palo para descubrir los esqueletos de mis padres, aún abrazados, como los había visto por última vez. Todos los rastros de quiénes habían sido se habían ido... sus rasgos, su cabello, su ropa. Incluso el medallón atesorado por mi madre se había derretido, dejando solo un rastro dorado en los huesos de su mano y caja torácica.

Como había profetizado Renenet, mis padres se habían convertido en restos sin nombre. Nadie llevaría flores a sus tumbas, y estaba segura de que ninguna flor volvería a crecer en este lugar embrujado.

Una diminuta forma rectangular llamó mi atención, y cuando la recogí, las cenizas se deslizaron hacia abajo, revelando la extraña carta del tarot del ocho de espadas sin quemar. —"Pero una vez que tomes el camino de los desamparados, ni siquiera la sangre derramada guiará tus pasos de regreso a casa" —pronuncié las fatídicas últimas palabras de Nailah, y me poseyeron las ganas de llorar. Mis acciones habían llevado a mis padres a la muerte, pero después de una noche completa de llanto, no tenía más lágrimas que derramar.

Entonces, el cielo lloró por mí. Gotas de agua cayeron de las nubes grises.

—Melocotón, es hora —dijo Ghislain. Llevaba un uniforme negro de las SS.

—¿De dónde sacaste ese uniforme?

—La escolta de tu padre —los soldados que sacrificaron por respaldar a mi padre.

—¿Te sientes cómodo usándolo?

Ghislain bajó la mirada hacia los esqueletos de mis padres.

—Entonces ¿dónde tienen cautivos a mis hijos?

—"*Kleiner Gustav.*"

—¿Quién es el pequeño Gustav? —pregunté, intrigada, recordando que Von Schroeder mencionó que habían llevado a Bill con el pequeño Gustav.

—Es más un qué que un quién… El pequeño Gustav es un tren. Un tren de guerra.

No sabía lo que eso significaba.

—Ven conmigo.

Entramos al establo, donde nos resguardamos de la llovizna mientras Ghislain explicaba.

Schwerer Gustav, o el Pesado Gustav, era un supercañón montado en un vagón de tren, pero no era un vagón ordinario. El Pesado Gustav era una súper arma de cuarenta y cinco metros de largo, doce metros de alto y 1,500 toneladas que requería dos vías de tren paralelas para funcionar. El pesado cañón de treinta metros de largo del Gustav podía disparar explosivos de cinco toneladas o proyectiles perforantes de hormigón de siete toneladas a una distancia de cuarenta y seis kilómetros. Se usó por primera vez en el asedio de Sebastopol en el '41, disparando solo cuarenta y ocho proyectiles antes de que la ciudad se rindiera. Pero a pesar del poder del Pesado Gustav, la logística requerida lo hizo poco práctico. Instalar el Pesado Gustav a rango de tiro de Sebastopol había requerido cuatro mil hombres y cinco semanas, y además otros quinientos hombres para operarlo.

Durante los años siguientes, los ingenieros nazis centraron sus esfuerzos en producir versiones más pequeñas y ligeras del Pesado Gustav, tratando de escalar su poder de disparo. A partir de esos esfuerzos, el prototipo del Pequeño Gustav cobró vida. El Pequeño Gustav era un cañón de riel del tamaño de un vagón normal y podía acoplarse a un tren blindado, lo que simplificaba la movilización a través del sistema ferroviario regular. El despliegue del cañón se simplificó con patas estabilizadoras neumáticas, lo que redujo el número de operadores necesarios a unos pocos. A pesar de usar balas más pequeñas, los proyectiles usaban una versión experimental y enriquecida del explosivo *RDX*, que generaba el doble de poder explosivo que el TNT.

—¿Dónde se encuentra este tren? —pregunté ansiosamente,

más interesada en su paradero que en las especificaciones técnicas.

—Cerca. Unos pocos kilómetros al sur de aquí, —Ghislain desplegó un mapa en el suelo del establo y señaló con el dedo. —Si la información que escuché de los soldados es correcta, el Pequeño Gustav está en la frontera, al oeste de Kranenburg, brindando apoyo de artillería a las fuerzas que luchan en Groesbeek. Teniendo en cuenta la cantidad de soldados estadounidenses desplegados, Groesbeek caerá inevitablemente, lo que obligará al Pequeño Gustav a retirarse hacia el este, a Kleve. Los interceptaremos en algún lugar a lo largo de esta ruta.

—¿Y si la información no es cierta?

—Entonces sería más inteligente reconsiderar Suiza.

Una corazonada era mejor que nada. —¿Cómo vamos a llegar allí? Te deshiciste de la furgoneta.

—Usaremos una de las BMW —Ghislain señaló las motocicletas que usaba la escolta de mi padre. —En otras circunstancias, los soldados habrían destruido los vehículos y tomado esas armas para evitar que cayeran en manos del enemigo. Pero como querían simular que tu padre y sus hombres fueron sorprendidos por fuerzas enemigas, no lo hicieron. Supongo que Von Schroeder nunca imaginó que sobreviviría al ahorcamiento o que tendrías el ímpetu de buscar venganza por tu cuenta.

—Se equivocó.

Ghislain sonrió levemente. —He recolectado todo el armamento que llevaban los soldados y lo que estaba escondido en los compartimentos del coche de tu padre —señaló una pila de rifles, municiones y granadas. —Espero que sepas cómo usar una de estas —Ghislain me entregó una ametralladora.

—¿Vamos a volar el tren? —pregunté al ver las granadas.

—Déjame explicar —Ghislain usó el cañón de un rifle para dibujar un diagrama del tren en la tierra, compuesto por nueve rectángulos alineados. —Esta es la composición del tren: primero la locomotora, totalmente blindada para proteger las ruedas y la caldera. Las armas a nuestra disposición son incapaces de dañarla, por lo que nuestra mejor oportunidad es secuestrarla. El segundo vagón es el coche de sistemas; lleva una caldera secundaria para suministrar presión al sistema neumático del Pequeño Gustav. Porta una grúa neumática para cargar el cañón y el depósito de municiones. El tercer vagón es el cañón, Pequeño Gustav, una torreta de 360 grados con un cañón telescópico. Los controles de disparo del cañón están en la torreta, pero las patas estabilizadoras se despliegan desde la grúa.

—El cuarto vagón es un *Befehlswagen,* un vagón de mando, donde se encuentran la sala de telecomunicaciones y planificación. Este vagón también contiene la sección de detención, donde los niños y tu amigo estadounidense podrían estar cautivos.

—Los vagones quinto y séptimo son gemelos. Ambos tienen ametralladoras antiaéreas cuádruples calibre cincuenta en la parte superior. Los vagones sexto y octavo también son gemelos; ambos son vehículos de transporte de personal con puertas laterales para el despliegue y una joroba central con una serie de ranuras para disparar, que funcionan como fortines móviles. En el caso de que nos involucremos en una balacera, nuestra mejor oportunidad es lanzar una granada y rezar a Dios para que encuentre su camino a través de las rendijas —Ghislain levantó una granada con mango.

—El noveno y último vagón suele ser un porta-vehículos para transporte militar —explicó Ghislain, completando su diagrama. —Ahora que sabes con qué nos enfrentaremos, este es el plan. Tenemos que colarnos mientras el tren está estacionado, con el Pequeño Gustav desplegado y disparando activamente. Una patrulla de soldados cubrirá un perímetro de cien metros alrededor del tren para detectar cualquier intrusión enemiga. Tenemos que eludir a los guardias y abordar el segundo vagón, el vagón de sistemas, y escondernos allí hasta que el tren vuelva a ponerse en marcha. A partir de ahí, nos abrimos paso hacia el coche de personal para rescatar a los niños y al estadounidense. Todos los vagones están conectados a través de un estrecho pasadizo, que podemos usar para montar una ofensiva con la ayuda de tu amigo americano, reduciendo la ventaja numérica de las fuerzas de las SS en combate. Esta distracción nos dará tiempo para ocuparnos de nuestro plan de escape.

—Los ingenieros identificaron un mal funcionamiento durante la prueba inicial del Pequeño Gustav. Cuando la presión sobre el percutor supera los límites recomendados, atasca el cañón en el mejor de los casos, pero si se fuerza, puede detonar el proyectil dentro de la recámara, haciendo estallar todo el cañón. Debido a las limitaciones de tiempo para poner a el Pequeño Gustav en acción, nunca solucionaron el problema, solo emitieron advertencias al personal operativo.

—Esta podría ser nuestra forma de venganza... volar su preciada arma y escapar antes de que ocurra la detonación separando al Pequeño Gustav y al resto del tren blindado de su conexión con el vagón los sistemas y la locomotora. —Los ojos de Ghislain se iluminaron con determinación cuando se volvió hacia mí. —¿Qué opinas?

Suicida, pensé, pero ya no me importaba. —¿Qué otra opción tenemos?

—Ninguna. Si el tren avanza dentro del territorio alemán, nuestras posibilidades son cada vez más escasas. Como soldado, preferiría intentar secuestrar al Pequeño Gustav que asaltar el castillo de Wewelsburg —Ghislain tenía razón. Aquí, los nazis estaban expuestos al enemigo. Pero Wewelsburg era una fortaleza. Con el Pequeño Gustav podríamos enfrentarnos a cincuenta hombres; en Wewelsburg, serían al menos quinientos.

—¿Von Schroeder estará en el tren? —el helado deseo de venganza secuestró mi corazón.

—No puedo asegurarlo. Reconocí su vehículo estacionado en los arbustos. Tal vez esté siendo transportado en el tren, o regresó a Wewelsburg usando la carretera. No hay forma de que lo sepamos.

—Está bien, vamos... Cuanto antes nos vayamos, más rápido podremos poner fin a esto. —me até a la espalda una bolsa que contenía las granadas y la ametralladora.

—Una última cosa. Necesito que te pongas esto —Ghislain me entregó un uniforme de las SS recogido de la escolta de mi padre. —Este debería estar más cerca de tu tamaño.

—No voy a usar eso —respondí sin pensarlo dos veces.

—No se trata de quién eres, se trata de sobrevivir. Esto es camuflaje. ¿O cómo piensas pasar desapercibida mientras nos infiltramos en el tren?

Tenía sentido. Todo el mundo notaría mis rizos a un kilómetro de distancia.

—Está bien, date la vuelta.

Ghislain caminó hacia la puerta. Los pantalones eran más grandes de lo que esperaba, pero escondí el exceso dentro de las botas que me llegaban hasta la rodilla. Me arremangué las mangas de la chaqueta hacia adentro para no levantar sospechas; los uniformes de las SS deben estar perfectamente entallados. Aproveché que tenía el pelo mojado para atarlo y esconderlo dentro del *Stahlhelm*, el emblemático casco de acero nazi. Me miré a mí misma, pensando en lo que pensarían mis padres si pudieran verme vestida así, pero cuando noté una mancha de sangre en la chaqueta, reavivé mi furia.

—Lo extrañaré —dijo Ghislain, mirando los restos de la casa. —No la casa en sí, sino el tiempo que pasé contigo y los niños —me miró por el rabillo del ojo, como si esperara que dijera algo, pero me quedé en silencio. —Traeré la BMW.

CAPÍTULO 42

LAS GOTAS DE LLUVIA SE ESCURRÍAN POR MIS GAFAS protectoras mientras conducíamos la BMW a toda velocidad por los campos. La melodía belicosa de la guerra se hizo más fuerte a medida que nos acercábamos a la frontera entre Groesbeek y Kranenburg, con los sonidos de la artillería volviéndose más ruidosos que el motor de la motocicleta. Se estaba desarrollando una feroz batalla. Mis manos se pusieron sudorosas dentro de los guantes de cuero mientras sostenía la ametralladora unida al sidecar, como había dicho Ghislain, —siempre apuntando al horizonte. —Pero mi horizonte no parecía más que sombrío, con el sol cubierto por densas nubes oscuras. *Quizás deje esta existencia sin volver a ver al sol jamás.*

—¿Cómo vamos a encontrarlo? —grité por encima del ruidoso motor.

—¡No te preocupes, el Pequeño Gustav nos guiará hasta él!

Ghislain tuvo razón otra vez. A medida que avanzábamos, el estruendo del cañón del Pequeño Gustav destacaba sobre toda la artillería. Era como el rugido de un león, resonando a lo largo de kilómetros con el propósito de ahuyentar a los intrusos... pero en lugar de huir, estábamos a punto de entrar en su territorio.

Ghislain pisó los frenos y los neumáticos de la motocicleta resbalaron sobre el barro. —¡Allá!

En la distancia, el Pequeño Gustav se situaba en un tren blindado, tal como lo había descrito Ghislain. Las patas estabilizadoras del cañón estaban clavadas al suelo y el cañón telescópico se elevaba sobre el tren como un mástil. Los operadores dispararon el cañón y, a pesar de los estabilizadores, su poderoso culatazo sacudió todo el tren. Un casquillo del tamaño de medio hombre salió expulsado de la cámara en medio de una nube de humo. El proyectil salió disparado por el cañón a gran velocidad, dejando un rastro entre las nubes. Una nube en forma de hongo estalló sobre un objetivo distante en Groesbeek, y segundos después nos alcanzó la onda expansiva provocada por la explosión. El espectáculo me dejó sin aliento. Era un arma temible, sin duda.

Ghislain se quitó las gafas y me miró. —¿Estás segura de que todavía quieres hacerlo?

Me bajé las gafas para ver mejor sus ojos grises esterlina. Todos los recuerdos que había compartido con él se volvieron vívidos dentro de mi cabeza. —Lo siento —dije, tratando de hacer las paces con el pasado y pidiendo perdón por involucrarlo en esta misión suicida.

—¿Por qué?

Pero en lugar de responderle, la opresión en mi pecho y la inquietud de mis piernas encontraron su liberación en los labios húmedos de Ghislain, besándolo por sorpresa.

—Yo también lo siento… —Ghislain tomó mi rostro entre sus manos y me besó de nuevo, efusivamente, bombeando una inyección de adrenalina en mi torrente sanguíneo, dándome la claridad y determinación que necesitaba. —No estuve ahí para ti en Wewelsburg cuando más me necesitabas… —el músculo de su mandíbula sobresaltó. —Pero estoy aquí para ti ahora... por siempre —Ghislain revolucionó el motor. —Lo prometo —soltó el freno y giró la empuñadura, liberando el acelerador. La motocicleta patinó sobre el suelo fangoso antes de salir disparada.

Mi corazón latió con fuerza conforme nos acercábamos al Pequeño Gustav.

—¡Aviones! —divisé un escuadrón de aviones de combate sobrevolando Groesbeek.

—Americanos —aclaró Ghislain, y reconocí las barras y estrellas pintadas en las alas y el fuselaje.

Las ametralladoras antiaéreas montadas en el tren blindado expulsaban un chorro continuo de municiones que brillaban como si fueran de luz. La corriente de balas tomó a los pilotos por sorpresa, derribando dos aviones, y los sobrevivientes se desviaron hacia el Pequeño Gustav para un contraataque.

—¡El Pequeño Gustav se está retirando! —Ghislain dijo mientras las patas estabilizadoras y el cañón se retraían como una araña asustada. —Intentarán eludir el ataque de los aviones escabulléndose dentro del territorio alemán.

—¡Pero eso frustra nuestro plan!

—¡Lo sé! ¡Lo sé!

Cuando llegamos a la vía férrea, Ghislain condujo paralelo a las vías. El tren blindado nos dejó atrás. Un número reducido de vagones unidos permitió que la poderosa locomotora acelerara apresuradamente. Los aviones estadounidenses cayeron en picada y sus balas dibujaron líneas de chispas a lo largo del tren antes de volver a ascender.

—¡Tenemos que abortar! ¡Es muy peligroso! ¡Los alcanzaremos más adelante! —Ghislain gritó cuando estábamos alcanzando al tren.

—¡No! ¡Tenemos que seguir adelante! —insistí, temiendo que, si los perdíamos ahora, se irían para siempre.

—¡Pero no tenemos un plan B!

—¡Sí, lo tenemos! —me colgué la bolsa que contenía las granadas del hombro y cogí la ametralladora que me había dado Ghislain. Me paré en el sidecar, manteniendo el equilibrio mientras nos emparejábamos con el vagón de plataforma que transportaba vehículos.

—¿Qué estás haciendo?

—¡Voy a recuperar a mis niños! —salté al tren en movimiento sin considerar lo resbaladizas que estarían mis botas debido a la lluvia y aterricé a mitad de camino, el balanceo de mis piernas amenazaba con sacarme del vagón. Arrastré mis dedos por la superficie, buscando algo a lo que engancharme, pero fue en vano. En medio de mi desesperación, solté la ametralladora para agarrarme a la cornisa, y las gigantescas ruedas de metal aplastaron mi arma.

—¡Melocotón! ¿Estás bien? —Ghislain mantuvo la motocicleta paralela a mí.

—¡Sí! ¡Estoy bien! —me subí encima de la plataforma. El vagón transportaba los vehículos utilizados por los soldados durante el despliegue, tal como esperaba Ghislain. Ninguno de ellos era un

Horch, el auto usado por Von Schroeder, lo que significaba que no estaba a bordo.

—¡Melocotón! ¡Tienes que saltar de regreso! ¡Es muy peligroso! —Ghislain hizo señas.

—¡De ninguna manera! ¡Debo terminar con esto! ¡Lo lamento! —dije, convencida de cada palabra. Avancé, escabulléndome entre los vehículos. —Solo cinco vagones más —me recordé cuántos vagones tenía que cruzar, según el diagrama. El siguiente vagón era el "fortín móvil", como lo describió Ghislain. Era como una tostadora gigante con ruedas, con puertas y rendijas a ambos lados. Tratar de entrar en un vagón repleto de soldados de las SS era una idea terrible, dejándome ninguna otra opción más que ir por el techo. Una barandilla corría alrededor de la parte superior que podía usar para subir.

Usé un bloque de madera para calzar las llantas del auto como un escalón para subir sobre el túnel, tratando de hacer el menor ruido posible. Avancé agachada hasta la cornisa del techo. Una "joroba" cuadrada sobresalía en el centro del techo, con dos ranuras en cada dirección. Vi a cuatro soldados adentro, dos protegiendo cada flanco.

Emma, tú puedes hacer esto. Respiré hondo y descorché la tapa de la granada sin tirar del cordón. Coloqué el bastón entre mis dientes y, agarrando el poste de la barandilla, subí al techo. Desde arriba, el tren parecía interminable. Me agaché para vigilar a los soldados y tener tiempo de reaccionar en caso de que me vieran. Siete, ocho, nueve pasos conté. Estaba cerca de la joroba cuando un soldado se volvió en mi dirección. Me congelé, conteniendo la respiración. Sus ojos escanearon el horizonte, pasando primero sobre mí sin sospechar, pero un segundo después, su rostro se alarmó. ¡A pesar de usar mi disfraz de SS, olvidé que estaba mordiendo la granada! La removí demasiado tarde.

—¡Ey! —el soldado sacó el cañón de su rifle por la rendija. —¡Intruso!

Rodé sobre el techo para librar su línea de fuego, pero cerré los ojos instintivamente ante la detonación, perdiendo la noción de mi entorno. Casi me caigo por el borde, pero me agarré a un poste de la barandilla y atrapé mi pie contra otro. Mi cuerpo se combó sobre el precipicio como una tabla a punto de romperse. El suelo que pasaba a toda velocidad debajo de mí me robó el aliento. *Me caeré,* pensé.

—¡En el flanco izquierdo! ¡Rápido!

Al menos mi situación me había puesto fuera de su rango de tiro. Un pestillo de metal se abrió y las puertas de metal debajo de mí se abrieron de golpe. Dos soldados asomaron la cabeza, mirando hacia arriba con sus rifles, y estaban a punto de dispararme cuando una ráfaga de balas los derribó.

Ghislain se acercó conduciendo la BMW con una mano y disparando la ametralladora montada en el sidecar con la otra.

—¡Melocotón! ¡Sujétate!

Los soldados tomaron represalias desde el interior y sus balas alcanzaron el sidecar de la motocicleta. Ghislain presionó el freno para esquivar sus ataques al quedarse atrás.

—¡Alarma! ¡Alarma! —los soldados gritaron.

Temerosa, usé mi boca para tirar del cordón de la granada y la arrojé adentro. La explosión sacudió el vagón y una columna de humo salió por la puerta, rápidamente disipada por el viento. Las paredes blindadas me habían protegido de cualquier daño, pero mis oídos zumbaban. Volví a subir al techo y encendí una segunda granada, que lancé a través de las rendijas para asegurarme de eliminar cualquier amenaza. Salté sobre el montículo y vislumbré lo que me esperaba en mi viaje hacia la locomotora.

—¡Allá! ¡Allá! —un artillero me señaló, instruyendo al tirador sentado en la ametralladora antiaérea de cuatro cañones montada en el extremo del siguiente automóvil. El tirador giró la ametralladora antiaérea para alinear la mira hacia mí.

—¡*Scheisse!* Mi única opción para cubrirme contra tal arma era esconderme en la cuenca formada por el túnel entre los vagones. Corrí tan rápido como pude. La mira finalmente se alineó conmigo, pero me deslicé sobre el último tramo del techo antes de que el artillero apretara el gatillo. Me agaché justo a tiempo antes de que las balas brillantes volaran sobre mi cabeza con un traqueteo ensordecedor. Me encogí, jalando mi casco contra mi cabeza, creyendo que las balas se abrirían camino hacia mí a través del blindaje.

Finalmente cesaron los disparos, pero estaba realmente en una situación difícil. No había forma de que pudiera eludir la ametralladora. Lanzar una granada desde el otro lado del vagón para atinar al tirador detrás de las placas protectoras era como intentar golpear a un pájaro posado en la copa de un árbol con una piedra.

—¡Melocotón! —Ghislain gritó desde su BMW. —Llamaré su atención. ¡Una vez que me persigan, eso expondrá el flanco de la ametralladora! ¡Usa esa abertura para lanzar una granada! —Aceleró la motocicleta y atacó la ametralladora.

—¡Enemigo en el camino a las dos en punto! —el artillero informó al tirador, quien viró la ametralladora y disparó. Las enormes balas impactaron la tierra, levantando cuatro columnas de polvo que seguían a un escurridizo Ghislain, quien maniobró su motocicleta para pasar detrás de los árboles que bordean la vía férrea. Los troncos explotaron, astillándose en todas direcciones mientras las brillantes ráfagas de munición cortaban los árboles como si fueran de cartón.

Me asomé para confirmar la hipótesis de Ghislain, pero el artillero esperaba nuestro plan. Disparó su pistola en cuanto me vio por primera vez. La bala golpeó mi casco con fuerza suficiente para lanzarme hacia atrás. Me caí de bruces, desorientada. Apareció una figura borrosa, boca abajo, superpuesta al cielo nublado. Mis ojos se ajustaron, revelando su identidad. Sidney estaba de pie en el borde del vagón, como si fuera una estatua sobre un pedestal.

—¿Estoy… estoy muerta? —me quité el casco abollado para ver si la bala había pasado.

—Aún no —dijo, impasible como de costumbre.

—¿Entonces, porque estás aquí? —me levanté.

—Tú me convocaste esta vez.

—Oh… —presioné mis sienes con las palmas de mis manos para poner mis pensamientos destrozados juntos. —Entonces, fui yo esta vez… —Tragué saliva ante la idea de que los soldados habían muerto por mis decisiones. Pero mi pozo de remordimiento se había secado y vuelto a llenar de rabia después de lo que les hicieron a mis padres. Ya no me importaba lo que pudiera pasarles a ellos… ni a mí. —Entonces quédate… podría morir en cualquier momento —saqué una granada de la bolsa y desenrosqué la tapa, preparándome para probar mi puntería.

—¿Por qué estás tan ansiosa por llegar al final de tu viaje? —Sidney descendió y caminó a mi lado, sin preocuparse por las balas que atravesaban su imagen fantasmal.

—No lo estoy. Pero cuarenta soldados y dos ametralladoras todavía se interponen en el camino para salvar a mis niños, y no me daré por vencida —las balas que golpeaban el techo eran un cruel recordatorio de lo que me esperaba al salir de mi escondite. —Ya que te vas a quedar, al menos deberías ser mis ojos y avisarme cuando pueda echar un vistazo —el artillero tendría que recargar el cargador en cualquier momento.

—¿Sacrificarías cualquier cosa para reunirte con tus hijos?

Miré a Sidney. —Y-yo… pagaría cualquier precio.

—Que así sea —Sidney miró hacia el frente. —No seré tus ojos, pero seré tu guía. Te mostraré los límites entre la vida y la muerte —su imagen se multiplicó sin cesar a lo largo del tren a ambos lados, izquierda y derecha, uno tras otro, formando un pasadizo, como si estuviera mirando las infinitas versiones de él creadas por la ilusión de dos espejos uno frente al otro. Sidney se agachó y se puso de pie, ajustando la posición de sus manos con el tiempo para crear un túnel en movimiento para mí. —Soy un ser atemporal que presencia el pasado, el presente y el futuro, todo junto. Conozco la trayectoria de cada bala, así que estoy creando este pasaje seguro, que debes seguir rigurosamente. Si me tocas, podrías morir.

—¿Estás esperando que siga tu túnel directamente a la ametralladora?

—Un arma diseñada para atacar aviones, no humanos. El espacio entre los cañones crea un espacio lo suficientemente ancho como para que quepa una persona de forma segura en el medio —Sidney tenía razón. Los ingenieros habían diseñado el arma para atacar objetivos a cientos de metros de distancia; los cañones se alineaban en ángulos para converger en la distancia, pero de cerca eran imprecisos. —Solo debes preocuparte por seguir mis instrucciones, ¿entendido?

Mi lógica se negó a considerar un plan tan ridículo. Pero Ghislain no sobreviviría mucho tiempo a la intemperie; además, el paisaje que pasaba había cambiado, ahora mostraba las afueras de un pueblo. ¿Es *ese Kleve?* Dios, nos apresurábamos a entrar en territorio alemán. Como había explicado Ghislain, nuestras posibilidades se reducían con cada kilómetro que pasaba. No había otra manera.

—No te preocupes, Emma, esta es la carrera de obstáculos para la que te has preparado toda tu vida… Es hora de que ganes el oro.

CAPÍTULO 43

¿SABE SIDNEY SOBRE MI SUEÑO de ganar el oro en los Juegos Olímpicos? Una extraña sensación electrificó mi cuerpo, como un déjà vu. Sus palabras me hicieron preguntarme cuánto tiempo había estado observándome. ¿Cuánto tiempo había tenido la muerte sus ojos en mí? Pero esa extraña familiaridad con la Muerte me empujó a confiar en él y seguir su loco plan. Si fallaba y moría, al menos tendría el consuelo de saber que había hecho todo lo posible para rescatar a mis niños. Porque en el fondo, sabía que, si no fuera por ellos, habría muerto saltando desde esa ventana en Wewelsburg o torturada por Reinhard en Hamm. Les debía mi vida.

—Está bien, lo haré —me arrodillé, con las manos en el suelo, sosteniendo la granada como si fuera un bastón que tenía que entregar en una carrera de relevos. ¡Esta es tu carrera, Emma! ¡Debes ganar el oro! Me convencí a mí misma, tratando de recuperar el control de mi respiración.

—¡En sus marcas!

Froté la suela de mis botas contra el metal húmedo, para asegurarme de tener el mejor agarre en mi salida.

—¡Lista! ¡Fuera! —Sidney señaló.

Pasé por encima del vagón y corrí, siguiendo el camino formado por las múltiples imágenes de Sidney alineadas como fichas de dominó, sin pensar en las balas que volaban hacia mí.

—¡Izquierda, derecha, abajo! —Sidney me instruyó con anticipación, permitiéndome milagrosamente esquivar todas las balas.

Mis oídos zumbaban cuando las ráfagas de viento pasaban por mis costados. Tiré de la cuerda de la granada, sabiendo que tenía apenas cuatro segundos para llegar al final del vagón. Cuando me acerqué a la máquina infernal, el túnel proyectado por Sidney se estrechó, mostrándome que el camino a través no era eludiéndola, sino pasando por encima.

—¡Salta!

Pisé sobre el saliente en la parte delantera para ganar impulso y salté sobre la ametralladora, en medio de los ojos incrédulos de los soldados, atravesando el espacio entre las placas protectoras. Tiré la granada en el aire y aterricé en el túnel de metal del otro lado, rodando y agachándome para reducir el impacto. La granada explotó detrás de mí con una sacudida, dispersando metralla.

Mis oídos estaban parcialmente sordos por la explosión, pero podía escuchar la voz de Sidney claramente en mi cabeza, como si pudiera hablar directamente a mi alma. —¡Ve! ¡Ve! ¡Ve! Tienes que continuar.

Salté sobre el siguiente vagón, el de transporte de personal. Los soldados dentro del fortín me esperaban, asomando los cañones de sus rifles a través de las rendijas. Pero no me importó. Corrí como si fueran espectadores que venían a verme competir.

—¡Izquierda, izquierda, derecha, abajo!

Seguí religiosamente las instrucciones de Sidney, pero en un paso lateral, mi bota resbaló levemente en un charco poco profundo de agua de lluvia formado por la cavidad del techo hundido. Mi hombro pasó a través de la proyección de Sidney y se contrajo con el dolor ardiente del roce de una bala, demostrándome que mi vida realmente estaba en peligro.

De pie sobre la joroba, activé dos granadas más y las arrojé dentro de las rendijas. Divisé a Ghislain serpenteando su BMW en el camino mientras se enfrentaba en combate. Continué mi carrera, sintiendo que el vagón temblaba con cada explosión. Cuando estaba a punto de llegar al final del vagón, Sidney apareció ante mí, creando un callejón sin salida. —¡Detente!

Me incliné hacia atrás para compensar la inercia y patiné con mis botas hasta detenerme antes de tocar a Sidney. Antes de que pudiera recuperar el aliento, el motivo de la parada abrupta quedó claro.

Una lluvia de balas recorrió el techo del tren hasta la ametralladora antiaérea al final del siguiente vagón. Un avión estadounidense sobrevoló a pocos metros de mi cabeza y una ráfaga de viento me agitó el pelo. Después de todo, los aviones estadounidenses habían seguido al tren tierra adentro. En el cielo, un escuadrón de bombarderos que sobrevolaba a gran altura lanzó una serie de bombas que cayeron en los alrededores, levantando géiseres de tierra y humo, destrozando árboles y construcciones cercanas. Una bomba golpeó el último vagón y arrasó con el vehículo de transporte. La sacudida se propagó por todo el tren y me puso de rodillas para evitar caer.

Después de liberar su carga destructiva, los pilotos maniobraron sus bombarderos para retirarse.

—¡*Amis!* ¡*Amis!*—gritaron los soldados alarmados, argot alemán para los soldados estadounidenses. Yo ya no era su mayor amenaza. Concentraron su personal y armamento para tomar represalias contra los invasores. El arma antiaérea siguió la trayectoria de los aviones a través del cielo, dejando su flanco expuesto. Esta vez no esperé a que Sidney me mostrara el camino. Corrí hasta la mitad del vagón y arrojé una granada a los pies del tirador distraído y los artilleros alimentando interminables cinturones de munición a las armas insaciables. Sidney se materializó detrás de ellos, pero me tiré boca abajo y crucé los brazos alrededor de mi cabeza antes de que él compartiera el toque de la muerte. La explosión voló a la tripulación.

—¡Solo un vagón más! —me animé mientras me ponía de pie. Mi camino por delante ahora estaba despejado.

El vagón de mando difería del anterior; el único acceso desde el techo era a través de una escotilla metálica. La idea de dejar caer mi última granada adentro para neutralizar cualquier amenaza cruzó por mi mente, pero me abstuve de hacerlo. No estaba segura de dónde estaba ubicada la celda de detención y la explosión podría lastimar a mis niños o a Bill. Tendría que bajar y averiguarlo.

Agarré las dos manijas y tiré con todas mis fuerzas, pero la escotilla no cedió ni un milímetro. *Tal vez esté enganchada.* Lo intenté por segunda vez, pero de repente, la escotilla se abrió. Caí sobre mis sentaderas. Un soldado de más de dos metros de altura se alzó sobre mí mientras subía al techo.

—¡Polizón! —dijo el gigante, rechinando los dientes.

Traté de alejarme de él, pero su fuerte brazo me sujetó por el cuello de mi uniforme y pataleé cuando me levantó con facilidad. Le di un puñetazo en el brazo y pateé su flanco, incapaz de alcanzar su rostro, pero no le infligí daño a su musculoso cuerpo.

—¿Sabes cómo tratamos a los polizones? —hizo un gesto hacia la carretera.

Mi sangre se aceleró ante la idea de caer desde esta altura. *Moriría.* Pero cuando la montaña humana giró su torso para ganar impulso para lanzarme, su movimiento me acercó a él y logré darle un codazo en la cara. Él me soltó.

—¡Perra! —el hombre gruñó, la sangre manaba de su nariz rota. Retrocedí.

—¡Helmut! ¿Estás bien? —alguien llamó detrás de él. Cinco soldados habían subido al techo. —A un lado. Nos encargaremos de ella.

—¡La mataré! —Helmut gritó, enfurecido.

No tenía ninguna posibilidad contra cinco soldados completamente armados. Mi mirada se desvió hacia la carretera, en busca de Ghislain, con la esperanza de que pudiera ayudarme, pero no estaba a la vista. *¿Estará a salvo? Eso espero,* recé, ya que no lo había visto desde el bombardeo. Con todas las armas apuntándome, revelé mi última granada con una mano temblorosa y comencé a tirar de la cuerda, dispuesta a volarnos a todos antes de ser capturada.

—¡No nos obligues a dispararte! —gritó el líder del grupo. —Yo era amigo de tu hermano. Nosotros… nosotros podemos solucionar esto. Solo baja la granada —dijo nervioso. Pero ¿era cierto o solo estaba jugando con mi cabeza para persuadirme? —Tu padre no hubiera querido esto para ti.

Pero en lugar de ser una llamada a la razón, esas palabras quemaron como un hierro al rojo vivo en mi herida abierta, reactivando mi ira.

—Sidney, este es un momento adecuado para que aparezcas —murmuré, lista para tirar del último tramo de la cuerda, con gotas de sudor frío rodando por mi rostro.

Como si me hubiera oído, Sidney pasó a mi lado, mirándome de reojo. Caminó hacia los soldados mientras un sonido estridente en el cielo se hacía más fuerte. Detrás de ellos, un avión estadounidense se abalanzó desde el cielo con sus cañones escupiendo fuego, trazando un camino de chispas sobre el techo acorazado.

—¡Ataque inminente! —gritó un soldado, y se giraron para enfrentar al atacante, pero sus armas no eran rival para la artillería de alto calibre del avión.

Sidney pasó entre los soldados, tocándoles suavemente los hombros mientras la lluvia de balas les atravesaba el cuerpo. El resplandeciente rastro de la muerte se me acercó a continuación, y sin ningún lugar al que correr, apreté los ojos y me preparé para el impacto. Pero el traqueteo de la ametralladora se detuvo y el avión pasó volando por encima de mí, dejando detrás una poderosa ráfaga de viento que me derribó. Abrí mis ojos y pasé mis manos por mi torso con incredulidad, sintiendo solo mi corazón golpeando contra mi caja torácica. El rastro de agujeros de bala humeantes que atravesaron el techo se había detenido a pocos centímetros de mis pies. —¡E-estoy viva! —declaré con una risa nerviosa. —¿Sidney? —llamé, pero se había esfumado.

Tres aviones siguieron al caza estadounidense en estrecha persecución, con el *Balkenkreuz*, la cruz de barras, impreso en sus alas y fuselajes. —La Luftwaffe —susurré mientras los aviones realizaban una intrincada danza en el cielo, en un combate aéreo.

Si las fuerzas aéreas de Göring ya estaban aquí, las SS serían las siguientes. *Debes concentrarte, Emma.* No tenía tiempo que perder. Inhalé profundamente y caminé de puntitas entre los cuerpos masacrados, recogiendo con repugnancia una ametralladora y unas cuantas granadas antes de descender por la escalera. En el interior, me encontré en un pasillo silencioso que corría a lo largo del vagón. La pared blindada tenía ventanas delgadas en la parte superior, lo que permitía que la luz del sol se filtrara. Avancé, abriendo la puerta de cada habitación con el cañón de la ametralladora, mi dedo enganchado en el gatillo.

La primera habitación era una sala de reuniones. Una colección de mapas cubría la mesa y los diagramas llenaban cada centímetro de las pizarras que colgaban de las paredes. La habitación siguiente era una sala de comunicaciones atestada de equipos de radio y telégrafo. Una voz rompió la estática de la radio. —El soporte terrestre ya está en camino. Repito, se acerca el apoyo terrestre. Mantengan su posición.

—¡*Scheisse!* —tenía que darme prisa antes de que llegaran los refuerzos.

La puerta de la habitación contigua se abrió con un crujido, revelando los barrotes de una celda que tenía cautivos a mis niños y a Bill. Mis niños estaban abrazados, acurrucados en un rincón. Pero antes de que pudiera regocijarme por finalmente encontrarlos, Bill emitió una advertencia. —¡Melocotón, cuidado!

Cuando entré en la habitación, una mano enguantada atrapó el cañón de mi arma, neutralizando mi capacidad para apuntar. Dos soldados salieron de detrás de la pared. Antes de que pudiera reaccionar, el soldado que sostenía mi arma me apuntó a la cabeza y apretó el gatillo dos veces.

—¡Melocotón! —mis niños gritaron al unísono.

No había manera en este mundo de que un soldado entrenado pudiera fallar tiros tan cercanos. Sin embargo, las balas pasaron junto a mis oídos con un zumbido ensordecedor, rozaron mis rizos y golpearon la pared detrás de mí.

Los ojos del soldado se abrieron con incredulidad. —¿Qué diablos...?

Aproveché la oportunidad para patearlo en la ingle. Cuando se acurrucó de dolor, golpeé su nuca con la culata de mi ametralladora, dejándolo inconsciente. Bill metió las manos a través de los barrotes y estranguló al segundo soldado por detrás contra la jaula hasta que se desmayó.

Habiendo neutralizado la amenaza, finalmente exhalé.

—¡Melocotón! ¡Melocotón! —Mis niños se agolparon en la puerta, sus diminutas manos saliendo para darme la bienvenida. —¡Viniste por nosotros!

—¡Mis niños! —me arrodillé para abrazarlos a través de los barrotes. —Nunca los abandonaré. ¿Me escuchan? ¡Nunca!

Bill observó nuestro emotivo reencuentro con una sonrisa de esperanza en su maltratado rostro. Su uniforme harapiento también mostraba heridas en su cuerpo. Lo habían maltratado durante su cautiverio. *Torturado.* —¿Estás bien? —pregunté.

—Ahora lo estoy.

Le devolví la sonrisa.

CAPÍTULO 44

LE EXPLIQUÉ EL PLAN DE GHISLAIN a Bill mientras abría la celda.

—Cualquier soldado sobreviviente estará aquí en cualquier momento, y los refuerzos están en camino para interceptar el tren —le entregué la ametralladora y todas las granadas que llevaba excepto una, que abroché a mi cinturón multiusos. —Necesito que vigiles el final de este vagón y no permitas que nadie pase —despojamos a los soldados desmayados de sus armas y los arrastramos dentro de la celda. Recogí la pistola que no había logrado matarme. *Un amuleto de la suerte.* —Necesitamos suficiente tiempo para secuestrar la locomotora y preparar al Pequeño Gustav para una detonación.

—¿Sabes cómo hacerlo? —preguntó Bill, escéptico.

—Espero que Ghislain me haya instruido lo suficientemente bien —esperaba que las cosas se alinearan para mí, como había sucedido hasta ahora.

—¿Dónde está?

—Nos encontraremos en el Pequeño Gustav —evité los ojos de Bill, insegura del paradero de Ghislain. Pero no había vuelta atrás. Teníamos que mantener la confianza incluso si tuviéramos que confiar en una mentira.

—Lo haré lo mejor que pueda.

—Sé que lo harás… —Recordé la historia sobre su hermano. —Perdón por arrastrarte a esto.

—Crucé el Atlántico para luchar contra los nazis… y aquí estoy. Luchando hasta mi último aliento.

—Gracias, Bill —palmeé su brazo. —Vengan niños, síganme.

Las puertas metálicas al final del vagón revelaron la impresionante máquina de guerra, el Pequeño Gustav. Pero incluso con el cañón y las patas retraídos, el cañón móvil era todo menos pequeño, comparado con un tanque o un camión.

—Agárrate fuerte y quédate detrás de mí —puse las manos de Valeska alrededor de mi cintura para poder sostener el arma.

Avanzamos a través de un estrecho corredor entre el primer par de patas estabilizadoras, que se parecían a las patas traseras de un saltamontes gigante. Los tubos y cables unidos a las piernas me transportaron a las páginas de *La casa de vapor* de Julio Verne, como si el elefante mecánico a vapor descrito en la novela hubiera cobrado vida. Los escalones de metal nos condujeron a la torreta con el cañón telescópico. Un solo panel controlaba la presión bombeada a los enormes pistones que ajustaban la inclinación del cañón y la rotación de la plataforma, permitiéndole disparar en cualquier dirección. El tamaño de la cámara del proyectil era tan grande que una persona de pie podía caber dentro. No albergaba ninguna duda de que los ingenieros que construyeron esta monstruosidad de artillería se habían visualizado conquistando el mundo encima de esta araña mecánica.

Después de pasar por el segundo juego de patas estabilizadoras, llegamos al vagón de sistema mencionado por Ghislain. La primera sección tenía una grúa neumática con una cabina montada sobre una plataforma giratoria, utilizada principalmente para cargar la munición masiva del cañón. La segunda sección era el depósito de municiones, con proyectiles de metro y medio de largo almacenados detrás de puertas enrollables de acero. Era como mirar balas magnificadas por un microscopio. La tercera sección era la caldera auxiliar y el suministro de carbón, que alimentaba la presión al Pequeño Gustav y la grúa a través de un laberinto de tuberías.

—Espérenme aquí —indiqué a los niños que se escondieran dentro del cobertizo blindado que almacenaba las municiones. —No importa lo que escuchen, no salgan. ¿Entendido?

Asintieron sin objeciones.

Un pasadizo ensangrentado alrededor de la caldera conectaba

con la locomotora. Esquivé los cuerpos de los soldados caídos, quienes, a juzgar por el tamaño de sus heridas y el calibre de los agujeros de bala a su alrededor, habían muerto durante los ataques aéreos.

La locomotora parecía un torpedo, aerodinámica y cromada por el blindaje que la vestía tan extensamente que las ruedas eran invisibles. Solo sobresalía la chimenea, protegida por una placa de metal a cada lado. Miré dentro de la cabina a través de una ventana delgada en la puerta. Un maquinista conducía el tren mientras discutía sobre los refuerzos con un hombre fuera de mi campo de visión. La idea de dispararle al maquinista cruzó por mi mente, pero no sabíamos nada sobre cómo operar un tren. Tendría que colarme dentro y obligarlos a obedecer a punta de pistola. Giré la manija, pero la puerta no se movió. Desafortunadamente, el ingeniero me vio a través de un espejo retrovisor.

—¡Están aquí! —el maquinista alcanzó su pistola.

Me agaché antes de que las balas perforaran la ventana y me cayeron astillas de vidrio. La vibración de las balas al golpear la puerta de metal se transfirió a mi espalda. Durante una pausa en el fuego, asomé mi pistola por encima del alféizar de la ventana y disparé a ciegas. Pero después de mis disparos, reanudaron su ataque. Temerosa de que pudieran llegar a la puerta y tomarme con la guardia baja, cogí la última granada de mi cinturón multiusos. A juzgar por su cercanía, activé la granada y conté tres segundos antes de lanzarla adentro.

—Grana… —el grito del maquinista se ahogó en la explosión, y el silencio se acentuó después.

Eché un vistazo dentro de la cabina y encontré al maquinista temblando en el suelo, el lado derecho de su rostro empapado de sangre que brotaba de la metralla enterrada en su carne. Los parches faltantes de cuero cabelludo revelaron el blanco de su cráneo. Su ojo izquierdo entrecerrado se volvió hacia mí, y gruñó cuando su respiración superficial y agitada dio paso a un último suspiro entrecortado. Sidney entró en escena como el actor que permanece escondido tras bambalinas, esperando su señal. Se arrodilló junto al moribundo para concederle la ansiada paz con una tierna caricia.

—Te estás haciendo buena para matar —dijo.

La espantosa imagen de un hombre muriendo por mi mano, que hasta ahora había evitado con vehemencia, rasgó el manto de ira en el que me había envuelto. Mis sentimientos, entumecidos por el dolor psicológico de mi trauma, estallaron, abrumándome con la culpa. *Todas esas granadas. Todos esos hombres. ¿Qué he hecho? Necesito ayudarlo...* Infundida con culpa, pasé imprudentemente mi brazo a través de la ventana rota, raspando mi mano en los bordes aserrados. Me puse de puntitas, hiperextendiendo el brazo y, con los dedos rozando la manija, me di cuenta de que necesitaba las llaves en la mano del maquinista para abrir la cerradura. —*¡Scheisse!*—golpeé la puerta de metal, dejando huellas de sangre a cada golpe hasta que el dolor me hizo caer de rodillas. Mis manos manchadas de muerte temblaron al pensar en las palabras del soldado: —*Tu padre no hubiera querido esto para ti.*

—Yo tampoco quería esto... pero me obligaron... —balbuceé, meciéndome sobre mis rodillas.

La presencia fantasmagórica de Sidney cruzó la puerta. —Todos los asesinos se cuentan a sí mismos el mismo argumento.

—Pero... solo estoy tratando de... salvar vidas... —gemí.

—¿Salvar vidas quitando vidas? —Sidney me miró arqueando una ceja. —¿Cómo es eso justo?

¿Justicia? Me pregunté, elevando mis ojos para encontrar los de Sidney. —Debería estar en la escuela corriendo por deporte, no para salvar mi vida. Pasando un bastón, no una granada. ¿Qué hice para merecer mi desgracia?

Los labios de Sidney permanecieron cerrados.

Negué con la cabeza. —La vida no es justa... ni siquiera en la muerte.

—¿Crees que merecía morir?

El rostro desfigurado del maquinista cruzó por mi mente. No sabía qué clase de hombre era. Qué clase de hermano, esposo, padre o hijo había sido en vida.

—¿Qué hace que tu causa sea más justa que la de ellos?

—Inocencia —tragué saliva. —Mis hijos son solo inocentes atrapados en una guerra de hombres malintencionados —pensé en las atrocidades cometidas por sus perseguidores: los asesinatos, los abusos, las torturas, los campos de concentración. Todos ellos eran culpables de monstruosidades por acción u omisión. No, no había inocentes entre sus filas. Ni siquiera mi padre y mi hermano. Canalicé mis sentimientos de impotencia hacia mis puños, apretándolos hasta que la sensación de presión superó el dolor de mis heridas sangrantes.

—¿Cuántos pecadores estás dispuesta a sacrificar por inocentes? ¿Cincuenta? ¿Un centenar?

—Solo uno… yo —respondí con convicción reforzada. —Pero cuando vengas a recolectar mi alma, puedes volver a preguntarme cuántos bastardos arrastré al infierno conmigo.

—¿Por qué estás tan dispuesta a sacrificarte por ellos?

—Porque sé lo que se siente cuando te roban la inocencia. La oscuridad que pesa sobre tu pecho, el vacío que te roe las entrañas —me volví a poner de pie. —No me queda ninguna esperanza con la que soñar. La única felicidad que podría saborear sería a través de ellos —hice eco de las palabras de mi madre, desentrañando por fin el misterio de la maternidad. —No importa si me cuesta todo lo que me queda.

— ¡Melocotón! ¡Melocotón! —las tenues voces de mis niños surgieron entre el alboroto de la locomotora, y sin pensarlo dos veces me apresuré tras ellos, pensando lo peor. Pero cuando llegué al depósito de municiones, todas mis preocupaciones se disiparon.

—¿Ghislain? —pregunté con incredulidad, presenciando un milagro. —¡Ghislain! ¡Ghislain! —corrí hacia él.

—¡Emma! —Ghislain me abrazó tan profusamente que recompuso todas las partes sueltas dentro de mí.

Su abdomen se estremeció ante mi abrazo. —¿Estás bien? —pregunté. Una mancha color vino se había expandido por el costado de su uniforme color ébano.

—Lo estaré, una vez que todos ustedes estén a salvo… —miró a mis niños. —… y hayamos volado esta máquina infernal —me hizo a un lado y se dirigió a la caldera que alimentaba al Pequeño Gustav.

—¡Ghislain! —fui tras él, tratando de explicar nuestra situación. —La locomotora… El maquinista está… muerto —no quería admitir la autoría de su asesinato. —Pero la cabina está cerrada… ¡La locomotora está fuera de control!

Ghislain siguió arrojando carbón a las llamas furiosas.

—No podemos detenerla… a menos que… ¡Jov me ayude a abrir la puerta! —él me había ayudado antes.

—Nos ocuparemos de eso más tarde —Ghislain examinó las válvulas de presión. —Necesitamos configurar el cañón para que explote y cargar los proyectiles restantes en el Pequeño Gustav… luego lo separaremos.

—Pero tal vez podamos escapar ahora —mis hijos estaban a salvo, y no podía importarme menos volar por los aires al Pequeño

Gustav. Solo quería alejarme lo más posible de este tren.

—No hay otra manera, Emma —el cabello alborotado de Ghislain ondeaba con el viento y sus ojos de acero brillaban con determinación. —Necesitamos cubrir nuestro escape.

—¿Cubrir? Pero Bill puede... —Pensé en los soldados restantes confinados en los vagones traseros.

—Acabamos de pasar Weeze y nos dirigimos hacia el sur a toda velocidad, donde el grueso de las fuerzas armadas nazis espera al enemigo. Nos estamos quedando sin tiempo. La *Wehrmacht* se vislumbra en el horizonte.

CAPÍTULO 45

SE ACERCABAN LOS REFUERZOS, pero estábamos lejos de estar listos.

—Emma, entra en la cabina. Necesito que operes esa grúa —instruyó Ghislain mientras subía las puertas de acero, exponiendo las municiones del tamaño de una persona.

—¿Yo? ¡Pero nunca he operado una! —me preocupé, recordando que me tomó semanas aprender a conducir el auto de papá incluso con las instrucciones de Anton.

—Será mejor que aprendas rápido mientras preparo el cañón.

—Pero…

—¡Prueba y error!

Sin otra opción, salté dentro de la cabina de la grúa. El asiento tenía un panel de control a cada lado, lleno de botones. Rápidamente identifiqué una perilla negra para encender el sistema. La grúa se estremeció mientras la caldera bombeaba el vapor a presión a través de las arterias metálicas del brazo mecanizado. —¡Bien! ¿Ahora qué? —un botón etiquetado como DESPLEGAR parpadeaba con una luz naranja. —¿Podría ser este? —me atreví a presionarlo, y las patas estabilizadoras del Pequeño Gustav despertaron de su sueño con un fuerte rugido metálico y se desplegaron fuera del vagón, extendiendo sus anclas. —¡No, no, no! —lo apagué, pero antes de que pudiera anular la instrucción, las anclas se hundieron en el suelo por un momento, jaloneando todo el tren.

—Melocotón, ¿qué estás haciendo? —Ghislain gritó desde el cañón, luchando por mantener el equilibrio.

—¡Lo siento! ¡Lo estoy intentando!

—¡Usa las palancas!

Sostuve las palancas al final de cada reposabrazos. Moví la palanca izquierda hacia un lado y descubrí que controlaba la rotación de la torreta, y si la movía hacia adelante y hacia atrás, controlaba el ángulo del brazo, arriba o abajo. Posteriormente, el movimiento lateral de la palanca derecha controlaba la extensión del brazo y el movimiento de vaivén la rotación de la pinza. Finalmente, una palanca más pequeña al costado controlaba la abrazadera de la pinza. —¡Ahora estoy lista!

—¡Melocotón! ¡Cárgalo! —Ghislain me hizo señas. —¡Te guiaré!

—¡Estoy en ello! —giré la grúa y me acerqué con cuidado al primer proyectil, sabiendo que el manejo inadecuado nos mataría a todos. Mi respiración se acortó cuando empujé la pinza alrededor del proyectil, suspendido de la punta y la parte posterior. Sujeté las pinzas con sumo cuidado y, una vez asegurada, la extraje. Me sequé las manos sudorosas en los pantalones antes de continuar.

—¡Lo estás haciendo genial! ¡Ahora, al cañón! —Ghislain vitoreó, guiándome, con las manos en el proyectil. —¡Bájalo lentamente! —hizo un gesto ya que apenas podía escucharlo en medio del ruido. Hizo girar el puño, indicándome que tenía que girarlo, y luego extendió los dedos para soltarlo dentro de la cámara del cañón. ¡Bien! Pude leer los labios de Ghislain mientras levantaba los pulgares.

Suspiré, temerosa de sufrir una contractura en el hombro debido a la abrumadora tensión.

Ghislain se acercó a la cabina. —¡Necesitamos cargar los cinco restantes en la torreta del Pequeño Gustav!

Me quejé por el arduo esfuerzo, pero operé la pinza de todos modos. Ghislain me guio para apilar los proyectiles. Pasamos uno, dos, tres, pero durante la cuarta ronda, una explosión en el vagón de comunicaciones rompió mi concentración. Bill emergió de una oscura nube de humo y se apresuró a buscar refugio detrás de las extremidades metálicas del Pequeño Gustav. Había perdido su puesto defensivo. —¡Ghislain, Bill está en problemas! ¡Niños, cúbranse!

Los soldados aparecieron en la entrada y sobre el techo del vagón, abriendo fuego. Levanté los brazos para protegerme de las balas que se impactaron contra las ventanas, trazando telarañas de cristal.

—¡Es a prueba de balas, Melocotón! —Ghislain me tranquilizó en medio de mis gritos. —¡Sigue cargándolos! —reemplazó el cargador de su ametralladora y se asomó para contraatacar.

—¡Pero volarán la bomba! —dije, alarmada por las balas que rebotaban sobre el brazo metálico de la grúa.

—¡Solo uno más y comenzaré la cuenta regresiva en el temporizador! ¡Es ahora o nunca!

Ghislain tenía razón; Estábamos tan cerca ahora. *Debíamos terminarlo.* Continué el extenuante procedimiento sin guía esta vez. Obligué a mis ojos y mi mente a ignorar a Sidney, quien aparecía y desaparecía una y otra vez mientras recibía a los soldados que caían en sus benevolentes brazos.

La muerte se acercaba a nosotros.

Paso a paso.

Deposité el penúltimo proyectil y Bill usó el brazo de la grúa como cobertura para la retirada. Cojeó hasta la cabaña, sangrando por la pantorrilla. —¡Me quedé sin munición! —hizo una mueca, tratando de controlar el dolor.

—¡Allá atrás! —le instruí, pensando que incluso si no podía encontrar municiones en la armería, había un montón de soldados muertos y armados en el pasillo de la caldera. Recogí el último proyectil. ¡Finalmente! Pero mi entusiasmo duró poco.

—¡*Kettenkrads* a las dos en punto! —Ghislain alertó.

Un convoy de Kettenkrads, un vehículo híbrido, mitad motocicleta, mitad tanque, se acercó al flanco derecho. El frente de los vehículos era el de una motocicleta, con una rueda delantera controlada por manubrios, y la parte trasera parecía un pequeño tanque de carga. Sus orugas permitían a los Kettenkrads atravesar terrenos difíciles, como el suelo fangoso que rodeaba las vías del tren después de una tormenta. Este vehículo ligero de transporte de personal era el más rápido de la división *panzer* del Reich, lo que lo convertía en la elección perfecta para enviar refuerzos en una situación como esta. El estratega Von Schroeder había enviado un batallón de hombres sobre ruedas para recuperar su tren.

Un soldado que viajaba en el compartimiento de carga del Kettenkrad en la vanguardia se puso de pie. Mi sangre se congeló cuando reconocí a Reinhard. Pero un brebaje de sentimientos estalló en mis entrañas, una feroz batalla entre el temor y la ira para controlar mis acciones. *Por supuesto tenía que ser él.* En su misericordia, Von Schroeder le había robado a Reinhard el éxtasis de acabar con mi vida. Ahora, desatado, Reinhard no rechazaría la alegría de infligirme dolor. Y yo… me había convencido a mí misma que solo el dulce sabor de la venganza podría apagar mi dolor por el asesinato de mis padres.

Nuestros caminos se cruzaron de nuevo, como dijo Renenet, no fue un accidente. Pero esta vez estaba decidida a hacer todo lo que estuviera a mi alcance para asegurar que esta coincidencia fuera la última.

Reinhard hizo un gesto, dando instrucciones tácticas a sus hombres, y el convoy se dividió en tres. El primer grupo se alineó paralelo al tren, conduciendo lo más cerca posible para permitir que los soldados saltaran, como piratas abordando un barco. El segundo grupo, que llevaba francotiradores, permaneció en la retaguardia, proporcionando fuego de cobertura. El tercer grupo, dirigido por Reinhard, asaltó al Pequeño Gustav.

Ghislain se agachó detrás del panel de control para evitar las balas que venían de múltiples direcciones, incapaz de tomar represalias. Teníamos menos de un minuto antes de que todos esos soldados que abordaban el tren llegaran al Pequeño Gustav. Estábamos enormemente superados en número, mal equipados y heridos. Nuestra situación descendía en espiral hacia un solo resultado. *La derrota.*

Los ojos de Reinhard encontraron mi mirada, y sonrió a sabiendas; una vez más la cucaracha se había metido debajo de su bota.

¿Así que esta es la cascada al final del río? Recordé la analogía del destino de Valeska. Pero yo era demasiado rebelde. Este era un destino que me negaba a aceptar, incluso si tenía que nadar contra la corriente.

Mi corazón bombeaba una ira ardiente en mi torrente sanguíneo. —¡No lo permitiré! —agarré las palancas que controlaban la grúa y tiré de ellas hacia Reinhard, liberando el último proyectil en el aire. El conductor del Kettenkrad de Reinhard eludió el proyectil, que rebotó en el suelo, derribando algunos Kettenkrad como bolos en una bolera antes de explotar.

Entonces, inexplicablemente, el tiempo se detuvo. Me convertí en prisionera de un latido que se expandía para siempre. Incapaz de reaccionar, vi cómo el proyectil se craqueló en cámara lenta y escaparon rayos de luz. Plumas negras cayeron del cielo, desprendidas de las alas de cuervo de Sidney, quien, sin restricciones de temporalidad, planeó con gracia. El Heraldo de la Muerte revoloteaba alrededor, tocando suavemente los hombros de los soldados congelados en el tiempo, sus tímidos rostros iluminados con el resplandor de la fatalidad, en un macabro vals que solo se contempla durante las temporadas de guerra. En una inquietante pero liberadora abscisión de almas.

Los relojes volvieron a hacer tictac y una bola de fuego cegadora se expandió, engullendo a los Kettenkrads más cercanos, y un torrente de humo estalló violentamente. Un tsunami de viento trajo un ruido ensordecedor, golpeando todo a su alrededor como si chocara con una pared invisible. La poderosa onda de choque sacudió el tren blindado, casi descarrilándolo. El tirón repentino me impulsó contra el fracturado vidrio a prueba de balas. Cuando volví a mi asiento, mi vista se volvió borrosa y carmesí, las yemas de mis dedos se tornaron resbaladizas y cálidas cuando me toqué la frente dolorida. Con los oídos zumbando, forcé mis ojos para ver a través de la ventana ahora casi opaca, trazada con una multitud de fracturas, pero que milagrosamente aún se mantenía en una pieza. La explosión había acabado con más de la mitad de los Kettenkrad y los soldados, pero los restantes aún estaban decididos a continuar la lucha.

—Solo una bomba más… para terminar el trabajo —divagué, fuera de mi mente, pensando en recoger otro proyectil del Pequeño Gustav, cuando alcancé a ver a Reinhard. Apuntó un *panzerfaust*, un lanzagranadas propulsado por cohete, directamente hacia mí. —*¡Scheisse!* —giré el brazo de la grúa para derribarlo, pero su conductor presionó los frenos y fallé. Reinhard disparó, pero la sacudida repentina del Kettenkrad le hizo perder la puntería. El cohete pasó junto a la cabina e impactó contra el cobertizo de metal donde se escondían mis hijos. Las capas de armadura se abrieron como huesos en una fractura expuesta.

—¡Nooooooo! —grité, borracha de ira. Nostálgica de la paz trágica de la Muerte, que acababa de presenciar, me lancé al torbellino de mis sensaciones, rogándole inconscientemente a Sidney que pusiera fin a mi sufrimiento. —¡Te enseñaré cómo aplastar una cucaracha!

CAPÍTULO 46

LANCÉ EL BRAZO DE LA GRÚA TRAS REINHARD, las garras de la pinza abiertas como un cocodrilo hambriento. Pero con mis movimientos imprecisos, arranqué al conductor en su lugar, sus piernas pateando en el aire. Reinhard saltó sobre el brazo de la grúa, colgando de las tuberías que alimentaban los pistones. —¡No vas a ninguna parte! —con un movimiento rápido, golpeé el brazo de la grúa contra las patas estabilizadoras del Pequeño Gustav. El conductor cayó al suelo y desapareció, dejado atrás por el tren a toda velocidad. Pero Reinhard voló contra las patas traseras del pequeño Gustav y lo perdí de vista.

—¡Melocotón! —Ghislain apareció en la cabina, acunando su brazo izquierdo.

—¿Estás bien? —pregunté sobresaltada, pero antes de que pudiera responder, la angustia se enredó en mi garganta. —¿Mis niños?

—Conmocionados y asustados, pero vivos.

Suspiré con alivio, como si el aire encerrado dentro de mis pulmones hubiera estado presionando mis entrañas.

—Necesito cobertura mientras separo a Gustav —Ghislain descendió a la conexión del vagón, y yo interpuse el brazo de la grúa para protegerlo de las balas mientras Bill proporcionaba fuego de cobertura. Ghislain quitó los pasadores de metal y desacopló al Pequeño Gustav, pero las tuberías que alimentaban la presión neumática mantuvieron el acoplamiento del vagón. Golpeó las tuberías con los pernos, frustrado por no haber tenido esto en cuenta en su plan. —¡Iré a configurar el temporizador y traeré un mazo para pomper las tuberías de bombeo!

—Ghislain, espera…

Pero antes de que pudiera advertirle, se aventuró hacia el Pequeño Gustav en medio de los disparos. Las tuberías estresadas temblaban y al menor tirón podían romperse en cualquier momento. Pero cuando Ghislain llegó a la torreta, Reinhard salió de debajo del cañón y cargó contra él.

—¡Ghislain! —grité mientras los dos luchaban encima del pequeño Gustav.

Los disparos se detuvieron en ambos lados, cada bando temeroso de herir a su propio hombre. Yo también tenía las manos atadas, así que bajé de la grúa, ansiosa por correr en ayuda de Ghislain. Pero los soldados de las SS tuvieron la misma idea y comenzaron a acercarse sigilosamente al cañón.

¡Tienes que actuar ahora! ¡Piensa, Emma, piensa! Mi mirada deambuló en busca de una herramienta para cortar las tuberías. *El menor tirón podía romper las tuberías en cualquier segundo...* El pensamiento resonaba en mi cabeza, *Un tirón, un fuerte tirón...* y recordé cómo el despliegue de las patas estabilizadoras había jaloneado el tren cuando se desplegaron momentáneamente. —¡Ghislain, sujétate a la grúa! —corrí de regreso a la cabina, rezando para que pudiera liberarse de Reinhard a tiempo. —Por favor, Ghislain, tú puedes hacerlo —activé el interruptor y devolví la vida al Pequeño Gustav con un rugido ensordecedor. —¡Ghislain, vamos! —lo apresuré cuando las piernas comenzaron a expandirse.

Ghislain asestó un golpe en la mandíbula de Reinhard, lo derribó y corrió hacia el brazo de la grúa.

Los anclajes de las patas se enterraron en el suelo, arando el suelo a medida que perforaban más profundo. El tirón rompió las tuberías liberando chorros de vapor y finalmente desprendiendo al Pequeño Gustav de la locomotora.

—¡No escaparás! —Reinhard corrió y saltó en el último segundo, colgándose de Ghislain.

La repentina parada provocada por el Pequeño Gustav y la fuerte inercia retorcieron el metal como el papel, comprimiendo todo el tren. Los vagones traseros se descarrilaron y se treparon, amontonándose sobre el cañón.

Cuando la locomotora abandonó el lugar del accidente, la pérdida de presión de vapor en el sistema de tuberías afectó a la grúa. El brazo de metal se desinfló y, en su descenso, los pies de Reinhard se arrastraron por las traviesas de madera y la grava entre los rieles, pero se negó a soltar a Ghislain.

Entonces explotaron los proyectiles a bordo del Pequeño Gustav.

Hubo un destello, y pedazos de los vagones blindados volaron hacia el cielo cuando estalló una nube en forma de hongo. La poderosa onda de choque se expandió, ondeando el suelo como si fuera una ola de mar. Afortunadamente, para entonces estábamos lo suficientemente lejos para evitar la mayor parte del poder destructivo de la explosión. Sin embargo, la ondulación del suelo se transfirió a través de las vías férreas. La locomotora se sacudió como si hubiera pasado por un bache y empezó a salirse de sus rieles.

Me volví hacia el frente instintivamente y mis hijos corrieron hacia mí. —¡Melocotooooooooon! —se agruparon a mi alrededor y los abracé. La locomotora se inclinó hacia la derecha, como un bote a punto de hundirse, y cuando golpeó el suelo, la inercia nos hizo volar varios metros antes de aterrizar y rodar hasta perder el conocimiento.

Me desperté, la cara aplanada contra el barro frío, tosiendo la suciedad alojada dentro de mi boca. Cuando traté de levantarme, un dolor electrizante me recorrió el hombro y mi brazo vaciló. ¿Está roto o dislocado? Reconocí que cualquiera de los dos era un pequeño precio que pagar, considerando que había sobrevivido al descarrilamiento del tren.

—¿Va-Valeska? ¿Jov? ¿Niños? —me di la vuelta. Mi vista estaba borrosa por la conmoción cerebral; no pude reconocerlos entre las formas esparcidas por el campo. Una fuente de luz me llamó la atención: los restos de la locomotora en llamas. La silueta de un hombre que se dirigía hacia mí eclipsó las llamas.

—¿Ghislain? —pregunté, forzando la vista mientras se acercaba, solo para darme cuenta de que el hombre no era Ghislain sino Reinhard.

CAPÍTULO 47

REINHARD AVANZÓ PESADAMENTE sobre los escombros del tren, arrastrando el cuerpo flojo de Ghislain como un buey tirando de un yugo. —¿Estás despierta, Bella Durmiente? —él resopló. —Me robaste el placer de despertarte con un beso…

—¡Tú… tú… diablo! —gruñí.

Reinhard se rio brevemente e hizo una mueca mientras presionaba su flanco. La sangre había atravesado las capas textiles de su uniforme. —La gente invoca ese nombre, despreocupada, bromeando al invocarla… Hasta que una noche, ella se te aparece. Sin ser llamada. Sin invitación —Reinhard se abrió la chaqueta y la camisa, dejando al descubierto su torso. Sangraba profusamente por múltiples heridas diminutas, como si lo hubiera alcanzado una escopeta.

Metralla de las explosiones, concluí.

—Y una vez que has visto su rostro, su verdadero rostro, queda grabado en tus pupilas para siempre. No importa dónde te escondas, su rostro es visible a través del concreto más grueso. No importa si corres, su voz suena como si estuviera respirando en tu cuello, sosteniéndote con un abrazo doloroso que te hará sufrir la más solitaria soledad —Reinhard se perdió en sus pensamientos, contemplando su guante de cuero manchado de sangre. —Solo soy humano, después de todo… atado a la mortalidad. A diferencia de los no nacidos.

—¡Eso es lo que eres para mí, un demonio! ¡Un monstruo! —apreté un puñado de tierra y vi a mis niños heridos por el choque. —Eres lo peor. ¡Eres malvado y cruel, y un ser humano despreciable! —sin aliento, traté de ponerme de pie, consciente de que no podía ganar esta pelea, pero rechazando rendirme. *Debes terminarlo, Emma.*

Reinhard reflexionó por un momento. —Todos somos el monstruo de alguien más. ¿Quién crees que es el monstruo para las familias de los soldados que acabas de asesinar?

Docenas habían muerto durante las explosiones y descarrilamiento que provoqué. A pesar de ser soldados nazis, seguían siendo seres humanos. Mi cara se contorsionó de ira. —¡Fuiste tú! ¡Todo es tu culpa! ¡Están todos muertos por tu culpa! ¡Yo no quería nada de esto! ¡Yo era inocente!

—Sé cómo se siente —Reinhard sacó una caja de hojalata del bolsillo de su chaqueta. —No nací siendo un monstruo, fui criado por uno. Yo era inocente como tú —de la caja, tomó una jeringa y extrajo el contenido de un vial. —Pero me volví responsable por alimentar al monstruo con mi miedo, ira y odio, reforzando su dominio sobre mí.

Los párpados de Ghislain se abrieron. Sus iris escanearon los alrededores hasta que me encontró, otorgándome alivio. Extendió su brazo lentamente, para evitar llamar la atención de Reinhard. Una barra de hierro yacía a su alcance. Descubriendo sus intenciones, obligué a mis ojos a encontrarse con los de Reinhard, para evitar revelar involuntariamente el plan de Ghislain.

—Los sentimientos nos convierten en víctimas, presas de monstruos —Reinhard enganchó la jeringa en su codo marcado con cicatrices y la inyectó. —Pero podemos detener el sufrimiento… si podemos… —la jeringa vacía cayó de sus dedos temblorosos. —…dejar de sentir del todo… —se estremeció como si sufriera hipotermia. Los vasos sanguíneos aparecieron sobre su piel como ríos que se bifurcan, transportando la sustancia a todo su cuerpo. Se formaron coágulos en sus heridas, deteniendo su sangrado sin necesidad de suturas o vendajes. Esto explicaba cómo se había recuperado tan rápidamente del disparo recibido durante mi huida del hotel en Hamm. Los músculos de Reinhard se tensaron y se abultaron cuando sus brazos vasculares se flexionaron. Su rostro preocupado se volvió impasible, sus ojos fríos y sin vida. Todo rastro de emoción previamente mostrado se había ido. Reinhard se había convertido en un autómata.

—Solo nosotros podemos erradicar el sufrimiento del mundo. Solo nosotros podemos guiar al infrahumano para que se convierta en el Superhombre —Reinhard sacó un cuchillo de su cinturón y me apuntó. —Esto es más grande que tú y yo, Fräulein Niemeyer. Más importante que tus padres muertos e incluso más grande que esta guerra. Se trata de robar el fuego a los dioses para dárselo a la humanidad, como Prometeo engañó a Zeus y robó el fuego para dárselo a la humanidad. Los secretos de los dioses permanecen encerrados en los genes de estos niños. Voy a cosechar esos genes para que el *Übermensch* pueda prosperar, incluso si como castigo un Reichsadler devora mi hígado por la eternidad —declaró, refiriéndose tanto al águila imperial de pie sobre la esvástica como al castigo eterno impuesto por Zeus a Prometeo.

—Ciertamente le has dado fuego a la humanidad... y al hacerlo, incendiaste todo. —me involucré en su argumento para darle más tiempo a Ghislain. —En mis viajes desde Wewelsburg hasta aquí, no vi nada más que sufrimiento y desolación. Ustedes, los nazis, no salvaron al pueblo alemán. Ofrecieron la humanidad como sacrificio para engañar a los dioses.

—Eres solo una mujer ingenua, incapaz de comprender.

—No. Tú me diste el fuego, Reinhard. En ese calabozo, encendiste una brasa dentro de mí que arde con las llamas de la justicia y no se extinguirá hasta que devore a los que nos han hecho daño —saqué fuerzas del recuerdo de los restos carbonizados de mis padres para ponerme de rodillas. —Este es un cuento en el que el monstruo arde al final.

—Admiro tu valentía, pero no flaquearé, incluso si tengo que exprimirte la vida que te queda, Cucaracha.

—Me atrevo a objetar... —Ghislain se había levantado detrás de Reinhard, empuñando la barra de hierro. —Gruppenführer.

Reinhard se dio la vuelta y Ghislain se balanceó con las dos manos, como un jugador de béisbol que intenta conectar un jonrón. La barra golpeó el cuello de Reinhard y rebotó. Ghislain se quedó boquiabierto; el impacto apenas había sacudido a Reinhard, a pesar de que usó todas sus fuerzas.

Reinhard resopló como un toro furioso, apretando su cuchillo. —Mal juicio, soldado.

Ghislain golpeó de nuevo, esta vez apuntando a la cabeza, pero

Reinhard se agachó y cortó horizontalmente, dibujando una línea de sangre en los muslos de Ghislain. Ghislain se tambaleó hacia atrás, incrédulo.

—¡Malagradecido! —Reinhard pateó el pecho de Ghislain.

Ghislain cayó, pero se arrastró, aun encarando a Reinhard.

—¿El Reich te dio todo y te atreviste a traicionarnos? ¡Todo lo que tenías que hacer era jalar el maldito gatillo!

Ghislain gruñó y lanzó otro golpe desde el suelo, pero Reinhard lo paró con una patada. La barra salió volando de las manos de Ghislain, aterrizando a metros de distancia. Ahora con la guardia baja, Ghislain recibió una patada con tanta fuerza que lo aplastó contra el suelo.

—¡Wolfrick no te pidió que pensaras! —Reinhard pisoteó brutalmente a Ghislain, quien levantó los brazos para protegerse.

—¡Fue una maldita orden! —Reinhard echó el brazo hacia atrás en preparación para clavar el cuchillo en el pecho de Ghislain.

Reuní mi fuerza restante y cargué contra la espalda de Reinhard. Mi cabeza dio un latigazo y mi columna se comprimió por el impacto. Pero a pesar de mi esfuerzo, Reinhard solo se tambaleó unos pasos hacia adelante.

—¡Perra! —se giró y me asestó un golpe de revés en la cara.

El mango de madera del cuchillo me fracturó el pómulo. Caí a gatas, escupiendo sangre, con un dolor desgarrador que adormecía mis pensamientos. Reinhard me pisoteó la espalda y mis extremidades se rindieron.

—¿Estás tan ansiosa por arrastrarte debajo de mi bota, Cucaracha? —su talón aplastó mis vértebras en medio de mis sollozos de dolor. —¡Cállate, por una vez!

—¡Déjala ir, monstruo! —mis hijos vinieron a mi rescate. Los más pequeños se engancharon a las piernas de Reinhard y los mayores saltaron sobre su espalda, uniendo esfuerzos para someterlo.

—¡Niños! ¡No! —me arrastré hacia ellos, a pesar del dolor agudo en mi espalda que me inmovilizaba.

—¡Alimañas! —Reinhard golpeó y pateó sin piedad para salir de su aprisionamiento, lanzando a mis hijos por el aire. —¡Indeseados por sus familias! ¡Rechazados por la sociedad! ¡Les ofrecimos redención! Para darle un propósito a sus... —una vez liberado, Reinhard inhaló y exhaló profundamente —...vidas sin sentido. —Esas últimas palabras dispararon algo en la cabeza de Reinhard. Escupió, se peinó hacia atrás los mechones de cabello con la mano y su rostro altivo se estiró sobre el paisaje desolador. Luego me miró de reojo, como si realmente fuera una cucaracha. —Pero tú… todo lo que tenías que hacer era ser amable… pero tenías que ser tan mala. De todo el mundo, tú eras quien no tenía derecho a tratarme así.

Las palabras de Reinhard desencadenaron los recuerdos reprimidos de mi violación, cuando se dirigió a mí como si fuera otra persona. —*¿No me amas?… ¿Por qué me has encadenado?* —me había reprochado con voz infantil en ese entonces.

—Todo lo que quería era sentir tus brazos a mi alrededor… incluso si tenías que fingir que me amabas —los ojos de Reinhard se llenaron de lágrimas mientras luchaba por contener sus emociones. Se había convertido en el Hombre que Llora, como le habían apodado mis niños. —Pero ni siquiera me merecía eso… Mamá —Reinhard sacudió cabeza, como si quisiera deshacerse de los pensamientos que lo controlaban.

Finalmente, me di cuenta con horror de que la persona que estaba viendo en mí no era otra que su propia madre. Apenas podía imaginar los horrores a los que su madre lo había sometido para convertirlo en tal monstruo.

—Pero incluso si ante tus ojos soy indigno… Te mostraré cómo tallaré mi nombre en los anales de la historia en carne y hueso —Reinhard se río nerviosamente mientras se acercaba a mí, sus ojos brillaban con determinación de vengarse de su madre, encarnada en mí.

Pero antes de que pudiera apuñalarme, resonaron disparos.

Reinhard dio un par de pasos antes de desplomarse. Una última bocanada de aire escapó de sus pulmones mientras se quedaba inmóvil, solo la sangre seguía derramándose de dos agujeros de bala en su espalda.

Detrás de él estaba Bill, con el rostro cubierto de sangre seca y barro, como si acabara de salir de su tumba. El brazo de Bill colgó flojamente, sosteniendo la pistola asesina. —Desembarcamos en estas costas para *evitar* que un loco escriba la historia —Bill se tambaleó hacia mí. —Se acabó, Melocotón… Ahora está muerto.

¿Muerto? ¿Reinhard finalmente está muerto? No podía concebirlo después de todo lo que habíamos pasado mis hijos y yo. *¿Se había vengado la muerte de Edelweiss finalmente?* Recordé sostener su cuerpo inerte en mis brazos mientras su espíritu sostenía la mano de Sidney… *Sidney*… ¿Dónde está *Sidney*? Miré a mi alrededor, distraída. Si Reinhard realmente hubiera muerto, la visión secundaria me habría permitido ver a Sidney cosechando su alma... *Pero no lo hice...* y la única explicación sería que... *¡Reinhard sigue vivo!*

¡Bill, todavía no está muerto! ¡Ten cuidado! —grité.

Antes de que Bill pudiera reaccionar, Reinhard apuñaló su pantorrilla. Bill gritó y apuntó débilmente, buscando en el suelo, pero Reinhard ya estaba a su lado. Bill atestiguó con asombro cómo el no-muerto se elevaba sobre él, devuelto a la vida por los poderes regenerativos de la droga.

—¿Sorprendio?... *Ami* —Reinhard sonrió maliciosamente y clavó el cuchillo en el pecho de Bill.

—¡Noooooooooo! —grité cuando Bill se derrumbó.

En medio de mi consternación, Ghislain sorprendió a Reinhard por detrás, rodeando el cuello con sus brazos y lo estranguló. Reinhard se retorció y giró como un toro furioso tratando de apartarlo.

—¡Déjame ir! —Reinhard jadeó, apuñalando el muslo y el costado de Ghislain, sangre brotando a borbotones con cada estocada.

—¡Nu-nunca! —Ghislain respondió con los dientes apretados.

Horrorizada, me puse de pie para ayudarlo, pero alguien ya se dirigía hacia ellos.

Atravesando los escombros en llamas con pasos firmes, Sidney acechaba detrás de los dos hombres como un lobo hambriento acechando a su presa. *Pero ¿a quién le quitará la vida?* Esa era la pregunta, ya que la balanza se inclinaba a favor de Reinhard. Agotado y lacerado, Ghislain ya no podía mantener la presión necesaria para asfixiar a Reinhard. Consciente de su situación desfavorable, Ghislain alcanzó su cinturón multiusos con la mano derecha en busca de un último recurso: una granada.

—¡Pagarás por lo que le hiciste!

—¡Déjame ir! ¡Es una orden! —Reinhard insistió.

—¡No, no, no! —cojeé con las piernas temblorosas, como un infante que aprende a caminar, afligida, considerando que lo único que se me daba bien en la vida era correr. —¡Sidney, no! —grité con desesperación. —¡Ghislain, no lo hagas! —pero a pesar de mis palabras, Ghislain desenroscó la granada con la boca y aseguró la tapa en su mano izquierda, todavía enganchada alrededor del cuello de Reinhard.

—¡Suéltame! ¡Es una maldita orden! —Reinhard rogó al darse cuenta de las intenciones de Ghislain de inmolarse y llevarlo consigo.

—*¡Nein!* —Ghislain tiró del cordón de la granada, extendiéndolo hasta que activó el detonador.

En los fugaces segundos restantes, obligué a mis piernas a correr una carrera contra la Muerte, como profetizó Renenet. Los ojos color gris esterlina de Ghislain se posaron en mí por última vez y su expresión preocupada se suavizó. Mientras corría, extendí mi brazo para alcanzarlo, con la esperanza de poder anclarlo a esta existencia.

—*Lebend* —dijo Ghislain con una sonrisa melancólica.

Las alas de cuervo de Sidney se extendieron y abrazó a Ghislain, su vida se extinguió en la explosión.

Vive, fue la última palabra de Ghislain para mí, cuando todo este tiempo había estado corriendo hacia mi encuentro con la Muerte.

CAPÍTULO 48

—¿DE QUIÉN ESTÁS HUYENDO? —Ghislain me preguntó, como la primera vez que nos vimos.

—¿Del... destino? —dije, insegura.

La mano de Ghislain acarició mi rostro con dedos helados. —No corras más… —susurró.

Recuperé la conciencia y abrí los ojos. Cúmulos oscuros tapizaban el cielo, salpicando copos de nieve. No habían sido los dedos helados de Ghislain en mis sueños, solo nieve. ¿Nieve en septiembre? Me pregunté, ajena a mi realidad. Atrapé un copo de nieve con mi mano entumecida, pero cuando desplegué mis dedos, la hermosa figura geométrica hecha de hielo se había derretido.

Me senté erguida, todavía desorientada por la explosión de la granada que me había arrojado hacia atrás. El campo de batalla estaba glaseado con algodón blanco, los incendios extinguidos; sólo quedaron columnas de humo. Un cuerpo yacía a mi lado y me di cuenta con pavor de que era el de Reinhard, o lo que quedaba de él. Era solo la parte superior del torso, con la cabeza y el brazo izquierdo aún unidos. Mi estómago se revolvió mientras mis ojos seguían el rastro de sangre y entrañas hasta el lugar de la explosión. Reinhard había usado su último aliento para... *arrastrarse* ¿hacia mí? El pensamiento me enfermó. Cuando finalmente yacía frío en el suelo, esperé a que llegara la corriente de alivio. Pero no importaba lo mucho que forzara los pensamientos alegres, mi corazón permanecía vacío, mis ojos llorosos luchaban contra el impulso de buscar a Ghislain. No soportaría el impacto de encontrarlo así o incluso peor. Era mejor para mí creer que se había desvanecido por completo de este mundo, al igual que el copo de nieve en mi mano. Consumido por la explosión… o más bien por mi sed de venganza.

Las palabras de Ghislain, pronunciadas anoche, resonaron en mi cabeza. —*No puedo sostener una hermosa flor en mis manos sin marchitarla.* —Tal vez estaba maldita, al igual que mis niños... *¿mis niños?*

—¿Niños? —escaneé el paisaje nevado.

Las botas pisotearon los escombros detrás de mí y me di la vuelta para encontrarme rodeada de soldados de las SS.

—¡Manos arriba! —instruyó un soldado, apuntándome con su rifle.

Pero mis miembros doloridos se negaron a obedecer, o tal vez realmente ya no me importaba lo que pudiera pasarme.

—¡Ahora! —él amenazó.

Un oficial con una gabardina se abrió paso entre la línea del escuadrón y tocó el hombro del soldado, ordenándole que bajara su arma. El oficial caminó hacia mí y se quitó la gorra. Era Otto. Se ajustó las gafas mientras miraba los restos de Reinhard.

—Él... finalmente está muerto —murmuré.

Otto extendió su mano hacia mí, pero me estremecí. —No te haré daño —acarició mi cabello ensangrentado. —Estás en estado de shock. Es normal. Estarás bien.

Pero en el fondo, sabía que nunca podría volver a estar bien. Le fruncí el ceño. —¿Dónde están mis niños?

Otto hizo un gesto con la cabeza hacia una pieza arqueada de metal de la locomotora que actuaba como un dosel, protegiendo a mis niños acurrucados de la nieve. Tres soldados los custodiaban.

Mi corazón palpitó y mi respiración se cortó ante la idea de que los llevaran de regreso a ese horrible lugar. Intenté arrastrarme hacia ellos, pero Otto me sujetó.

—Cálmate. Estás herida. Te harás daño.

Luché por liberarme, pero no tenía fuerzas.

—Todo va a estar bien. Por favor… —Otto me tranquilizó.

—¿Qué... qué van... a hacer con ellos... conmigo? —me atreví a preguntar, confundida sobre cuáles eran realmente sus intenciones. Después de todo, Otto sabía de mi plan cuando nos encontramos en la despensa de Wewelsburg, pero lo permitió e incluso inició el fuego que sirvió como distracción para nuestra huida. Había actuado como si quisiera que me llevara a los niños conmigo. ¿Pero por qué?

—Primero, necesitamos atender tus heridas. ¡Médico! —ordenó Otto, y se acercó un soldado que llevaba un maletín médico de cuero. —¿Dónde está Ghislain?

—Él… él… —Tragué saliva. —…muerto. —Mis ojos inundados me traicionaron cuando miré hacia el sitio de la explosión.

Otto apretó los labios con una expresión sombría.

—¿Estás en sufrimiento? —el médico de campo revisó mis signos vitales y continuó con el interrogatorio médico mientras atendía mis heridas, pero sus preguntas cayeron en oídos sordos. Mi mirada vagó con Otto, quien buscó a Ghislain en el campo de batalla hasta que lo encontró envuelto debajo de una sábana blanca de nieve. Otto miró a su amigo con semblante afligido y apoyó una mano cariñosa en su pecho, notando un bulto en el bolsillo. Sacó un pequeño libro del interior de la chaqueta de Ghislain y hojeó las páginas, leyendo aquí y allá hasta que lo cerró. Acarició el rostro de Ghislain, cerrando los párpados, y colocó la palma de su mano en la frente de su amigo, pronunciando algunas palabras. Otto volvió a ponerse de pie y enderezó la columna vertebral. Chasqueó los talones y extendió el brazo, saludando por última vez a su amigo y compañero de armas.

—Deberías leer esto —Otto depositó el libro entre mis manos temblorosas a su regreso. —Él… —Se quedó sin palabras. Era el cuaderno que Ghislain había encontrado en la casa que había usado —*para anotar recetas, listas de ingredientes y cosas por el estilo* —pero que curiosamente había guardado demasiado celosamente para que fuera un simple libro de recetas. Estaba a punto de abrirlo, guiada por el marcapáginas de cinta roja, cuando un soldado nos interrumpió.

—Señor, el Ami está vivo.

—Tráelo —instruyó Otto.

¿Bill? Mi alma atribulada suspiró, aliviada de la pesada culpa de su muerte.

Dos soldados cargaron a Bill en sus brazos y lo bajaron a mi lado.

—¡Estas vivo! —lloré, lágrimas de felicidad esta vez.

—Aún… o eso parece —Bill gruñó de dolor mientras el médico

esterilizaba y suturaba las heridas de cuchillo.

—Sobrevivirás —Otto se dirigió a Bill en inglés. Encendió un cigarrillo, aspiró una bocanada de humo y se lo ofreció a Bill. —Fuma —ofreció con voz ronca, haciéndolo sonar más como una orden.

Bill inhaló, pero tosió el cigarrillo. —Lo... lo siento. Yo no fumo.

Otto se rio. —¿Qué hacen los chicos donde vives, si no fuman?

—Sí fuman en Wisconsin... solo... yo no lo hago.

—¿Wisconsin? ¿Al lado de los Grandes Lagos? —preguntó Otto, despreocupado, como si Bill fuera un extraño con el que se hubiera topado mientras cruzaba la calle. —Visité las Cataratas del Niágara una vez. *Impresionaaaaante!* —Otto volvió a succionar del cigarrillo. ¿Estuviste en el Campamento Edwards?

—No, Campamento Blanding.

—Te mantuviste valientemente en el tren. Te vi desde la retaguardia —Otto probablemente había estado liderando el grupo de Kettenkrad que se quedó atrás.

—Gracias, gracias... señor —dijo Bill, visiblemente incómodo con la forma de abordar la cortesía amistosa de este rival en el campo de batalla.

Otto tiró el cigarrillo y señaló el horizonte. —La frontera debería estar a unos cinco kilómetros hacia el oeste. No te detengas hasta cruzar el río Mosa. Allí te reunirás con tus hombres.

—¿Soy libre de irme? —Bill preguntó dudoso. —¿O van a dispararme una vez que les dé la espalda?

—Hoy no... pero no puedo responder por mañana. Una vez que hayas cruzado ese río... entonces podremos reanudar nuestra enemistad.

—¿Qué hay de ella? ¿Ella también es libre de irse? —Bill asintió hacia mí.

Otto me miró y se arrodilló ante mí. —Luchaste como una valquiria, Fräulein Niemeyer —tiró de la Cruz de Hierro que colgaba de su cuello. —El Führer debería otorgarte la Cruz de Oro de Honor de la Madre Alemana —dijo, refiriéndose al tema que habíamos discutido en nuestro camino al Castillo de Wewelsburg. —Pero estas son épocas de guerra... —me dio su cruz. —Ojalá mi madre hubiera tenido la mitad del coraje que mostraste hoy —él medio sonrió. —Uno de mis hombres te llevará a casa. La patria necesita mujeres fuertes como tú para reconstruir una vez que termine la guerra —se levantó.

¿Hogar? ¿Tenía un hogar, después de todo lo que había pasado? ¿Podría volver a una casa vacía? Todos los que amaba estaban muertos. Lo único que me mantenía aferrado a la vida en ese momento era… —¿Puedo llevarme a mis hijos conmigo?

Otto reflexionó por un momento. —Puedes irte, pero no los niños.

Renunciar a ellos ahora haría que todos mis sacrificios no tuvieran sentido. —¡No necesito tu piedad o tu reconocimiento! ¡Quiero a mis niños! —tiré la Cruz de Hierro a la nieve.

—Eso es imposible —dijo Otto solemnemente.

—¿Qué vas a hacer? ¿Encerrarlos de nuevo en una jaula? ¿Someterlos a más pruebas de laboratorio? ¿Eso son esos niños para ti? ¿Animales? —me enfurecí, pero Otto permaneció plácido. —¡Respóndeme!

Otto bajó la mirada y jaló una cadena de oro, sacando su reloj dorado de su bolsillo. Tocó tres veces la tapa grabada con el Sol Negro como si fuera una puerta. Lo abrió y observó atentamente el diminuto reloj, como si el tiempo que le daban las manecillas le revelara la respuesta que buscaba. Después de un momento, Otto cerró la tapa con determinación y emitió una orden. —¡Alinéenlos!

CAPÍTULO 49

LOS GUARDIAS SACARON A MIS HIJOS del dosel y los condujeron a campo abierto, seguidos por todos los soldados del pelotón.

—¿Qué van a hacer? —grité, pero todos me ignoraron. —¡Otto, por favor! ¡Por favor!

Otto me miró. —Lo que está destinado a ser —resolvió con una mirada severa.

¿Qué está destinado a ser? Me pregunté. *Destino. ¡Lo qué está destinado! ¡El destino de mis niños!* Entré en pánico al recordar las palabras de Renenet. —*¿Por qué estás tan dispuesta a arruinar tu vida por esos niños, que no han nacido de tu propia carne y sangre, cuyo destino ya ha sido decidido?... Nada de lo que hagas podría cambiar su suerte... ¿Cuánta sangre más se necesita derramar para que te des cuenta de que estos niños van a morir sin importar lo que hagas?*

—¡Otto, por favor, no lo hagas! No tiene por qué ser así... Por favor, por favor, reconsidera, tú tienes el poder de decidir lo contrario... Mis niños... no tienen que morir.

—Solo hay un destino para los Hijos de los Condenados —dijo, refiriéndose a los descendientes de los Grigori. —Solo la muerte puede expiar los pecados de los Caídos, y nada de lo que hagamos puede alterar los deseos de los Altísimos.

—¡No! ¡Me niego a acatar! ¡Al carajo los Altísimos!

—Una gota de agua dulce no endulza el océano. Las lágrimas que derrames serán un cruel recordatorio de que solo el sufrimiento espera a aquellos que se atreven a desafiar al destino —dijo Otto con desilusión, como si él mismo fuera presa del destino. —Tu papel aquí está completo ahora, niña. Vete sin mirar atrás. *¡Auf Wiedersehen!* —Otto se puso la gorra, mostrando la insignia *de Totenkopf*, la calavera y las tibias cruzadas, y se unió a su escuadrón. Los soldados habían formado una fila frente a mis hijos, quienes se abrazaban, mirando con ojos temerosos al pelotón de fusilamiento que tenían delante.

—No lo permitiré... aunque sea lo último que haga —me puse de pie con esfuerzo.

Bill sostuvo mi brazo. —Melocotón, no hay nada que puedas hacer, ¡no hay nada que podamos hacer! —se corrigió, la amargura de la derrota cubriendo su voz. Tenía razón, pero me liberé de su brazo y continué. —¿No le temes a la muerte?

Me di la vuelta. —Debería estar muerta ahora, pero no lo estoy por ellos. Me mostraron que a pesar de los horrores que he soportado, todavía hay un propósito para mí. Si se enfrentan a la muerte, lo menos que puedo hacer es estar a su lado.

—Pueden voltearse si lo desean... Será más fácil para ustedes —Otto se dirigió a los niños como si hablara con soldados adultos acusados de traición. Pero la verdad era que solo haría las cosas más fáciles para los soldados: apretar el gatillo sería más fácil sin tener los ojos inocentes de los niños sobre ellos.

—¿Por qué apartaríamos la vista de nuestra propia muerte? —Valeska dijo, sin miedo, dando un paso adelante. —Al saber cuándo termina nuestra vida, las respiraciones restantes se vuelven aún más preciadas.

Otto la miró con asombro, probablemente por haberla escuchado hablar por primera vez.

—No nos compadezcas por dejar esta existencia. Tengan compasión de ustedes, que derrochan el aquí y el ahora, y de su descendencia, que anhelará exprimir las horas de los segundos —sus palabras infundieron coraje a sus hermanos, y se enfrentaron al escuadrón con la cabeza en alto y las manos unidas. —Sabemos hacia dónde nos dirigimos... Espero que ustedes también lo sepan.

Los soldados del pelotón de fusilamiento intercambiaron miradas de preocupación.

—¡Suficiente! —Otto llamó. —¡Escuadrón listo!

Los soldados enderezaron la espalda y presentaron sus rifles.

Cojeé, arrastrando los pies por el campo nevado, consciente de que estos podrían ser mis últimos pasos.

—¡Apunten! —Los rifles y las ametralladoras los apuntaron, pero mis niños no se acobardaron.

Sin aliento, me interpuse entre el pelotón de fusilamiento y mis niños, con los brazos abiertos. —¡Si quieren dispararles a mis niños, sus balas tendrán que atravesarme primero!

El escuadrón esperaba, inmóvil, las instrucciones del brigadeführer.

—¡Hazte a un lado, niña! —advirtió Otto.

—¡No lo haré!

—Melocotón, ya has hecho suficiente. Ellos nos quieren a nosotros, no a ti. Por favor, hazte a un lado —dijo Jov. —Te amamos, pase lo que pase.

—No, no es suficiente… Nunca será suficiente —dije, luchando contra mis lágrimas.

—¡Hazte a un lado, niña! —Otto gritó, con la cara roja y furiosa. —No lo repetiré.

¿Qué puedo hacer? ¿Cómo puedo salvar a mis *niños*? *¡Maldita sea!* Mi mente daba vueltas, elucubrando, a pesar de saber que ninguna respuesta podría resolver mi situación. Estaba al borde de la cascada, y el único resultado era caer.

—¡A la cuenta de tres! —Otto dijo como ultimátum, ofreciéndome una última oportunidad para reconsiderar.

En medio de mi insoportable espera, el Heraldo de la Muerte hizo su aparición. Sidney paseaba detrás del pelotón de fusilamiento, esperando su señal para subir al escenario para el final de esta obra, esta tragedia griega. *Debe haber una manera*, pensé, recordando que había sido Sidney quien me había guiado a salvo a través de un enredo de balas cuando subí al tren. Sidney tenía el poder de cambiar las cosas. Tenía el poder de evitar que mis niños murieran. Después de todo, él era la Muerte misma.

—¡Uno! —Otto comenzó el conteo.

—Por favor… Sidney… Sé que puedes evitar esto… ¡por favor! —le rogué, pero él permaneció en silencio. Expectante. Impasivo.

—¡Dos!

—¡Por favor!

—¡Tres!

Tomé una última bocanada de aire y cerré los ojos instintivamente. Los rifles traquetearon hasta que los cargadores se vaciaron. Mis oídos zumbaron cuando la corriente de balas pasó zumbando. Luego, solo hubo silencio.

¿Estoy muer*ta*? Abrí mis párpados y observé a los soldados que me miraban con incredulidad. Estaba viva, ilesa a pesar de las docenas de balas. ¿Sídney? ¿Había hecho algo? Pero él había desaparecido.

—¡Bruja! —un soldado rompió el silencio. —¡Ella está confabulada con el diablo! —Temerosos de esas palabras, los soldados retrocedieron, como si estuvieran frente a un ejército masivo. No eran los hombres sino el pavor a la Muerte a lo que se enfrentaban. Lo sabía mejor que ellos, mientras el silencio detrás de mí se acumulaba, susurrando a mi alma lo que mi mente se negaba a aceptar. Hasta que reuní el valor suficiente para darme la vuelta y enfrentarme al rostro sombrío de la Muerte.

Sidney estaba de pie entre los cuerpos acribillados de mis hijos.

Caí de rodillas con una presión abrumadora en mi pecho que casi detuvo mi corazón. Me arrastré, resollando con gritos sordos. —Por favor, despierten... —Con las manos cubiertas de sangre, traté de juntar sus extremidades con la desesperación de un infante que rompió su juguete de Navidad, con la esperanza de que, si lo hacía, abrirían sus ojos de nuevo... pero no lo hicieron. —¿Por qué? —lloré, con el corazón roto. —¡Eran... solo niños!

—Hijos de los Condenados, descendientes de los Grigori —aclaró Sidney.

—¡No! ¡Eran mis hijos! —golpeé mi pecho. —*Meine Kinder!* Y de nadie más —acaricié sus cabezas mientras apretaba sus cuerpos sin vida contra mí.

—Eran hijos de nadie, pero los acogiste como si fueran tuyos. Cumpliste sus deseos de ser verdaderamente amados por una vez —pero las palabras de Sidney no ofrecieron consuelo para mi corazón roto.

—Yo-yo traté de protegerlos... protegerlos de las balas con mi cuerpo... pero... ellos murieron y no yo —balbuceé, incapaz de explicar lo que había sucedido. —Pero podrías haberlos ayudado... ¡Tenías el poder para salvarlos! —me volví hacia Sidney, enfurecida.

—Está prohibido para mí alterar el curso de una vida humana.

Me puse de pie y lo enfrenté. —¡Pero tú me ayudaste! ¡Me mostraste la forma de esquivar las balas! ¡Me salvaste la vida!

Sidney negó con la cabeza ligeramente. —Nunca fui yo. Incluso si te hubiera advertido sobre la trayectoria de las balas, nunca podrías haber reaccionado lo suficientemente rápido para esquivarlas. Yo no te salvé... Ellos lo hicieron —los ojos de Sidney miraron a mis hijos que yacían a sus pies. —Estabas protegida por una barrera invisible, electromagnetismo, como lo llaman tus científicos, capaz de alterar la trayectoria de una bala. Un campo creado por tus hijos. Una habilidad heredada de los Grigori.

Las palabras de Von Schroeder sobre el Overman, mencionadas durante nuestra cena en Wewelsburg, se hicieron vívidas. —*Un ser con fuerza y reflejos superiores, con habilidades psíquicas sobresalientes, capaz de doblar la trayectoria de una bala en la batalla* —Y como prueba tenía al soldado que me disparó dos veces en el vagón de control del tren. Tiros imposibles de fallar, que terminó fallando... *¡No! ¡Mis hijos lo hicieron fallar!*

—He visto a una persona torcer la trayectoria de una bala a voluntad, caprichosamente, como si la bala tuviera voluntad propia —continuó Sidney. —Pero tus hijos eran demasiado pequeños para descubrir el verdadero poder de sus habilidades. No podrían haberte protegido, parada en el techo del tren, mientras permanecían encerrados en la celda. Tenía que hacerles saber dónde estabas. Esa es la razón por la que creé un túnel, para canalizar sus habilidades, como un sonar que señala la posición de un acorazado. Todo ese tiempo yo no te estaba guiando; los guiaba a ellos.

—¿Pero por qué yo? ¡Deberías haberlos ayudado a ellos en lugar de a mí!

—Porque me lo pidieron. Lo acabas de presenciar tú misma. Podrían haber creado el campo electromagnético para protegerse, pero con el amor inconmensurable que tenían por ti, te protegieron a ti. Como el agua de un río es bifurcada por una piedra y luego converge, las balas te pasaron por alto y continuaron hacia la dirección destinada: tus hijos. Tus hijos te salvaron a costa de sus vidas. Deseaban nada más que tu bienestar.

—¿Pero por qué? —seguí preguntando, creyendo todo este tiempo que había sido yo quien se estaba sacrificando por ellos.

—Tal vez porque a pesar de tu intención de terminar con tu vida, mereces vivir hasta que descubras la belleza y la felicidad de vivir —dijo Sidney, que todo lo sabe.

—¿Sabías que esto sucedería, pero lo permitiste?

—Tú también fuiste informada...

—¡Pero yo no tengo los... los... los poderes que tú tienes! —

me puse de pie para mirar a Sidney a los ojos. —¡Podrías haberlos salvado si hubieras querido! ¡Pero te quedaste allí y los viste morir!

—Me está prohibido alterar el curso… —Sidney empezó a recitar la misma línea.

—¡*Scheisse!* —despotriqué, derramando toda mi frustración sobre él. —¡No me importan las reglas de nadie! ¡Tenías que hacerlo! ¿Qué arriesgabas al romper esas reglas? ¿Tu vida? ¿Cosecharía la muerte su propia vida? ¡Maldita sea! —mis lágrimas se precipitaron sin control. —¿Me estás diciendo que no pudiste arriesgar algo por estos niños, cuando yo sacrifiqué todo lo que tenía? Mi familia, mis amigos… mi amor… mi propia vida… lo perdí todo. ¡Así que no me vengas con esa mierda, que no puedes romper las reglas!

Sidney me miró fijamente, impasible, ecuánime, sus ojos verdes eran pacíficos como un lago que no podía perturbar, sin importar cuántas piedras arrojara. Después de todo, él era el Heraldo de la Muerte; tal vez estaba dentro de su naturaleza tener la incapacidad de experimentar el dolor. O tal vez se había entumecido después de llevar tantas almas al más allá.

—¿Alguna vez has albergado un sentimiento en ese corazón de hielo tuyo? —me atreví a preguntar, pero sus labios permanecieron fruncidos. —En tu ir y venir por el mundo, ¿alguna vez te has detenido a observar cómo un gesto tan simple como regalar una flor puede eclipsar la melancolía del corazón de una persona? La conmovedora sensación que provoca un poema, bailar tontamente hasta estallar en carcajadas, o la estremecedora sensación de besar por primera vez. ¿Lo has hecho?

—Me he preguntado… —dijo Sidney, con rastros de melancolía en su voz. —…cómo se siente.

—Bueno, todavía tienes tiempo para averiguarlo… pero ellos —señalé a mis hijos muertos con las manos ensangrentadas. —No tendrán la oportunidad de descubrir la belleza y la felicidad de la vida, solo porque alguien en el cielo, que no ha experimentado la vida por sí mismo, pensó que "era hora" de que se fueran. La única persona en este mundo que podría haberse interpuesto contra una Voluntad tan egoísta eras tú. Pero te faltó la empatía y el coraje para rebelarte contra las órdenes que te dieron… Mis hijos están muertos por tu culpa. Les robaste la posibilidad de envejecer.

—Lo lamento —el borde del ojo izquierdo de Sidney se enrojeció.

—Pensé en mi habilidad para mirar en el más allá, esta visión secundaria, como una maldición. Pero ahora miro a mi alrededor y no puedo notar la diferencia. Sólo hay muerte rodeándome. Espero que te sientas realizado en eso.

—Emma…

—¡Véte! ¡Déjame en paz! Estoy segura de que en otro lugar alguien está ansioso por morir.

Pero a pesar de mis duras palabras, Sidney se quedó de pie frente a mí hasta que las lágrimas brotaron de su ojo izquierdo. Se pasó los dedos por la mejilla y examinó sus dedos húmedos como si nunca hubiera derramado lágrimas. Sus fosas nasales se ensancharon cuando su respiración se volvió agitada, las bocanadas se condensaron en el aire frío. El rostro siempre impasible de Sidney perdió la compostura. Los músculos de su mandíbula se tensaron y enseñó los dientes. Sus dedos se cerraron en un puño tembloroso, abultando las arterias y sacando los nudillos. En medio de su rabia, Sidney pronunció palabras que no pude entender, y luego echó a correr, rápido como un guepardo tratando de atrapar a su presa, hasta que su silueta se perdió en el horizonte teñido de naranja, dejando tras de sí un rastro de huellas en la nieve.

Una vez sola, me acosté al lado de mis hijos. —No me extrañen… ya voy —susurré y cerré los ojos, deseando que la próxima vez que los abriera pudiera estar con ellos.

CAPÍTULO 50

BILL ME SACUDIÓ PARA DESPERTARME. —Tenemos que irnos. Vendrán más soldados —tiró de mí para que volviera a ponerme de pie.

—Vete tú —protesté sin flexionar un músculo. —Vuelve a casa... Vuelve con tu hermano.

—¡Melocotón, por favor! ¡No me iré sin ti! —Bill luchó para arrastrarme por el suelo nevado con un solo brazo, el otro todavía inmovilizado en un cabestrillo. —Incluso si tengo que arrastrarte hasta la frontera.

—Bill, suéltame. Estoy destrozada. Ningún hilo rojo podría volver a unirme —me sentí más vacía que su osito de peluche.

—Me aseguraré de que tengas la oportunidad de descubrir la belleza y la felicidad de la vida —Bill citó mis palabras, admitiendo que había escuchado mi conversación con Sidney. Pero ante sus ojos ordinarios, debería haber parecido una mujer loca despotricando al viento. —Me aseguraré... de que mueras tan vieja... que no te quede nada más por lograr en la vida —dijo Bill, sin aliento.

Era injusto para él.

Al final, la terquedad de Bill finalmente me sacó de mi estado letárgico y reavivó mi instinto de supervivencia. Volví a ponerme de pie y, con los brazos cruzados sobre los hombros, avanzamos pesadamente hacia el oeste, abrazándonos en nuestros momentos de fragilidad.

Me fui sin mirar atrás, sabiendo que, si me atrevía, me derrumbaría.

Cojeamos sin detenernos. A medida que oscurecía, la temperatura descendía. Con nuestras heridas y el frío, si nos deteníamos a descansar, era posible que no pudiéramos volver a ponernos de pie. Teníamos que mantenernos en movimiento. Divisamos cortijos a lo largo de nuestro camino. Nuestros pies suplicaban tocar las puertas, para pedir un lugar dónde descansar mientras nuestras bocas imploraban por un vaso de agua. Pero a pesar de lo dolorosamente insoportable que era nuestra marcha, nos abstuvimos de hacerlo. Teníamos que abandonar esta tierra lo más rápido que pudiéramos. Este ya no era mi país. Me había convertido en un extraña.

Las nubes se abrieron y la luna se asomó, iluminando nuestro camino a través del bosque, haciéndolo menos aterrador. Pero la luna también trajo los aullidos. Un aullido profundo como el de un lobo resonó en medio de la cacofonía de la artillería del campo de batalla. Nos encontramos con un rastro de huellas en la nieve. Las enormes garras del animal se habían hundido hasta alcanzar la capa de barro que había debajo.

—¿Estas enormes patas pertenecen al lobo aullador? —pregunté, temerosa de que todavía pudiera estar merodeando por los alrededores.

—Más del tamaño de un oso que de un lobo —reflexionó Bill con expresión preocupada. —Pero las huellas son de hecho caninas: cuatro dedos con forma rómbica, a diferencia de las patas de cinco dedos y forma pentagonal de los osos.

Más adelante, las huellas se volvieron sangrientas. A medida que avanzábamos, la sensación de que nos acercábamos a un campo de batalla daba vueltas en mi cabeza. *Tal vez el lobo solo hurgó la carne de los cadáveres,* traté de convencerme a mí misma. Pero mi mano voló a mi boca al ver los cuerpos masacrados cubriendo el campo, con heridas no producidas por balas sino talladas por garras. Mientras navegaba entre los cadáveres, reconocí sus uniformes; eran SS.

—La unidad de Otto —balbuceé al encontrar el cuerpo inerte de

Otto, con los ojos perdidos, mirando al cielo a través de unas gafas rotas y manchadas de sangre.

—Todo el escuadrón... masacrado —Bill gesticuló, luciendo verde. —A pesar de su armamento y entrenamiento, fueron incapaces de resistir. ¿Quién o qué les hizo esto?

Una cadena de oro colgaba del puño de Otto que descansaba sobre su pecho. Abrí sus dedos, revelando su reloj dorado. Pasé mi pulgar sobre el grabado. —El Sol Negro —susurré, y llamé tres veces antes de abrirlo, como lo habían hecho Von Schroeder y Otto.

Las manecillas del reloj estaban detenidas a la 1:30; quien sabe desde cuándo. Descarté la posibilidad de que un golpe durante su emboscada fuera el responsable del mal funcionamiento. No se veían rasguños. Parecía que Otto lo había atesorado, dado que era el reloj y no su arma lo que sujetó con devoción durante sus últimos momentos, con la pistola aún enfundada en su cinturón.

El reloj tenía un diminuto espejo colocado en la cara interior de la tapa, en lugar de la habitual foto de los familiares. Extraño; Otto nunca me había parecido una persona vanidosa. Me acerqué el reloj a la cara y me miré en el espejo con desconcierto, no por mi reflejo demacrado, sino porque el rostro sombrío de una mujer de ojos penetrantes asomándose por encima de mi hombro izquierdo, como si estuviera detrás de mí. Colocó su dedo alargado y nudoso sobre sus labios carmín y me hizo callar.

Escapó de mi un grito de horror. Cerré el reloj dorado y me volví, sobresaltada, pero no había nadie a la vista.

Ninguna mujer o huellas que confirmaran que había estado allí.

—¡Melocotón! ¿Estás bien? —Bill vino en mi ayuda empuñando un arma de fuego que había recogido de los cuerpos.

—E-estoy bien —dije, tratando de convencerme de que la imagen había sido solo un subproducto de mis nervios alterados o evocada por mi visión secundaria. —No fue nada. Solo una figura formada por la oscuridad.

CAPÍTULO 51

DEAMBULAMOS HASTA QUE LLEGAMOS al río Mosa y lo cruzamos cerca de Knikkerdorp. Poco después, una compañía de reconocimiento nos vio y nos transportó a un Eindhoven parcialmente destruido, recientemente asegurado por las fuerzas aliadas. Un médico inspeccionó a Bill mientras yo le contaba los acontecimientos a un teniente de la 101ª División Aerotransportada, Irwin Lovelock, quien escuchaba atentamente con ojos inquisitivos, haciendo círculos con un cigarro alrededor de su boca con escepticismo. Lo cual no me sorprendió, considerando que vestía el uniforme de sus enemigos.

Era difícil contar las cosas como habían sucedido, no porque me diera vergüenza, sino porque era demasiado doloroso, así que edité mi historia. Eliminé a mis padres y mi hermano, mi violación y tortura, Sidney y esas cosas más allá de lo creíble de mi narración. Y sin las pruebas de los experimentos a los que habían sido sometidos mis hijos, sólo podía narrar los horrores sufridos, no sólo por ellos, sino por todos los judíos y los alemanes detractores de los nazis detenidos en los campos de concentración. Reivindiqué a Ghislain diciendo que había sido él quien me había ayudado a rescatar a mis hijos de un campo de concentración, que era cierto en parte. Era más fácil de esa manera. Más simple.

Cuando terminé, el teniente Lovelock se me acercó.

—Lamento tu pérdida, chica —dijo solemnemente. —Pero te agradezco que hayas rescatado al cabo Hurlbart y por tu ayuda en nuestra lucha contra los nazis. Los jóvenes valientes como tú, a los que la propaganda no les ha lavado el cerebro, son la única esperanza para este mundo. —Me apretó el hombro —descansa ahora. Estás a salvo aquí.

¿A salvo? Me pregunté. —Y-yo… —No pude articular las palabras.

—No te preocupes —me tranquilizó el teniente Lovelock. —Mañana un transporte los llevará a un hospital para su debida atención.

—Gracias.

El teniente Lovelock sonrió y se alejó.

Bill se tambaleó hacia mí. —No tienes nada de qué preocuparte, Melocotón.

Al estar sin hogar, sin amigos y sin familia, tenía todo de qué preocuparme. Pero de alguna manera, la carga sobre mis hombros se había aliviado. Tal vez ya no me importaba lo que pudiera pasarme mañana, en una hora, o incluso en el siguiente minuto. O podría ser simplemente un efecto secundario de perderlo todo. Al no tener apegos a nada en la vida, me volví libre. Audaz.

—Una vez que mejore, tendré que volver a unirme a mi unidad —explicó Bill. —Pero cuando termine la guerra, volveré por ti.

No sabía qué decir.

—Te dejaré descansar —dijo Bill en medio de un incómodo silencio.

—También necesitas descansar.

Bill asintió y salió de la habitación.

Suspiré y me desplomé sobre el rígido colchón, sintiéndome ni viva ni muerta, física y mentalmente entumecida, respirando por inercia. Mi mente se había adaptado al dolor físico de mis heridas, pero un dolor emocional e imparable me carcomía el corazón. Saqué el cuaderno de Ghislain de mi bolsillo y lo abrí en el marcapáginas de cinta roja.

—Epitalamio —leí en la parte superior de la página bajo la luz tenue, recordando que su significado era un poema escrito por un novio en dedicatoria a la novia, como el que declamó Bruno a Gerda durante su boda.

Encrucijada sin títulos,
Voluntad encerrada en una jaula de cristal.
Encrucijada sin rumbos,
Que a la salvación me guie un vendaval.

Caminos de vida sin sentido,
En tu intersección fui abandonado.
Por la oscuridad deambulé sin destino,
Creyendo que nunca podría ser amado.

Encrucijada de sangre y hueso,
Con mis ojos vendados por la persuasión,
Al yugo de hermandad fui encadenado,
Revelando que mi camino era la sedición.

Encrucijada donde mis esperanzas encontraba,
Los cielos de medianoche escucharon mis oraciones,
Enviándome a el ángel que mi corazón anhelaba,
Su sonrisa floreando más hermoso que todas las flores.

Incluso perdido en mi viaje a ninguna parte,
De entre el firmamento tus ojos fueron deslumbrantes,
Con tu voz aterciopelada guiándome al desembarque,
Haciendo a mi viejo corazón sentirse vibrante.

Mas si de alcanzar tu amor soy indigno,
Las montañas como corona tu corazón sostienen,
Para acariciar el inmenso cielo como los riscos,
De tener alas, mis pensamientos entretienen.

Sublimes caminos al fin del mundo,
Sin importar los obstáculos y la lejanía,
Por sujetar tu mano, tanto a Dios pido,
Que buscándote toda mi vida pasaría.

Si mi vida añorada pudiera cumplirse,
La eternidad a tu lado yo pasaría.
Emma, tu felicidad como credo adscribo,
Y si por ti, a mi vida renunciar tuviese,
No te preocupes, que felizmente lo haría,

porque sin ti, esta vida no tendría sentido.

Encrucijada sin títulos,
Para volar alto me diste la intuición.
Encrucijada sin destinos,
Para conquistar a Emma concédeme redención.

Y en la vida nunca permitas que me descamine,
Del lado de Emma hasta el día de mi muerte.

Apreté el cuaderno contra mi pecho, como si el poema fuera la mitad faltante de mi corazón roto, con la esperanza de que, si lo mantuviera siempre cerca, se volvería a unir.

CAPÍTULO 52

LA NOCHE DE NUESTRA LLEGADA AL HOSPITAL, hui sin avisarle a Bill. Todavía no estaba completamente recuperada, pero me había familiarizado con el dolor. Se convirtió en una especie de expiación.

Me dirigí al suroeste, y con la ayuda de los buenos samaritanos que me ofrecieron un aventón a lo largo de algunas partes de mi viaje, un techo bajo el cual pasar la noche y un tazón de sopa caliente, después de un par de días, llegué a París. Incluso cuando los estragos de la guerra aún eran visibles, las calles estaban vivas y llenas de gente. Visité los lugares que Anton había descrito en sus cartas; la idea de caminar por las mismas calles que mi hermano e imaginar a mis jóvenes padres disfrutando de sus mejores momentos en esta ciudad me proporcionaron migajas de consuelo.

Conseguí un trabajo como camarera en una cafetería desde donde podía ver la Torre Eiffel, y trabajé ahí hasta que la noticia del fin de la guerra se extendió por toda Europa.

Un día, una familia visitó el café y la hija me reconoció. Era la familia de judíos con la que me había cruzado durante mi fuga en la ciudad de Hamm. El esposo cayó de rodillas, pidiéndome perdón por empujarme fuera de su escondite. Aunque mis hijos no sobrevivieron, no le guardé rencor. Si me hubiera dejado entrar, habrían terminado en un campo de concentración. La familia me invitó a partir el pan en su casa como muestra de agradecimiento y después de un recuento de nuestras experiencias traumáticas, me preguntaron sobre mis planes. No tenía ninguno.

Muchas noches había pensado en visitar a la hermana de mi madre en el Reino Unido, pero me aterraba responder las preguntas sobre el paradero de mi familia que sabía que vendrían. Entonces, cada vez que florecía un atisbo de entusiasmo por reconectarme con mi pasado, se sublimaba.

—Emigraremos a los Estados Unidos —explicó el esposo. —Puedes venir con nosotros, si lo deseas.

—Realmente aprecio su generosidad, pero soy un fantasma. Hoy me llamo Emma, mañana tal vez sea Mildred... La guerra me arrebató todo. Incluso mi identidad.

—Un amigo mío puede fabricarte una nueva identidad, ¿sabes? De esa manera, realmente podrás dejar todo atrás y comenzar de nuevo.

—¡Por favor, Emma, ven con nosotros! —la hija, que se había encariñado conmigo, dijo efusivamente. —Vamos a visitar la Estatua Libertad.

—La Estatua de la Libertad, cariño —corrigió su madre.

¿Libertad? Reflexioné por un momento. ¿Podría realmente ser libre allá?

El afán de distanciarme de los recuerdos ligados a esta tierra me hizo aceptar la propuesta. A partir de ese día renací como Emma Blum, hija de Abigail y Esaú, hermana de Ilana. Y como la sabia Renenet había previsto, Emma Niemeyer se convirtió en una niña muerta más que había sido quemada viva junto con sus padres dentro de una casa de campo en las marismas. Sus restos se perdieron entre los millones de vidas sin nombre consumidas por la guerra.

Migrar a los Estados Unidos me brindó la oportunidad de reconstruir mi vida: continuar mis estudios, hacer nuevos amigos y, con el tiempo, incluso darme la oportunidad de redescubrir el amor. Sin embargo, a pesar de cruzar el Atlántico para dejar atrás mis dolorosos recuerdos, siempre llevé conmigo un ominoso recuerdo de mi pasado.

A veces, mientras caminaba por las calles, lo reconocía entre la multitud. Sidney, el Heraldo de la Muerte, haciendo sus diligencias. Siempre cambiaba de acera y fingía no verlo, como si al hacerlo evitara el hechizo de la muerte. Incluso las pocas veces que nos topamos, no pronunció una palabra. Sus ojos verde oliva me miraban fijamente, brillando con el cariño de un pariente no visto desde hace tiempo. Pero siempre continué mi viaje sin mirar hacia atrás.

Hasta el día que me hizo una visita.

—¡Cariño estoy en casa! —abrí la puerta con el hombro, haciendo malabares con la canasta de Moisés en una mano y una bolsa de supermercado en la otra. Dejé el Moisés en la mesita de café de la sala y le hice cosquillas a la pequeña Luvena, que agitaba sus diminutas manos y pataleaba de la emoción, mostrando sus encías sin dientes con una amplia sonrisa. —¡Qué hermosa sonrisa, querida! ¿quién tiene hambre? ¿quién tiene hambre? ¡Ahora mami te va a preparar la papilla de verduras que tanto te gusta! —vacié el contenido de la bolsa de papel sobre la barra de la cocina, llevé las verduras al fregadero y las lavé. —¿Cariño? ¿Tienes hambre? ¿O puedes esperar hasta la cena? —llamé a mi marido, que estaba descansando en la cama de arriba. Se había saltado el almuerzo debido a un dolor de estómago. Pasos sonaron detrás de mí y me giré, sobresaltada. —¿Cariño?

Sidney estaba de pie junto a la mesa de café, su mano extendida sobre Luvena, quien balbuceaba, sus pequeños dedos tratando de sujetar su mano. —Me recuerda a ti —dijo con una voz tranquilizadora y se volvió hacia mí. —Heredó tus ojos vibrantes.

—Ya no tan llenos de vida… —Dije, nostálgica, considerando que habían pasado más de tres décadas desde que nos conocimos, pero para Sidney parecía que había sido ayer. —Envejecí.

—Yo te veo igual a través de las olas del tiempo —Sidney sonrió a medias y volvió su atención a Luvena.

Mi corazón latía con fuerza ante la idea de que él podría estar aquí para hacerle daño a mi hija. —¿Qué deseas? —busqué con mi mano el cuchillo que descansaba en el fregadero detrás de mí.

—Extraño hablar contigo.

—¿Que esperabas? ¿Amistad? ¿Después de toda la miseria que trajiste a mi vida?

Sidney me miró fijamente, sin hablar por un momento. —Yo también... desearía que las cosas fueran diferentes... lo siento —dijo esto con decepción, antes de dirigirse a la puerta y desaparecer.

Suspiré, solté el cuchillo y me apresuré a asegurar a Luvena en mis brazos. —Todo está bien ahora, querida. No tengas miedo —la arrullé, pero era yo quien necesitaba ser tranquilizada.

Después de que mis nervios se calmaron, jadeé. —¿Cariño? — grité, pero no obtuve respuesta, así que corrí escaleras arriba para materializar mis temores. Mi esposo yacía tirado en el piso del baño. Insensible. Sin vida.

EPÍLOGO

—"EN ESE MOMENTO, MAIA QUERIDA…" —continué leyendo las últimas palabras que mi abuela había escrito para mí. —"…comprendí que no se puede huir del pasado. Tuve que abrazarlo. Ser resiliente. Me prometí a mí misma soportar la dureza de mi maldición por el resto de mi vida. Pero desafortunadamente, de la misma manera que mis hijos heredaron un mal destino de sus antepasados, los Grigori, yo también transmití el mío a mi descendencia. Pandita Rojo, cuando el Dr. Emmerich compartió el terrible diagnóstico de tu cáncer, tú eras solo una niña, admirando los peces dorados en la pecera en el mostrador de recepción, despreocupada de tu destino. Pero yo lo sabía. Mis ojos malditos podían ver al Heraldo de la Muerte de pie a tu lado. No podía soportar presenciar tal imagen, así que me tapé la cara y lloré, avergonzada del destino al que te he sometido.

—"Mientras tú luchabas entre la vida y la muerte en esa cama de hospital, el destino me reunió con Bill, quien había sufrido un paro cardíaco. Durante su estadía, nos pusimos al día con las últimas décadas de nuestras vidas, y después de que fue dado de alta, me devolvió los documentos que le había confiado para entregar al ejército estadounidense en la guerra; los había escondido antes de ser capturado por las SS. Los documentos incluyen este libro que tienes en tus manos. Reutilicé sus interminables páginas en blanco para confesar mi culpa, y como testamento del pasado no pude reescribir, sin importar cuántas páginas arrancara.

—"Lamento no haber tenido el coraje de decírtelo personalmente, Maia, pero a pesar de mi cobardía, tienes derecho a saber que los fantasmas de mi pasado volverán para atormentar tu futuro. Tienes que ser resiliente, mi Pandita Rojo, ser valiente por ti misma, porque ya no estaré ahí para ti. Me rompe el corazón no estar a tu lado cuando más me necesites, pero si la Muerte pudiera concederme un soplo de vida adicional, te lo dedicaría por completo. Mi amor por siempre. Tu abuela, Melocotón".

Mis lágrimas cayeron, humedeciendo la página con su firma. Cerré el libro y pasé los dedos por las marcas de cuchillo en la cubierta formando la palabra *Resiliencia*, que leí con voz temblorosa, recordando las desgracias contadas por mi abuela: había sobrevivido a una agresión sexual, había perdido a los niños por los que tanto luchó por salvar, sobrevivió la muerte de su primer amor, quien se sacrificó por ella, e incluso vio a sus padres, mis bisabuelos biológicos, ser asesinados ante sus ojos. Demasiado sufrimiento para una sola vida.

Cojeé hasta el piano cubierto, donde descansaban los retratos familiares.

—Y, sobre todo, ¿todavía te sacrificaste por mí? —le pregunté, sosteniendo la foto donde ella y mi abuelo sostenían a mi madre bebé en sus brazos. Yo había sido el último sacrificio de mi abuela. Me dolió profundamente ser la razón por la que ya no estaba conmigo. ¡Si tan solo hubiera estado saludable! ¡Si hubiera sido fuerte! Golpeé la cubierta polvorienta del piano.

—Resiliencia… resiliencia… —repetí, recordando sus últimas palabras. —No puedo ser tan resistente como tú… ¡No soy tan fuerte! ¡No cuando no estás aquí conmigo! —pero no tenía derecho a pedir una vida pacífica. No cuando la vida de mi abuela había sido una lucha constante.

Tenía que ser como la mujer de voluntad inquebrantable y corazón de oro que lo dio todo por los que amaba. Mi heroína. Mi abuela.

Curvé los dedos, dejando huellas en la película de polvo de la cubierta. Mi piano, uno de los primeros y más entrañables recuerdos que tuve de mi abuela. Me lo compró cuando cumplí cinco años y lo toqué todos los días hasta que me diagnosticaron cáncer dos años después. Luego se convirtió en un mueble más de la casa. Aunque el piano era valioso y ella tuvo serias dificultades económicas con mi tratamiento, mi abuela nunca lo vendió. Ella siempre albergó la esperanza de que algún día lo volvería a tocar…

Tiré del taburete y me senté con cuidado, considerando mi pierna herida. Destapé las teclas y coloqué mis dedos, con mi pie sano sobre los pedales. Mis dedos oxidados tropezaron unos con otros, tratando de mantener el ritmo de mis órdenes después de una década de abandono. Pero no me importaba si sonaba descuidado y desafinado, *la Sonata de Bahiti* me transportó al salón de baile de mis sueños, donde valsé sin cesar sobre el elegante piso de mármol, guiada por Sidney.

El ser misterioso más sueño que hombre.

El Heraldo que enfrentó a la Muerte para salvarme, sacrificando su vida eterna.

El Hombre con los Mil Nombres, de los cuales yo lo llamo sólo uno…

Mi destino.

AGRADECIMIENTOS

Quiero dar mi más sincero reconocimiento a mi madre: su resiliencia ante las vicisitudes de la vida y su implacabilidad para brindar a sus hijos lo mejor que pudo a pesar de sus circunstancias, que no solo moldearon a los hombres en los que mi hermano y yo nos convertimos, sino que también influyeron en esta historia. Una historia de fortaleza femenina escrita a través de generaciones por todas las mujeres valientes de mi familia. Las antepasadas desinteresadas que se sacrificaron para mantener a sus hijos y que se convirtieron en los pilares de sus familias, dando sentido al lugar que llamamos *hogar*.

Mi más profundo agradecimiento a mi hermano, familia y amigos cercanos que me animaron a lo largo de mi viaje editorial y me brindaron las palabras de aliento que me ayudaron a superar mis momentos de duda.

Mi más sincero agradecimiento a mi editora de desarrollo, Kelly Schaub, no solo por ayudarme a moldear esta novela, sino también por orientar mis habilidades de escritura y mostrarme que todavía tengo mucho que aprender sobre el oficio de escribir.

Un agradecimiento especial a Lara Kennedy, mi editora de línea y correctora de texto, tu agudo ojo me ayudó a pulir cada detalle para conseguir que este manuscrito estuviera en la mejor forma posible.

Gracias a Yara Patiño por su valiosa ayuda para editar la traducción al español de esta novela.

Y especialmente, mi más sincero agradecimiento a todos ustedes, mis lectores, que se han unido a mí en este esfuerzo creativo. Con su ayuda, están demostrando que una serie de fantasía atípica como *Vandella* puede prosperar en el saturado mercado literario. Su apoyo continuo es lo que alimenta mi motor creativo para completar la narración de esta historia y materializar este sueño que tuve, y que poco a poco, *Vandella* se está haciendo suya también.

ACERCA DEL AUTOR

M. CH. LANDA es un bloguero desde hace mucho tiempo y autor de las series *Vandella* y *Vandella's Chronicles*. La muerte y el más allá juegan un papel clave en las leyendas y tradiciones dentro del folclore de México, donde él nació. Desde muy joven se tomó en serio el fabulismo, dotando a sus historias de la dualidad de la realidad y la magia. Cuando no está escribiendo, lo puedes encontrar viendo una película (su primera pasión), haciendo ejercicio en el gimnasio, leyendo un libro de su interminable lista mientras degusta un vino, cocinando una nueva receta o pasando el rato con familiares y amigos.

Para más información, por favor visita:
www.mchlanda.com

O síguelo en redes sociales:
Facebook—M. Ch. Landa
Twitter—@MChLanda
Instagram—@m_ch_landa
Goodreads—m_ch_landa
TikTok—@m_ch_landa